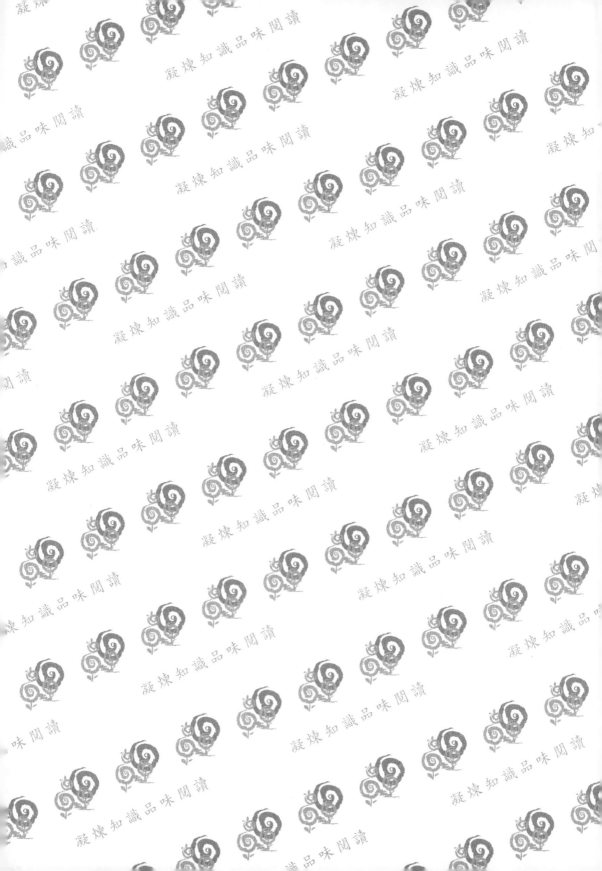

當代文字學概論

盧國屏、黃立楷◎著

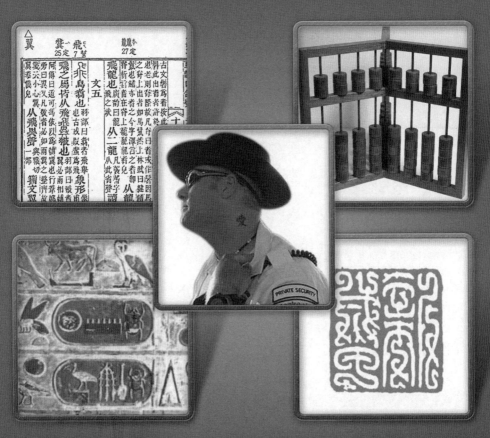

五南圖書出版公司 印行

推薦序

　　上個世紀初，國人就在喊：「二十一世紀是中國人的世紀。」沒錯，如今應驗了。現在，二十一世紀才開始，原本一個腐化、內亂了百餘年，差點被列強瓜分的中國堀然興起，而今不論在經濟、軍事上都堪稱世界一等強國，並且帶動了一股無法阻擋的潮流：世界中文瘋、國際漢語熱。臺灣目前就有幾十所大學，成立了華語師資班、華語文教學系所，每年培育許多華語師資，但數量仍不足以因應世界各國的需求，這十足說明了中國語文的重要性、時代性。

　　大家都知道，語言文字是人類借以「溝通思想」、「建立情感」和「紀錄歷史」的重要工具，更是我中華文化的瑰寶。中國文字幾千年來，雖經過多次的改造、簡化，但其原有的「風貌」、「精神」依然長存，並沒有因為這次的簡化，而淹沒不彰。現在不論「甲骨」、「篆書」、「隸書」、「草書」、「行書」，依然有許多人在研究、臨摹，更獲得普世欣賞。究其原因，是中國文字不但有其在生活上的「實用性」，是人類情感傳遞、觀念溝通的工具；更有其「藝術性」，當你欣賞到一幅好的書法或名著，你會覺得「心曠神怡」，心靈上擁抱著它而不想放下。

　　盧國屏教授的這本著作：「當代文字學概論」，提供了學習漢語文字的良好方法，更掌握了世界的脈動，足以滿足當代世界「華語迷」的需求。全書共分五篇，二、三、四篇是傳統的「漢字歷史」、「漢字理論」、「漢字應用」的介紹，具備了傳統文字學的主體與必要。本書的第一篇和第五篇是甚為獨特的，也是其他傳統文字學教材書籍，沒有敘述的部分。他在這兩篇中著重了「當代性」和「國際性」，提供許多現代人對於漢字應該知道的現象和觀念，讓你詳細了解漢字在現代世界中，不論在政治、經濟及其他任何領域，都有其不可或缺的作用。這兩篇更告訴你，把漢字推廣到全世界的每一個空間成為國際性的文字，是當代年輕人可以賴以開

創事業的重要寶藏。這些觀察與寫法，確實是具備了前瞻性的思考與編寫，我希望讀者們可以詳細玩味而有所得。

　　國屏是我的長子，在家排行第三，有兩個姐姐、一個弟弟，他們分別學商業、理學、工學，唯有國屏習文。他自幼活潑可愛，喜歡人文與社會科學，小學前已會背頌許多古典詩詞，像「木蘭詞」這種長篇，也是在小學前就背完的。國小的國語課中，老師讓他把每一篇作文都在同學前朗讀，記得在小一的學校作文裡，有一段觀察入微又粗具文藝氣息的敘述：「下課鈴響了，同學們都一擁而出，跑到校園玩耍，個個嘻嘻呵呵，非常快樂。十分鐘到了，上課鈴響時，每個人都心不甘情不願的樣子，慢慢的、慢慢的走回教室。」級任老師看了，極為欣賞並一再告訴我們：「這孩子你們要好好培育，將來也許是個大作家。」

　　國中時候，他的成績在姐弟中殿後，但還在水平線上。到了高中，一方面受到兩位姐姐都考上大學的激勵，一方面也嘗到了讀書的滋味吧，雖然成績不好，但奮發用功、焚膏繼晷，擠進了成功大學中文系，記得當年社會組的聯考錄取率僅有18%。四年後，更以優異成績考取政治大學中文研究所碩、博士班。一路走來，雖然順利，卻也辛苦，從高中到現在，每天都在半夜以後就寢，十足一隻「夜貓子」，沉浸在中國文學的搖籃裡。

　　他為人誠實、溫良，事親至孝；處事執著、講求效率。年紀不小了，整天穿個牛仔褲，毫無「老夫子」、「書呆子」的氣息。這本「當代文字學概論」，是他出版的第十一本專業書籍，他寫書喜歡有邏輯又深入淺出的說明理論，並提出例證和方法，有條理的引導讀者進入專業，可以說是理論與實踐並重的一個人。他的資質並非頂尖，但為學確實努力。這幾年矢志著述，是希望將中國語文、中華文化推向全世界，讓我們的文化在世界上發光發熱。不管他的成績如何，但這些熱忱，我在這裡要表示支持與鼓勵的心意。

　　父為子作序，少有前例，也算特殊。我的出發點，絕非藉機對他讚揚，而是以十萬分誠意的心情，冀求所有的教過他的賢良恩師、國內外中文學界的耆宿、同仁及廣大的讀者們，多予鞭策、指導與教誨，俾使其可為宣揚中華文化繼續努力、無有懈怠。

前臺南市私立瀛海中學歷史教師

永康老人　盧漢洌

戊子仲夏

作者序

漢字，是世界上最特別的文字！是唯一仍在使用的自源文字；是生命最為長久的文字；是唯一可與數千年前文字連結無礙的文字；是唯一可以讓許多不同方言共同使用的文字；是使用人口數最多的文字；是唯一強大且相對於拼音文字的形意文字；是唯一可成就為藝術的文字。漢字，是世界上最特別的文字！

漢字有這麼多的特點，那麼現代人應該學習什麼樣的文字學呢？我們認為應該要學習具有「現代觀」、「歷史觀」、「理論觀」、「應用觀」、「世界觀」的文字學。所以我們為本書安排了：「第一篇：漢字現代篇」、「第二篇：漢字歷史篇」、「第三篇：漢字理論篇」、「第四篇：漢字應用篇」及「第五篇：世界文字篇」。

「漢字歷史篇」，介紹漢字的歷史縱向發展，從漢字起源與傳說、原始陶文，到古文字：甲骨文、金文、六國文字、大小篆；現代文字：隸書、草書、楷書、行書。然後以漢字數量分析與文化意涵為結。「漢字理論篇」，介紹以《說文解字》為主的傳統「六書」理論系統，而以漢字的字形與意義的關聯與分析為結。「漢字應用篇」，介紹由漢字衍伸出來的文字藝術，從漢字文房四寶談起，到對聯與文字遊戲、漢字生活器物等。希望將理論漢字學，延伸到人文藝術與生活的應用層面中，很輕鬆的來欣賞與應用漢字。「漢字世界篇」，則重點介紹世界上其他民族的文字系統，希望漢字學習者不但知道自己的文字，更能夠在具備國際觀的視野中，對於人類整體文字發展有個基本概念。

接下來，特別要說明我們很重視的「第一篇：漢字現代篇」。這是我們表達對於現代年輕學子關懷的一篇，我們以盡量貼近現代年輕學子視界的方式來寫，希望他們在初接觸文字學時，就感受到漢字是自己的，不只是古人的；文字學是現代的，不只是考古的。

　　幾經思考後，我們在「漢字現代篇」設計的內容首先是：「國際漢語熱」與「國際漢字熱」單元，將漢語言文字目前在世界上發光發熱的現況，以年輕人可以接受與理解的方式來呈現並轉達。希望使用漢語漢字的當代人，知道這是具有競爭力的語言文字，可以在規劃未來生涯的過程中，思考如何因應這個當代國際局勢。而我們更冀望的是，漢字可以成為我們年輕人未來在國際競爭中的優勢與利器。

　　其次，當代的「繁簡漢字」以及「漢字拼音」等現象的介紹與討論，也是本篇的重點。我們希望學習者面對這些文字現象，具備有國際視野與思考高度，尤其是臺灣的年輕人，在未來的漢字發展、演變與拼音規劃上，有足以因應的能力與學養。另外，現代人所謂的「火星文」，更在本篇中予以獨立討論，我們正式在文字學的書中，以「新興語言模式」的觀念來看待火星文，從起源、發展、類型、未來、態度、觀念等視野中予以正視。畢竟從漢語言的發展歷史來看，「新興」有可能、也經常取代正統，繼而又成為「正規」，如果未來這個情勢成真，我們希望目前的學習者，可以有正確的態度與能力去面對漢字的過渡與轉變。

　　「字典與漢字網路資源」部分，現代人由於資訊化的影響，使用的字典已經在載體上有了重大多元變革，從以前的紙本字典轉變到現今的網路字典與相關資源，甚至對於字典的觀念與使用的技巧，都與過去有了很大的不同。從前學習漢字的人，人手一本《說文解字》，而現在已經有了網路檢索版本。這些網路資源如果可以加以善用，對於我們學習漢字可以是一種助力，而這也是新一代年輕學子在學習資源上與傳統很大不同的一點。所以我們在第一篇中，特別介紹了若干適合學習者使用的漢字網路資源。

　　此外，有關漢字的書寫問題，「正體字與異體字」的差異，數千年來都是漢字發展與應用過程中的一個普通現象。它或許困惑著社會上許多以漢字書寫或識讀的人，尤其是在學的學生。但是「正體字」、「異體字」並不是毒蛇猛獸，它的對立產生其實有漢字結構與發展本身的原因、也有歷代社會大環境的因素，其實都可以

一一說明白，讓我們使用漢字時駕馭自如。這個單元我們也將之放入「漢字現代篇」，就是希望學習文字學的人具備這些專業概念，並且將之帶入爾後的教學體系中，甚至導入社會知所應用。

　　本書是針對當代年輕學子，或是有意接觸漢字種種的社會人士而寫的一部概論式書籍。全書叫做「當代文字學概論」，不代表可以排除傳統文字學內容，而是在傳統的必要重點之外，再加上了一些我們建議當代人可以去接收的漢字知識或常識。我們希望在輕鬆又不失專業的內容中，讓現代人具備漢字的「現代觀」、「歷史觀」、「理論觀」、「應用觀」、「國際觀」；讓現代人知道：漢字是屬於自己文化血緣中的優質基因。

　　2005年我赴加州州立大學沙加緬度分校（California State University, Sacramento），從事漢學研究與華語教學工作，為期一年。之前透過世界媒體也知到漢語在國際上的火熱，不過真正來到西方，就更親身體驗了這股潮流。走在美國街頭，時而會有人熱情的對我說：「你好！」；在大賣場COSTCO購物結帳時，有位收銀員一邊點貨，一邊認真的說：「我會說中文……」然後開心的聊起他在香港、臺灣的旅遊與學中文的經驗；地鐵站的年輕保全人員，確定我是來自說Chinese的國度後，努力的秀出手上大大的漢字刺青問我：「漂亮嗎？」，我反問他那個「愛」字是何意思，他說得口沫橫飛、頭頭是道。去加拿大多倫多旅遊時，位於市中心的Police station，竟然在大門口寫上了超大的三個中文字：「警察局」。

　　前些年移民加拿大後，兒子楚楚的英文能力快速增長，但中文程度也逐漸退步；而雖然是半個中國人，但出生在韓國，說韓國話、寫韓國字長大的太太銀順，在離開臺灣後，中文會話的機會減少了，有時候一句稍微長點兒的話，竟夾雜著中文、英文、韓文。不過他們都看見了國外這股中文熱，反而警覺到不該放棄這語言。前幾年銀順跟我說，好多老外覺得中國字很難寫，而你教外國人漢字的時候，不是經常給他們古文字的連結，效果很好。所以她建議我寫本文字學書，讓臺灣的年輕學生以後可以持續讓漢字在國際間發光發熱，甚或鼓勵他們從事對外華語教學工作，也可以當作人生

　　的一項志業。想想，這的確是我們中文人的責任之一吧，於是我著
手了這本書的撰寫，並且在今年完成。

　　為了讓內容更貼近年輕學子，我特別邀請了年輕學者黃立楷老
師參與本書的撰寫，黃老師目前是淡江大學中文研究所的博士候選
人，我們希望藉由他比較年輕的觀點與資料運用，使本書的「當
代」訴求更加具體。他負責撰寫的部分包括：第一篇「漢字現代
篇」的「第四章、漢語拼音與通用拼音」；「第五章、新興語言模
式：火星文概說」；「第六章、當代網路版漢字字典」；「第七
章、當代漢字異體字」，以及第四篇「漢字應用篇」全篇，特此說
明，並感謝黃老師的大力協助。

　　這是不到一年內，我和五南圖書出版公司的第二次合作。2008
年初，出版「訓詁演繹：漢語解釋與文化詮釋學」時，惠娟主編以
及她的優秀團隊，為我做了最專業的出版指點。現在惠娟主編、編
輯姿穎，又再一次為本書付出心力，我仍然要在此，向他們致上最
高敬意。

淡江大學中文系教授

盧國屏

2008.5.1

目　次

推薦序　(3)

作者序　(7)

第一篇　漢字現代篇

第一章　當代國際漢語熱　2
第一節　經濟崛起與語言優勢　2
第二節　國際政治與語言優勢　5
第三節　漢語席捲全世界　10
第四節　世界新思維　17

第二章　漢字的國際化　23
第一節　國際化背景因素　23
第二節　國際媒體普設中文網頁　25
第三節　漢字與國際企業競爭力　32
第四節　漢字與國際生活圈　39
第五節　漢字國際化的省思　61

第三章　當代正體簡體漢字　65
第一節　區域觀點與名稱差異　65
第二節　正體字、繁體字　66
第三節　簡化字、簡體字　67
第四節　正簡漢字對照表　67
第五節　簡化是漢字歷史發展常態　88
第六節　正體簡體漢字平議　90

第四章　漢語拼音與通用拼音　92
第一節　漢字拼音歷史　92

　　第二節　漢語拼音　94
　　第三節　通用拼音　95
　　第四節　漢語與通用拼音對照表　97
　　第五節　漢語與通用拼音平議　99

第五章　新興語言模式：火星文概說　101
　　第一節　火星文溯源　101
　　第二節　火星文類型一：注音文　103
　　第三節　火星文類型二：英文及數字　107
　　第四節　火星文類型三：諧音文字　109
　　第五節　火星文類型四：顏文字　111
　　第六節　火星文類型五：流行用語　114
　　第七節　火星文定義的轉變與擴大　116
　　第八節　火星文現象平議　119

第六章　當代網路版漢字字典　126
　　第一節　從《說文解字》到網路字典　126
　　第二節　《中文大辭典》與《漢語大字典》　127
　　第三節　當代網路版漢字字典　128
　　第四節　臺灣教育部線上電子字辭典　131
　　第五節　《重編國語辭典修訂本》內容介紹　133
　　第六節　線上《說文解字注》全文檢索　142
　　第七節　漢語字源網站　147

第七章　當代漢字異體字　151
　　第一節　異體字的定義　151
　　第二節　異體字整理的必要性　155
　　第三節　大陸異體字的研究與整理現況　160
　　第四節　臺灣教育部線上字典《異體字字典》介紹　162
　　第五節　《異體字字典》的檢索與編排介紹　170

第二篇　漢字發展篇

第一章　文字定義與起源傳說　181
　第一節　文字定義與社會發展　181
　第二節　起源傳說與文獻闡釋　183
　第三節　倉頡傳說之文化意涵　188

第二章　原始文字──陶文　190
　第一節　何謂「陶文」　190
　第二節　甘肅大地灣文化遺址　191
　第三節　西安半坡文化遺址　192
　第四節　陝西臨潼姜寨仰韶文化遺址　193
　第五節　山東大汶口文化遺址　193
　第六節　青海樂都柳灣文化遺址　194
　第七節　河南二里頭偃師文化遺址　195
　第八節　陶文類別與文化意涵　195

第三章　古文字　197
　第一節　商代甲骨文　197
　第二節　周代金文　205
　第三節　六國文字　208
　第四節　秦系文字──大小篆　220

第四章　現代文字　232
　第一節　隸書　232
　第二節　草書　244
　第三節　楷書　251
　第四節　行書　256

第五章　漢字數量與文化意義　264
　第一節　漢字總數量統計　264
　第二節　總字數與常用字　266
　第三節　文字數量的文化意涵　269

附錄　漢字發展年表　273

第三篇　漢字理論篇

第一章　《說文解字》概論　279
第一節　許慎與編寫動機　279
第二節　部首與編排體例　281
第三節　說解體例與方式　287
第四節　重文體例與類型　294
第五節　《說文解字》之價值　297
第六節　《說文·敘》正文與譯文　302

第二章　六書概說　307
第一節　何謂「文」、「字」　307
第二節　六書的名稱　310
第三節　六書的次序　313
第四節　六書辨異　315

第三章　象形文　318
第一節　象形定義與分類　318
第二節　象形正例舉例　320
第三節　象形變例舉例　323

第四章　指事文　326
第一節　指事定義與分類　326
第二節　指事正例舉例　328
第三節　指事變例舉例　330

第五章　會意字　335
第一節　會意字定義與分類　335
第二節　會意正例舉例　337
第三節　會意變例舉例　340

第六章　形聲字 342
　　第一節　形聲字定義 342
　　第二節　形聲字聲音來源 342
　　第三節　形符的事類功能 343
　　第四節　聲符的音義功能 344
　　第五節　形聲字類型與偏旁位置 346
　　第六節　形聲字正例舉例 347
　　第七節　形聲字變例舉例 348

第七章　轉　注 350
　　第一節　轉注釋義 350
　　第二節　轉注之起因與功能 350
　　第三節　轉注與互訓 351
　　第四節　轉注舉例 355

第八章　假　借 359
　　第一節　假借釋義 359
　　第二節　假借類型 360
　　第三節　假借正例舉例 362
　　第四節　廣義假借舉例 367

第九章　漢字的意義鏈 369
　　第一節　本義 369
　　第二節　引申義 370
　　第三節　假借義 372

第十章　漢字的形義關係 374
　　第一節　古今字 374
　　第二節　異體字、或體字 376

第四篇　漢字應用篇

第一章　漢字書寫：文房四寶 383
第一節　筆 383
第二節　墨 387
第三節　紙 390
第四節　硯 394
第五節　文房配件 398

第二章　漢字的特殊文學與遊戲 404
第一節　回文詩與神智體 404
第二節　漢字與對聯 411
第三節　漢字與謎語 416

第三章　漢字與古印璽 420
第一節　印璽淵源 420
第二節　先秦古璽 422
第三節　秦漢六朝印璽 423
第四節　唐以後印章 428

第四章　漢字與生活器物 432
第一節　銅鏡瓦當陶瓷枕 432
第二節　碗碟瓶罐老人茶 435
第三節　玉器碑刻匾額 437
第四節　漢字刺繡扇子 442
第五節　籤詩剪紙百壽圖 444
第六節　年畫麻將狀元籌 448
第七節　感情算盤 449

第五篇　世界文字篇

第一章　世界文字基礎概念 453
第一節　世界主要語言系統 453

第二節　世界主要文字與起源文字　454

第三節　文字性質與類型一：意音文字（logogram）　456

第四節　文字性質與類型二：音節文字（syllabary）　457

第五節　文字性質與類型三：母音標注文字（abugida）　458

第六節　文字性質與類型四：輔音音素文字（consonantal alphabet）

460

第七節　文字性質與類型五：全音素文字（alphabet）　460

第二章　起源文字概說　463

第一節　楔形文字（cuneiform）　463

第二節　埃及文字（Egyptian writing）　466

第三節　瑪雅文字（Maya hieroglyphs）　469

第四節　印巴哈拉帕文字（Harappa）　471

第三章　拼音文字概說　473

第一節　腓尼基字母（Phoenician alphabet）　473

第二節　希臘字母（Greek alphabet）　476

第三節　拉丁字母（Latin alphabet）　479

第四節　阿拉伯字母（Arabic alphabet）　481

第五節　印度天城字母（Devanagari alphabet）　484

第四章　東亞文字　486

第一節　日本假名　486

第二節　韓國諺文　488

第三節　越南文字　490

參考書目　493

第一篇

漢字現代篇

第一章　　當代國際漢語熱

第二章　　漢字的國際化

第三章　　當代正體簡體漢字

第四章　　漢語拼音與通用拼音

第五章　　新興語言模式：火星文概說

第六章　　當代網路版漢字字典

第七章　　當代漢字異體字

第一章
當代國際漢語熱

　　隨著30年來的改革開放，中國在當代成了世界經濟大國，國家競爭力、政治影響力、文化傳播力，都隨著經濟的崛起而倍數遽增。世界各國在二十一世紀經濟卡位戰中，都爭相與中國連接上關係，在所有因素的支持下，漢語的國際競爭力也迅速躍升到震撼英語龍頭寶座的位置。連代表英語龍頭的美國，都已經屈服在漢語的國際競爭力下，逐步調整國家的語言戰略，其他世界各國的風行草偃更不在話下。也使用漢字的我們，必須與世界同步關注這個持續發燒的國際局勢。

第一節　經濟崛起與語言優勢

　　中國經濟的快速崛起，是漢語在當代國際發燒的主要原因。中國政府在鄧小平政權末期，實施了「改革開放」的政策，至今30年。「改革開放」是中國共產黨在1978年召開的「中國共產黨十一屆三中全會」上提出的一項戰略決策，是中華人民共和國1949年成立以來，第一次對外開放的基本國策。這個政策的主要目標在經濟的提升，人民生活水準的改善，30年來在改變長期對外封閉的情況下，中國走向了世界，對世界開放廣大的經濟市場，改善了若干國際形象；而世界也走向中國，促使中國大陸進入經濟高速發展擴充的時期，直到二十一世紀的今天。

　　以下數據提供了中國改革開放後的經濟成長狀況：

數據類別	開放前數據		2006年數據		成長狀況
國內生產總值 GDP	1952年	679億	2006年	210,871億	310.6倍
					總量世界第四
全國財政總收入	1950年	62.17億	2006年	38,760.2億	620倍
進出口總額	1950年	11.3億美元	2006年	17,604億美元	1,500倍
					世界第三大貿易國
年均工資	1952年	445元	2006年	21,001元	46.2倍
人均消費	1952年	80元	2006年	6,111元	76倍
彩色電視（每百人）	1981年	0.59台	2006年	137台	
人均住房面積	1978年	6.7平方米	2006年	27平方米	
民用汽車（每百戶）	1999年	0.34輛	2006年	4.32輛	

資料來源：中華人民共和國人民政府網站「今日中國」。

　　《經濟學人》雜誌在2004年10月4日的報導中，預估了未來中國成為世界第一大經濟體的可能性：

　　　如果依美國計算，中國大陸的經濟體排名是全球第七大，不過，若以反映國人實質購買力的購買力平價（PPP）計算國民生產毛額，其實中國大陸排名僅次於美國，甚至高於日本、印度、德國、英國。依據國際貨幣基金（IMF）估算，如果大陸持續改革不良的金融體系以及國有企業經常出現弊端的缺陷，未來十年，中國大陸應該可保有維持經濟成長年增率7%至8%的實力……自從1978年，鄧小平實施經濟開放政策以來，中國大陸的經濟成長率幾乎是美國的三倍。1988年，美國從大陸進口鞋子的量佔所有進口國家的2%而已，但到了今年，已經成長至70%，很多美國人抱怨中國大陸搶了美國人的工作機會，美國如果再不圖改革，總有一天大陸將躍升成為世界第一大經濟體。

　　中國經濟的強大，與世界資金流入有密切關係，「星島環球網」2007年9月8日〈英刊展望五年外資流向中國機遇全球排第一〉報導中說：

　　　　最新權威研究報告預測，美國在未來五年仍將保持全球外資頭號流入國和輸出國地位，中國市場機遇全球第一，外資流入將列全球第三，並迅速崛起為主要的對外投資者。英國《經濟學家》資訊部（*Economist* Intelligence Unit）與美國哥倫比亞大學5日聯合公布全球外資展望，對82個外資流入國家和地區進行趨勢性調查分析。報告預測，全球跨境投資今年將達創紀錄的1.5兆美元，但投資保護主義、地緣政治擔憂和市場動盪等不利因素，將使明年全球外資流動減少，特別是跨國併購放緩，但2009年將復甦，預計到2011年將達到1.6兆美元。全球主要外資流入地前三甲是美國、英國、中國。報告預測，中國未來五年仍將是新興經濟體中最大的外資流入地，將吸引全球對外直接投資的6%，新興市場的16%，2010年對華外商直接投資將超過900億美元。經濟學家認為，中國仍是外國公司減少生產成本的好去處，許多在華外企效益良好。報告認為，未來中國將成為重要投資輸出國。

　　中國經濟的突飛猛進，與世界各國強力地對中國大陸進行投資，有絕對密切的關係。當世界各大企業爭相赴中國投資之際，可以融入本地社會的漢語能力，成了國際企業的必備能力之一，而且是絕對重要的一項經營策略。例如，《國際先驅報》2007年5月17日這則〈韓商淘金中國20年〉的報導：

　　　　「我們會在中國一直做下去，明年北京奧運會將是一個很好的機會。」已在中國工作生活了二十多年的朴根太看上去信心十足。這位1984年即以大宇集團中國區總裁身分進駐中國香港的韓國商人，現在是韓國希傑集團中國本社總裁。「當年大宇選擇我常駐北京，看重的是我的香港工作經驗，

現在加盟希傑，他們更在意我對中國市場的熟悉和了解。」

中國工作背景、中國市場打拼經驗，正愈來愈成為今天韓國企業遴選人才的重要參考。「由於大量韓商在中國發展，漢語現在已經成了英語之後，韓國人最重要的外語了。」5月11日，韓國駐華使館經濟公使申鳳吉告訴《國際先驅報》，目前在華的韓國投資企業有4.3萬多家，累計投資額超過了350億美元。而這些數字背後，則是數十萬韓國商人在中國市場十幾年如一日地南征北戰。

許多國際企業為了進入中國市場，積極培養漢語人才，甚至徵才時也將漢語列入條件；而規劃未來投入中國就業市場的學生，自然也將學習漢語作為儲備競爭實力的一環，在經濟與就業前提下，漢語隨著中國崛起，成了迅速竄紅的世界最重要語種，而預估這種情勢只會在未來升高，降溫的可能性很小。

第二節　國際政治與語言優勢

經濟強大當然也帶來政治領域的國際影響力，中國作為具有影響力的世界大國，在上一世紀可能源自於共產黨極權統治下的國際威脅性。但是改革開放後的政治影響力，卻是伴隨著經濟勢力擴張而產生，這種政治影響力從目前國際間對漢語的重視程度，就很容易理解。

例如，美國總統布希2006年1月5日在「全美大學校長國際教育高峰會」具體提出了一項名為「National Security Language Initiative」（國家安全語言倡議）的重大政策，其中很明確地指出，攸關美國國家安全的世界語言，漢語就是其中非常重要的一個。

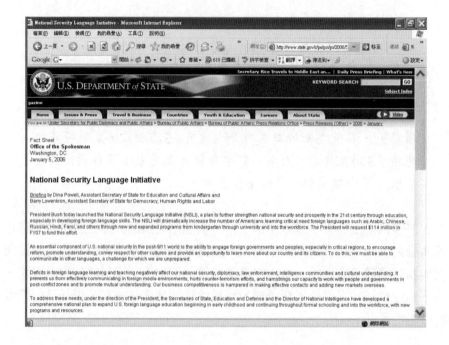

　　當日美國國務院（U.S. Department of State）在官方網站中，立即發布了該政策，原文如下：

Office of the Spokesman

Washington, DC

January 5, 2006

National Security Language Initiative

Briefing by Dina Powell, Assistant Secretary of State for Education and Cultural Affairs and Barry Lowenkron, Assistant Secretary of State for Democracy, Human Rights and Labor

President Bush today launched the National Security Language Initiative (NSLI), a plan to further strengthen national security and prosperity in the 21st century through education, especially in developing foreign language skills. The NSLI will dramatically increase the number of Americans learning critical need foreign languages such as Arabic, Chinese, Russian, Hindi, Farsi, and others through new and expanded programs from kindergarten through university and into the workforce. The President will request $114 million in FY07 to fund this effort.

An essential component of U.S. national security in the post-9/11 world is the ability to engage foreign governments and peoples, especially in critical regions, to encourage reform, promote understanding, convey respect for other cultures and provide an opportunity to learn more about our country and its citizens. To do this, we must be able to communicate in other languages, a challenge for which we are unprepared.

Deficits in foreign language learning and teaching negatively affect our national security, diplomacy, law enforcement, intelligence communities and cultural understanding. It prevents us from effectively communicating in foreign media environments, hurts counter-terrorism efforts, and hamstrings our capacity to work with people and governments in post-conflict zones and to promote mutual understanding. Our business competitiveness is hampered in making effective contacts and adding new markets overseas.

To address these needs, under the direction of the President, the Secretaries of State, Education and Defense and the Director of National Intelligence have developed a comprehensive national plan to expand U.S. foreign language education beginning in early childhood and continuing throughout formal schooling and into the workforce, with new programs and resources.

The agencies will also seek to partner with institutions of learning, foundations and the private sector to assist in all phases of this initiative, including partnering in the K-16 language studies, and providing job opportunities and incentives for graduates of these programs.

The National Security Language Initiative has three broad goals:

Expand the number of Americans mastering critical need languages and start at a younger age by:

1. Providing $24 million to create incentives to teach and study critical need languages in K-12 by re-focusing the Department of Education Foreign Language Assistance Program (FLAP) grants.

2. Building continuous programs of study of critical need languages from kindergarten to university through a new $27 million program, which will start in 27 schools in the next year through DOD NSEP program and the Department of Education, and will likely expand to additional schools in future years.

3. Providing State Department scholarships for summer, academic year/semester study abroad, and short-term opportunities for high school students studying critical need languages to up to 3,000 high school students by summer 2009.

4. Expanding the State Department Fulbright Foreign Language Teaching Assistant Program, to allow 300 native speakers of critical need languages to come to the U.S. to teach in U.S. universities and schools in 2006-07.

5. Establishing a new component in State Teacher Exchange Programs to annually assist 100 U.S. teachers of critical need languages to study abroad.

6. Establishing DNI language study "feeder" programs, grants and initiatives with K-16 educational institutions to provide summer student and teacher immersion experiences, academic courses and curricula, and other resources for foreign language education in less commonly taught languages targeting 400

students and 400 teachers in 5 states in 2007 and up to 3,000 students and 3,000 teachers by 2011 in additional states.

Increase the number of advanced-level speakers of foreign languages, with an emphasis on critical needs languages by:

1. Expanding the National Flagship Language Initiative to a $13.2 million program aiming to produce 2,000 advanced speakers of Arabic, Chinese, Russian, Persian, Hindi, and Central Asian languages by 2009.

2. Increasing to up to 200 by 2008 the annual Gilman scholarships for financially-needy undergraduates to study critical need languages abroad.

3. Creating new State Department summer immersion study programs for up to 275 university level students per year in critical need languages.

4. Adding overseas language study to 150 U.S. Fulbright student scholarships annually.

5. Increasing support for immersion language study centers abroad.

Increase the number of foreign language teachers and the resources for them by:

1. Establishing a National Language Service Corps for Americans with proficiencies in critical languages to serve the nation by:
   (1)Working for the federal government; and/or
   (2)Serving in a Civilian Linguist Reserve Corps (CLRC); and/or
   (3)Joining a newly created Language Teacher Corps to teach languages in our nation elementary, middle, and high schools.

This program will direct $14 million in FY07 with the goal of having 1,000 volunteers in the CLRC and 1,000 teachers in our schools before the end of the decade.

1. Establishing a new $1 million nation-wide distance-education

E-Learning Clearing house through the Department of Education to deliver foreign language education resources to teachers and students across the country.

2. Expand teacher-to-teacher seminars and training through a $3 million Department of Education effort to reach thousands of foreign language teachers in 2007.

這項政策明白指出其三大目標：

第一，擴大精通「關鍵語言」（critical need languages）的美國人數量，甚至從幼稚園的學生便開始學習，一直到大學生的高階訓練。

第二，增加更多精通阿拉伯語、漢語、俄語、波斯語、印地語（Arabic, Chinese, Russian, Persian, Hindi）的高級外語人才。

第三，增加更多的外語教師與外語資源（foreign language teachers and the resources），建立國家語言單位，甚至遠距教學等方式。

而其細部計畫，包括提撥大量經費、建構從幼稚園到大學的外語教育系統、提供學生赴國外學習語言的機會與經費、2009年使精通關鍵語言的人才達到2,000人、提供外語教師的工作機會等等。這些計畫堪稱是近年來布希政府針對關鍵外語最主要與明確的政策。

從美國官員口中提及的「國家安全」（national security）、「關鍵區域」（critical regions）、「新的海外市場」（new markets overseas）、「商業競爭」（business competitiveness）、「外交策略」（diplomacy）、「傳播價值觀」（learn more about our country and its citizens）、「後911時期」（post-9/11）等關鍵語彙可知，這些純粹政治與經濟的國家利益考量，其實就是推動外語學習的主因；換言之，沒有了語言的競爭力與優勢，也將代表著國家競爭力與地位的喪失。漢語與中國，自然是美國的優先考量語種與競爭國家，在此「倡議書」中已經明白宣示。

第三節　漢語席捲全世界

全球各國希望在中國經濟崛起的年代獲利，而中國勢力也不斷延伸至

國際各角落的同時，與中國進行直接溝通的「漢語」能力，成了國際上爭相競逐的一種競爭條件，造就了當代國際上的漢語熱潮。

拉丁美洲，也就是俗稱的南美洲，以西班牙裔族群為主，地理位置距離英語系的美國近，政治、經濟一直與北美洲的美國息息相關，英語也是該洲第二大語系。這樣的區域與使用漢語的中國及亞洲地區，似乎遠隔，該地區也會有漢語熱嗎？答案是肯定的，例如，以下來自《華盛頓郵報》（*Washington Post*）2006年9月24日的專題報導〈漢語正在席捲拉丁美洲〉，包含幾則真人真事的小故事，深入報導了拉丁美洲這個美國大後院的漢語熱潮：

> 伊麗莎白扎莫拉，是一位忙碌的母親和公司管理人員，但她每週六都要抽出三個小時，坐在波哥大民族大學的木桌旁，跟來自中國的袁菊華（譯音）老師學習漢語。已掌握了德語和英語的扎莫拉，現在艱難地學著寫漢字，學著說與西班牙語語音完全不一樣的漢語。她這樣固執地學習，其實原因只有一個：中國正在拉丁美洲尋找所有資源，這對拉美人來說就有錢可賺。
>
> 這樣的「錢」景不僅只讓扎莫拉，同時還讓許多拉美商人都開始學習漢語，以至於在董事會上和管理人員的野餐中，都愈來愈能聽到人們在講漢語。在德國著名製藥公司拜耳（Bayer）擔任銷售經理的扎莫拉表示，她學習漢語就是為了到中國談生意時，或者中國商人訪問哥倫比亞時，能與他們進行基本的交流。40歲的扎莫拉說：「如果你不懂他們的語言，你就會不知所措。」
>
> 《華盛頓郵報》指出，有廣闊的農田、豐富的石油資源和礦物資源的拉丁美洲，現在已成為中國投資者的主要目的地。據中國官方統計，中國與拉丁美洲的貿易額已從2000年的100億美元，激增到2005年的500億美元。總部在紐約，專門鼓勵美國與拉美地區進行貿易往來的美國美洲委員會主任薩巴蒂尼（Chris Sabatini）指出，拉丁美洲國家想使自己的市

場多樣化，他們認為這是一個巨大的機會，不只是為現在，而且也為潛在的增長。薩巴蒂尼說：「對於拉丁美洲的任何國家來說，他們都應該變成機會主義者，他們都看到了與中國的機會。」

中國公司已在巴西的農業和能源設備上進行投資，北京已經和智利簽署了自由貿易協定，同時還宣布向厄瓜多爾、阿根廷和玻利維亞的銅礦和石油天然氣進行投資。此外，北京還同委內瑞拉總統查韋斯簽署了50億美元的石油交易，後者正試圖向美國以外的更多國家出口石油。中國繞過大半個地球，抵達以說西班牙語為主的拉美地區，看起來似乎有些不可思議。但是，北京正處在一個對所有資源都飢渴的時刻，為了保持9%的經濟增長率，中國的工廠需要進口大批石油、煤炭、礦石等資源，中國的建築市場也需要進口的木材；為了滿足13億人的生活需要，中國需要進口大豆和家禽。兩年前，中國國家主席胡錦濤在訪問拉美時曾許諾，中國將在該地區投資1,000億美元，中國要幫助拉美國家修建道路、港口和鐵路，這將有助於拉美國家對中國的出口。

不過，對拉美企業家和學生來說，從這個長期以來一直受到美國影響的地區轉向中國，遠非易事。美國仍是該地區最大的投資者，美國與拉美的貿易額是中國的八倍。英語在該地區仍是第二大語言。從另一方面來說，普通話也被認為要比其他語言更難掌握，其發音更與西班牙語和葡萄牙語有著巨大的差別。但在拉美國家都在向太平洋的另一岸尋求商業機會之際，該地區學習漢語的熱潮正方興未艾。哥倫比亞中國商會主席安格爾·波維達說：「世界已被分成東方和西方，文化完全不同，能夠克服這些的唯一出路，就是去了解東方的文化，學著與他們做生意，當然要用他們的語言。」

漢語熱已讓一些剛上大學的拉美學生，放棄了學習英語的熱情。17歲的哥倫比亞大學生利迪·卡塔利那，近日就放棄了她所選擇的英語課，而改學漢語了。她的父母想從中

國進口一批中國服裝，然後在波哥大出售。如果她掌握了漢語，就能幫助父母處理這方面的生意。「如果你有興趣，又肯學習，你就能學好它，能像他們一樣講漢語。」她介紹說：「一開始你可能有些膽怯，但隨後就慢慢掌握它。」整個拉美地區的大學，從墨西哥到布宜諾斯艾利斯，都正在開設亞洲項目和教授漢語的課程，而且所有教授漢語的機構都擠滿了新生，無論是學費昂貴的一對一教學，還是一些由中國非法移民開辦的夜校。在中國領導人胡錦濤訪問拉美後，阿根廷布宜諾斯艾利斯大學便設立了中國語言系。該系負責人瑪麗亞‧趙介紹說：這個項目引起相當大的興趣，人們都開始尋問在哪有學習漢語的地方，「他們已把語言當成一種交流的工具，它能縮短兩國之間的距離。」

趙女士說，她當初並沒有預想到，當地學生對學習漢語有如此大的興趣，當時她的最大夢想就是能吸引20名學生就不錯了，可最後卻有600多名學生報名。現在，該校學生漢語的人數已經超過1,000人，開了接近70個班。出生在中國的趙女士，5歲移民阿根廷，她說，當地人對學習漢語的熱情令她感到吃驚。近日，她在向一名警察問路時，警察便用漢語問道：「你好嗎？」

在祕魯有一個生氣勃勃的華人移民社區，那裡的經濟正以每年5%的速度增長，當地商人都在尋找學漢語的地方，好能在與中國貿易迅速增長時，快點獲得一種優勢。已在當地教授23年漢語的約瑟夫‧克魯斯，將很快開設一個高級管理人員漢語班，年學費高達2,200美元，這在祕魯可不是一筆小數目。祕魯首都利馬的天主教大學，不僅計畫開設漢語語法和詞彙課，而且還要傳授中國的文化和歷史，包括儒家哲學和茶道。與拉丁美洲把中國看成一個巨大機會一樣，中國也把拉美視為一個重要的機會。

中國駐哥倫比亞大使館文化領事趙興田（譯音），近日參加了由哥倫比亞華人商會舉辦的雞尾酒會，他用流利的西

班牙語介紹説：「許多中國人願意來到這個國家，了解這裡的人們，品嘗這裡的咖啡。」趙領事説：「許多哥倫比亞人想學習漢語，讓我們感到非常高興，這是一個好的開始，它是拉美與中國之間一個良好的文化交流。」

現在，中國正向海外派出大批漢語教師，文章一開頭提到的袁菊華教師就是其中的一位。袁在兩年前抵達哥倫比亞，來幫助哥倫比亞民族大學籌建漢語教學項目。如今她的12歲女兒，已能説一口順利的西班牙語。袁菊華除了在大學教課外，週末還要給參加商業班的管理人員講課。袁菊華説，學校開設漢語課沒有任何資源，因此剛來時，所有事情對她來説都是挑戰，尤其是教講西班牙語的人更是這樣。

袁菊華説，漢語和西班牙存在著非常大的差異，因此，對中國人來説，想學好西班牙語很困難，反過來，説西班牙語的人想學習漢語也非常困難。如果他們沒有耐心和熱情，要想從一級升至二級就相當困難。袁菊華的一名在當地一家石油公司擔任工程師的學生描述説，他升至二級費了好大的勁。這位能説英語和法國的工程師説，他當初把學習漢語當成一種愛好。現在，這位33歲的工程師已意識到，學好漢語是他職業生涯的一個工具，只是掌握它絕非容易。他説，學習漢語已從一種愛好變成了一項真實工作，「上一次考試，我的壓力真的很大。」（「卓蘭大陸網」2006年9月25日，http://www.zorland.com/?action_viewthread_tid_21239.html）

至於非洲呢？對於處於亞洲的我們，非洲可能最是一個遙不可及的地方，那裡也有漢語熱嗎？有，我們看以下一位來自中國的記者在非洲的「手記」，就會知道原來「肯亞」、「辛巴威」、「盧安達」這些原先我們印象中是饑荒、戰亂的遙遠國度，也有很多人在學習漢語：

在科特迪瓦經濟首都阿比讓，我們住在中國人經營的招待所。記者應聲開門，卻只見一名黑人女工在敲下一間客房

的門。在南非約翰尼斯堡的布魯瑪湖市場，賣工藝品的攤主見到亞洲人總是首先用漢語打招呼：「朋友，過來看看」或「便宜便宜」。在許多當地人眼裡，黃皮膚、黑頭髮的亞洲人通通都是中國人。

在過去半個世紀，中國與非洲保持著深厚的傳統友誼，一批又一批非洲青年赴中國留學，可以稱得上是最先成長起來的非洲「中文通」。他們中不少人是中國大學科班出身，說話字正腔圓，如果只聽聲音不見本人，甚至聽不出來是非洲人在說漢語。不過，讓中文在非洲開始廣泛流行的，還要歸功於近年來，中國和非洲愈來愈緊密的商貿合作與人員往來。非洲成為不少中國人的創業熱土，他們到非洲開店設廠，經商旅遊，努力學習當地語言，同時也激發了當地人學習漢語的熱情。

在杜阿拉金泰公司負責箱包組裝的波波・伊索法就是一個有心人。他在這家中資公司工作了八年，一有空就跟中國同事學習漢語，已經能夠用較流利的中文進行日常交流。伊索法說：「在中國公司工作最好能夠說漢語，這樣肯定比只懂本國語言的人有發展前途。」

學中文、用中文在非洲漸成風尚，漢語教育因此成為中非合作的一項重要內容。目前，肯尼亞、辛巴威、南非和盧安達等國開設了孔子學院或漢語教學機構，另外一些國家在大學裡開設了中文課程。記得在南非大學的校園裡，曾經碰到一個迎面走來的女生，擦肩而過時，她笑吟吟地先後說了兩遍：「鳥」、「鳥」，過了許久，記者才恍然大悟，原來她在打招呼說：「你好！」雖然無法確定那個女生是否在學習漢語專業，但記者相信，憑藉對漢語學習的熱情和非洲人出色的語言天賦，她以及和她一樣的非洲朋友，將來會說的絕不僅是一句地地道道的「你好」。（「中國教育新聞網」2006年10月5日，http://www.jyb.com.cn/xwzx/gjjy/hzjl/t20061005_40866.htm）

　　美國的漢語熱潮在世界上大概是具有指標意義的地區了，除了前文提到美國總統布希的「國家安全語言倡議」之外，學習漢語早已是美國民間及學術界的盛事，我們看來自美國《新聞週刊》2007年8月14日一篇對全球漢語熱的報導——〈世界漢語熱〉：

　　　　在過去的一年裡，紐約市有146名4到14歲的孩子加入漢語學習班，他們中很多人是土生土長的美國人，對一些人來說，除了母語英語和外語西班牙語之外，漢語是他們的第二外語。

　　　　這樣的景象愈來愈常見：在世界各地，學漢語的隊伍日益壯大。北京正大力投資在世界各地興建孔子學院（即漢語語言和文化中心），最近兩名美國參議員甚至提議，在今後五年內，為漢語項目投入13億美元的教學經費。從烏蘭巴托到芝加哥，不管是大人還是小孩，似乎人人都在學漢語。學漢語的理由很充分，中國正在迅速崛起，人人都想分一杯羹。學會說漢語，不僅能更好地和中國新富們交流，還能促進雙邊貿易關係。

　　　　據估計，到2010年，將有一億人把漢語當作外語來學習。今年早些時候，美國教育部宣布，希望在2010年前，讓5%的小學、中學和大學學漢語。在受到追捧的同時，漢語熱也未能逃脫批評，最主要的一條是漢語太難學，常用字數量甚多，大約有2,500多個，漢語發音也頗為複雜。而且一些美國專家們爭辯說，把有限的資源用在理科教學上更實用，一些人還說，漢語熱會導致俄語、日語等其他語言被忽視。但是學生們義無反顧，不會因為這些而影響他們學習漢語，對他們來說，漢語代表著一種新的當代思維。

第四節　世界新思維

　　2005年5月22日，著名的美國《紐約時報》（*New York Times*）社論中，罕見的以斗大的中文為標題，發表著名專欄作家克里斯多夫（Nicholas D. Kristof）的評論文章：「從開封到紐約——輝煌如過眼雲煙」，而中文標題底下以10倍小的英文寫道：English translation: From Kaifeng to New York, glory is an ephemeral as smoke and clouds：

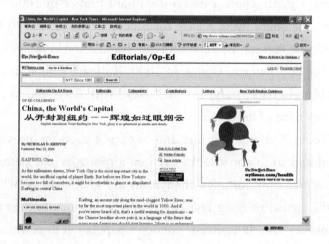

該社論全文如下：

　　As this millennium dawns, New York City is the most important city in the world, the unofficial capital of planet Earth. But before we New Yorkers become too full of ourselves, it might be worthwhile to glance at dilapidated Kaifeng in central China.

　　Kaifeng, an ancient city along the mud-clogged Yellow River, was by far the most important place in the world in 1000. And if you've never heard of it, that's a useful warning for Americans - as the Chinese headline above puts it, in a language of the future that many more Americans should start learning, "glory is as ephemeral as smoke and clouds."

As the world's only superpower, America may look today as if global domination is an entitlement. But if you look back at the sweep of history, it's striking how fleeting supremacy is, particularly for individual cities.

My vote for most important city in the world in the period leading up to 2000 B.C. would be Ur, Iraq. In 1500 B.C., perhaps Thebes, Egypt. There was no dominant player in 1000 B.C., though one could make a case for Sidon, Lebanon. In 500 B.C., it would be Persepolis, Persia; in the year 1, Rome; around A.D. 500, maybe Changan, China; in 1000, Kaifeng, China; in 1500, probably Florence, Italy; in 2000, New York City; and in 2500, probably none of the above.

Today Kaifeng is grimy and poor, not even the provincial capital and so minor it lacks even an airport. Its sad state only underscores how fortunes change. In the 11th century, when it was the capital of Song Dynasty China, its population was more than one million. In contrast, London's population then was about 15,000.

An ancient 17-foot painted scroll, now in the Palace Museum in Beijing, shows the bustle and prosperity of ancient Kaifeng. Hundreds of pedestrians jostle each other on the streets, camels carry merchandise in from the Silk Road, and teahouses and restaurants do a thriving business.

Kaifeng's stature attracted people from all over the world, including hundreds of Jews. Even today, there are some people in Kaifeng who look like other Chinese but who consider themselves Jewish and do not eat pork.

As I roamed the Kaifeng area, asking local people why such an international center had sunk so low, I encountered plenty of envy of New York. One man said he was arranging to be smuggled into the U.S. illegally, by paying a gang $25,000, but many local people insisted that China is on course to bounce back and recover its historic role as world leader.

"China is booming now," said Wang Ruina, a young peasant woman on the outskirts of town. "Give us a few decades and we'll catch up with the U.S., even pass it."

She's right. The U.S. has had the biggest economy in the world for more than a century, but most projections show that China will surpass us in about 15 years, as measured by purchasing power parity.

So what can New York learn from a city like Kaifeng?

One lesson is the importance of sustaining a technological edge and sound economic policies. Ancient China flourished partly because of pro-growth, pro-trade policies and technological innovations like curved iron plows, printing and paper money. But then China came to scorn trade and commerce, and per capita income stagnated for 600 years.

A second lesson is the danger of hubris, for China concluded it had nothing to learn from the rest of the world - and that was the beginning of the end.

I worry about the U.S. in both regards. Our economic management is so lax that we can't confront farm subsidies or long-term budget deficits. Our technology is strong, but American public schools are second-rate in math and science. And Americans' lack of interest in the world contrasts with the restlessness, drive and determination that are again pushing China to the forefront.

Beside the Yellow River I met a 70-year-old peasant named Hao Wang, who had never gone to a day of school. He couldn't even write his name - and yet his progeny were different.

"Two of my grandsons are now in university," he boasted, and then he started talking about the computer in his home.

Thinking of Kaifeng should stimulate us to struggle to improve our high-tech edge, educational strengths and pro-growth policies. For if we rest on our laurels, even a city as great as New York may end up as Kaifeng-on-the-Hudson.

這篇社論主旨在提醒美國人，中國正在復興，美國切不可驕傲自大！這篇從中國中部城市開封發出的評論，回顧1,000年前全世界最繁榮城市開封衰敗的歷史。內容指出：在2000年，美國已經是世界唯一超級強國，紐約是全世界最重要的城市，堪稱整個世界的首都，作為全球唯一一個超級大國，美國人可能認為其佔據世界主導地位是理所當然，但在紐約人變得過於盲目自大時，應該好好借鑑一下中國的歷史，在1,000年前，世界最重要城市是黃河邊上的開封。克里斯托夫在文章中寫道：「我們如果回顧歷史，會發現一個國家的輝煌盛世如過眼煙雲，轉瞬即逝，城市的繁華光景尤其如此。如果美國人沒有聽說過開封，這將是一個很好的警示，也許未來美國人都應該學習漢語，因為就像上述漢語標題所寫的那樣：『輝煌如過眼煙雲』。」

「西元前2000年世界最重要城市是伊拉克的烏爾（Ur），西元前1500年世界最重要的城市或許是埃及的底比斯（Thebes），西元前1000年，沒有一個城市可在世界上稱雄，雖然有人提到黎巴嫩的西頓（Sidon），西元前500年可能是波斯（Persia）的波斯波利斯（Persepolis），西元1年是羅馬，西元500年可能是中國的長安，西元1000年是中國的開封，西元1500年是義大利的佛羅倫斯（Florence），西元2000年是紐約。西元2500年，以上這些城市可能都榜上無名。」

文章稱：「在西元十一世紀，開封是中國宋朝的都城，那時其人口已超過了100萬，可謂盛世盛都，相比之下，那時倫敦的人口只有15,000人。在古代的開封，大街上的行人川流不息、摩肩接踵，駱駝隊從絲綢之路帶來各種貨物，茶館和餐館生意興隆。開封那時吸引了來自世界各地的人們，包括數百名猶太人。即使在今天，在開封還有一些人看上去與其他中

國人沒有什麼兩樣，但他們自認是猶太人的後代，而且不吃豬肉。」

「當我在開封市內閒逛時，我就問當地一些民眾，為什麼開封現在不如古代繁華。雖然一些民眾對美國很羨慕，但更多的人還是堅持認為，開封正在復興，整個中國更是如此，中國將恢復世界領導者的地位。開封市郊的一個年輕女農民王瑞娜（音譯）說：『中國現在經濟很繁榮，再需要幾十年的時間，我們將追上美國，甚至超過美國。』她這麼說是有道理的，美國在一個多世紀裡，一直是全球經濟最發達的國家，但大多數預測顯示，就購買力而言，中國將在大約15年裡超過美國。」

「那麼，紐約應該從開封身上吸取哪些教訓呢？第一，保持科技領先和合理的經濟政策極為重要。古代中國繁榮的原因之一，是採取促進經濟和貿易的政策，在鐵犁、印刷術、紙幣等方面進行技術革新。當然，古代中國對貿易和商業不夠重視。第二，傲慢自大非常危險。古代中國曾認為，無須向外國學習任何東西，這是衰敗的開始。在上述這兩個方面，我都很為美國擔心。美國目前經濟管理鬆懈，無法解決農產品補貼或長期預算赤字等問題，美國科技雖處於強勢，但目前中小學生的數學和科學屬二流水準，美國人對外國缺乏興趣，與毫不鬆懈、生氣勃勃、意志堅定的中國人形成鮮明對照。」

「在黃河邊上，我遇到了一位70歲的老農民，他名叫郝旺（音譯），他從來沒有上過學，他甚至無法寫出自己的名字，但他的後代卻完全不同。他自誇說：『我的兩個孫子都在念大學。』然後他開始說自己家裡有電腦。」

文章的最後結尾，非常具有震撼力且發人深省地說：「想到開封，應該是要激勵美國人提高自己的高科技和教育水準，促進經濟發展。因為如果我們繼續躺在以往的功勞簿上，那麼哪怕是紐約這樣現代化的城市，有一天也會迅速淪落，而以往的輝煌則如過眼煙雲，開封則將站上曼哈頓。」

身在臺灣的我們，看完這篇警惕美國人的文章後，一定也會有相同的震撼，更何況「臺北」也好、「高雄」也好，過去與現在都不曾在世界舞臺上發光，那麼未來呢？世界的新思維中，中國大陸的一切，從政治到經濟，從語言到文化，已經快速地進佔國際版面與世界現實。同樣使用漢

字、同為中華文化與族群的我們，除了看到《紐約時報》的中文簡體字標題有些失落或挫折感外，迷惘之餘，是否也該想想，我們的語言文化優勢何在？該如何趕上國際新思維？該如何善用我們相同的漢語，也在國際發展中佔住先機，並謀得國家長遠利益。

第二章
漢字的國際化

第一節　國際化背景因素

　　此處「漢字的國際化」，指漢字在當代一般國際環境中的出現比重與高使用率，例如媒體、網頁、經濟市場、商業廣告、政治文書、觀光旅遊資訊，甚至車、船、飛機、巴士等交通工具場所，各式指示牌告等等國際文字環境。

　　廣義的漢字國際化，其實不起於當代，在中國周邊國家從至少2,000年前起，就已經使用漢字，例如，日本、韓國本有語言而無文字，於是借漢字表其音且從事文獻記錄。日本從六世紀唐代時期起，借用漢字偏旁及草書字體，製作其拼音字母，於是有了日文「平假名」、「片假名」，但是至今仍然混用漢字。韓國在1444年世宗皇帝製作「諺文」，也就是現在看到的韓國字之前，全部使用漢字。目前雖然「諺文」通行，但漢字仍然在現代韓文中無法替代。

　　當代的漢字國際化，已經超越了過去那種藩屬概念與文化借用的國際化，而是當代因為中國崛起，促使漢字在國際間的大量通行、傳播與高曝光率，不論是正式或非正式場合、官方或民間場合、殿堂與街頭皆然的新形勢。如同英文在上一個世紀的國際化，起因於美國的強大經濟後盾，與隨之而來的政治霸權，本世紀以來，中國也開始出現令西方緊張的國家與語文的國際化。究其因，首先仍是中國經濟勢力的抬頭與壯大，於是在政治勢力上，中國可以開始影響甚或主導國際事務；國際間因為政經的追逐，於是中國語文又成了國際語文教育市場的新寵。當然，以漢語漢字為主的電影、廣告、文宣等，透過媒體力量與傳播，又成了「文化國際化」的最迅速管道。國際間對於漢語漢字的熱潮，當然是基於國家與個人的功

利思維，但這也就直接與當代漢字國際化成了積極互動循環的主因。

在上述因素背景下，國際經濟語言環境出現了大量漢字，例如商業文書、商業廣告、商業溝通等，甚至國際大企業體在內部徵才、升遷考核中的漢字能力要求。國際政治的語言環境亦然，聯合國的官方文字中，漢字本來就是其一，而今隨著中國政治發言權的大增，以漢字記錄發送的文件與文獻勢必大增。又例如，在西方民主選舉中，寫漢字的華裔族群，隨著中國勢力崛起、移民數量大增，成了政客要選票的強大族群，在西方媒體中，經常就可以看見，由政客購買的以漢字書寫的中國新年賀詞版面。例如加拿大總理哈柏，2007年中國新年賀詞：

> 你好：值此丁亥新歲，本人代表加拿大新政府，祝福所有加拿大華人豬年新春愉快！今年是豬年，我有理由慶祝這個新年，因我在1959年出生，生肖屬豬。中國新年是加拿大文化的重要一環，它充分顯露華人社會在今日加拿大扮演舉足輕重角色。那個角色源遠流長，從你們祖輩十九世紀興建國家鐵路，到今日全面投入社區生活。華裔加拿大人薪火相傳，建設這個美好國家，我們每一個人的家園。人頭稅令我們共通的歷史蒙汙，但新政府去年處理此事，我引以為傲。我們終於告別不愉快的過去，攜手邁向未來。特此祝福各位身心健康、富貴年年、闔家平安。恭喜發財！加拿大總理哈柏。（2007年2月5日《北美世界日報》）

另外，2006年新當選的澳大利亞總理Kevin Rudd（陸克文）甚至是一位中國通，1980年代，他就曾經在國立臺灣師範大學學習中文，漢語漢字能力絕佳。他擔任總理在中國訪問期間，還曾經以中文進行演講。甚至在他上台後，傳說澳洲的中小學都要設立中文課程，這些肯定都跟當代中國勢力有關。

在國際民生語言環境中，漢字更是具有高曝光率。例如，國際機場的中文標示牌已經愈來愈普及，因為使用漢語漢字的華裔人士出現大量觀光與商務人潮。國際媒體與網路資源中，中文漢字網頁成為競爭之必要，例

如「BBC中文網頁」、「朝鮮日報中文網頁」等等。甚至西方人在身體上的漢字刺青、漢字T恤，及其他各式衣物、禮品、漢字卡片等，在在應證了當代這股漢字熱。新的漢字國際化就在上述因素與實際國際語文環境中，超越了2,000年來以周邊國家借用為主模式的「舊式國際化」，成為熱鬧但又極其嚴肅的一個國際社會議題與新趨勢。

第二節　國際媒體普設中文網頁

　　當網路媒體尚未出現的時候，中國也正在鎖國。而上一個世紀美國與英語獨霸超強的年代，世人大概很難想像，像美國《華爾街日報》（*Wall Street Journal*）、《紐約時報》、英國《金融時報》（*Financial Times*）、「路透通訊社」（Reuters）這些赫赫有名的國際媒體，會出現中文漢字版本。但時至今日，中國甦醒崛起，而網路時代也正式進入人類訊息傳播體系，上述這些代表西方主流價值，傳播西方主體性的巨大媒體通路，也紛紛正式進入「中文時代」。

　　我們先看2007年12月10日，來自臺灣《中國時報》記者朱建陵的專題報導「國際媒體搶商機　紛設中文網頁」：

　　　　為了打破「鐵幕」，一直以來，只有財力雄厚的西方國家電臺才會設置中文網頁，提供大陸讀者另一扇觀看自己與世界的窗戶。但近期以來，基於商業理由，包含英國《金融時報》、美國《華爾街日報》、英國「路透」通訊社等，也先後開設中文網頁。

　　　　英國「金融時報中文網」（FTChinese.com）的內容，大部分由《金融時報》當天刊登的文章翻譯而來，但也包含「金融時報中文網」記者的原創報導。「金融時報中文網」網羅許多大陸寫手，以「專欄」的形式，報導、分析全球以及中國大陸的商務、金融、經濟、文化信息。美國「華爾街日報中文網絡版」（chinese.wsj.com）採取的是類似的模式，其內容包括「中港臺」、「美國」、「歐洲」、「亞太」等

　　新聞區塊，也包含專欄、特寫、專題報導等欄目。

　　　緊接「金融時報中文網」、「華爾街日報中文網絡版」之後的是「路透中文網」（cnt.reuters.com）。「路透」主要將其每日電訊稿件中譯之後貼在網上，並和前兩家國際媒體一樣，提供繁體中文、簡體中文兩種選擇。此外，據了解，美國《紐約時報》近日也開始提供中文服務，雖然尚未設置中文網，但在一些專題報導中，《紐約時報》不但提供中譯內容的PDF檔，甚至還提供線上漢語語音，讓讀者可以在線上收聽新聞。

　　　此前，設置中文網頁的西方媒體，主要為西方的國際廣播傳媒，包括美國之音（VOA）、英國國家廣播公司（BBC）、自由亞洲電臺、澳洲廣播電臺、德國之聲、法國國際廣播電臺、加拿大廣播電臺等。多為經濟、文化類型，不涉政治。這些電臺的中文網，由於政府的色彩較濃，一般帶有打破「鐵幕」的企圖，因此並不為中共「網管」所容。目前大陸網民可以直接點擊進入的國際媒體中文網，仍只限於經濟類媒體的中文版。

一、華爾街日報中文版

　　「華爾街日報中文版」的首頁（http://chinese.wsj.com/big5/index.asp），不但可以看到有「中港臺」的專欄，更有「繁體中文」及「簡體中文」兩種版本供閱讀選擇。相較於只有簡體版本的其他網頁，《華爾街日報》讓臺灣及港澳地區使用繁體字的人感覺親切許多。

二、英國「路透通訊社」中文網站

　　下面是英國「路透通訊社」中文網站（http://cnt.reuters.com/），在語言選擇列中也有「繁體中文」、「簡體中文」兩種。以下是「繁體中文」版本：

三、英國國家廣播公司

　　以下是「英國國家廣播公司」也就是「BBC」的中文網頁，進入「Language」的語言選項中，中文部分則只有簡體中文版本（http://news.bbc.co.uk/chinese/simp/hi/default.stm）：

四、南韓朝鮮日報

　　亞洲方面，我們看來自南韓的《朝鮮日報》，語言選項除韓文外，另有繁簡中文、日文、英文四種文字版本（http://chinese.chosun.com/big5/site/data/html_dir/2006/03/02/20060302000025.html）：

五、俄羅斯新聞網

　　「俄羅斯新聞網」（http://big5.rusnews.cn/）是俄羅斯官方新聞網站，同時提供繁體、簡體兩種中文：

六、美國國務院國際訊息局

　　這是美國聯邦政府官方的訊息網站（http://usinfo.state.gov/mgck/），包括國際及美國新聞、資訊，美國相關法規等。

七、摩洛哥國家通訊社

　　這是非洲摩洛哥的國家通訊社（http://www.map-chine.cn/index. html），可以看出，非洲地區在這波中國熱中，同樣沒有缺席。

八、伊朗共和國對外廣播電台華語台

　　這是伊斯蘭教國家伊朗的官方電臺網站（http://chinese.irib.ir/），伊斯蘭國家一直給人神祕色彩，透過中文網頁，或許能給我們多了解伊斯蘭教國度的機會。

九、國際媒體普設中文網頁的意義

　　國際媒體是掌握國際社會脈動的直接管道，而臺灣媒體的國際新聞版面與篇幅，長久以來嚴重不足；如果是閱聽國際媒體，又可能受限於語言能力不足而感到扼腕。此外，中文媒體既已欠缺國際觀，而國際主要英文媒體又幾乎充斥美國觀點，要直接掌握歐洲、中東、俄羅斯，乃至日本、韓國的社會文化與政經情勢，在過去其實是困難重重的。

　　拜網路科技發達、中國崛起之賜，這種情況已經改觀許多，愈來愈多的國際媒體，順應國際潮流推出了中文版本。如此一來，我們可藉以了解更多國家的直接觀點，不受限於美國或英國意識，增加了我們閱聽的選擇，更增廣了我們的見聞與真正的多元國際觀。例如，前引之「伊朗對外電臺」，讓我們可以看到亞洲人不甚清楚的伊斯蘭觀點；「俄羅斯新聞網」，讓我們看到冷戰以來傳統大國政策；而「法國外交論衡」，則看見民族自尊心強大的法蘭西民族的對外觀點。這些轉變意義非凡，但若沒有網路科技、中國崛起、中文的強大勢力等當代國際趨勢的話，則是難以實現的。

　　雖然這些翻譯的中文，與原文或許仍有落差，但就現階段而言，對於不諳外語的讀者而言，吸收國際資訊的機會與頻率已經倍數增加。假以時日，當漢字的國際教育達到一定水準，甚至漢字成為國際首要共通文字後，相信也就不須面對翻譯落差的問題了。

　　總之，從國際媒體紛設中文網頁的情況來看，對於使用漢字的族群與區域而言，不論從國家發展而言、從民族自尊心而言、從文化競爭力而言，均不啻為一直接的鼓舞力量，而我們也樂見此一情況在國際媒體持續增溫。

第三節　漢字與國際企業競爭力

　　追逐經濟高峰的國際企業，應該是最能及時反應各種時代潮流的一個領域，面對中國龐大市場與商機，各大企業也卯足全力在語言文字的競爭工具中，從徵求具備漢語漢字能力的員工、啟用中文廣告語詞，到全特定對象的全中文網頁，都應證了當代這股漢語熱潮。

一、芬蘭航空中文廣告語

　　遠在北歐的芬蘭航空公司，對多數臺灣人是陌生的，但是近年來與中國大陸的往來快速增加，所以該公司不但有專門的中文網頁，而且在2006年3月舉行了「徵集中文廣告語」的公開活動，企圖在華人市場中，獲致更大經濟利益。「漢字網頁」、「中文廣告語」這些對於經濟潮流高度敏感反映的作為，在在證明了國際企業體對當代經濟潮流與趨勢的競逐。以下便是芬蘭航空中文網站（http://u.cctv.com/fenlan/finnair-aboutus.jsp?id=2351），徵集中文廣告語單元：

二、漢語能力與企業徵才

　　韓國由於歷史與地理位置因素，而成了世界上與中國關係最密切的區域。韓國經濟在中國崛起後，依賴中國廣大市場的情況更加明確，對於韓國而言，有了歷史親密關係與地理位置的連接，也確定了韓國在國際競爭上的優勢。

　　韓國本就在漢字文化圈中，而目前對於漢語漢字的需求更是驚人，我們看以下這篇來自「朝鮮日報中文版」2006年8月7日，有關企業體對於漢語漢字能力要求的相關報導〈企業看重漢字考試大學生興起學漢字熱〉：

　　隨著漢字考試在大企業招聘過程中所佔比重日益增大，準備就業的學生紛紛利用假期學習漢字。參加「成均館書堂」漢字講座的大學生的學習熱情異常高漲。來，請跟我讀一遍。「客人賓！」「客人賓！」

　　本月5日下午，記者來到韓國外國語大學人文科學館二樓大講堂。在炎炎仲夏，大學演講室變成了「私塾」。正在進行的課程是「速成漢字特講」。每當講師大聲領讀漢字的涵義和發音時，學生們就用更大的聲音跟著朗讀。當時是暑假中的週六。雖然酷暑下連柏油路都快要溶化，但坐滿演講室的200多名學員的表情甚至真摯到了悲壯的程度。

　　參加該講座的大學三年級學生李浩民說：「我的目標是進入三星。說實話，是為了就業才學習漢字。因為在三星，會給擁有漢字考試資格證的人加分。也許聽該講座的人都是為了就業。」

　　「漢字熱潮」在大學社會裡熱翻天。在迎來暑假的大學演講室正在進行漢字講座，組織「漢字學習」小組的學生也在增長。「成均館書堂」目前正在首爾市內的主要大學運營漢字講座，該公司的代表徐榮哲說：「在建國大學、西江大學、中央大學等首爾地區七所大學，正在運營11個講座。

1997年在崇實大學首次以大學生為對象，開設課程的時候，學生會和學校方面的反應都很冷淡，認為誰會去聽那種講座。但是，最近來自各學校學生會要求開設漢字講座的諮詢絡繹不絕。」學生人數也每年平均以20～30%的速度增加。

他表示：「最近大學生們將漢字像遊戲用語一樣，稱作必需裝備。意思是只有具備了必需裝備才能在就業戰線上生存下來。」

去年從首爾大學畢業，正在準備就業的金玄洙，從7月開始每週有兩次漢字學習。金玄洙說：「原本自己在家解習題及學習，但覺得這樣不行，就舉辦了學習小組。因為準備應聘大企業或國營企業的人幾乎都已經考到了漢字能力考試資格證，因此，如果只有自己不努力學習補上，就相當於失去了那部分的分數。」自稱在7月一個月裡集中學習漢字的李平和（外國語大學四年級）也稱：「最近看周圍的朋友們，有三分之一的人都在學習漢字。」

學生們在漢字上下賭注的原因很簡單。就是因為愈來愈多的企業將漢字加入考試招聘過程中，或給擁有漢字能力驗證考試資格證的人加分。就是說，在非常激烈的就業競爭上，漢字能力躍升成為重要的變數。一個就業門戶網站稱，今年計畫實施漢字考試的企業有37個。三星對擁有漢字等級資格驗證會、韓國語文學會、韓國外國語評價院、漢字教育振興會等四個機關的漢字能力資格證三級以上的人，在職務適應性檢查考試時會給予加分。三星電子的有關負責人表示：「這反映了在經濟上迅速上升的中國和日本、東南亞等，正在興起韓流熱潮的漢字圈國家和地區的商貿交流逐漸增加的趨勢。」

錦湖韓亞集團和現代重工業在招聘時，實施主觀題和客觀題混合在一起的漢字考試，鬥山集團也同樣從去年開始引進了漢字考試。大德電子、SK生命保險公司、韓國空港（機場）公社、韓國電力公社等繼去年之後，今年也計畫在招聘

時實施漢字考試，LG流通、韓國馬事會、新韓銀行也正在討
論引進漢字考試問題。

　　面臨下半年大企業的公開招聘，大學也開始繁忙起來。
有些大學還為加強學生們的漢字能力而開設有關講座。延世
大學以文科學院學生為對象，開設了「應對漢字能力考試的
集中座談會」。（記者　許允姬）

　　報導中提到，到2006年，將漢語能力或考試列為徵才條件的企業已
達37個，「三星」公司對於有漢語認證三級以上的員工，在內部考核時
加分。「錦湖韓亞集團」、「現代重工業」、「鬥山集團」、「大德電
子」、「SK生命保險公司」、「韓國空港（機場）公社」、「韓國電力公
社」等在徵人時，實施漢字考試。「LG流通」、「韓國馬事會」、「新韓
銀行」則正在準備引進漢字考試。原因很簡單，正如韓國大學生給漢字的
外號：「必需裝備」般，漢字已經成為攸關當代企業與年輕人前途的重要
因素了。

三、美國航空中文網站

　　這是一個全新中文網站，2007年12月13日由美國航空公司所開通，向
來以英文為尊大的美國企業，也開始以中文網站搶占經濟利益，很顯然的
又是一個經濟壯大帶領漢字出頭天的絕佳例證（http://www.americanairlines.
cn/）：

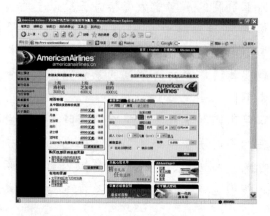

四、英國航空中文學生網站

　　一般航空公司推出中文網頁吸引華人客群已不希奇，但是英國航空公司更推出了該公司的「中文學生網站」（http://www.bastudents.com/），服務對象當然就是廣大數量的中國留學生。根據「中國民航新聞信息網」2006年6月8日的官方統計，中國境內前往英國留學的學生人數，2002年就比2001年增加58.7%，2003年又比2002年增加了45.9%。英航為了服務中國留學生，直接開設中文網站，包括班機時刻、簽證申請、旅行常識、轉機服務、無人陪伴服務等等各種資訊，這反映出中國市場之龐大商機，當然也是大企業們在國際經濟力量轉向中國時所做的積極調整。

五、微軟亞洲研究院

　　1998年11月5日，微軟公司投下鉅資，在北京成立了「微軟中國研究院」，旋於2001年11月1日升級為「微軟亞洲研究院」。這是該公司在美國以外區域成立的第二家科學研究機構。對於微軟本身而言，這其實是一種企業的「戰略投資」，而其目標當然就是以中文市場為主的亞太地區的經濟發展潛力，以及亞洲資訊產業的雄厚能量。

　　該研究中心自成立以來，已經有多項研究成果應用在微軟產品中上市，例如Windows® Vista、 Office®2007、Windows Live™、Office®XP、

Office®System 2003、Windows® XP、Windows® XP Media Center Edition、Windows® XP Tablet PC Edition、Xbox™等產品。顯見該研究中心研發能力之強大。

更令人注意的是，該研究中心的研究人員，總部設在北京的研究院，其網羅的科技人才自然是以華人為目標。目前該研究院擁有300多位年輕的科技人才，特別引人注意的是其現任院長洪小文博士，臺灣人，畢業於臺灣大學電機工程系，美國卡內基梅隆大學資訊碩士、博士。曾經是蘋果電腦研究中心技術總監，1995年起擔任微軟總部的高級研究員。如今他帶領微軟亞洲研究院，榮登美國著名科技雜誌《麻省理工學院技術評論》譽為「世界上最重要的資訊實驗室」，可以說是又一位「臺灣之光」。

除了著眼於中國經濟與科技的強大力量，人才教育也是該研究院重心工作，除了在中國大陸地區與各大學合作的「長城計畫」外，也和臺灣、香港、新加坡、韓國、日本、澳洲等國家的著名大學有各種合作關係。這種國際超級大企業投資亞洲教育的情況，如果不是近年來亞洲地區經濟在中國龍頭帶領下急速成長的影響，恐怕是難以實現的。以下是該研究院的中英文網頁（http://research.microsoft.com/asia/），右下方照片即是洪小文院長：

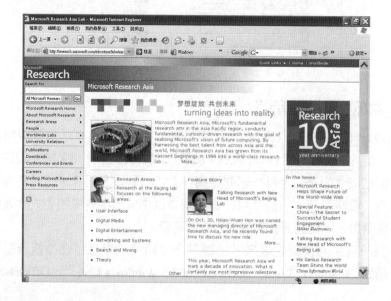

第四節　漢字與國際生活圈

一、漢字與機場交通

　　國際機場是世界人潮流動的第一線，本地人、外籍商旅，乃至轉機過境的各種國籍人士，大量且快速地在國際機場集中而後分散、分散而又集中。除了本國文字外，外國文字與各種圖示成了指引國際商旅人士流動順暢的重要符號。

　　國際機場的文字標示中，國際通用的英文在過去幾乎是唯一的外國文字標示，但是隨著地球村的來臨，不同語言的族群大量移動，英文以外的文字標示出現，成了國際化最好的註腳。其中中文標示的大量增加，就代表了這股國際化潮流中最強大勢力的展現。

　　每個人到了陌生的國外，能夠在一堆外文當中看到自己的文字，除了親切感之外，安全感應該更是油然而生，尤其在機場及其相關軟硬體中。

目前在全球機場服務領域中，中文漢字不但不是稀有現象，反而是一種潮流與必要了。我們看以下這篇報導：

　　據報導，華人是目前全球旅遊市場最具「含金量」的族群，也是各國航空公司爭奪的蛋糕。比較各國航空公司對華人的服務，歐洲國家更「哈中」，美國則相差甚遠。

　　寫著中文標誌「歡迎您」的指示牌，不再是各國航廈裡的「稀有物品」，「哈中」真真實實成為各國航空公司及航廈時尚。芬蘭航空的大本營赫爾辛基機場，早在兩年前就配備中文地勤人員，轉機、接機一肩挑。除開設中文網站外，日前芬蘭航空又開始中文廣告詞大招募，還把北京至歐洲的往返機票及五星級飯店住宿當作大獎。華人不僅能看到方塊字，且能聽到貼切入耳的鄉音，芬蘭航空爭市場用心良苦。

　　吃著熱騰騰的于香肉絲，還能翻看中文報紙，這是奧地利航班上的真實經歷。奧地利航空物質、精神兩不誤，除為華人乘客準備家鄉音樂陪伴旅行外，還有中文菜單提供點菜，並且菜單每半個月更換一次。德國漢莎航空公司的航班配備了首位中國明星天廚。提供熱湯麵，且特聘香格里拉酒店集團的葉文健為中國區首任「明星天廚」。察看漢莎頭等艙菜單，棒棒雞絲、辣椒醬炒大蝦配中式素菜、蛋炒飯；商務艙也不差，紅燒鴨配蘆筍、豆豉醬炒芥蘭和蓮藕，以及廣東味早茶點心。

　　如果在飛機上還能看「新聞聯播」，中國人會怎麼想？法國航空公司討好中國乘客，最出乎意料的就是搬上中國中央電視台的經典節目，給乘客一道「視覺中餐」。這多虧法航30多年中法通航經驗與友誼發明的絕妙主意。

　　英國與美國一樣擁有龐大的中國留學生乘客，英航不惜成本，專門為中國留學生開通中文學生航空網站。這個網站完全採用中文編輯，除了基本的時刻表、機票促銷計畫，還為學生及其父母提供簽證、機場導航、轉機、旅行常識、

安全措施，和在英國生活常識等，貼心專心，一切為中國留
學生著想。該報指出，反觀美國航空業，目前雙方每日僅有
10架次往來北京、上海及廣州的航班。未來五年內，美國將
陸續增加13班每日往返美中的航班。雖然航線增加在望，但
難以下嚥的美式西餐，全程的英文服務，再加上不敢恭維的
行李丟失問題，美國航空業者在對華人乘客似乎還沒有改變
服務態度，「哈中」就是掘金這個道理，美國航空業者還需
要時間理解。（「中國經濟網」〈說中文吃中餐：歐洲航空公
司爭相討好中國乘客〉2007年7月27日，http://finance.ce.cn/macro/
gdxw/200707/27/t20070727_12326753.shtml）

(一)加拿大溫哥華機場

　　加拿大有兩種官方語言，分別是英文與法文，不過，機場內的指示
牌如果出現第三行，那便是中文漢字。除了加拿大有許多的一般華人移民
外，近年來加拿大與亞洲區域的華人商務往來增加，也是漢字大量出現機
場的主要因素。

㈡韓國仁川機場

韓國與中國地理位置相連，經貿往來頻繁，使用漢字的中國與臺灣、港、澳觀光客數量龐大，國際機場與周邊交通處處有漢字標示，實屬平常。以下我們看仁川國際機場周邊設施的漢字標示，以及仁川機場的中文官網：

㈢日本東京成田機場

　　日本也是中韓人士經常往返區域，所以機場告示中除了日文以外，還有英文、中文、韓文：

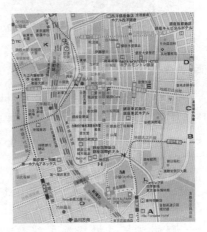

http://www.narita-airport.jp/ch2/index.html

㈣機票未標示中文之訴訟

外國企業大量進駐中國，搶食中國經濟利益。但是在中國經營過程中，因為沒有中文標示，被使用中文的客戶提告，荷蘭航空成了第一個例子，並且發人深省。我們先看2005年這事件的起因：

今年3月16日，陳先生在福州民航售票處購買了一張由荷航承運的上海至阿姆斯特丹的往返機票。4月5日，陳在荷蘭阿姆斯特丹機場乘坐荷航KL895航班啓程返回上海，次日抵達浦東國際機場時，沒有領到自己的托運行李。遺失的行李箱內有筆記本電腦等貴重物品和文件，陳當即向荷航在機場的代理人作了備案登記，並得到對方的確認。近20天來，陳先生多次通過電子郵件、電話等方式，向荷蘭皇家航空公司及其在北京的代表處，就行李遺失一事進行交涉，但至今未獲分文賠償。荷航北京代表處事後告知陳先生，機票上英文條款已説明，承運人對遺失的行李所承擔的責任是有限的，「除非有關昂貴物品價值已被事先申報並支付額外費用」。

對於絕大多數的國際航線，托運的行李遺失賠償標準為每公斤20美元。荷航方面強調，「有關內容的解釋仍以機票上所寫的英文版本為準」。

　　對此，陳先生認為，出國旅行的中國公民不見得都懂英文，所以在中國出售的國際機票上，應該同時有中英文標示，以便提醒中國乘客注意有關事項。陳先生說，如果機票上有用中文印刷的有關「行李責任限額通告」的具體內容，他當時在托運行李時，就會對貴重物品的價值進行申報並繳納額外費用。這樣即便行李遺失，也不致於造成難以挽回的損失。因此，陳在起訴狀中，請求法院判令荷航今後在中國銷售的機票上，必須使用中文標明相關內容，避免中國消費者遭遇不必要的損失。（「財經縱橫網」2005年4月26日，http://finance.news.tom.com/1001/1006/2005426-218304.html）

　　考慮到這是一起公益性官司，福建廈門嘉禾嘉律師事務所律師黃舟雄主動為陳先生提供了法律援助。他認為，根據中國《消費者權益保護法》第8條規定，消費者享有知悉其接受的服務的真實情況的權利。《合同法》第39條規定：「採用格式條款訂立合同的，提供格式條款的一方應當遵循公平原則確定當事人之間的權利和義務，並採取合理的方式提請對方注意免除或者限制其責任的條款，按照對方的要求，對該條款予以說明。」然而，荷航向陳先生出售的機票上，只有用英文印刷的「行李責任限額通告」，並無相應的中文內容，此舉侵犯了中國消費者的知情權。因此，荷航應對其未履行告知義務，給陳先生帶來「行李責任限額」之外的經濟損失承擔民事責任。

　　這個事件有兩個重點，第一是消費者維護自身權益的重要性，第二是國際企業忽視客戶權益後的困擾，但是其中關鍵點則是「語言文字的力量與權益之爭」。這件官司結果如何？荷蘭航空後來是否改進？我們找出了當事人陳強先生在他的部落格中的第一手說法，他詳細地說明了整件事情的過程，以及他維護消費者權益的企圖。事件的結果，荷航做出改善，加註中文說明，而陳先生達成目的撤銷告訴。整件事，讓我們看見了經濟與

語言的關聯，以及中文在當代的強勢力量：

　　去年，我在國際旅行中因行李丟失，而將一家國外航空公司告上法庭，狀告對方侵犯中國消費者知情權。這場訴訟被列入「2005中國影響性訴訟30候選案例」之一。今年中央電視台315特別節目《維權啓事錄》還對此案作了專題介紹。

行李丟失荷航不理：

　　2005年4月6日，我搭乘荷蘭皇家航空公司KL895航班從荷蘭阿姆斯特丹抵達上海，取行李時發現托運行李丟了。荷航在上海機場的代理給了我200元人民幣臨時生活補助費，讓我回福州家裡等行李。

　　此後接連幾天，荷航的代理給我同樣的答覆——「很抱歉，至今沒有你的行李信息」。我委託在荷蘭工作的中國朋友，幫助向阿姆斯特丹機場行李查詢中心查詢，得到的答覆同樣令人沮喪。我轉而向設在北京的荷航中國客戶服務部投訴並索賠。發了多封電子郵件，一個多星期無人理睬。我請人將投訴信翻譯成英文後，用電子郵件直接發往荷航總部，同樣是石沉大海。我不得不打電話向荷蘭駐中國大使館求助，接電話的女士表示將向荷航轉達我的意見。到4月18日，荷航北京代表處才正式來函，表示「非常抱歉，我們未能及時回覆您的來信，謹代表荷蘭皇家航空致以誠摯的歉意，我們非常理解您此刻的焦慮心情，及由此給您帶來的不便」。荷航認為，有關「行李責任限額通告」，在機票上已經用英文註明了。但我看不懂外文說明。在我一再要求下，荷航就此「通告」作了如下中文解釋：「對遺失的、延誤及被損壞的行李所承擔的責任是有限的，除非有關昂貴物件價值已被事先申報並已支付額外費用。對於絕大多數的國際航線（包括國際航線所含的國內航線），托運的行李遺失賠償是在美金9.07元／磅（美金20元／公斤）；未托運的行李遺失，每

位乘客將得到美金400元的賠償。」

　　但荷航方面在給我的郵件中聲明：「該條款的中文翻譯，僅供參考之用，請注意此譯文僅應您的要求而做，有關內容的解釋仍以機票上所寫的英文版本為準。」並告知我，「若在45天後未能找到您的行李，我們設在北京的客戶服務部將著手辦理對遺失行李的賠償工作。」在我的丟失行李中有手提電腦等貴重物品，但荷航表示，電腦等電器按規定是不賠償的，只能對行李箱內的衣服、禮物等物品作出賠償。

提起訴訟維權成功：

　　荷航的答覆顯然不能令人滿意。因為荷航方面，是拿他們自己的一套「規定」來處理問題，而這些「規定」事先並沒有告訴過我，更沒有用中文告知。我認為，包括我在內的中國消費者的知情權受到了侵害——因荷航在中國銷售的機票上，沒有使用中文告知「行李責任限額通告」的具體內容，直接導致中國消費者在貴重行李遺失後，難以挽回實際損失。

　　只有讓荷航方面知道中國的有關法律規定，他們才可能改變處理問題的方式和態度。於是，在福建廈門嘉禾嘉律師事務所律師黃舟雄的幫助下，4月25日我向福州市中級法院提起民事訴訟，狀告荷航侵害中國消費者知情權。請求法院「判令被告向原告當面賠禮道歉，並向原告象徵性賠償行李責任限額之外的損失1美元」，同時「判令被告今後在中國銷售的機票上，必須使用中文告知」。

　　這場與外國航空公司之間的訴訟，引起了包括新華社、《人民日報》、中國新聞社、《中國青年報》等主流媒體的廣泛關注。互聯網上的相關報導更是多達上百個網頁。

　　法院受理此案後，荷航在給我的電子郵件中說：「如果您提出的索賠要求我們可以接受的話，相信這對您對我們公司都是比上法庭更好的解決方式。」並且主動把他們此前承諾的賠償金額，從640美元提高到他們公司對於遺失行李的最

高賠償額1,500美元。但我堅持必須按我在行李丟失後所申報的物品的總金額2,415美元進行賠償。

在我提起訴訟之後的第9天，荷航突然來電說行李找到了。箱內的筆記本電腦等貴重物品沒有丟失，但部分物品出現損壞。儘管經濟損失基本挽回，但我還是要向荷航討個說法。因為我不希望將來還有其他旅客和我一樣倒楣。況且，我要求在國際機票上增加中文說明的公益訴求還沒有實現。

我告訴荷航，個人經濟賠償固然必要，但公眾利益的維護更為重要，只要對方不承諾改進服務質量，我就不會撤訴。5月9日，我向法院提出申請變更部分訴訟請求，將「賠償行李責任限額之外的損失1美元」改為「賠償延遲交付行李給原告造成的損失1美元」，而要求荷航在中國銷售的機票上，必須使用中文告知中國消費者有關「行李責任限額通告」內容的訴訟請求則不變。

荷航接著主動提出了一個賠償方案，試圖和我「私了」。我明確告訴對方，接受賠償方案的前提是，必須首先滿足我公益部分的要求，否則賠再多的錢我也不甘。不願上法庭的荷航似乎看出了我維護公眾利益的堅定決心。

5月10日，荷航方面來函表示：「從方便乘客的角度來講，我們完全贊同在中國為中國客人提供中文信息的觀點。」但是，目前中國境內通用的BSP國際機票是由國際航空運輸協會（IATA）提供，經中國民航行政管理部門批准使用的標準運輸憑證，荷航沒有權利更改其樣式和內容。在中國有關方面，對BSP國際機票的樣式和內容作出更改之後，荷航將立即接受並採用。而在此之前，作為一項臨時性措施，荷航「特別設計和印刷了有關行李限額的簡短的中英文說明，把它們提供給荷航的特約授權代理」，以便中國乘客在購買機票時，獲得更多的中文提示。

荷航終於認識到自己服務上存在的瑕疵，並願意改進，這為糾紛的庭外和解提供了契機。考慮到訴訟目的已經達

到，我向法院提出了撤訴請求。（陳強先生部落格「父女博客」，http://blog.sina.com.cn/s/blog_4ac430cb010006r1.html）

二、漢字刺青藝術

　　將印有英文字的衣服穿在身上，這大概是全世界的人共有的經驗。時髦也好、表達意念也好，甚或只是衣服廠牌的標誌，現在這情勢雖然沒有改觀，但是印有漢字的衣服或是身上的漢字刺青，卻已經也正式在全世界流行，成為新鮮與潮流的新寵兒。

㈠充滿智慧的漢字刺青

　　中文在全世界流行，商店裡充斥著印有漢字的各種裝飾品、日用品。甚至衣服、用品上的漢字已經不夠滿足展示欲望或是趕上流行時，在身上刺上漢字刺青紋身，成為西方新時尚。例如，下頁這位「加州沙加緬度捷運公司」的年輕保全人員，脖子與手臂刺了許多漢字，筆者在2005年赴沙加緬度時，在捷運站親自為他拍下了這張有「愛」字、「美」字的照片。

　　雖然在大多數西方人看來，漢字刺青是一種極為流行的裝飾元素。

但是許多刺青的人，不但知道所刺漢字的意義，而且是藉著這漢字意義，而有著自我期許的積極目的。例如前述那位捷運保全，他在我的詢問之下，將漢字「愛」與「美」的意義說明得盡善盡美，也告訴我，那是他的理想與志願。而下圖這位女士，我們相信那美麗的「智慧」二字，是給自己人生的重要啟示。

　　又如另外兩位籃球員哈薩克籍的Yegor Birtulin和美國籍的Reggie Okosa，可是充滿自信與理想地為自己刺上了漢字：

　　喜歡欣賞NBA的球迷都知道，許多NBA球員都喜歡在自己身上刺青，除了美觀之外，在球場上或多或少還有「恐嚇對手」的作用，前NBA籃板高手「小蟲」Dennis Rodman、76人戰神Allen Iverson，都是喜歡把自己的身體當成畫布的球員。既然NBA球員們那麼喜歡刺青，刺青的圖案及部位當然也都要有所考究，近年來，漢字刺青更成為NBA球員們的最愛，如Kenyon Martin手臂上的「患得患失」、Marcus Camby肩頭的「勉族」、Iverson頸部的「忠」等，都是目前NBA較知名的漢字刺青。

　　而在2007年第27屆臺灣威廉瓊斯盃國際籃球邀請賽中，也有兩名外籍球員身上有著漢字刺青。哈薩克主控Yegor Birtulin（5號）兩手都有刺青，

但他左肩上的刺青圖案則是「勉鼠」兩個漢字。Birtulin表示，他不曉得這兩個中文字個別的意思，當然更不知道這兩個字組合起來的意思有多怪，但他就是感覺這兩個字很酷，因此，才在某年的生日時，把這兩個漢字刺青當作自己的生日禮物。Birtulin說：「我知道有NBA球員在自己肩上刺著『勉族』兩個字（Camby），但我這個刺青絕不是學他的喔！我可是刺完『勉鼠』之後，才在電視上到Camby的刺青。」

　　除了Birtulin身上有漢字刺青外，美國隊前場悍將Reggie Okosa右前臂內側也刺了「母福愛生活」五個中文字。不過，Okosa可不像Birtulin一樣，不懂中文字的意思就把它刺在身上，他可是先到網路上查清楚這幾個中文字的意思，才把它們刺在手臂上。Okosa說：「『母』代表著辛苦把我撫養長大的母親，我是來自單親家庭，母親對我而言是最重要的；『福』則有著幸運的意思；『愛』當然就是LOVE；『生活』就是我自己開心過生活。這五個字就是我的人生態度！」（yam天空運動網2007年7月27日特稿〈瓊斯盃——漢字刺青老外最愛〉，http://sports.yam.com/show.php?id=0000054330。二位籃球選手是來臺灣參加「瓊斯盃籃球賽」的外籍選手。）

㈡時髦與流行的漢字元素

　　當漢字成為一種流行的圖騰，群起效尤的趨勢令人驚訝，從身體刺青到彩繪指甲，從衣服到汽車，熱鬧萬千：（以下刺青照片及相關資料，引自唐恬「一知半解」網站，http://www.hanzismatter.com/2004/11/site-news-hanzi-smatter-featured-on.html）

而右圖這件衣服可是非同小可，它不是一般T恤而已，它是「Mormon Chinese Tee ──摩門教中文衫」，其英文原來要表達「Choose The Right」的意義，直接翻譯成「選正義」，語法雖然不算完整，但是傳教也好、引人注目也好，確實可以很快引起眾人目光。

㈢錯誤的翻譯（Lost in Translation）

漢字成為流行圖騰後，符號形象與意義理解對某些人而言，經常沒有必然關係，甚至不一定要知道其意義，於是出現許多明顯錯誤，或是無厘頭的漢字關係。像以下這些例子，有些甚至令懂漢字的人噴飯。

1.「很威風的竹簾子」？雖然是音譯，不過一般都是「威廉」吧。

2.「變態」？不知道他自己知道嗎，或是本來就喜歡耍噱頭？

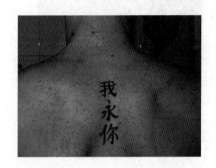

3.「我永你」？是「我永遠愛你」還是「我永遠恨你」？
4.發揮孟子精神：「貧賤不能移」、「威武不能屈」，「寧死不受辱」？那可能是莽夫「北宮黝」吧！

5.「拉夫」指「皮條客」、「勢」為「是」的錯別字。這位有正義感的人士說：「拉皮條的是賤人」。
6.到底是生肖屬「豬」？「我喜歡豬」？還是「我是豬」？

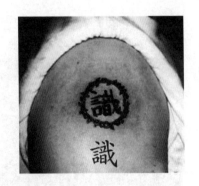

7.少一「點」，少很多！
8.難道刺青師父是將底稿貼上去刺的？

9.你覺得字寫錯寫反了很丟臉是嗎？告訴你，連字典的「書」字都會
　寫反囉！

　　這種因為不理解漢字而導致翻譯過程中產生的錯誤，西方人逐漸
也發現這問題，《華盛頓郵報》（*Washington Post Express*）2005年3月
1日就曾經在其「文化版」（Culture）中，有過以下這篇報導「Lost in
Translation」，探討文化差異下的錯誤翻譯：

三、國際漢字郵票

(一)2008年鼠年郵票

　　國際間發行的漢字郵票，多數是為了慶祝中國新年所發行的十二生肖郵票，例如，左圖這張2008年法國郵政總局發行的鼠年郵票。

　　這張郵票主體圖案為一隻棕色小鼠，懷抱一串葡萄正在吃，右上角為中文書法「鼠年」，並在郵票右上方與右下方分別用法語寫上「鼠年」和「法國」字樣，設計者是旅法中國藝術家何一夫先生。這張鼠票的創意來自中國傳統的生殖崇拜文化。在中國傳統美術史上，有以鼠表現繁衍文化概念的做法。

鼠,代表「子」;葡萄,也是「多子」的意思。鼠吃葡萄,則代表中國傳統「多子多福」的理念。

又例如以下其他國家的2008鼠年郵票:

圖1-1　2008美國鼠年郵票

圖1-2　2008加拿大鼠年郵票「老鼠娶親」

圖1-3　2008澳大利亞鼠年郵票

圖1-4　2008日本鼠年郵票

圖1-5　2008韓國鼠年郵票

㈡連續發行的十二生肖郵票

有些國家連續十二年發行中國生肖郵票,華人社會引以為傲,也看見中國文化在世界上的影響力。

1.澳州、美國

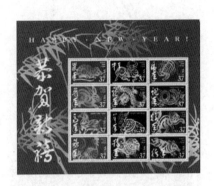

2.加拿大歷年十二生肖郵票

圖1-6　1997年牛年郵票

圖1-7　1998年虎年郵票

圖1-8　1999年兔年郵票

圖1-9　2000年龍年郵票

圖1-10　2001年蛇年郵票

圖1-11　2002年馬年郵票

圖1-12　　2003年羊年郵票

圖1-13　　2004年猴年郵票

圖1-14　　2005年雞年郵票

圖1-15　2006年狗年郵票

圖1-16　2007年豬年郵票

圖1-17　2008年鼠年郵票

第五節　漢字國際化的省思

一、漢字視覺特質

　　世界上的文字系統，最早都起源於圖畫，而後演進為符號，最後形成文字。圖畫與符號的表意特性，表現在人類的視覺效應上，讓人從構形中快速理解其意義。歐洲的古老文字從圖畫符號，很快進入字母表音文字，也就是純粹以記音為文字主體功能，形體的表意功能也就喪失。目前全世界文字，能夠保有形意視覺關係且功能強大的文字系統，就只有漢字，使得漢字成為當今世界文字中最特殊的系統。

　　漢字的符號藝術，無論是書法、對聯、器物工藝等方面，在世界上都舉足輕重。拜當代中國經濟崛起之賜，許多外國人將漢字刺青在身上，許多人不一定完全掌握漢字意義，但是一種東方文化的視覺吸引力，也正是他們所追求的流行或感受。

　　若再以全球商業使用的商標而言，其中也有非常大量的文字類型商標，漢字的符號視覺特質，在這方面就佔有極大優勢。西方的拉丁字母也經常出現在商業標誌中，但是字母是表音符號，在構形上難有特殊變化與差異，因此字母商標幾乎是以表音為主，在視覺意象上比較不具吸引力。而漢字從構形到筆劃、書法、大小寬窄圓扁的變化，本身就是一幅意象畫。在現代設計中，從漢字甲骨文、金文、篆、隸、草、楷的書法中，可以擷取書法藝術；而當代文字軟體中，宋體、粗黑、圓體、仿宋、標楷、廣告體等等，也豐富了視覺感官。在商業競爭激烈的今天，漢字也成了最好的視覺符號系統、最具象的訊息傳遞工具、最有文化基因的設計元素，正衝擊著全球人士的審美觀。

二、國家語言競爭力

　　人類歷史上，語言一直是國家或族群競爭力的象徵與工具之一，而且是非常重要的利器。以中國而言，漢族所創建的歷代王朝，其語言文字也成為「漢語文化圈」國家地區的語文來源，甚至文化依循，所以中國在亞洲區域政經領域，一直居於領導地位直到當代。西方上古時期的希臘、羅

馬,中古時期的法國到近代西班牙、荷蘭、葡萄牙;十九世紀的英國,當其政經勢力龐大的同時,其語言文字也一樣佔有絕對優勢。

二十世紀起,美國成了世界超強,伴隨著政治經濟的力量,美語也席捲全世界直到今天。但是從二十世紀末期開始,中國對內對外採取了改革開放的政策,國際間著眼於大陸市場的龐大商機,紛紛以中國市場為發展目標。整個國際局勢隨著經濟議題改變,中國在國際間的影響力快速膨脹,而漢語也因此登上國際舞台,引起高度重視。

2003年8月,美國國會議員Rush Holt向議會提交「國家安全語言法案」(National Security Language Act),指出「如果我們不致力於學習世界各國重要地區的語言與文化,我們將無法再保持國家安全,我們在海外的軍隊和國內人民要求我們迅速行動起來,以解決國家需要的關鍵語言人才短缺問題,在這個問題上不作為不僅是不負責的,而且是危險的。」美國在911恐怖攻擊後,許多有關促進對外國語言文化了解的建議,在社會上不斷出現,其目的就在增加美國與國際間的良善溝通,改變許多美國人對國際其他區域一無所知的窘境,而保持國家國際影響力以及國土安全的必要方式,就是增加精通外語的國民。

到了2006年1月,布希政府果然發起「國家安全語言倡議」,把外語能力提升到前所未有的國家政策高度,並試圖通過提高美國公民外語能力,以確保美國在二十一世紀的安全與繁榮;其次就是維護美國在全球的經濟利益,使美國在國際化競爭中提高經濟競爭力。這份「倡議」中,攸關美國國家安全與經濟優勢的外語之一,就是漢語。

世界各國積極展開對於漢語需求的相關國家政策,這對於使用漢語的國家與區域是一大利多訊息,因為這代表本身語言文字國際地位的提升,也很高程度代表著未來一個世紀在語言競爭力的過程中,漢語本身也應該適時調整國際策略,走向國際。關於這點,中國大陸早已經在中央設置了「國家對外漢語聯合小組辦公室」,作為語言競爭與國際推廣的主管單位,積極引導世界走向漢語。臺灣地區很多大學院校也注意到此情勢,在校園內新設了許多「華語教學」系所,目的在培養華語人才,搶食國際中文市場的大餅。無論母語是什麼語言的國家,也包括以漢語為語言的臺灣,在這波國際漢語熱中,如果適當地調整了國家策略腳步,也就代表著

掌握了「國際語言競爭力」的優勢。

三、臺灣語言競爭力隱憂

　　為了因應國際局勢的改變，中國大陸早在20前就成立「國家漢語國際推廣領導小組辦公室」，簡稱「漢辦」，由12個中央部會組成，把國際漢語推廣當作與政治、經濟同時國際化的國家政策。漢辦的主要工作有培育海外漢語教師、設立海外「孔子學院」、國際漢語水平考試（HSK）、漢語教材與資源、國際「漢語橋」漢語競賽等。截至2008年3月，漢辦已在全球設立238所「孔子學院」，作為海外推廣的據點預計到2010年將達到500所。漢辦每年又派遣大量漢語教師赴海外教學，而HSK漢語考試更已是國際間僅次於托福的第二大語言測驗機制。漢辦的明確目標與成果，反映出中國大陸政府對於語言競爭力的精準認知，20年的國際漢語熱潮，與漢辦機制有著直接的關係。

　　反觀臺灣在語言國際競爭力這個攸關國家發展的領域中，十幾年來似乎完全置身事外，不僅是沒能利用自己的語言在國際經濟市場獲利，連國際漢語教學市場的大餅，臺灣也沾不上邊。學術界知道這國際局勢，所以各大學的華語教學系所如雨後春筍般成立，但是沒有政府帶頭，各大學缺乏橫向聯繫，全數在單打獨鬥，浪費了教育資源，其實學生也並未獲得真正的支援，在國際上獲得教職，或更高層的志業。

　　綜觀臺灣在國際語言競爭力中毫無建樹、在對外語言戰略上嚴重停滯的原因如下：

1.國家政策的漠視與矛盾

　　過去數年臺灣「本土化」意識遭到誤用，狹隘的本土概念使所有國家內部外部議題鎖在政治議題之內，包括國家語言的認知都幾乎由政客引起內部對立，完全沒有任何國際語言競爭力的論述在社會發酵，遑論可以把自己的漢語或華語推向國際。如果臺灣沒有在過去與未來，於國際語言競爭中獲利，應負最大責任的便是政府領導階層。

2.國家缺乏語言戰略單位

　　當美國這個超級強國把漢語當作「戰略語言」的同時，臺灣竟然連一

個有作為的國家對外語言推廣組織都沒有。教育部下設有「華語小組」，似乎便應該是這樣的作戰機構，但是進入該小組網站就可知道，空無一物，甚至該小組竟然也已經裁撤。臺灣諸多年輕學子到教育部考「華語師資認證」，但是放榜後，國家對這些人才便沒有了義務與責任，任憑年輕人不知所措，實令人萬般痛心。

3.語言政策與規劃缺乏全球化意識與國際視野

過去數年，臺灣沒有內部語言政策與規劃，更遑論全球與國際視野。被政客操弄的狹隘本土意識，就算正確的部分也沒有被真正落實，連政府官定的「通用拼音」版本，不但人民莫名所以，才短短的數年之間，這政策與拼音系統幾乎是進了博物館。當國家內部都沒有一個真正的語言競爭力意識，要想在國際局勢間攫取利益與地位，就如同緣木求魚。假設我們認為正體漢字優於大陸的簡體漢字，但是國家毫無領導人民走向國際的規劃與研究方式，那就難怪國際間幾乎已經是簡體字的天下了。

4.各大學華語系所的單打獨鬥

大學是具備國際視野與雄心的部門，所以十年來華語教學研究系所不斷成立，但是沒有了中央的實際帶頭與政策規劃，各大學只好單打獨鬥。各大學沒有橫向的聯繫與合作，又難有國家為學生鋪路，完全不是整體戰略的意義，使得學術單位呈現資源流失與浪費，是非常可惜的事。

總而言之，臺灣在國際語言競爭中已經喪失先機，如果官方仍然沒有警覺，民間一頭熱又造成資源浪費，最後臺灣終將向別的漢語大國低頭，甚至完全退出與淹沒在國際競爭之中。

第三章
當代正體簡體漢字

第一節　區域觀點與名稱差異

　　當代漢字有兩大系統，從區域來分，臺灣、香港、澳門使用的叫「正體字」或「繁體字」，大陸使用的叫「簡化字」或「簡體字」。從書寫筆劃多寡的角度說，「繁體」相對於「簡體」；從漢字簡化的歷史角度說，「正體」相對於「簡體」、「簡化」；從官方角度說，臺港的「正體」相對於大陸的「簡化」。我們整理如下：

觀點	臺灣、香港、澳門	大陸
從漢字簡化歷史與發展論	正體	簡體、簡化
從書寫筆劃多寡論	繁體	簡體
從官方觀點論	正體	簡化

　　臺灣與大陸兩地社會從1949年起分隔至今，導致漢字的書寫也長期分途，沒有交集，於是兩區域漢字差異，成了很重要的政治與社會區隔的代表性圖騰。在臺灣早期書寫中，若出現大陸版的簡體字，很可能會引起宣然大波，官方則絕對不可能有這種現象。字型的分化與社會的分化，在此成了相對應的路線。字型的分化，是一種社會現象、社會的分化，則展現在字型的差異中。

　　不過，當代漢字的差異現象，在漢字歷史發展中其實很平常。社會獨立使文字異形，戰國的「六國文字」早已如此；唐代的俗體字中，簡化或異體也是常態，所以官方有了標準文字的訂定，所謂「字樣」，學者研究文字而有了「字樣學」。再從書寫角度來看，棄繁從簡是一般使用者，為

了便利與速度的必然選擇，民間是不一定會緊隨官方的。也就是說，在當代討論漢字差異問題，它不是單一方向思考即可，觀點與論述角度確定，才能有交集的正向思考。

　　不過這些當代文字對立現象，隨著兩岸開放交流以及網路科技普及而趨於流通，現在在兩岸已經可以很平常地看到對方的漢字，雙方出版品也很普遍地直接進口，有些網站有兩種字體可供選擇，就算只有單一字體，兩岸民眾也已經普遍可以識讀。這些現象對於兩種字體的未來發展與應用，具有正面意義。

第二節　正體字、繁體字

　　「正體字」是臺灣官方法定字體名稱，又稱「國字」、「繁體字」，是中國自東漢以下，一直使用的標準楷書書寫形式，相對於「簡化字」。中華民國官方以及一些華人所稱「正體字」，是中華民國行政院教育部官方，明令使用的一套有明確準則的「繁體中文」文字，制定有明確的書寫規範以及選字原則，分列為「常用國字標準字體表」、「次常用國字標準字體表」和「罕用字體表」。在香港亦有類似的準則，以「常用字字形表」為標準，選字的準則和結果與臺灣的相近。在這意義上，「正體字」指符合這些準則下，所選定的標準字型的漢字。而俗字、簡化字等則為非正體字。

　　中國大陸於1956年開始制定和推行簡化字，簡化字在中國大陸取得了正體字的地位。繁體字就是與簡化字相對被簡化的漢字。除此之外，很多漢字沒有被簡化，如：「工欲善其事，必先利其器」。這些字被叫作「傳承字」，既不是繁體字，也不是簡化字。所以，並不是現在在中國大陸使用的漢字都是從繁體字簡化而來的。

　　沒有使用簡化字的中文經常被稱為繁體中文，某些認為繁體中文是正統的人，也會稱之為「正體中文」，中華民國官方的一套漢字取字方案所取的字叫「正體字」，使用這套「正體字」方案的中文也叫「正體中文」。其中的文字，在很多時候就會被籠統地稱為「繁體字」。由於這些漢字未經漢字簡化，所以有人認為比簡化字美觀，更是傳統中華文化的精

髓，應將其稱為「正體字」。尤其臺灣、香港地區的人，認為這是繁簡大戰中繁體中文的優勢。

第三節　簡化字、簡體字

　　「簡化字」是中華人民共和國官方在大陸地區推行的標準漢字，臺、港、澳有部分人士稱為大陸字，是繁體字的對稱。同一漢字，簡化字通常比繁體字筆劃為少。簡化字是大陸在簡體字的基礎上經整理改進，由政府主管部門公布的法定簡體字，具有唯一性。在中國大陸，現行的簡化字是在1956年「漢字簡化方案」下，而後1964年發展成「簡化字總表」中的簡化字，並且訂有「語言文字法」保障其法定地位。

　　有趣的是，中華人民共和國的「簡化字」，其實是在中華民國的「簡體字」政策規劃下的持續與完成。1935年8月21日中華民國教育部頒布了「第一批簡體字表」，開始要推行研議已久的漢字簡體政策，不過1936年2月，又通令暫緩推行。之後因為中國內戰，於是文字整理工作均被延緩。1949年中華人民共和國建國，1956年1月28日中華人民共和國國務院審訂通過了「漢字簡化方案」。其後又公布了「第二批漢字簡化方案」，但因為字型過於簡單且混亂，試用了約八年便宣布廢除。1965年10月10日重新發表「簡化字總表」，共收2,235個簡化字，政策法規於焉完成。由於「簡化字」是在「簡體字」的基礎上經整理改進的，因此官方的「簡化字」常被俗稱為簡體字。

第四節　正簡漢字對照表

　　以下正簡漢字對照表共有二表，表一按讀音的英文拼英字母順序排列，表二按簡化字偏旁排列。簡化字在前，正體字置於括弧內。

一、正簡對照表㈠

A						
碍〔礙〕	肮〔骯〕	袄〔襖〕	爱〔愛〕			
B						
坝〔壩〕	板〔闆〕	办〔辦〕	帮〔幫〕	宝〔寶〕	报〔報〕	币〔幣〕
毙〔斃〕	标〔標〕	表〔錶〕	别〔彆〕	卜〔蔔〕	补〔補〕	罢〔罷〕
备〔備〕	贝〔貝〕	笔〔筆〕	毕〔畢〕	边〔邊〕	宾〔賓〕	
C						
才〔纔〕	蚕〔蠶〕	灿〔燦〕	层〔層〕	搀〔攙〕	谗〔讒〕	馋〔饞〕
缠〔纏〕	忏〔懺〕	偿〔償〕	厂〔廠〕	彻〔徹〕	尘〔塵〕	衬〔襯〕
称〔稱〕	惩〔懲〕	迟〔遲〕	冲〔衝〕	丑〔醜〕	出〔齣〕	础〔礎〕
处〔處〕	触〔觸〕	辞〔辭〕	聪〔聰〕	丛〔叢〕	参〔參〕	仓〔倉〕
产〔產〕	长〔長〕	尝〔嘗〕	车〔車〕	齿〔齒〕	虫〔蟲〕	刍〔芻〕
从〔從〕	窜〔竄〕					
D						
担〔擔〕	胆〔膽〕	导〔導〕	灯〔燈〕	邓〔鄧〕	敌〔敵〕	递〔遞〕
点〔點〕	淀〔澱〕	电〔電〕	斗〔鬥〕	独〔獨〕	吨〔噸〕	夺〔奪〕
堕〔墮〕	达〔達〕	带〔帶〕	单〔單〕	当〔當、噹〕	党〔黨〕	东〔東〕
动〔動〕	断〔斷〕	对〔對〕	队〔隊〕			
E						
儿〔兒〕	尔〔爾〕					
F						
矾〔礬〕	范〔範〕	飞〔飛〕	坟〔墳〕	奋〔奮〕	粪〔糞〕	凤〔鳳〕
肤〔膚〕	妇〔婦〕	复〔復、複〕				
G						
盖〔蓋〕	干〔乾、幹〕	赶〔趕〕	个〔個〕	巩〔鞏〕	沟〔溝〕	构〔構〕
购〔購〕	谷〔穀〕	顾〔顧〕	刮〔颳〕	关〔關〕	观〔觀〕	柜〔櫃〕

冈〔岡〕	广〔廣〕	归〔歸〕	龟〔龜〕	国〔國〕	过〔過〕	
H						
汉〔漢〕	号〔號〕	合〔閤〕	轰〔轟〕	后〔後〕	胡〔鬍〕	壶〔壺〕
沪〔滬〕	护〔護〕	划〔劃〕	怀〔懷〕	坏〔壞〕	欢〔歡〕	环〔環〕
还〔還〕	回〔迴〕	伙〔夥〕	获〔獲、穫〕	华〔華〕	画〔畫〕	汇〔匯、彙〕
会〔會〕						
J						
击〔擊〕	鸡〔雞〕	积〔積〕	极〔極〕	际〔際〕	继〔繼〕	家〔傢〕
价〔價〕	艰〔艱〕	歼〔殲〕	茧〔繭〕	拣〔揀〕	硷〔鹼〕	舰〔艦〕
姜〔薑〕	浆〔漿〕	奖〔獎〕	讲〔講〕	酱〔醬〕	胶〔膠〕	阶〔階〕
洁〔潔〕	借〔藉〕	仅〔僅〕	惊〔驚〕	竞〔競〕	旧〔舊〕	剧〔劇〕
据〔據〕	惧〔懼〕	卷〔捲〕	几〔幾〕	夹〔夾〕	戋〔戔〕	监〔監〕
见〔見〕	荐〔薦〕	将〔將〕	节〔節〕	尽〔盡、儘〕	进〔進〕	举〔舉〕
K						
开〔開〕	克〔剋〕	垦〔墾〕	恳〔懇〕	夸〔誇〕	块〔塊〕	亏〔虧〕
困〔睏〕	壳〔殼〕					
L						
腊〔臘〕	蜡〔蠟〕	兰〔蘭〕	拦〔攔〕	栏〔欄〕	烂〔爛〕	累〔纍〕
垒〔壘〕	类〔類〕	里〔裏〕	礼〔禮〕	隶〔隸〕	帘〔簾〕	联〔聯〕
怜〔憐〕	炼〔煉〕	练〔練〕	粮〔糧〕	疗〔療〕	辽〔遼〕	了〔瞭〕
猎〔獵〕	临〔臨〕	邻〔鄰〕	岭〔嶺〕	庐〔廬〕	芦〔蘆〕	炉〔爐〕
陆〔陸〕	驴〔驢〕	乱〔亂〕	来〔來〕	乐〔樂〕	离〔離〕	历〔歷、曆〕
丽〔麗〕	两〔兩〕	灵〔靈〕	刘〔劉〕	龙〔龍〕	娄〔婁〕	卢〔盧〕
虏〔虜〕	卤〔鹵、滷〕	录〔錄〕	虑〔慮〕	仑〔侖〕	罗〔羅〕	
M						
么〔麼〕	霉〔黴〕	蒙〔矇、濛、懞〕	梦〔夢〕	面〔麵〕	庙〔廟〕	灭〔滅〕

蔑〔巇〕	亩〔畝〕	马〔馬〕	买〔買〕	卖〔賣〕	麦〔麥〕	门〔門〕
黾〔黽〕						
N						
恼〔惱〕	脑〔腦〕	拟〔擬〕	酿〔釀〕	疟〔瘧〕	难〔難〕	鸟〔鳥〕
聂〔聶〕	宁〔寧〕	农〔農〕				
P						
盘〔盤〕	辟〔闢〕	苹〔蘋〕	凭〔憑〕	扑〔撲〕	仆〔僕〕	朴〔樸〕
Q						
启〔啟〕	签〔籤〕	千〔韆〕	牵〔牽〕	纤〔縴、纖〕	窍〔竅〕	窃〔竊〕
寝〔寢〕	庆〔慶〕	琼〔瓊〕	秋〔鞦〕	曲〔麴〕	权〔權〕	劝〔勸〕
确〔確〕	齐〔齊〕	岂〔豈〕	气〔氣〕	迁〔遷〕	佥〔僉〕	乔〔喬〕
亲〔親〕	穷〔窮〕	区〔區〕				
R						
让〔讓〕	扰〔擾〕	热〔熱〕	认〔認〕			
S						
洒〔灑〕	伞〔傘〕	丧〔喪〕	扫〔掃〕	涩〔澀〕	晒〔曬〕	伤〔傷〕
舍〔捨〕	沈〔瀋〕	声〔聲〕	胜〔勝〕	湿〔濕〕	实〔實〕	适〔適〕
势〔勢〕	兽〔獸〕	书〔書〕	术〔術〕	树〔樹〕	帅〔帥〕	松〔鬆〕
苏〔蘇、囌〕	虽〔雖〕	随〔隨〕	啬〔嗇〕	杀〔殺〕	审〔審〕	圣〔聖〕
师〔師〕	时〔時〕	寿〔壽〕	属〔屬〕	双〔雙〕	肃〔肅〕	岁〔歲〕
孙〔孫〕						
T						
台〔臺、檯、颱〕	态〔態〕	坛〔壇、罈〕	叹〔嘆〕	体〔體〕	铁〔鐵〕	听〔聽〕
厅〔廳〕	头〔頭〕	图〔圖〕	涂〔塗〕	团〔團、糰〕	椭〔橢〕	条〔條〕
W						
洼〔窪〕	袜〔襪〕	网〔網〕	卫〔衛〕	稳〔穩〕	务〔務〕	雾〔霧〕
万〔萬〕	为〔為〕	韦〔韋〕	乌〔烏〕	无〔無〕		

X						
牺〔犧〕	习〔習〕	系〔係、繫〕	戏〔戲〕	虾〔蝦〕	吓〔嚇〕	咸〔鹹〕
显〔顯〕	宪〔憲〕	县〔縣〕	响〔響〕	向〔嚮〕	协〔協〕	胁〔脅〕
亵〔褻〕	衅〔釁〕	兴〔興〕	须〔鬚〕	悬〔懸〕	选〔選〕	献〔獻〕
乡〔鄉〕	写〔寫〕	寻〔尋〕				
Y						
压〔壓〕	盐〔鹽〕	阳〔陽〕	养〔養〕	痒〔癢〕	样〔樣〕	钥〔鑰〕
药〔藥〕	爷〔爺〕	叶〔葉〕	医〔醫〕	亿〔億〕	忆〔憶〕	应〔應〕
拥〔擁〕	佣〔傭〕	踊〔踴〕	忧〔憂〕	优〔優〕	邮〔郵〕	余〔餘〕
御〔禦〕	吁〔籲〕	郁〔鬱〕	誉〔譽〕	渊〔淵〕	园〔園〕	远〔遠〕
愿〔願〕	跃〔躍〕	运〔運〕	酝〔醞〕	亚〔亞〕	严〔嚴〕	厌〔厭〕
尧〔堯〕	业〔業〕	页〔頁〕	义〔義〕	艺〔藝〕	阴〔陰〕	隐〔隱〕
犹〔猶〕	鱼〔魚〕	与〔與〕	云〔雲〕			
Z						
杂〔雜〕	赃〔贓〕	脏〔臟、髒〕	凿〔鑿〕	枣〔棗〕	灶〔竈〕	斋〔齋〕
毡〔氈〕	战〔戰〕	赵〔趙〕	折〔摺〕	这〔這〕	征〔徵〕	症〔癥〕
证〔證〕	只〔隻、祇、衹〕	致〔緻〕	制〔製〕	钟〔鐘、鍾〕	肿〔腫〕	种〔種〕
众〔眾〕	画〔畫〕	朱〔硃〕	烛〔燭〕	筑〔築〕	庄〔莊〕	桩〔樁〕
妆〔妝〕	装〔裝〕	壮〔壯〕	状〔狀〕	准〔準〕	浊〔濁〕	总〔總〕
钻〔鑽〕	郑〔鄭〕	执〔執〕	质〔質〕	专〔專〕		

二、正簡對照表(二)

爱	罢	备	贝	笔	毕	边	宾	参	仓
产	长	尝	车	齿	虫	刍	从	审	达
带	单	当	党	东	动	断	对	队	尔
发	丰	风	冈	广	归	龟	国	过	华
画	汇	会	几	夹	戈	监	见	荐	将

节	尽	进	举	壳	来	乐	离	历	丽
两	灵	刘	龙	娄	卢	虏	卤	录	虑
仑	罗	马	买	卖	麦	门	黾	难	鸟
聂	宁	农	齐	岂	气	迁	金	乔	亲
穷	区	啬	杀	审	圣	师	时	寿	属
双	肃	岁	孙	条	万	为	韦	乌	无
献	乡	写	寻	亚	严	厌	尧	业	页
义	艺	阴	隐	犹	鱼	与	云	郑	执
质	专	讠	饣	纟	只	钅	亦	咼	吕

爱						
嗳〔噯〕	嫒〔嬡〕	叆〔靉〕	瑷〔璦〕	暧〔曖〕		
罢						
摆〔擺、襬〕	罴〔羆〕	糒〔糒〕				
备						
惫〔憊〕						
贝						
贞〔貞〕	则〔則〕	负〔負〕	贡〔貢〕	呗〔唄〕	员〔員〕	财〔財〕
狈〔狽〕	责〔責〕	厕〔廁〕	贤〔賢〕	账〔賬〕	贩〔販〕	贬〔貶〕
败〔敗〕	贮〔貯〕	贪〔貪〕	贫〔貧〕	侦〔偵〕	侧〔側〕	货〔貨〕
贯〔貫〕	测〔測〕	浈〔湞〕	恻〔惻〕	贰〔貳〕	贲〔賁〕	贳〔貰〕
费〔費〕	郧〔鄖〕	勋〔勛〕	帧〔幀〕	贴〔貼〕	贶〔貺〕	贻〔貽〕
贱〔賤〕	贵〔貴〕	钡〔鋇〕	贷〔貸〕	贸〔貿〕	贺〔賀〕	陨〔隕〕
涢〔溳〕	资〔資〕	祯〔禎〕	贾〔賈〕	损〔損〕	赘〔贅〕	埙〔塤〕
桢〔楨〕	喷〔噴〕	唝〔嗊〕	赅〔賅〕	圆〔圓〕	贼〔賊〕	贿〔賄〕
赆〔贐〕	赂〔賂〕	债〔債〕	赁〔賃〕	渍〔漬〕	惯〔慣〕	琐〔瑣〕
赉〔賚〕	匮〔匱〕	掼〔摜〕	殒〔殞〕	勣〔勣〕	赈〔賑〕	婴〔嬰〕
喷〔噴〕	赊〔賒〕	帻〔幘〕	偾〔僨〕	铡〔鍘〕	绩〔績〕	溃〔潰〕
溅〔濺〕	赓〔賡〕	愦〔憒〕	愤〔憤〕	黉〔黌〕	赍〔賫〕	蒇〔蕆〕
腈〔腈〕	赔〔賠〕	赕〔賧〕	遗〔遺〕	赋〔賦〕	喷〔噴〕	赌〔賭〕

赎〔贖〕	赏〔賞〕	赐〔賜〕	赒〔賙〕	锁〔鎖〕	馈〔饋〕	赖〔賴〕
赪〔赬〕	碛〔磧〕	殨〔殨〕	睸〔睸〕	腻〔膩〕	赛〔賽〕	赘〔贅〕
撄〔攖〕	槚〔檟〕	嘤〔嚶〕	赚〔賺〕	赙〔賻〕	罂〔罌〕	锧〔鑕〕
篑〔簣〕	铡〔鍘〕	缨〔纓〕	璎〔瓔〕	聩〔聵〕	樱〔櫻〕	颐〔頤〕
簧〔簧〕	濑〔瀨〕	癭〔癭〕	懒〔懶〕	赝〔贋〕	獴〔獴〕	赠〔贈〕
鹦〔鸚〕	獭〔獺〕	赞〔贊〕	赢〔贏〕	赡〔贍〕	癞〔癩〕	攒〔攢〕
籍〔籍〕	缵〔纘〕	瓒〔瓚〕	赆〔贐〕	赣〔贛〕	趱〔趲〕	躜〔躦〕
戆〔戇〕						
笔						
滗〔潷〕						
毕						
荜〔蓽〕	哔〔嗶〕	筚〔篳〕	跸〔蹕〕			
边						
笾〔籩〕						
宾						
傧〔儐〕	滨〔濱〕	摈〔擯〕	嫔〔嬪〕	缤〔繽〕	殡〔殯〕	槟〔檳〕
膑〔臏〕	镔〔鑌〕	髌〔髕〕	鬓〔鬢〕			
参						
渗〔滲〕	惨〔慘〕	掺〔摻〕	骖〔驂〕	毵〔毿〕	瘆〔瘆〕	碜〔磣〕
穇〔穇〕	糁〔糝〕					
仓						
伧〔傖〕	创〔創〕	沧〔滄〕	怆〔愴〕	苍〔蒼〕	抢〔搶〕	呛〔嗆〕
炝〔熗〕	玱〔瑲〕	枪〔槍〕	戗〔戧〕	疮〔瘡〕	鸧〔鶬〕	舱〔艙〕
跄〔蹌〕						
产						
浐〔滻〕	萨〔薩〕	铲〔鏟〕				
长						
伥〔倀〕	怅〔悵〕	帐〔帳〕	张〔張〕	枨〔棖〕	账〔賬〕	胀〔脹〕
涨〔漲〕						
尝						
鲿〔鱨〕						

车						
轧〔軋〕	军〔軍〕	轨〔軌〕	库〔庫〕	阵〔陣〕	厍〔厙〕	连〔連〕
轩〔軒〕	诨〔諢〕	郓〔鄆〕	轫〔軔〕	轭〔軛〕	瓯〔甌〕	转〔轉〕
轮〔輪〕	斩〔斬〕	软〔軟〕	浑〔渾〕	恽〔惲〕	砗〔硨〕	轶〔軼〕
轲〔軻〕	轱〔軲〕	轺〔軺〕	轻〔輕〕	轳〔轤〕	轴〔軸〕	挥〔揮〕
荤〔葷〕	轹〔轢〕	轸〔軫〕	轺〔軺〕	涟〔漣〕	珲〔琿〕	载〔載〕
莲〔蓮〕	较〔較〕	轼〔軾〕	轻〔輕〕	辂〔輅〕	轿〔轎〕	晕〔暈〕
渐〔漸〕	惭〔慚〕	皲〔皸〕	琏〔璉〕	辅〔輔〕	辄〔輒〕	辆〔輛〕
堑〔塹〕	啭〔囀〕	崭〔嶄〕	裤〔褲〕	裢〔褳〕	辇〔輦〕	辋〔輞〕
辍〔輟〕	辊〔輥〕	椠〔槧〕	辎〔輜〕	暂〔暫〕	辉〔輝〕	辈〔輩〕
链〔鏈〕	翚〔翬〕	辏〔輳〕	辐〔輻〕	辑〔輯〕	输〔輸〕	毂〔轂〕
銮〔鑾〕	辖〔轄〕	辕〔轅〕	辗〔輾〕	舆〔輿〕	辘〔轆〕	撵〔攆〕
鲢〔鰱〕	辙〔轍〕	錾〔鏨〕	辚〔轔〕			

齿						
龀〔齔〕	啮〔嚙〕	龆〔齠〕	龅〔齙〕	龃〔齟〕	龄〔齡〕	龇〔齜〕
龈〔齦〕	龉〔齬〕	龊〔齪〕	龌〔齷〕	龋〔齲〕		

虫						
蛊〔蠱〕						

刍						
诌〔謅〕	㑇〔㑇〕	邹〔鄒〕	㤘〔㤘〕	驺〔騶〕	绉〔縐〕	皱〔皺〕
趋〔趨〕	雏〔雛〕					

从						
苁〔蓯〕	纵〔縱〕	枞〔樅〕	怂〔慫〕	耸〔聳〕		

窜						
撺〔攛〕	镩〔鑹〕	蹿〔躥〕				

达						
㳠〔達〕	闼〔闥〕	挞〔撻〕	哒〔噠〕	鞑〔韃〕		

带						
滞〔滯〕						

单						
郸〔鄲〕	惮〔憚〕	阐〔闡〕	掸〔撣〕	弹〔彈〕	婵〔嬋〕	禅〔禪〕

殚〔殫〕	瘅〔癉〕	蝉〔蟬〕	箪〔簞〕	蕲〔蘄〕	辗〔輾〕	
当						
挡〔擋〕	档〔檔〕	裆〔襠〕	铛〔鐺〕			
党						
谠〔讜〕	傥〔儻〕	镋〔钂〕				
东						
冻〔凍〕	陈〔陳〕	崬〔崬〕	栋〔棟〕	胨〔腖〕	鸫〔鶇〕	
动						
恸〔慟〕						
断						
簖〔籪〕						
对						
怼〔懟〕						
队						
坠〔墜〕						
尔						
迩〔邇〕	弥〔彌、瀰〕	祢〔禰〕	玺〔璽〕	狝〔獮〕		
发						
泼〔潑〕	废〔廢〕	拨〔撥〕	钹〔鏺〕			
丰						
沣〔灃〕	艳〔艷〕	滟〔灧〕				
风						
讽〔諷〕	沨〔渢〕	岚〔嵐〕	枫〔楓〕	疯〔瘋〕	飒〔颯〕	砜〔碸〕
飔〔颸〕	飓〔颶〕	飕〔颼〕	飖〔颻〕	飘〔飄〕	飙〔飆〕	
冈						
刚〔剛〕	扐〔摑〕	岗〔崗〕	纲〔綱〕	枫〔楓〕	钢〔鋼〕	
广						
邝〔鄺〕	圹〔壙〕	扩〔擴〕	犷〔獷〕	纩〔纊〕	旷〔曠〕	矿〔礦〕
归						
岿〔巋〕						

龟						
阄〔鬮〕						
国						
掴〔摑〕	帼〔幗〕	腘〔膕〕	蝈〔蟈〕			
过						
挝〔撾〕						
华						
哗〔嘩〕	骅〔驊〕	烨〔燁〕	桦〔樺〕	晔〔曄〕	铧〔鏵〕	
画						
婳〔嫿〕						
汇						
㧪〔㩇〕						
会						
刽〔劊〕	郐〔鄶〕	侩〔儈〕	浍〔澮〕	荟〔薈〕	哙〔噲〕	狯〔獪〕
绘〔繪〕	烩〔燴〕	桧〔檜〕	脍〔膾〕	鲙〔鱠〕		
几						
讥〔譏〕	叽〔嘰〕	饥〔饑〕	机〔機〕	玑〔璣〕	矶〔磯〕	虮〔蟣〕
夹						
郏〔郟〕	侠〔俠〕	陕〔陝〕	浃〔浹〕	挟〔挾〕	荚〔莢〕	峡〔峽〕
狭〔狹〕	惬〔愜〕	硖〔硤〕	铗〔鋏〕	颊〔頰〕	蛱〔蛺〕	瘗〔瘞〕
箧〔篋〕						
戋						
划〔劃〕	浅〔淺〕	饯〔餞〕	线〔線〕	残〔殘〕	栈〔棧〕	贱〔賤〕
盏〔盞〕	钱〔錢〕	笺〔箋〕	溅〔濺〕	践〔踐〕		
监						
滥〔濫〕	蓝〔藍〕	尴〔尷〕	槛〔檻〕	褴〔襤〕	篮〔籃〕	
见						
苋〔莧〕	岘〔峴〕	觃〔覎〕	视〔視〕	规〔規〕	现〔現〕	枧〔梘〕
觅〔覓〕	觉〔覺〕	砚〔硯〕	觇〔覘〕	览〔覽〕	宽〔寬〕	蚬〔蜆〕
觊〔覬〕	笕〔筧〕	觋〔覡〕	觌〔覿〕	靓〔靚〕	搅〔攪〕	揽〔攬〕
缆〔纜〕	窥〔窺〕	榄〔欖〕	舰〔艦〕	觏〔覯〕	觐〔覲〕	觑〔覷〕

髋〔髖〕					
荐					
鞯〔韉〕					
将					
蒋〔蔣〕	锵〔鏘〕				
节					
栉〔櫛〕					
尽					
浕〔濜〕	荩〔藎〕	烬〔燼〕	赆〔贐〕		
进					
琎〔璡〕					
举					
榉〔欅〕					
壳					
悫〔慤〕					
来					
涞〔淶〕	莱〔萊〕	崃〔崍〕	徕〔徠〕	赉〔賚〕	睐〔睞〕	铼〔錸〕
乐					
泺〔濼〕	烁〔爍〕	栎〔櫟〕	轹〔轢〕	砾〔礫〕	铄〔鑠〕	
离					
漓〔灕〕	篱〔籬〕				
历					
沥〔瀝〕	坜〔壢〕	苈〔藶〕	呖〔嚦〕	枥〔櫪〕	疬〔癧〕	雳〔靂〕
丽					
俪〔儷〕	郦〔酈〕	逦〔邐〕	骊〔驪〕	鹂〔鸝〕	酾〔釃〕	鲡〔鱺〕
两					
俩〔倆〕	唡〔啢〕	辆〔輛〕	满〔滿〕	瞒〔瞞〕	颟〔顢〕	蹒〔蹣〕
魉〔魎〕	懑〔懣〕	蹒〔躝〕				
灵					
棂〔欞〕					

刘						
浏〔瀏〕						
龙						
陇〔隴〕	泷〔瀧〕	宠〔寵〕	庞〔龐〕	垄〔壟〕	拢〔攏〕	茏〔蘢〕
咙〔嚨〕	珑〔瓏〕	栊〔櫳〕	龚〔龔〕	昽〔曨〕	胧〔朧〕	砻〔礱〕
袭〔襲〕	聋〔聾〕	龛〔龕〕	垄〔龕〕	笼〔籠〕		
娄						
偻〔僂〕	溇〔漊〕	萎〔蔞〕	搂〔摟〕	嵝〔嶁〕	喽〔嘍〕	缕〔縷〕
屡〔屢〕	数〔數〕	楼〔樓〕	瘘〔瘻〕	褛〔褸〕	窭〔窶〕	瞜〔瞜〕
镂〔鏤〕	屦〔屨〕	蝼〔螻〕	篓〔簍〕	耧〔耬〕	擞〔擻〕	髅〔髏〕
卢						
泸〔瀘〕	垆〔壚〕	栌〔櫨〕	轳〔轤〕	胪〔臚〕	鸬〔鸕〕	颅〔顱〕
舻〔艫〕	鲈〔鱸〕					
虏						
掳〔擄〕						
卤						
鹾〔鹺〕						
录						
箓〔籙〕						
虑						
滤〔濾〕	摅〔攄〕					
仑						
论〔論〕	伦〔倫〕	沦〔淪〕	抡〔掄〕	囵〔圇〕	纶〔綸〕	轮〔輪〕
瘪〔癟〕						
罗						
萝〔蘿〕	啰〔囉〕	逻〔邏〕	猡〔玀〕	椤〔欏〕	锣〔鑼〕	箩〔籮〕
马						
冯〔馮〕	驭〔馭〕	闯〔闖〕	吗〔嗎〕	犸〔獁〕	驮〔馱〕	驰〔馳〕
驯〔馴〕	妈〔媽〕	玛〔瑪〕	驱〔驅〕	驳〔駁〕	码〔碼〕	驼〔駝〕
驻〔駐〕	驵〔駔〕	驾〔駕〕	驿〔驛〕	驷〔駟〕	驶〔駛〕	驹〔駒〕
骀〔驕〕	驸〔駘〕	驸〔駙〕	驽〔駑〕	骂〔罵〕	蚂〔螞〕	笃〔篤〕
骇〔駭〕	骈〔駢〕	骁〔驍〕	骄〔驕〕	骅〔驊〕	骆〔駱〕	骊〔驪〕

骋〔騁〕	验〔驗〕	骏〔駿〕	骎〔駸〕	骑〔騎〕	骐〔騏〕	骒〔騍〕
雏〔雛〕	骖〔驂〕	骗〔騙〕	骜〔驁〕	骛〔騖〕	骚〔騷〕	骞〔騫〕
驽〔駑〕	蓦〔驀〕	腾〔騰〕	骝〔騮〕	骟〔騸〕	骠〔驃〕	骢〔驄〕
骡〔騾〕	羁〔羈〕	骤〔驟〕	骥〔驥〕	骧〔驤〕		

买

荬〔蕒〕						

卖

读〔讀〕	渎〔瀆〕	续〔續〕	椟〔櫝〕	觌〔覿〕	赎〔贖〕	犊〔犢〕
牍〔牘〕	窦〔竇〕	黩〔黷〕				

麦

唛〔嘜〕	麸〔麩〕					

门

闩〔閂〕	闪〔閃〕	们〔們〕	闭〔閉〕	闯〔闖〕	问〔問〕	扪〔捫〕
闱〔闈〕	闵〔閔〕	闷〔悶〕	闰〔閏〕	闲〔閑〕	间〔間〕	闹〔鬧〕
闸〔閘〕	钔〔鍆〕	阃〔閫〕	闺〔閨〕	闻〔聞〕	阄〔鬮〕	闽〔閩〕
闾〔閭〕	阊〔閶〕	阐〔闡〕	阁〔閣〕	阀〔閥〕	润〔潤〕	涧〔澗〕
悯〔憫〕	阆〔閬〕	阅〔閱〕	阉〔閹〕	阎〔閻〕	阈〔閾〕	娴〔嫻〕
阏〔閼〕	阌〔閿〕	阍〔閽〕	阋〔鬩〕	阇〔闍〕	焖〔燜〕	阑〔闌〕
裥〔襇〕	阔〔闊〕	痫〔癇〕	鹇〔鷴〕	阕〔闋〕	阒〔闃〕	搁〔擱〕
锏〔鐧〕	锎〔鐦〕	阙〔闕〕	阖〔闔〕	阗〔闐〕	槚〔檟〕	简〔簡〕
谰〔讕〕	阚〔闞〕	蔺〔藺〕	澜〔瀾〕	斓〔斕〕	镧〔鑭〕	躏〔躪〕

黾

渑〔澠〕	绳〔繩〕	鼋〔黿〕	蝇〔蠅〕	鼍〔鼉〕		

难

傩〔儺〕	滩〔灘〕	摊〔攤〕	瘫〔癱〕			

鸟

凫〔鳧〕	鸠〔鳩〕	岛〔島〕	茑〔蔦〕	鸢〔鳶〕	鸣〔鳴〕	枭〔梟〕
鸩〔鴆〕	鸦〔鴉〕	鸨〔鴇〕	鸥〔鷗〕	鸰〔鴒〕	鸽〔鴿〕	鸾〔鸞〕
莺〔鶯〕	鸪〔鴣〕	捣〔搗〕	鸫〔鶇〕	鹕〔鶘〕	鸭〔鴨〕	鸯〔鴦〕
鸮〔鴞〕	鸲〔鴝〕	鸶〔鷥〕	鸳〔鴛〕	鸵〔鴕〕	袅〔裊〕	鸥〔鷗〕

鸳〔鴛〕	鸾〔鸞〕	鸡〔鷄〕	鸿〔鴻〕	鸷〔鷙〕	鸸〔鴯〕	鸹〔鴰〕
鸺〔鵂〕	鸽〔鴿〕	鸼〔鵃〕	鸻〔鴴〕	鹁〔鵓〕	鹄〔鵠〕	鹅〔鵝〕
鹌〔鵪〕	鹈〔鵜〕	鹉〔鵡〕	鹊〔鵲〕	鹆〔鵒〕	鹎〔鵯〕	鹏〔鵬〕
鹐〔鵮〕	鹑〔鶉〕	鹕〔鶘〕	鹗〔鶚〕	鹖〔鶡〕	鹘〔鶻〕	鹒〔鶊〕
鹚〔鷀〕	鹛〔鶥〕	鹜〔鶩〕	鹞〔鷂〕	鹝〔鷊〕	鹓〔鵷〕	鹕〔鶘〕
鹣〔鶼〕	鹤〔鶴〕	鹏〔鵬〕	鹳〔鸛〕	鹪〔鷦〕	鹩〔鷯〕	鹨〔鷚〕
鹯〔鸇〕	鹰〔鷹〕	鹦〔鸚〕	鹬〔鷸〕	鹭〔鷺〕	鹳〔鸛〕	鹲〔鸏〕
鹴〔鷞〕	鹧〔鷓〕	鹰〔鷹〕	鹮〔䴉〕	鹭〔鷺〕	鹏〔鵬〕	鹳〔鸛〕
聂						
慑〔懾〕	滠〔灄〕	摄〔攝〕	嗫〔囁〕	镊〔鑷〕	颞〔顳〕	蹑〔躡〕
宁						
泞〔濘〕	拧〔擰〕	咛〔嚀〕	狞〔獰〕	柠〔檸〕	聍〔聹〕	
农						
侬〔儂〕	浓〔濃〕	哝〔噥〕	脓〔膿〕			
齐						
剂〔劑〕	侪〔儕〕	济〔濟〕	荠〔薺〕	挤〔擠〕	脐〔臍〕	蛴〔蠐〕
跻〔躋〕	霁〔霽〕	鲚〔鱭〕	齑〔齏〕			
岂						
剀〔剴〕	凯〔凱〕	恺〔愷〕	闿〔闓〕	垲〔塏〕	桤〔榿〕	觊〔覬〕
硙〔磑〕	皑〔皚〕	铠〔鎧〕				
气						
忾〔愾〕	饩〔餼〕					
迁						
跹〔躚〕						
佥						
剑〔劍〕	俭〔儉〕	险〔險〕	捡〔撿〕	猃〔獫〕	验〔驗〕	检〔檢〕
殓〔殮〕	敛〔斂〕	脸〔臉〕	裣〔襝〕	睑〔瞼〕	签〔簽〕	潋〔瀲〕
蔹〔蘞〕						
乔						
侨〔僑〕	挢〔撟〕	荞〔蕎〕	峤〔嶠〕	骄〔驕〕	娇〔嬌〕	桥〔橋〕
轿〔轎〕	硚〔礄〕	矫〔矯〕	鞒〔鞽〕			

亲						
榇〔櫬〕						
穷						
劳〔藭〕						
區						
讴〔謳〕	伛〔傴〕	沤〔漚〕	怄〔慪〕	抠〔摳〕	奁〔奩〕	呕〔嘔〕
岖〔嶇〕	妪〔嫗〕	驱〔驅〕	枢〔樞〕	瓯〔甌〕	欧〔歐〕	殴〔毆〕
鸥〔鷗〕	眍〔瞘〕	躯〔軀〕				
啬						
蔷〔薔〕	墙〔墻〕	嫱〔嬙〕	樯〔檣〕	穑〔穡〕		
杀						
铩〔鎩〕						
审						
谉〔讅〕	婶〔嬸〕					
圣						
柽〔檉〕	蛏〔蟶〕					
师						
浉〔溮〕	狮〔獅〕	蛳〔螄〕	筛〔篩〕			
时						
埘〔塒〕	莳〔蒔〕	鲥〔鰣〕				
寿						
俦〔儔〕	涛〔濤〕	祷〔禱〕	焘〔燾〕	畴〔疇〕	铸〔鑄〕	筹〔籌〕
踌〔躊〕						
属						
嘱〔囑〕	瞩〔矚〕					
双						
叒〔攙〕						
肃						
萧〔蕭〕	啸〔嘯〕	潇〔瀟〕	箫〔簫〕	蟏〔蠨〕		
岁						
刿〔劌〕	哕〔噦〕	秽〔穢〕				

孙						
荪〔蓀〕	狲〔猻〕	逊〔遜〕				
条						
涤〔滌〕	绦〔縧〕	鲦〔鰷〕				
万						
厉〔厲〕	迈〔邁〕	励〔勵〕	疠〔癘〕	蛋〔蠆〕	趸〔躉〕	砺〔礪〕
粝〔糲〕	蛎〔蠣〕					
为						
伪〔偽〕	沩〔潙〕	妫〔媯〕				
韦						
讳〔諱〕	伟〔偉〕	闱〔闈〕	违〔違〕	苇〔葦〕	韧〔韌〕	帏〔幃〕
围〔圍〕	纬〔緯〕	炜〔煒〕	祎〔禕〕	玮〔瑋〕	软〔韎〕	涠〔潿〕
韩〔韓〕	韫〔韞〕	韪〔韙〕	韬〔韜〕			
乌						
邬〔鄔〕	坞〔塢〕	呜〔嗚〕	钨〔鎢〕			
无						
怃〔憮〕	庑〔廡〕	抚〔撫〕	芜〔蕪〕	呒〔嘸〕	妩〔嫵〕	
献						
谳〔讞〕						
乡						
芗〔薌〕	飨〔饗〕					
写						
泻〔瀉〕						
寻						
浔〔潯〕	荨〔蕁〕	挦〔撏〕	鲟〔鱘〕			
亚						
垩〔堊〕	垭〔埡〕	挜〔掗〕	哑〔啞〕	娅〔婭〕	恶〔惡、噁〕	
氩〔氬〕	壸〔壼〕					
严						
俨〔儼〕	酽〔釅〕					

厌						
恹〔懕〕	靥〔靨〕	魇〔魘〕	餍〔饜〕	魇〔魘〕	黡〔黶〕	
尧						
侥〔僥〕	浇〔澆〕	挠〔撓〕	荛〔蕘〕	峣〔嶢〕	哓〔嘵〕	娆〔嬈〕
骁〔驍〕	绕〔繞〕	饶〔饒〕	烧〔燒〕	桡〔橈〕	晓〔曉〕	硗〔磽〕
铙〔鐃〕	翘〔翹〕	蛲〔蟯〕	跷〔蹺〕			
业						
邺〔鄴〕						
页						
顶〔頂〕	顷〔頃〕	项〔項〕	预〔預〕	顺〔順〕	须〔須〕	顽〔頑〕
烦〔煩〕	琐〔瑣〕	顽〔頑〕	顿〔頓〕	颀〔頎〕	颁〔頒〕	颂〔頌〕
倾〔傾〕	预〔預〕	庼〔廎〕	硕〔碩〕	颅〔顱〕	领〔領〕	颈〔頸〕
颇〔頗〕	颊〔頰〕	颊〔頰〕	颉〔頡〕	颖〔穎〕	颌〔頜〕	颐〔頤〕
滪〔澦〕	颐〔頤〕	蓣〔蕷〕	频〔頻〕	颓〔頹〕	颔〔頷〕	颖〔穎〕
颗〔顆〕	额〔額〕	颜〔顏〕	撷〔擷〕	题〔題〕	颙〔顒〕	颛〔顓〕
缬〔纈〕	瀕〔瀕〕	颠〔顛〕	巅〔巔〕	颟〔顢〕	颣〔纇〕	嚣〔囂〕
颢〔顥〕	颤〔顫〕	巅〔巔〕	颥〔顬〕	癫〔癲〕	灏〔灝〕	颦〔顰〕
颧〔顴〕						
义						
议〔議〕	仪〔儀〕	蚁〔蟻〕				
艺						
呓〔囈〕						
阴						
荫〔蔭〕						
隐						
瘾〔癮〕						
犹						
莸〔蕕〕						
鱼						
鱽〔魛〕	渔〔漁〕	鲂〔魴〕	鱿〔魷〕	鲁〔魯〕	鲎〔鱟〕	蓟〔薊〕
鲆〔鮃〕	鲅〔鮁〕	鲅〔鮁〕	鲈〔鱸〕	鲇〔鮎〕	鲊〔鮓〕	鲋〔鮒〕

鮇〔鮇〕	鮒〔鮒〕	鲍〔鮑〕	鲐〔鮐〕	鲞〔鯗〕	鲝〔鮺〕	鲯〔鯕〕
鲛〔鮫〕	鲜〔鮮〕	鲑〔鮭〕	鲒〔鮚〕	鲟〔鱘〕	鲔〔鮪〕	鲟〔鱏〕
鲗〔鰂〕	鲖〔鮦〕	鲙〔鱠〕	鲨〔鯊〕	噜〔嚕〕	鲡〔鱺〕	鲠〔鯁〕
鲢〔鰱〕	卿〔鄉〕	鲋〔鮒〕	鲩〔鯇〕	鲣〔鰹〕	鲤〔鯉〕	鲦〔鰷〕
鲧〔鯀〕	橹〔櫓〕	氇〔氌〕	鲸〔鯨〕	鲭〔鯖〕	鲮〔鯪〕	鲰〔鯫〕
鲲〔鯤〕	缁〔緇〕	鲳〔鯧〕	绯〔緋〕	鲵〔鯢〕	鲷〔鯛〕	鲶〔鯰〕
藓〔蘚〕	鲉〔鮋〕	鳍〔鰭〕	鳝〔鱔〕	鳊〔鯿〕	鲽〔鰈〕	鳁〔鰛〕
鳃〔鰓〕	鳄〔鱷〕	鲁〔魯〕	鳅〔鰍〕	鳆〔鰒〕	鳇〔鰉〕	鳌〔鰲〕
厣〔厴〕	腾〔騰〕	鳒〔鰜〕	鳍〔鰭〕	鳎〔鰨〕	鳏〔鰥〕	鳑〔鰟〕
癣〔癬〕	鳖〔鱉〕	鳙〔鱅〕	鳛〔鰼〕	鳕〔鱈〕	鳔〔鰾〕	鳜〔鱖〕
鳌〔鰲〕	鳗〔鰻〕	鳝〔鱔〕	鳟〔鱒〕	鳞〔鱗〕	鳜〔鱖〕	鳣〔鱣〕
鳢〔鱧〕						
与						
屿〔嶼〕	欤〔歟〕					
云						
芸〔蕓〕	昙〔曇〕	叆〔靉〕	叇〔靆〕			
郑						
掷〔擲〕	踯〔躑〕					
执						
垫〔墊〕	挚〔摯〕	赘〔贅〕	鸷〔鷙〕	蛰〔蟄〕	絷〔縶〕	
质						
锧〔鑕〕	踬〔躓〕					
专						
传〔傳〕	抟〔摶〕	转〔轉〕	䏝〔膞〕	砖〔磚〕	啭〔囀〕	
讠						
计〔計〕	订〔訂〕	讣〔訃〕	讥〔譏〕	议〔議〕	讨〔討〕	讧〔訌〕
讦〔訐〕	记〔記〕	讯〔訊〕	讪〔訕〕	训〔訓〕	讫〔訖〕	访〔訪〕
讶〔訝〕	讳〔諱〕	讵〔詎〕	讴〔謳〕	诀〔訣〕	讷〔訥〕	设〔設〕
讽〔諷〕	讹〔訛〕	䜣〔訢〕	许〔許〕	论〔論〕	讼〔訟〕	讻〔訩〕
诂〔詁〕	诃〔訶〕	评〔評〕	诏〔詔〕	词〔詞〕	译〔譯〕	诎〔詘〕
诇〔詗〕	诅〔詛〕	识〔識〕	诐〔詖〕	诋〔詆〕	诉〔訴〕	诈〔詐〕

诊〔診〕	诒〔詒〕	诨〔諢〕	该〔該〕	详〔詳〕	诧〔詫〕	诓〔誆〕
诖〔詿〕	诘〔詰〕	诙〔詼〕	试〔試〕	诗〔詩〕	诩〔詡〕	诤〔諍〕
诠〔詮〕	诛〔誅〕	诔〔誄〕	诟〔詬〕	诣〔詣〕	话〔話〕	诡〔詭〕
询〔詢〕	诚〔誠〕	诞〔誕〕	浒〔滸〕	诮〔誚〕	说〔說〕	诚〔誠〕
诬〔誣〕	语〔語〕	诵〔誦〕	罚〔罰〕	误〔誤〕	诰〔誥〕	诳〔誑〕
诱〔誘〕	诲〔誨〕	诶〔誒〕	狱〔獄〕	谊〔誼〕	谅〔諒〕	谈〔談〕
谆〔諄〕	谮〔譖〕	谇〔誶〕	请〔請〕	诺〔諾〕	诸〔諸〕	读〔讀〕
诼〔諑〕	诹〔諏〕	课〔課〕	诽〔誹〕	诿〔諉〕	谁〔誰〕	谀〔諛〕
调〔調〕	谄〔諂〕	谂〔諗〕	谛〔諦〕	谙〔諳〕	谜〔謎〕	谚〔諺〕
谝〔諞〕	谘〔諮〕	谌〔諶〕	谎〔謊〕	谋〔謀〕	谍〔諜〕	谐〔諧〕
谏〔諫〕	谓〔謂〕	谑〔謔〕	谒〔謁〕	谔〔諤〕	谓〔謂〕	谖〔諼〕
谕〔諭〕	谥〔謚〕	谤〔謗〕	谦〔謙〕	谧〔謐〕	谟〔謨〕	谠〔讜〕
谡〔謖〕	谢〔謝〕	谣〔謠〕	储〔儲〕	谪〔謫〕	谫〔譾〕	谨〔謹〕
谬〔謬〕	谩〔謾〕	谱〔譜〕	谮〔譖〕	谭〔譚〕	谰〔讕〕	谲〔譎〕
谯〔譙〕	蔼〔藹〕	槠〔櫧〕	谴〔譴〕	谵〔譫〕	谳〔讞〕	辩〔辯〕
谶〔讖〕	雠〔讎〕	谶〔讖〕	霭〔靄〕			

饣						
饥〔饑〕	饦〔飥〕	饧〔餳〕	饨〔飩〕	饭〔飯〕	饮〔飲〕	饫〔飫〕
饩〔餼〕	饪〔飪〕	饬〔飭〕	饲〔飼〕	饯〔餞〕	饰〔飾〕	饱〔飽〕
饴〔飴〕	饳〔飿〕	饸〔餄〕	饷〔餉〕	饺〔餃〕	饻〔餏〕	饼〔餅〕
饵〔餌〕	饶〔饒〕	蚀〔蝕〕	饹〔餎〕	饽〔餑〕	馁〔餒〕	饿〔餓〕
馆〔館〕	馄〔餛〕	馃〔餜〕	馅〔餡〕	馉〔餶〕	馇〔餷〕	馈〔饋〕
馊〔餿〕	馑〔饉〕	馍〔饃〕	馎〔餺〕	馏〔餾〕	馑〔饉〕	馒〔饅〕
馓〔饊〕	馔〔饌〕	馕〔饢〕				

𠃓						
汤〔湯〕	扬〔揚〕	场〔場〕	旸〔暘〕	饧〔餳〕	炀〔煬〕	杨〔楊〕
肠〔腸〕	疡〔瘍〕	砀〔碭〕	畅〔暢〕	钖〔鍚〕	殇〔殤〕	荡〔蕩〕
烫〔燙〕	觞〔觴〕					

纟						
丝〔絲〕	纠〔糾〕	纩〔纊〕	纤〔纖〕	纣〔紂〕	红〔紅〕	纪〔紀〕
纫〔紉〕	纥〔紇〕	约〔約〕	纳〔納〕	级〔級〕	纺〔紡〕	纹〔紋〕

纬〔緯〕	纭〔紜〕	纯〔純〕	纰〔紕〕	纽〔紐〕	纳〔納〕	纲〔綱〕
纱〔紗〕	纴〔紝〕	纷〔紛〕	纶〔綸〕	纸〔紙〕	纵〔縱〕	纾〔紓〕
纠〔糾〕	唣〔嗦〕	绊〔絆〕	线〔綫〕	绀〔紺〕	继〔緤〕	绂〔紱〕
绋〔紼〕	绎〔繹〕	经〔經〕	绍〔紹〕	组〔組〕	细〔細〕	绌〔紬〕
绅〔紳〕	织〔織〕	绌〔絀〕	终〔終〕	绉〔縐〕	绐〔紿〕	哟〔喲〕
经〔經〕	苧〔苧〕	茳〔茳〕	绞〔絞〕	统〔統〕	绒〔絨〕	绕〔繞〕
绮〔綺〕	结〔結〕	绗〔絎〕	给〔給〕	绘〔繪〕	绝〔絕〕	绛〔絳〕
络〔絡〕	绚〔絢〕	绑〔綁〕	莼〔蒓〕	绠〔綆〕	绨〔綈〕	绡〔綃〕
绢〔絹〕	绣〔繡〕	绥〔綏〕	绦〔絛〕	鸶〔鷥〕	综〔綜〕	绽〔綻〕
绾〔綰〕	绻〔綣〕	绩〔績〕	绫〔綾〕	绪〔緒〕	续〔續〕	绮〔綺〕
缀〔綴〕	绿〔綠〕	绰〔綽〕	绲〔緄〕	绳〔繩〕	绯〔緋〕	绶〔綬〕
绸〔綢〕	绷〔繃〕	绺〔綹〕	维〔維〕	绵〔綿〕	缁〔緇〕	缔〔締〕
编〔編〕	缕〔縷〕	缃〔緗〕	缂〔緙〕	缅〔緬〕	缘〔緣〕	缉〔緝〕
缇〔緹〕	缈〔緲〕	缙〔縉〕	缊〔縕〕	缌〔緦〕	缆〔纜〕	缓〔緩〕
缄〔緘〕	缑〔緱〕	缒〔縋〕	缎〔緞〕	缳〔繯〕	缭〔繚〕	缤〔繽〕
缟〔縞〕	缣〔縑〕	缢〔縊〕	缚〔縛〕	缙〔縉〕	缛〔縟〕	缜〔縝〕
缝〔縫〕	缡〔縭〕	潍〔濰〕	缩〔縮〕	缥〔縹〕	缪〔繆〕	缦〔縵〕
缨〔纓〕	缫〔繅〕	缧〔縲〕	蕴〔蘊〕	缮〔繕〕	缯〔繒〕	缬〔纈〕
缭〔繚〕	橼〔櫞〕	缰〔繮〕	缳〔繯〕	缲〔繰〕	缱〔繾〕	缴〔繳〕
辫〔辮〕	缵〔纘〕					
坚〔堅〕	贤〔賢〕	肾〔腎〕	竖〔豎〕	悭〔慳〕	紧〔緊〕	铿〔鏗〕
鲣〔鰹〕						
劳〔勞〕	茕〔煢〕	茔〔塋〕	荧〔熒〕	荣〔榮〕	荥〔滎〕	莹〔熒〕
涝〔澇〕	崂〔嶗〕	莹〔瑩〕	捞〔撈〕	唠〔嘮〕	莺〔鶯〕	萤〔螢〕
营〔營〕	萦〔縈〕	痨〔癆〕	嵘〔嶸〕	锊〔鋝〕	耢〔耮〕	蝾〔蠑〕
览〔覽〕	揽〔攬〕	缆〔纜〕	榄〔欖〕	鉴〔鑒〕		
只						
识〔識〕	帜〔幟〕	织〔織〕	炽〔熾〕	职〔職〕		
钅						
钆〔釓〕	钇〔釔〕	钉〔釘〕	钋〔釙〕	钉〔釘〕	针〔針〕	钊〔釗〕
钗〔釵〕	钎〔釺〕	钓〔釣〕	钏〔釧〕	钍〔釷〕	钐〔釤〕	钒〔釩〕

锡〔錫〕	钕〔釹〕	钊〔釗〕	钦〔欽〕	钫〔鈁〕	钚〔鈈〕	钘〔鈃〕
钪〔鈧〕	钯〔鈀〕	钭〔鈄〕	钙〔鈣〕	钝〔鈍〕	钛〔鈦〕	钘〔鈃〕
钮〔鈕〕	钞〔鈔〕	钢〔鋼〕	钠〔鈉〕	钡〔鋇〕	铃〔鈴〕	钧〔鈞〕
钩〔鈎〕	钦〔欽〕	钨〔鎢〕	铋〔鉍〕	钰〔鈺〕	钱〔錢〕	钲〔鉦〕
钳〔鉗〕	钴〔鈷〕	钺〔鉞〕	钵〔鉢〕	铍〔鈹〕	钼〔鉬〕	钾〔鉀〕
铀〔鈾〕	钿〔鈿〕	铎〔鐸〕	铙〔鐃〕	铃〔鈴〕	铅〔鉛〕	铂〔鉑〕
铄〔鑠〕	铆〔鉚〕	铍〔鈹〕	钶〔鈳〕	铊〔鉈〕	钽〔鉭〕	铌〔鈮〕
钜〔鉅〕	铈〔鈰〕	铉〔鉉〕	铒〔鉺〕	铑〔銠〕	铕〔銪〕	铟〔銦〕
铷〔銣〕	铯〔銫〕	铱〔銥〕	铪〔鉿〕	铼〔錸〕	铫〔銚〕	铵〔銨〕
衔〔銜〕	铲〔鏟〕	铰〔鉸〕	铳〔銃〕	铱〔銥〕	铓〔鋩〕	铗〔鋏〕
铐〔銬〕	铡〔鍘〕	铙〔鐃〕	银〔銀〕	铛〔鐺〕	铜〔銅〕	铝〔鋁〕
铡〔鍘〕	铠〔鎧〕	铨〔銓〕	铢〔銖〕	铣〔銑〕	铤〔鋌〕	铭〔銘〕
铬〔鉻〕	铮〔錚〕	铧〔鏵〕	铼〔錸〕	撅〔撅〕	锌〔鋅〕	锐〔銳〕
锑〔銻〕	银〔銀〕	铺〔鋪〕	铸〔鑄〕	嵌〔嵌〕	锓〔鋟〕	锃〔鋥〕
链〔鏈〕	铿〔鏗〕	锏〔鐗〕	销〔銷〕	锁〔鎖〕	锄〔鋤〕	锅〔鍋〕
锉〔銼〕	锈〔銹〕	锋〔鋒〕	锆〔鋯〕	锊〔鋝〕	锔〔鋦〕	锎〔鐦〕
铜〔鐦〕	铽〔鋱〕	铼〔錸〕	锇〔鋨〕	锂〔鋰〕	锁〔鎖〕	锗〔鍺〕
锞〔錁〕	锭〔錠〕	锗〔鍺〕	锝〔鍀〕	锫〔錇〕	错〔錯〕	锚〔錨〕
锛〔錛〕	锯〔鋸〕	锰〔錳〕	锢〔錮〕	锟〔錕〕	锡〔錫〕	锣〔鑼〕
锤〔錘〕	锥〔錐〕	锦〔錦〕	锨〔鍁〕	锚〔錨〕	键〔鍵〕	镀〔鍍〕
镃〔鎡〕	镁〔鎂〕	镂〔鏤〕	锲〔鍥〕	锵〔鏘〕	锷〔鍔〕	锶〔鍶〕
锴〔鍇〕	锾〔鍰〕	锹〔鍬〕	镇〔鎮〕	镅〔鎇〕	镄〔鐨〕	锻〔鍛〕
锸〔鍤〕	锼〔鎪〕	锋〔鋒〕	镓〔鎵〕	锐〔鑭〕	镔〔鑌〕	镒〔鎰〕
镉〔鎘〕	镑〔鎊〕	镐〔鎬〕	镉〔鎘〕	镊〔鑷〕	镇〔鎮〕	镍〔鎳〕
镌〔鎸〕	镏〔鎦〕	镜〔鏡〕	镝〔鏑〕	镛〔鏞〕	镞〔鏃〕	镖〔鏢〕
锄〔鏰〕	镗〔鏜〕	镨〔鐯〕	镘〔鏝〕	镨〔鐠〕	镦〔鐓〕	镨〔鐥〕
镨〔鐯〕	镧〔鑭〕	镥〔鑥〕	镁〔鎂〕	镢〔鐝〕	镣〔鐐〕	镫〔鐙〕
锱〔錙〕	镰〔鐮〕	镱〔鐿〕	镭〔鐳〕	镬〔鑊〕	镮〔鐶〕	镯〔鐲〕
镲〔鑔〕	镳〔鑣〕	镴〔鑞〕	镶〔鑲〕	钁〔钁〕		
岽〔崬〕	学〔學〕	觉〔覺〕	搅〔攪〕	誉〔譽〕	鲎〔鱟〕	黉〔黌〕
译〔譯〕	泽〔澤〕	怿〔懌〕	择〔擇〕	峄〔嶧〕	绎〔繹〕	驿〔驛〕

铎〔鐸〕	择〔擇〕	释〔釋〕	箨〔籜〕			
劲〔勁〕	刭〔剄〕	陉〔陘〕	泾〔涇〕	茎〔莖〕	径〔徑〕	经〔經〕
烃〔烴〕	轻〔輕〕	氢〔氫〕	胫〔脛〕	痉〔痙〕	羟〔羥〕	颈〔頸〕
疏〔疏〕						
亦						
变〔變〕	弯〔彎〕	孪〔孿〕	峦〔巒〕	娈〔孌〕	恋〔戀〕	栾〔欒〕
挛〔攣〕	鸾〔鸞〕	湾〔灣〕	蛮〔蠻〕	脔〔臠〕	滦〔灤〕	銮〔鑾〕
呙						
剐〔剮〕	涡〔渦〕	埚〔堝〕	喎〔喎〕	莴〔萵〕	娲〔媧〕	祸〔禍〕
脶〔腡〕	窝〔窩〕	锅〔鍋〕	蜗〔蝸〕			

第五節　簡化是漢字歷史發展常態

　　一般人以為「正體」、「繁體」、「簡化」、「簡體」這些文字概念，是一種起因於當代政治對立、區域分隔而產生的書寫差異。事實不然，當代的兩岸政治對立，在整體漢字繁簡化的歷史中，其實根本不是什麼關鍵因素，大家都有所誤會了。

　　漢字字形從甲骨文開始就不斷演化。漢字的發展演變，就其形體來說，一般認為有兩種基本的趨勢，有「繁化」也有「簡化」，這兩種演化趨勢，是由文字的功能性來決定的。繁化的原因，是要求加強漢字的表音表意功能，而在字形上有所繁化；又或者為了意義的分工而進行分化，而使字形繁化；簡化的原因，則是要求形體便於書寫，將原先較為複雜的字加以簡化。這兩方面的要求有時會產生矛盾。而文字系統一般會通過自身的調節，或是犧牲一些表音表意功能以實現簡化，或者是為維護表音表意功能，允許字形上有所繁化，最終都達到便於使用的目的。

　　西周金文之後，春秋戰國時代，諸侯割據，除秦國的「大篆」規範性較強之外，其餘六國的文字彼此之間均存在一定的分歧，俗體廣為流行，而俗體中有簡化的，也有繁化的。但是當時的俗體，根據現代的文字學家考證，絕大多數都符合六書原理。之後的小篆又是在大篆的基礎上發展出

來的，字體逐漸變為以線條符號為主，字形也逐漸固定。

漢代「隸書」源自於戰國時秦國，它是為了書寫簡便的目的，破壞和改造正體下，所產生的俗體字。和小篆相比，是書寫簡便的應急字體。隸書在漢代成熟，奠定了目前方塊漢字的基礎。隸書之後，產生了「楷書」、「草書」、「行書」等各種字體。以筆劃書寫來說，這些書體較為方便、易寫。有人認為，這代表漢字進入簡化為主的時期，漢字的筆劃總體說來比過去簡單了。不過，除了筆劃較簡單外，這時期的漢字，還存在著目的在於增進漢字的表音表意功能的繁化現象，增加形符或聲符，或者將原先相同的字分成兩個，各自表達的意義更加明確。因此就文字演化而言，繁簡兩方向其實並存著。

近代的漢字簡化，始於太平天國。在太平天國控制的地區內，實行了簡體字政策，以一批簡化的漢字取代原來的漢字。這批簡化的漢字部分是傳統沿襲下來，部分則由太平天國新造出來。1909年（清宣統元年），鼓吹俗體字的《教育雜誌》創刊，陸費逵在創刊號上發表〈普通教育應當採用俗體字〉，這是近代中國的漢字發展和變遷中，首次有人公開提倡使用簡體字。1920年2月1日，錢玄同在《新青年》雜誌上發表〈減省漢字筆劃的提議〉一文。之後又陸續提出了一些漢字簡化策略，社會上有所回響，政府也開始有了規劃。

中華民國政府在1949年以前，其實一直規劃著簡體字，教育部也在1935年頒布「第一批簡體字表」。不過，之後中華民國退居臺灣，大陸由中華人民共和國掌控，並且持續著文字簡化政策，面對大陸的簡化政策與強力執行；臺灣因著政治的對立，也就沒有繼續漢字簡化的工作。兩岸漢字政策分別發展60年至今，其實雙邊的成效都很成功，漢字教育也都完成當初政策的規劃，但是文字的「政治圖騰」色彩卻也依然對立。

由於文字是文獻的主要工具，所以文字研究在中國歷代，一直都投入許多心力，所以古文字裡，像甲骨文、金文這麼早的文字，它的繁化與簡化字形，當代學者都仍然可以以六書為主的漢字造字系統來解釋。換句話說，文字的書寫應用，一般人有一般人的便利目的即可，但是另外得靠著文字的專家來保存其體系上的理論認知，只要二者是平衡的，那麼繁化、簡化其實沒有這麼恐怖。從漢字歷史來看，文字系統本身會有一種具生命

力的自我調整，但若因為是社會差異所導致的文字分途，恐怕就只有等待其社會自然變化才有轉圜了。古代漢字如此，現代漢字也一樣如此。

第六節　正體簡體漢字平議

一、贊成與反對意見

「正體」、「繁體」之於「簡化」、「簡體」的討論與評價，在兩岸及華人圈中早已有之。學者積極討論、一般民眾也時常街談巷語、道聽塗說。整理正反意見大致如下：

贊成簡化、反對繁體的意見	贊成繁體、反對簡化的意見
加快書寫速度，減少認讀困難。	與古籍文字不同，不利閱讀與中華文化的傳承。
降低學習難度，有利普及教育。	不利於大陸、臺灣、港澳的文化交流。
普及民眾教育，可以促進文化傳播。	違反六書造字原則，減弱表義功能。
漢字簡化是歷史發展之自然現象。	系統性不足，使漢字更複雜，增加學習負擔。
簡化字來自民間已流傳的寫法，若干簡化字其實是古文字。	漢字發展不只簡化，許多繁化是為了辨義的實際需要。
大陸書法家寫出大量簡化字書法，並沒有不美觀。	無法達到書法美感的要求，尤其篆書、隸書的美感。
簡化字在當代3C產品中，簡省空間顯示清楚。	缺乏音義結構，造成閱讀困難。
電腦輸入簡化字比較容易快速。	媒體、網站同時有繁簡版本，浪費人力物力。
臺灣民眾書寫時也有自然簡化情況。	簡化字的電腦輸入，並沒有比繁體快。
在中國周邊區域新加坡、馬來西亞、日本也使用簡化字。	臺港澳的文盲比例，遠低於大陸，簡化無法掃盲。
簡化字已逐漸被港澳民眾在非正式場合使用。	簡化字任意更改聲音符號，阻斷古音與方言的研究。
反對者將簡化視為妖魔，忽略漢字的延續發展。	簡化字只消除了筆劃，卻混淆了字義，像「隻」改為「只」。
雖然簡化但閱讀繁體，或是理解古文時，並沒有明顯困難。	繁體大量保存在古建築上，無可取代，簡化字反增加漢字數量。

實施以來民眾文化水平並沒有比臺灣低落。	漢字閱讀，通常辨識輪廓而已，簡化字並無優勢。
國際間簡化漢字已經是標準漢字。	大量形似的簡化字，反而造成辨讀不易。
外國人學漢字幾乎學習簡化字。	將原本統一的文字，變成不統一，不利交流。

　　以上所有正反意見，似乎像矛與盾的關係，目前很難有一個平衡點。大陸認為教育普及、臺灣認為大陸文盲仍多；大陸認為繁體輸入耗時，臺灣認為一樣快；大陸認為辨識容易，臺灣認為混淆意義。臺灣認為簡化與文化脫節，大陸認為傳承依舊，所有意見似乎完全對立了。

二、回歸文字的社會屬性

　　其實語言是一種社會產物，雖然語言本身有靈活的伸縮機制，但那仍然是因應社會的變化而變化的。兩岸文字的差異發展，正是社會分歧所造成。大陸使用簡化字是否阻斷文化傳承？臺灣使用正體字是否就保存了中華文化？這恐怕不是一個文字問題，而是一個社會問題，畢竟漢字也的確一直存在繁簡二種大趨勢，而中華文化也沒有中斷過。反倒是歷史上的某些社會，由於戰亂、天災、人禍等問題影響，使得文化的精緻與傳承度降低。例如，元代雕版印刷的字體不夠工整，不具美感，跟外族統治的文化水準可能有關；「明人刻書而書亡」，跟校對所必須有的整體考據學術水準有關。大陸60年代的「文化大革命」，使許多人成為文盲，民眾的文化素質出現斷層，至今影響仍在，而這些問題的癥結，不在於使用文字的種類，而在於政治與教育。

　　我們認為，文化傳承的重心在教育，而文化教育的重心在學術界。學術界對於文化菁華的文獻、思想的研究，只要是學養夠深厚而且有心，則不論面對何種文字，理論上應該都有一樣的成果。於是當前漢字的差異問題，可以讓它回歸到社會屬性的本質中來等待。對立社會的問題沒有解決，文字就讓其各自發揮，各有生命；對立社會有了整合，那時漢字系統的分歧，也自然會有了調整。這就是語言的社會屬性，多數時候倒不用杞人憂天的。

第四章
漢語拼音與通用拼音

第一節　漢字拼音歷史

　　為漢字注音起源很早,在周代末期文獻中已經出現。到了漢代,因為解釋經書的需要,產生了大規模的漢字注音,例如,《說文解字》就很注重文字注音。從注音法成形,到今天熟知的「漢語拼音」、「注音符號」、「通用拼音」,歷代漢語注音發展如下:

拼音法	定義	原理	使用期間
讀如法、讀若法	以音同或音近的字當注音字	同音或音近原理,例如《說文》:「瑁,讀若眉。」	周—漢。是反切拼音法之前最普遍的注音法
譬況法	以描摹形容的方式說明字音	如《淮南子·說林訓》:「亡馬不發戶轔」,高誘注:「轔讀近鄰,急氣言乃得之。」	周—漢
直音法	以同音字當注音字	如宋《九經直音》:「胥、須」;《辭海》:「吳音吾」;《辭源》:「廈音夏」。	漢—現代
反切	用兩個漢字來注一個字的音。第一個字(反切上字)注**聲母**,第二個字(反切下字)注**韻母**和**聲調**	運用漢語音節中雙聲疊韻原理。如《廣韻》:「絳,古巷切。」「孝,呼教切。」	東漢—清

注音符號一式	為改革反切注音法上下字符號不統一而制定的漢字標音符號。聲母符號21個，韻母符號16個	運用漢語音節中雙聲疊韻原理。如「東，ㄉㄨㄥ」、「南，ㄋㄢˊ」。	1912年—現代
漢語拼音	中國大陸漢語普通話的拉丁拼寫法或轉寫系統	採音素拼音原理，為語言中的每一個母音子音制定一個拉丁字母，以完整拼寫漢語音節之內容。	1958年—現代 ISO：7098
注音符號二式	臺灣的國語拉丁字母拼寫系統	採音素拼音原理，為語言中的每一個母音子音制定一個拉丁字母，以完整拼寫漢語音節之內容。	1986年制定，並未真正推行，使用時間很短。
通用拼音	臺灣華語拉丁字母拼音法	採音素拼音原理，為語言中的每一個母音子音制定一個拉丁字母，以完整拼寫漢語音節之內容。	1998年—現代

第二節　漢語拼音

　　「漢語拼音」指中國於1956年由「文字改革委員會」中的拼音小組所訂出的一套拉丁字母符號，原先目的是漢字拉丁化，文字革命失敗後，現在是漢語譯音的工具。1986年聯合國正式採用成為漢語譯音的標準，也是目前國際間普遍使用的漢語拼音系統。

　　漢語拼音是以北京語音為標準音，以北方話為基礎方言，也就是說，漢語拼音指的就是大陸國內使用的普通話拼音。漢語拼音是學習普通話的基礎，而普通話是各地區、不同方言的中國人進行交流的工具，並在1982年成為國際標準（ISO7098）。除了臺灣以外，幾乎所有的華語社群都採用漢語拼音，其字母系統如下：

聲母

ㄅ	b	ㄆ	p	ㄇ	m	ㄈ	f	ㄉ	d
ㄊ	t	ㄋ	n	ㄌ	l	ㄍ	g	ㄎ	k
ㄏ	h	ㄐ	j	ㄑ	q	ㄒ	x	ㄓ	zh
ㄔ	ch	ㄕ	sh	ㄖ	r	ㄗ	z	ㄘ	c
ㄙ	s								

韻母

一	i	ㄨ	u	ㄩ	ü, u, yu	ㄚ	a	ㄛ	o
ㄜ	e	ㄝ	ê	ㄞ	ai	ㄟ	ei	ㄠ	ao
ㄡ	ou	ㄢ	an	ㄣ	en	ㄤ	ang	ㄥ	eng
ㄦ									
一ㄚ	ia	一ㄝ	ie	一ㄠ	iao	一ㄡ	iou	一ㄢ	ian
一ㄣ	in	一ㄤ	iang	一ㄥ	ing	ㄩㄥ	iong	ㄨㄚ	ua
ㄨㄛ	uo	ㄨㄞ	uai	ㄨㄟ	uei	ㄨㄢ	uan	ㄨㄣ	uen
ㄨㄤ	uang	ㄨㄥ	ueng	ㄩㄝ	e	ㄩㄢ	an	ㄩㄣ	n

1. 「ㄓ、ㄔ、ㄕ、ㄖ、ㄗ、ㄘ、ㄙ」等七個音節的韻母用「i」，即拼作：「zhi」、「chi」、「shi」、「ri」、「zi」、「ci」、「si」。

2. 韻母「ㄦ」寫成「er」，用作韻尾時寫成「r」。例如：「兒童」拼作「ertong」，「花兒」拼作「huar」。

3. 韻母「ㄝ」單用時候寫成「e」。

4. 「i」行的韻母，前面沒有聲母時，寫成「yi」、「ya」、「ye」、「yao」、「you」、「yan」、「yin」、「yang」、「ying」、「yong」。

5. 「u」行的韻母，前面沒有聲母時，寫成「wu」、「wa」、「wo」、「wai」、「wei」、「wan」、「wen」、「wang」、「weng」。

6. 「u」行的韻母，前面沒有聲母時，寫成yu、yue、yuan、yun；上兩

點省略。

7. 「u」行的韻母跟聲母「j」、「q」、「x」拼的時候，寫成「ju」、「qu」、「xu」，上兩點也省略；但跟聲母「n」、「l」拼的時候，仍然寫成「n」、「l」。

8. 「iou」、「uei」、「uen」前面加聲母時，寫成「iu」、「ui」、「un」，例如「niu」、「gui」、「lun」。

第三節　通用拼音

通用拼音是目前中華民國政府所建議使用的中文拉丁化拼音法，由中央研究院民族學研究所副研究員余伯泉在1998年發表。之後通用拼音經過數次修正，於2000年由教育部國語推行委員會宣布使用，並取代原定改用的國語注音符號第二式。臺灣政府自2002年起，全面推行以通用拼音為基礎的統一譯音政策，但由於各界對於應使用何種拼音作為統一譯音仍有相當大的歧見，例如，臺北市政府即以與國際接軌為由，堅持使用漢語拼音，因此最終並未以強制方式要求使用。

通用拼音與注音符號聲母、韻母對照表

ㄅ b	ㄐ ji	ㄚ a	ㄞ ai	ㄧㄚ -ia ya	ㄨㄛ -uo wo
ㄆ p	ㄑ ci	ㄜ e	ㄟ ei	ㄧㄛ yo	ㄨㄞ -uai wai
ㄇ m	ㄒ si	ㄧ -i yi	ㄠ ao	ㄧㄝ -ie ye	ㄨㄟ -u(e)I wei

ㄈ f	ㄓ jh jhih	ㄛ o	ㄡ ou	ㄧㄞ yai	ㄨㄢ -uan wan
ㄉ d	ㄔ ch chih	ㄨ -u wu	ㄢ an	ㄧㄠ -iao yao	ㄨㄤ -uang wang
ㄊ t	ㄕ sh shih	ㄦ er	ㄤ ang	ㄧㄡ -i(o)u you	ㄨㄣ -un wun
ㄋ n	ㄖ r rih	ㄩ yu	ㄣ en	ㄧㄢ -ian yan	ㄨㄥ -ong wong
ㄌ l	ㄗ z zih		ㄥ eng	ㄧㄤ -iang yang	ㄩㄝ yue
ㄍ g	ㄘ c cih			ㄧㄣ -in yin	ㄩㄢ yuan
ㄎ k	ㄙ s sih			ㄧㄥ -ing ying	ㄩㄣ yun
ㄏ h				ㄨㄚ -ua wa	ㄩㄥ yong

1.「資、慈、思、知、吃、詩、日」等七個音節的韻母用「ih」。

2.韻母「ㄝ」單用時寫成「ê」。

3.「iou」、「uei」前面加聲母時，可縮寫成「iu」、「ui」。

4. 注音符號與通用拼音的轉換在ㄣ（en）、ㄥ（eng）與一、ㄨ、ㄩ結合時，省略字母「e」，而且所有的「ung」轉為「ong」。

5. 注音符號與通用拼音的轉換在ㄐ（ji）、ㄑ（ci）、ㄒ（si）與一、ㄩ結合時，省略字母「i」。

6. 「i」類韻母前面無聲母時，寫成「yi、ya、ye、yao、you、yan、yang、yin、ying」。「u」類韻母前面無聲母時，寫成「wu、wa、wo、wai、wei、wan、wang、wun、wong」。

第四節　漢語與通用拼音對照表

注音符號	通用拼音	漢語拼音
ㄅ	b	b
ㄆ	p	p
ㄇ	m	m
ㄈ	f	f
ㄉ	d	d
ㄊ	t	t
ㄋ	n	n
ㄌ	l	l
ㄍ	g	g
ㄎ	k	k
ㄏ	h	h
ㄐ	ji	j
ㄑ	ci	q
ㄒ	si	x
ㄓ	jh	zh
ㄔ	ch	ch
ㄕ	sh	sh
ㄖ	r	r
ㄗ	z	z
ㄘ	c	c
ㄙ	s	s

零韻	-ih	-i
ㄚ	a	a
ㄛ	o	o
ㄜ	e	e
ㄝ	ê	ê
ㄞ	ai	ai
ㄟ	ei	ei
ㄠ	ao	ao
ㄡ	ou	ou
ㄢ	an	an
ㄣ	en	en
ㄤ	ang	ang
ㄥ	eng	eng
ㄦ	er	er
ㄧ	i, yi	i, yi
ㄨ	u, wu	u, wu
ㄩ	yu	ü, u, yu
ㄧㄚ	ia, ya	ia, ya
ㄧㄝ	ie, ye	ie, ye
ㄧㄞ	iai, yai	iai, yai
ㄧㄠ	iao, yao	iao, yao
ㄧㄡ	iou, you	iu, you
ㄧㄢ	ian, yan	ian, yan
ㄧㄣ	in, yin	in, yin
ㄧㄤ	iang, yang	iang, yang
ㄧㄥ	ing, ying	ing, ying
ㄨㄚ	ua, wa	ua, wa
ㄨㄛ	uo, wo	uo, wo
ㄨㄞ	uai, wai	uai, wai
ㄨㄟ	uei, wei	ui, wei
ㄨㄢ	uan, wan	uan, wan
ㄨㄣ	un, wun	un, wen
ㄨㄤ	uang, wang	uang, wang

ㄨㄥ	ong, wong	ong, weng
ㄩㄝ	yue	ue, yue
ㄩㄢ	yuan	uan, yuan
ㄩㄣ	yun	un, yun
ㄩㄥ	yong	iong, yong

第五節　漢語與通用拼音平議

　　漢語拼音在大陸及國際上通行很久，並無爭議，主要爭端還是在臺灣內部。雖然2000年起的民進黨政府已經公布採用通用拼音為官方拼音方案，2008年政黨輪替，國民黨政府又宣布改為漢語拼音，但是事實上二者都一直沒有真正執行。而社會各界對於使用哪一種拼音，也一樣沒有定見，各有支持者，雙方支持意見大致如下：

支持漢語拼音原因	支持通用拼音原因
漢語拼音已經是人名地名專名的國際標準	漢語拼音只有15%符號差異
國際資訊交流也採用漢語拼音	達到島內語言最高的通用性
臺灣應該與國際接軌	保有臺灣主體性

　　漢語拼音自1958年使用至今，已有40多年歷史，目前國際間拼寫漢語人名、地名、專有名詞，的確是以漢語拼音作唯一標準。西方的圖書館近年來也已經將圖書目錄系統，轉換為漢語拼音系統，並且在各國資訊交流時以漢語拼音作溝通標準。如果不是政治因素的影響，臺灣確實應該採用漢語拼音系統，以符合國際拼音標準。

　　但是主張使用通用拼音的人，認為通用拼音的確改革了漢語拼音的若干缺點，例如所有發「ㄩ」的音，在通用拼音裡都是用「yu」來標示，所以女生的「女」拼法為「nyu」，「徐」就是「syu」，魚就是「yu」。漢語拼音發「ㄩ」的音就有三種符號來表示：一個是「u」上面點兩點ü，如「女」拼法為「nü」；二是遇到「ㄐㄑㄒ」的時候，那兩點就不見了，變

成「u」，如「徐」拼法為「xu」；三是如果前面沒有子音的時候，「ㄩ」就以「yu」來表示，如「魚」拼法為「yu」。所以，如果同樣一個音，卻用了三種符號來表示的時候，就比較不容易學習，因為使用者需要個別去記憶，尤其是遇到「ㄐㄑㄒ」的時候，兩點還要去掉。另外一點是基於英打上的考量，「u」因為上面的兩點相當不利於英打，而且很多人通常就把那兩點省略掉了，這是一個很不得已的現象，所以支持的人認為，用通用拼音法「yu」代表就解決了這樣的問題。

通用拼音是用「ci」跟「si」去代表「ㄑ」跟「ㄒ」，漢語拼音則是用「qi」跟「xi」來代表，這兩個音是因為當時1958年制定的時候，中國受俄國影響，這樣的一套符號受到俄國語言學者的支持，基本上比較接近俄國的用法，所以這兩個音一般以英語為母語的人都發不好，因此通用拼音覺得應該把這一部分作改革。由於「q」在英打的鍵盤中，須使用到小指去打字，所以比較不方便。另外，「ㄓ」和「ㄔ」的通用拼音是「jh」和「ch」，漢語拼音則分別以「zh」和「ch」來代表。從國際音標還有英語拼音來看，「j」和「c」還有「jh」和「ch」，比較常被放在同一組音群，利於學習與發音。

部分支持使用通用拼音的人，是基於與大陸區隔的政治或意識形態，這點也應該予以尊重，盡量溝通。畢竟拼音與文字系統，在國際間的確也可以有著政治圖騰的色彩。面對這些兩難情況，臺灣必須儘早謀求解決之道，雖然拼音方式與內容，對於一般民眾並不重要，但是對於學校教育與來臺的外國人士，可能就影響深遠，畢竟在基礎教育，或是鄉土語言教育中，符號的紛亂嚴重干擾學習成效；而一個區域出現不一樣的拼音符號，也不是正常現象。

第五章
新興語言模式：火星文概說

　　自從2006年臺灣的大學基測之後，火星文已經成為臺灣的熱門話題。一般大眾認為，火星文就是難以閱讀的網路語言，但是「難以閱讀的網路語言」為什麼會造成熱烈討論，到底是什麼魅力，讓火星文現象造成熱潮呢？本章由火星文的溯源、分類、分析、提出應對態度，來看臺灣的火星文現象。

第一節　火星文溯源

一、為何是「火星」文？

　　「火星文」究竟與「火星」有什麼關係呢？這詞彙與電影、網路媒體都脫不了關係：2001年周星馳、趙薇主演的喜劇電影「少林足球」中，末尾的高潮片段中，趙薇剃了光頭出場當守門員，周星馳對著她說：「地球是很危險的，你快點回去火星吧！」

　　這一句經典臺詞帶起的流行語潮流，在許多BBS、網路聊天室裡不斷竄燒，直至今日熱度絲毫未減。片中周星馳說出這句臺詞，是因為趙薇剃光頭造型前後的差異極大，讓周星馳嚇了一跳，所以脫口而出。許多影迷對「周式幽默」的經典對白朗朗上口，更有網友們在網路發表文章或即時討論時，遇到看不懂、看不慣的發文，就把「地球是很危險的，你快點回去火星吧！」用上，表達輕視、不屑的口氣。由於BBS、網路聊天室純屬視覺文字的溝通，無法聽見對方的語氣，所以這句話在閱讀上充滿了攻擊的感受；如果回文者也不甘示弱，通常隨之而來的是就是筆戰。就是因為這樣的概念，當時討論到「火星文」，大部分是因為它的負面意義。

　　然而「火星」本身並沒有負面的傾向，臺灣的棒球國手彭政閔被球迷們稱為「火星恰」，在職棒比賽甚至國際比賽時，「火星恰」的加油海報被高高舉起，在他們心中彭政閔是「火星來的人」。這樣的稱呼又是怎麼來的呢？這「火星恰」的綽號源自2007年4月時，彭政閔困於背傷，仍在比賽中單場轟出雙響砲，讓眾人頻頻驚呼，彭政閔本身綽號原是「恰恰」，結果「火星恰」稱號不脛而走。

　　我們從小就聽「熒惑星」的故事、看火星人的電影，火星一直以來都被認為有生物存在，也是人類探索宇宙中最了解的行星。美國自1964到1977年的13年間，共發射8個火星探測器，並繪製了火星地面地形圖，但是從沒有人類真的能到達火星一探究竟。於是火星在一般大眾心中，既熟悉又充滿距離感，人們把無法理解的事物冠上火星一詞：正面的、超乎常人的表現可以是「火星恰」，負面的、無法閱讀的文字則是「火星文」。

二、「火星文」的出現

　　「火星文」這個詞彙的出現，最早出自於臺灣著名電玩遊戲入口網站「巴哈姆特」的「KUSO」版。「KUSO」在日本原是「可惡」的嘲弄語、口頭禪，目前已被廣泛當成「惡搞」、「好笑」的意思。這個惡搞的「KUSO」版除了電玩遊戲之外，也變成了許多網友討論交流惡搞笑話的平臺，當時「KUSO」版上還定義了火星文的兩個特徵：㈠裝可愛，用一些嗲聲嗲氣的口語直接入文（如：好吃啦→好粗辣）；㈡搞神祕。

　　如果我們進一步去理解火星文流行的現象，會發現「KUSO」版定義的兩個特徵，都與線上遊戲的流行息息相關。臺灣線上遊戲的風行，以2000年引進的「天堂」與2005年的「魔獸世界」造成最大的熱潮。線上遊戲的玩家們來自社會階層的各分子，透過網路進行虛擬遊戲；然而虛擬的遊戲世界中有著真實的社群，他們在網路中交談、溝通，有些人際關係僅止於網路之中，有些則會延伸到真實社會。遊戲空間本身雖然虛擬，但是螢幕上出現的聊天、互動，都是來自活生生的生命個體。

　　由於線上遊戲的環境是「即時」的，聊天交談的社交能力取決於二個重點，一個是「鍵盤打字的速度」，另一個則是「讓人喜歡的態度」。

線上遊戲的溝通節奏往往需要快速明確，畢竟線上遊戲不是聊天室，大部分玩家是為了「遊戲」而溝通，玩家送出溝通訊息的同時也正在進行著遊戲。為了快速即時地溝通，玩家往往會利用注音、數字、英文與符號來取代文字，彌補鍵盤輸入法選字的速度差，讓訊息更迅速地傳遞。久而久之，這些替代性的文字、符號變成了共識，逐漸形成火星文。而「KUSO」版定義火星文的「裝可愛」、「搞神秘」兩個特徵，其實都是為了讓「閱讀者」感到有趣、好笑、親切，是為了讓人喜歡而產生的文字或符號。這些文字或符號，不外乎是為了營造一個「親切、有趣」的風格態度；然而也有另一種情況，許多網友明明是男性、年齡已經不小，還是運用「裝可愛」的語彙來交談。這是因為早期線上遊戲的女性玩家並不多，「可愛」的交談語言往往會得到其他網友比較多的幫忙與資源。

第二節　火星文類型一：注音文

　　「注音文」是火星文的濫觴，也是最具臺灣特色的火星文現象。進入網路世代之後，我們每天都有機會使用大量的網路服務，舉凡BBS（電子布告欄）、線上聊天室、即時通訊、線上遊戲等，已經變成許多人「必備」的休閒活動。臺灣的電腦使用環境一般都搭配微軟視窗作業系統（Microsoft Windows），最常使用的輸入法就是「微軟注音輸入法」與「微軟新注音輸入法」，於是「如何快速地使用注音輸入法」變成了即時通訊的重要因素。然而漢字有太多的同音字，注音輸入法常常會在選字部分耗上許多時間，慢慢就出現了以注音符號本身代替相似音的漢字，例如，以聲母「ㄅ」代替「吧」、以韻母「ㄚ」代替「阿、啊」等用法。這種以注音符號代替漢字的用法逐漸流傳，成為我們現在所見的「注音文」。以下將常用的注音文整理，以供參考。

注音符號	替代文字	注音符號	替代文字
ㄅ	爸不吧	ㄗ	子吱
ㄆ	不怕噗	ㄙ	私
ㄇ	們媽嗎嘛	ㄚ	阿啊
ㄉ	的	ㄛ	喔哦
ㄊ	他她它	ㄜ	哦
ㄋ	你妳您	ㄝ	耶
ㄌ	了啦	ㄞ	愛唉
ㄍ	個哥	ㄠ	拗
ㄎ	可	ㄡ	噢
ㄏ	呵喝	ㄢ	安
ㄐ	機雞	ㄣ	嗯
ㄑ	去	ㄦ	兒而
ㄒ	吸嘻	ㄧ	一
ㄓ	知枝隻	ㄨ	嗚
ㄔ	吃痴	ㄩ	於
ㄕ	溼屍		

　　如果我們把注音文認為是漢字的替代方案，似乎也未嘗不可；但是注音文的使用量與應用範圍以非常驚人的速度持續擴散，已經不能稱為小眾文化。

　　注音文大致上可以分為二種模式：一是以聲母或韻母代替漢字，二是完整的注音。以聲母或韻母代替漢字，目的是為了節省選字的時間，使用上完全是以聲音為關聯，所以閱讀注音文，一定得「唸出來」才能理解。以2004年10月13日《中時晚報》的整理，我們可以看到最常見到的幾個注音文為：

注音	常見用法	例句
ㄉ	的	我ㄉ網站。
ㄚ	啊	你看不懂ㄚ？
ㄌ	了、啦	寫完ㄌ！
ㄇ	嗎	懂了ㄇ？

| ㄟ | 台語「的」、發語詞 | 我ㄟ學校。 |
| ㄋ | 呢、你 | 很好玩ㄋ！ |

摘自李怡志製表整理的〈注音文統計、用法及例句表〉，http://www.richyli.com/report/
2004_10_13_ZYW3.htm

　　使用率最高的這幾個字，其中有介詞「ㄅ」、疑問詞「ㄇ」、語氣詞
「ㄚ」、「ㄟ」、「ㄋ」、「ㄌ」等等；然而，注音文的選用與單字的詞
性並沒有一定規則，唯一的原則只有聲音相近。

　　第二種模式的注音文是完整的注音。這類文字通常是為了凸顯它的聲
音特點，如「ㄆㄚㄆㄚ走」（趴趴走，為閩南語的發音）、「ㄅㄨㄅㄨ」
（汽車，代表喇叭聲音的狀聲詞）、「ㄏㄤ」（夯，是英文Hot的諧音）。
這類型的注音文在使用上雖然不一定能達到「省時」的目的，但是擬聲的
效果十分突出。

　　其實以注音文代替文字，並不是網路世代的創舉，早在臺灣光復之
際，臺灣鐵路管理局就發明了一套「國音電碼」，以供員工辨識、溝通之
用。在臺鐵服務逾二十年的後壁火車站副站長余銀安說，「國音電碼」把
臺鐵所有車站、貨車車種、載重量及各種術語「注音化」，比如臺北的國
音電碼是「ㄊㄞ」，臺南是「ㄊㄋ」。

　　這套電碼並不是亂碼設計，例如，貨車載重的代碼為：ㄢ（3噸）、
ㄌ（6噸）、ㄑ（7噸）、ㄐ（9噸）、ㄒ（10噸）、ㄔ（11噸）、ㄦ（12
噸）、ㄙ（14噸）、ㄓ（15噸）、ㄡ（16噸）、ㄚ（18噸）、ㄈ（19
噸）、ㄏ（20噸）、ㄊ（22噸）、ㄆ（25噸）、ㄞ（30噸）。

　　其中10噸、15噸、20噸、25噸、30噸、35噸、40噸、45噸、50噸，每
隔5噸為間斷的代碼，以ㄒ、ㄓ、ㄏ、ㄆ、ㄞ、ㄍ、ㄅ、ㄇ、ㄛ來表示，其
實是依據「興中華、憑愛國、拼命做！」的口訣設計而成。

　　至於電報的應用則更為複雜，一點都不比我們現在的注音文簡
單，另一位臺鐵的楊副站長在他的部落格（〈Y135──小楊的鐵道筆
記──臺鐵的ㄅㄆㄇㄈ〉，http://tw.myblog.yahoo.com/anajp1041373737-
trasls103103103/article?mid=5164&prev=5288&next=5123&l=f&fid=40）上，
提到行車電報的內容：

〔原文〕：8日ㄓㄤ=ㄉㄐㄓㄒ=ㄒㄣㄏ1906A，1906ㄘ，ㄓㄤ=
　　　　ㄒㄣㄏ=ㄈㄍ604ㄘ，604Bㄘ，605Aㄘ，605ㄘ，ㄑㄉ=
　　　　ㄧㄥ728ㄘ，713ㄘㄍㄛㄊㄕ

〔譯文〕：8日彰化=龍井支線=新竹貨場1906A次，1906次，
　　　　彰化=新竹貨場=富岡604次，604B次，605A次，
　　　　605次，七堵=鶯歌728次，713次各停駛（本則是
　　　　有關於列車停駛的電報）

〔原文〕：8日697ㄘㄉㄚㄨ728ㄘㄖㄈ610ㄘㄉㄠㄏㄆㄥㄏㄖ
　　　　ㄍㄛㄓㄉㄓㄕ

〔譯文〕：8日697次大武728次瑞芳610次東澳和平和仁各准
　　　　調

　　我們可以看到這兩則電報內，幾乎僅有數字與注音符號組成。雖然現
在臺鐵的電報傳送機制已經改為傳真機發送，內容也不再強制使用國音電
碼，但是這特有的注音文電碼，還是在許多鐵道迷之間流傳。

　　平心而論，注音符號是臺灣特有的文字符號，的確具有能代表臺灣
文字的效果，如果是在電碼通訊或是特定網路社群上使用，似乎沒有什麼
問題。然而近年來注音文的迅速擴散，不僅在網路上造成閱讀困擾，也讓
許多家長、學者憂心注音文對於青年學子的不良影響。這個難以解決的爭
議，在網路上一再被討論，但是注音文的支持者與反對者始終無法取得社
會共識，於是各網路社群只有「各自表述」，許多不支持注音文的討論
區，甚至明文規定不准使用注音文，以抵制注音文的流行。然而在網路上
爭論不休的同時，注音文已經延燒到其他媒體（如電視、報章雜誌等），
不再是網路世界獨有的現象。前教育部長曾志朗先生也曾經表示，注音文
只是社會語言的一種，並無所謂的好壞，完全是因應環境而產生的語言。
事實上，對現在的八年級生而言，注音文根本不是一個需要特別討論的現
象，他們在注音文環境中長大，注音文對他們來說一點都不搞怪，因為他
們平常就是使用這樣的語言，一點都不稀奇。

第三節　火星文類型二：英文及數字

這一類的文字都是取決於聲音上的關聯，大致上可以分為三種模式：純英文、純數字、混合型。

一、純英文

以26個英文字母的諧音所組成，例如，2008年當選臺灣總統的馬英九先生，在網路上被稱為「My Angel」，甚至在坊間也出現了有My Angel字樣的周邊商品。

用英文字母來代替文字，除了國語諧音之外，也有對於閩南語、甚至英語本身的諧音運用，下面舉幾個常用的例子來說明：

國語諧音		閩南語諧音		英文諧音	
英文字母	替代字	英文字母	替代字	英文字母	替代字
TMD	他媽的	LKK	老佝佝	FU	FEELING
MM	妹妹	SBB	俗斃斃		
GG	哥哥	AKS	會氣死		
PF	佩服	BC	白痴		

「TMD」、「MM」、「GG」、「PF」都是國語諧音，以諧音聲母為主，用英文字母造詞；「LKK」、「SBB」、「ASK」、「BC」是針對閩南語的發音來諧音造詞；至於「FU」則是英語「FEELING」的變音。

另外，也有一種情形是用英文「單字」來諧音，如「morning call」為「模擬考」、「ball ball you」為「求求你」、「Jason loves Jason」是「潔身自愛」。這種形式就像是腦筋急轉彎，雖然了解箇中樂趣的人會發出會心一笑，但是對看不懂的人而言，等於是天書一樣，難以閱讀。

圖片由ORIGINAL-I提供

二、純數字

　　以數字代替文字，流行始於B.B.CALL的訊息傳遞，後來在手機簡訊、網路之間流通。下面舉出常見的數字火星文：

數字	代替字	數字	代替字
0	你	886	再見囉
5	我	0748	你去死吧
38	三八	1314	一生一世
54	無視	3166	再見（日語）
75	欺負（欺侮）	4242	是啊是啊
87	白痴	7456	氣死我了
98	走吧	9494	就是就是
520	我愛你		

三、混合型

混合型為英文、數字與符號的組合，主要還是以諧音為原則。如「CU29」為英文與數字混合，是「see you tonight」的諧音；「3Q」也是英文與數字的組合，為「thank」的諧音；「+U」是符號與英文的組合，是「加油」的諧音。

在網路上還有一種特殊的情形，是以電腦鍵盤上的英數符號，來對應注音輸入法的「代碼文字」。如「E04」這個英數混合的詞，若以注音輸入法的相應順序鍵入，則會出現「幹」字。這樣的用法一開始是為了避免打出髒話，但是後來漸漸變成另一種「代碼」形式。以「E04」為例，雖然並沒有出現粗話，實際上熟稔注音輸入法的閱讀者，都可以望文解碼。

第四節　火星文類型三：諧音文字

上述的注音文與英、數符號代替文字，是以「符號」、「代碼」的形式出現，另外有一種模式，是直接使用諧音文字的火星文。諧音文字的現象並非當代獨有，像是年年有「魚」、「碎碎」平安、考試前吃粽子可以「包中」、情人不可以分吃梨子免得「分離」等等，這些諺語都是由諧音文字組成，從古代一直流傳到現在，甚至已是中華民俗文化的一部分了。

當代的火星諧音文，其實已經與老祖先以「趨吉避凶」為目的而造的諧音文字，有很大的區別。目前我們所看到的火星諧音文，有很大的因素是為了「裝可愛」、是「Make for fun」而造出的新詞；以前的諧音文字被視為中國文字的藝術，現在的火星諧音文是為了娛樂而生。

火星諧音文可依諧音語言對象而分為兩種，其一是口語國語的諧音文字，其二是混合語言諧音文。

一、口語國語的諧音文字

此類諧音文字的產生，有時候是因為輸入法選字的問題，一些求快的使用者略去選字的步驟，造成大量的同音別字，例如「擬再嗎？」（你在嗎？）就是因為不選字而產生的情況。但是大部分的使用者，的確是為了

裝可愛和增加樂趣，有意識地使用火星諧音文。諧音的模式不外乎是「聲母的相似音」、「韻母的相似音」、「聲調轉變」、「捲舌音變」四種方式。以下各舉兩個例證：

聲母的相似音		韻母的相似音		聲調轉變		捲舌音變	
原字	諧音	原字	諧音	原字	諧音	原字	諧音
沒有	迷有	我	偶	你	尼	做啥	咒啥
不是啦	撲是啦	可愛	口愛	好啦	豪啦	氣死	氣鼠

　　目前的網路溝通以文字傳遞為主（或許以後會慢慢發展成以影音即時溝通為主），面對一串串的文字，感覺上的確比較硬冷；把「我」唸成「偶」、「你」唸作「尼」，在口語表達上營造「可愛」的形象，姑且不論閱讀者是否領情，至少這樣的語文表達沒有「殺氣」，在表達上是和善可親的。

二、混合語言諧音文

　　此類諧音文以國語來表示其他語言的諧音，是不同語言間互相接觸而產生的現象，尤其是「閩南語」、「客家語」、「英語」、「日語」四種語言上的混合最豐富。

1. 「閩南語」諧音文例句
　　「挖災」：閩南語發音的「挖」是「我」的意思，「災」是「知道」，整句意思為「我知道」。
　　「哩好」：閩南語發音的「哩」是「你」的意思，整句意思為「你好」。
　　「趴趴走」：閩南語發音的「趴趴走」是「隨處亂跑」的意思，現在趴趴走甚至有英文型的火星文「PAPAGO」相應，更有業者開發以此為名的GPS導引軟體。
2. 「客家語」諧音文例句
　　「嘿咩」：由客家語的諧音而來，表示「是阿」的意思。
　　「崖」：是客家語的諧音，是「我」的意思。

「麥怪」：客家語的諧音，是「什麼」的意思。

3.「英語」諧音文例句

「夯」：為英語「HOT」諧音。

你可以去「骨狗」一下：「骨狗」為英語「GOOGLE」的諧音，整句話
　　　　　　　　　　的意思是，可以上網用GOOGLE搜尋引擎尋找
　　　　　　　　　　資料。

昨晚去哪裡「黑皮」啦：「黑皮」是英語「HAPPY」的諧音，整句意思
　　　　　　　　　　為「昨晚去哪裡開心啦」。

4.「日語」諧音文例句

「麻吉」：由日文發音諧音而來，最早是英文「MATCH」之意，在日文
　　　　　中發展為「好朋友」之意。

「歐伊西」：由日文諧音而來，表示「很好吃、很美味」之意。

第五節　火星文類型四：顏文字

　　顏文字又稱「表情符號」，是利用鍵盤上的字母與符號組成各式各樣的人類表情。顏文字算不算是「火星文」一直是個爭議，反對者主張顏文字僅是符號，並不能視為文字的代替品；再者，顏文字有自己的歷史淵源，似乎不應該被簡單歸類。

　　我們在電腦螢幕上所看到的表情符號，最早出於美國，後來經日本發揚光大，而形成一種網上次文化。最早的表情符號由ASCII代碼組成，是一種「ASCII ART」，在還未使用「視窗」系統、還沒有滑鼠的年代就已經產生。ASCII（American Standard Code Information Interchande）是美國國家標準局特別制定出的一套資訊交換碼，簡單的說，這套代碼讓26個英文字母及各式符號有固定的「代碼語言」，如大寫A的代碼為「65」（二進位下的代碼為「01000001」）。ASCII目前仍是全球最通用的單位原組編碼系統，它以拉丁字母為基礎，當初設計的目的是為了讓電腦顯示英語和其他西歐語言。

　　「ASCII ART」是利用ASCII電腦字元來顯示圖片藝術，一開始是很簡單的幾個字母及符號組成，如表示開心的「:)」、表示不開心的「:-(」、大

笑的「XD」，這些表情符號稱為又稱為「emotion icon」，必須向左翻轉90度來看這個「icon」，才能理解其中妙趣。

陳慧鸞像　打字墨墨紙本原作
Portrait of Mother (Mrs.Yang)
Typewriting on Paper
29.7x21cm　1948

「ASCII ART」的符號組合拼貼概念，可以上溯到網路發展前的打字機藝術，楊英風1948年創作的〈陳鸞鸞像〉，或許就是臺灣最早的ASCII ART作品。現今電腦的圖片、影像多媒體呈現已經是基本配備，但是在早期電腦無法處理圖像呈現的年代，ASCII ART表現了文字無法傳遞的視覺感受。

相對於美國翻轉的表情符號，日本也發展出一套日式的表情符號。日式的表情符號比美式表情符號有更多組合：視覺上的正向表情、導入日文系統、複雜的符號運用，讓日式表情符號更為豐富。「顏文字」對日本網民影響甚鉅，成為網路空間溝通必備的「語言」，成為日本網上次文化，甚至不少日人認為這是日本特有的文化，否定顏文字來自美國的ASCII ART。以下各舉美式、日式的幾個表情符號來比較：

美式符號	借代義	日式符號	借代義
;-)	眨眼	^_^	微笑
:-p	開玩笑	*^_^*	害羞的微笑
:-D	開心	^o^	張口大笑
:-O	驚訝	>_<	皺眉
8-)	戴眼鏡的微笑者	@_@	眼冒金星

除了字式的差異外，日式顏文字明顯比較複雜，光是微笑就有好幾種表情。臺灣的火星顏文現象大部分沿用日本而來，以起源而言，表情符號的形式最早出現在美國，但是顏文字的定位與發展是由日本發揚光大。當然，臺灣也發展了具有中華文化特色的顏文字，例如，「冏rz」就是日式顏文字「Orz」的改造。「Orz」的原型為純符號的「__|￣|○」，看起來像一個人跪倒在地上，日人稱為「失意體前屈」，後來演變為英文字母的「Orz」，經臺灣人的創意改造後，加入了漢字「冏」來加強「臉部表情」

的傳神。

以下舉幾個臺灣常用的「Orz」系列與日式系列例子：

日式符號	表情特徵	台式改造符號	表情特徵
＿┌┐○	向左的失意體前屈	囧rz	加強失落表情的臉
○┌┐＿	向右的失意體前屈	周rz	鼻子較大沒有眼睛
Orz	小孩形狀	崮rz	囧國的國王
OTZ	大人形狀	茴rz	囧國的王后
OTL	完全失落	曾rz	假面騎士
Or2	屁股翹起	齒rz	老人的臉

日式的「Orz」已經十分生動，臺式顏文字最大的特色是導入了漢字「表形」的優勢，上表一系列的變化即可見一斑。「Orz」利用漢字來增添面部表情的各種可能性，令人不禁會心一笑。

顏文字對臺灣影響極大，2006年大學基測考題出現帶有「orz」的考題，引起極大的爭議，也讓人發現顏文字已經是不能忽略的社會現象。事實上，我們常用的一些電腦軟體，例如，文字處理的Microsoft Word或是即時通訊的MSN，甚至已經導入顏文字的元素，只要依序鍵入「:-)」就會出現「☺」，鍵入「:-(」就會出現「☹」，讓常用的顏文字符號進一步「圖像化」，更加生動達意。

下面列舉60個臺灣網路上常用的顏文字，以做參考：

顏文字	釋義	顏文字	釋義
~0~	早安	\^0^/	愉快的歡呼
→＿→	懷疑的眼神	0_0....	沉思
-_-"	唉唉	T_T	哭泣
>_<#	很不爽	>"<|||	傷腦筋
-.-	裝蒜	～＋＿＋～	流淚感動的樣子
~w_w~	別吵我	$_$	見錢眼開
⊙_⊙	驚訝	－－＋	銳利的眼神
＝＝...	無言	=□=	不會吧！！
~_~	想睡覺了	＼˙╰╯˙／	休閒

= =!!??	你說什麼！？	?o?|||	聽不懂
`_`??	請再說一次	*^÷^*	得意的笑
★~★	見到偶像眼睛為之一亮	O_o	驚訝
╱﹏╲	很無奈	\(╯-╰)/	無耐的攤手
´(*>﹏<*)`	好刺激	π_π	打瞌睡
(^人^)	拜託啦	(≧◇≦)	感動
E__E	昏了頭	b_d	戴了副眼鏡
·Q·	作鬼臉	·m·	暴牙的人
=皿=+	無敵鐵金剛	^3^	給你一個飛吻
>c<	哀哀叫！	<(""O""")>	Oh！My God
o(˘˘)OOO	連發飛拳！	z(U__U)z	可...（手插腰）
@_@|||	頭昏眼花	-⌒-	好傷心
@口@	哇!!	*^◎^*	呵呵大笑
X_X	糟糕	⌒⌒	很悲情
Q_Q	流淚的樣子	~`o`~	了解
ˇˇ	思考中!!	￣□￣	腦中一片空白
╲_╱	生氣中	·"·	皺眉頭
=.=	裝傻	￣▽￣	糟糕！被發現了！
=ˇ=	愉快的表情	/(YoY)\	我放棄
╲✓+	交出來	o -_-)=○)°O°)	給你一拳！
@_@a	惑	σ(··)	槍斃

第六節　火星文類型五：流行用語

　　引領潮流的大眾媒體，如電影、電視、雜誌等，原本都屬單向面對群
體的傳播方式，直到網路的普及，才改變了大眾傳播的單向性質。信息互
動是網路傳播的重要特色，可以迅速甚至即時溝通的網路平台，造成了大
眾媒體流行用語快速而直接的擴散。這些網路上的流行用語，大多出自電
影對白、電視節目與廣告、動畫漫畫、雜誌報紙或電玩遊戲中，經過網友
們的引用、模仿而蔚為風潮。像是上述周星馳電影「少林足球」中的「地
球是很危險的，你快點回去火星吧！」就是一再被引用，所以變成網路上

的經典名句，久不退燒。

　　電影造成流行用語並不是新鮮事，美國「教父」系列電影深植在1950年代以後的年輕人心中，劇中口白被視為聖經，許多場景對白不斷在其他藝文作品中重現，連1999年上演的愛情片「電子情書」，劇中湯姆漢克仍援引教父對白，並稱「教父是所有佳句的泉源」。香港2002年放映的「無間道」也有同樣的魅力，劇中對白被網友引用與改造，像是經典對白「我想做好人」，被學生改編為校園版對白：

無間道台詞	校園版台詞
劉建明：我想做好人！ 陳永仁：好，去跟法官說，看他讓不讓你做警察。 劉建明：那就是要抓我？ 陳永仁：對不起，我是警察。	學生：我想補考！ 助教：好，去跟教授說，看他讓不讓你補考！ 學生：那就是要當我？ 助教：對不起，我是助教。

　　這樣的創意改造在網路上不勝枚舉，同樣的情況也發生在電視劇上。如2002到2003年間臺灣超人氣八點檔連續劇「臺灣霹靂火」，劇中對白也被熱烈討論與改編：

臺灣霹靂火台詞	校園版台詞
賣惹我生氣，我心情若不好，我就會不爽。我不爽，我就會想要報仇。接下來，我若報仇下去……下一個要死蝦咪郎，連我自己也不知道。	賣惹我生氣，我心情若不好，我就會不爽。我不爽，我就會想要當人。接下來，我若當人下去……下一個要當蝦咪郎，連我自己也不知道。

　　動畫漫畫的流行用語，也受到年輕的網路族群喜愛，尤其以香港與日本動漫最常被引用。香港動漫的流行用語又稱「港漫體」，如狀聲詞「口胡」為摸擬憤怒時的叫聲；「口桀」是形容奸笑聲；「收聲」是閉嘴的意思；「未夠班」是不夠格，能力不夠；「沒可能」是難以讓人置信的意思；「廢柴」為形容一個人沒用之意；「怒了」為大發雷霆之意。這些詞彙通常為香港動漫的對白，被網友直接借來使用。

　　同樣情況也出現在日本動漫，一些日本動漫詞彙，如「熱血」、「假

面」、「惡女」等，都是網友字裡行間常引用的流行語；或者是複雜的「萌」文化，也在臺灣網路上流傳風行。萌是形容「極端喜好的事物」，對象上通常代表「可愛的女生」；「萌」在臺灣網路上用法十分隨意（或者說是還未固定），兼具動詞、名詞、形容詞等各種詞性，例如「她的模樣很萌」（形容詞）、「我被她萌倒了」（動詞）、「你今天萌了嗎」（動詞）。除此之外，甚至還有流行用語從網路延燒到現實生活的狀況，如「去死去死團」一詞原出於日本漫畫《去吧！稻中桌球社》，在網路上代表「沒有男女朋友的人，用搞笑自嘲的風格表達單身孤單的形象」；在2006年2月14日臺北縣淡水鎮的漁人碼頭，舉辦了「去死團」活動，到場參與的「團員」竟達到50人之多。

第七節　火星文定義的轉變與擴大

　　火星文的定義隨著不斷被討論而逐漸轉變與擴大，雖然上述的「注音文」、「以英文、數字符號借代文字」、「諧音文字」、「顏文字」、「流行用語」等，都列為火星文範疇，但是「火星文」一詞初現時，原本只是針對難以閱讀的網路語言，尤其是注音文。判別火星文與否的重要原則是「是否造成閱讀上的困難」，關於這一點，也的確是注音文最被反對的理由，以致於早期火星文與注音文幾乎畫成等號。

　　閱讀注音文的人很容易會有種誤會，因為注音文充斥許多注音符號在文句中，看起來像是「牙牙學語」，很容易讓人以為是年紀小的人、語文程度不好的人在使用。事實上，注音文的使用與年齡並沒有絕對關係，反而與「網路接觸年齡」比較有關。接觸網路世界較久的人，或者是網路重度倚賴者，其實更會在意自己在網路上的言語表達。他們每天都需要用網路來溝通訊息，網路對他們而言並不虛擬，是每天的真實世界；注音文對他們而言，除非是特意要製造效果「耍可愛」，否則根本不會用到。也因為如此，這樣的族群通常也沒有耗時「選字」的困擾，因為已經太熟練鍵盤輸入法，甚至刻意打出注音文還會浪費時間。相對的，接觸網路時間少的人，對於網路禮儀規範不熟悉，加上對於輸入法也不熟練，注音文就成為他們選擇的網路語言。

　　至於後來有些刻意編出來的注音文，恐怕已經屬於使用者的心態問題了。這不能簡單解釋為語文程度不佳，畢竟「刻意」編出的文字，要與原本的文字有區別，如果不知道原本的語法、詞彙，怎麼能造成差異呢？網路上甚至還有專門的注音文翻譯器及火星文翻譯器，能夠使用或設計這樣軟體的「玩家」，難道是不基於對語文已經「知之甚深」嗎？

　　火星文出自於網路，但卻已經不只在網路了。一開始人們把難以閱讀的網路詞彙都稱作火星文，但是隨著社會大眾對火星文一詞的「愛用」，火星文的定義已經跳脫「難以閱讀的網路語言」框架。2006年大學基測的考題中，有一題要考生改正不當的文句，上列「注音文」、「顏文字」、「英數字符號借代文字」、「諧音文字」、「流行用語」都出現其中：

　　　　今天我們班的運氣實在有夠差，開朝會時被學務主任點名，說我們班秩序不良而且教室環境髒亂。我們班導師氣到不行，回到班上嚴辭訓斥大家一頓，問我們究竟安什麼心？林大同立刻舉手發言說，我們一定會好好做反省的動作。衛生股長漲紅著臉幾乎快::>_<::了，他拜託大家每天確實打掃，他一定3Q得orz。王明問班上的星座達人到底我們班為何如此時運不濟，接二連三被挨罵受罰。更慘的是，班上的蒸飯箱莫名其妙又壞了，害得全班只好吃冷便當，偶氣ㄉ要死，媽媽星期天為我準備的便當，本來粉不錯吃滴，卻變成難以下嚥的冷飯。想不到今天這麼倒楣，昨天真不該聽信風紀股長的話，到學校理髮部去理一顆一百塊的頭，今天還不是一樣諸事不順！

　　以下改出10個文句上的問題：

一、有夠差：諧音文字，將閩南語寫成國字。

二、氣到不行：流行用語。

三、做反省的動作：語病。

四、::>_<::：顏文字，哭泣表情。

五、3Q得orz：「3Q」為英數替代文字，Thank you之意；「orz」為顏文

字。

六、達人：流行用語。

七、被挨罵：語病。

八、偶氣ㄅ要死：「偶」為閩南語的諧音文字，「我」的意思；「ㄅ」是
　　注音文。

九、粉不錯吃滴：「粉」屬於客家話的諧音文字，「很」的意思；「滴」
　　為流行用語，源自周星馳的「少林足球」。

十、理了一顆一百塊的頭：語病。

　　這一題目引起相當大的討論，雖然考題並不困難，但是如果完全沒有接觸網路的學生（然而這機會實在太小），恐怕解題上還是會有些障礙。經過激烈的討論，「火星文」成為當時家喻戶曉的熱門新聞，而火星文的定義也因此擴散為「網路流行語言」。值得注意的是，網路助長了火星文現象，但並不表示火星文僅能存活在網路內。網際網路的運用，致使大眾媒體間的信息分享更加快速流通，火星文也藉著這樣的管道，流竄在各媒體之間。例如，2007年香港電影「投名狀」裡，金城武的經典對白「大哥是對的」，在網路空間流行了好一陣子；在2008年臺灣的一個Online game電視廣告中，模仿投名狀的場景對白，又把這句話搬出來用。

　　2006年大學基測所造成的社會討論，無疑是對火星文最直接的宣傳，使一般沒有接觸網路的大眾族群也認識了火星文。但是這些沒有接觸過網路的人，他們難道就沒有使用過火星文嗎？事實上，火星文早已是社會現象，我們很可能使用著它而不自覺：「諧音文字」在日常生活交談就會使用到、「英數符號借代」早已運用在B.B.CALL的時代、「流行用語」在各種大眾媒體間不斷在更新，火星文現象其實一直在我們身邊。又如臺灣流行樂偶像團體五月天，2005年曾以一曲「戀愛ing」唱出火星文orz：

　　　陪你熬夜　聊天爆肝也沒關係
　　　陪你逛街　逛成扁平足也沒關系
　　　超感謝你讓我重生　整個orz
　　　讓我重新認識Love
　　　戀愛ing　Happying

心情就像是坐上一台噴射機

戀愛ing　改變ing

「戀愛ing」、「orz」不就是火星文嗎？雖然當時火星文話題還沒被炒熱，但火星文現象早就「連線」到各種媒體上，不只存在網路之中了。

第八節　火星文現象平議

一、火星文的爭議與連漪

2006年大學學測考出的火星文考題引發各界爭議，也造成火星文一夕爆紅，電視、報章雜誌等媒體大篇幅報導火星文現象，然而大部分的討論都是自我表述，卻鮮少回到引發爭議點的題目本身來檢視。以下完整記錄當時「語文修正」一題的題目說明：

> 語文的使用需要注意場合、對象的分別，不同的場合、不同的對象，都有它不同的語文表達方式。例如，上臺演講和平日死黨之間說話便大不相同，而寫作文章和口語敘述也絕不應該完全沒有差別。下面是一篇題為「運氣」的中學生作文，即使暫不考慮文字的優美與否，其中除了以下說明文字的範例之外，尚有九處應予修正——或使用了不當的俗語、口語、外來語，或犯了語法上的錯誤，或是受媒體、網路流行用語誤導，或以圖案代替文字，請加以挑出，並依序標號（1、2、3……9）改正之。
>
> 【說明】：例如文中「3Q得Orz」即為不當用法，3Q意指「thank you」，Orz則藉三字母表示「跪拜在地」之狀。

火星文考題對於不常接觸網路的學生而言，的確增加解題上的負擔；難怪學生家長為維護學生權益，直呼這樣的題型「不公平」，並且認為此風不可長，恐會間接造成學生語文能力低落。

　　但是以教育的角度而言，忽略火星文並不是適當的做法，教導學生火星文與正常用語間的差異才是合理的教學，事實上，這樣的工作在國民教育中也一直在進行。以這「火星文考題」的題目說明而言，明確指出「使用了不當的俗語、口語、外來語，或犯了語法上的錯誤，或是受媒體、網路流行用語誤導，或以圖案代替文字，請加以挑出」考題的評量，就是在測驗學生是否能在合適場合、對象上，使用合適的語文表達。在內容上並不困難——即便有學生不解的火星文，但並不影響完成合理的語文表達——學生毋須解釋題目內火星文的內容與涵義，他只要處理「語文修正」的部分。這樣的考題出現在學期課間的平常考，大概不會有怎樣的爭議，只是大學基測被許多人認為是「一輩子的大事」，在題型的公平性與題目的細節部分必須更加謹慎考量。

　　火星文現象在多方爭議不休之中，持續延燒到各媒體，出版業者也搭順風車推出一系列的火星文相關書籍，《火星文傳奇》、《火星文基測》等介紹火星文的小書陸續出版。書中蒐集網路上各類型的火星文，出版社甚至還架設「火星文托福考」（http://hk.geocities.com/lungzenoopen/mars_test_mirror/mars.htm）、「火星文托福考PRO」（http://worthbooks.com/orz2/orz.html）網站，讓讀過火星文書的網友上網進行測驗；當然，這樣的網站是娛樂性質的成分居多，對語文能力並沒有實質上的幫助。

　　另外，還出現了火星文線上查詢網站，如「itsorz～偶的火星文」（http://www.itsorz.com），筆者以「3Q」一詞在此網站查詢，結果如下：

> 就是指謝謝的意思！
> 這是英文發音「THANK YOU」的可愛發音法！
> 也結合了中文法發音！
> 提醒:::::正在學英文的小朋友千萬不要用這樣的發法記住發音唷！！

　　很明顯的，這個網站並非以嚴肅的語彙檢索為目的，是以蒐集與提供查詢時下的流行語為宗旨，看到了末句的提醒，還會讓人會心一笑。如果要查詢正確的語文用法，這裡並不適合；但是對於認識時下文化而言，這

裡等於提供了最即時的流行語紀錄。

二、火星文不良影響的再商榷

　　從注音文到流行用語，火星文一直備受爭議，支持與反對的聲音都大有人在。在反對聲浪中，最主要原因還是閱讀理解上的困難。對於重度網路使用者而言，火星文是個貶意詞，注音文尤其更不應該；在一些成熟的網路社群上發表文章，一旦形式牽扯到注音文，不論內容再精彩有理，都會遭受撻伐。但是，這並不能阻殺注音文或火星文的流傳，畢竟網路空間的禮儀規範僅是約定俗成，且並非每處網路社群都有嚴格管理的機制。

　　相對而言，火星文的支持者也架設網站，形成交流的網路社群，甚至有網友「創造」了火星文的入口網站（http://home.anet.net.tw/aa013797/）：

　　這個網站雖然看起來煞有其事，其實是網友的創意發揮，只是一個
虛設的網頁，並沒有入口網站的查詢與連結功能。這些火星文的網站與網
頁，的確蒐集整理了許多資訊與文章，只是這些文章大多數是人為刻意編
造，在實際網路交談上並不會如此將火星文「大書特書」。以另一篇網路
上著名的火星文「範本」作為例子，一位棒球球迷為了表達對臺灣選手王
建民的支持，於是寫了一封火星文信給美國大聯盟的洋基隊：

〔火星文〕：for 親 id 羊 g 大大ㄇ：
　　　　　　QQ安安ㄚㄍ位羊gㄉㄉ，挖 i 王 j 民，王投球好率
　　　　　　好褲，挖ㄟ把拔馬麻也 i 看王 j 民，ㄅ託羊g球團
　　　　　　ㄍ位ㄉㄉㄅ要ㅁ王 j 民肥ㄑ3A好ㄇ？ㄅ然一後
　　　　　　挖ㄟ沒ㄅ球ㄎ看捏，為了看王 j 民，挖最近都粉
　　　　　　早ㄑ床ㄛ^Q^，以後挖ㄇ要打ㄅ球，也要打ㄓ
　　　　　　棒，ㄅ託ㄋㄇ了，ㄅㄅㄅㄅ，881^^！
〔翻譯〕：　給親愛的洋基大大們：
　　　　　　QQ安安啊各位洋基大大，我愛王建民，王建民
　　　　　　投球好帥好酷，我的爸爸媽媽也愛看王建民，
　　　　　　拜託洋基球團各位大大不要讓王建民回去3A好
　　　　　　嗎？不然以後我會沒棒球看咧（台語），為了
　　　　　　看王建民，我最近都很早起床喔^Q^，以後我
　　　　　　也要打棒球，也要打職棒，拜託你們了，啵啵
　　　　　　啵啵，掰掰^^！

　　網路上流傳當大聯盟接到這樣一封看似通篇亂碼的信，還誤以為是恐
嚇信，商請解碼專家解讀，後來才知道是球迷的支持信，在此之後，「火
星文」一詞便大為流行。這樣的說法，很顯然是一則網路笑話，或許還帶
有一點諷刺火星文意味，但是火星文的支持者並不以為意，甚至樂於將之
當作範本記錄流傳。事實上，對於大多數的火星文支持者而言，火星文只
是一種文字創意，只要無礙於語言的表意功能，沒有必要扼殺創意。
　　總的來說，火星文的確是文字創意，臺灣地區特有的注音符號、日常

用語的諧音變化、獨一無二的臺灣國語，都展現了火星文豐富的「在地特色」。以語言的發展來說，臺灣火星文現象的發生並不是社會病了，只是一個區域性的新興語言模式逐漸成形，這樣的現象不是偶發，在中外歷史上也都有跡可尋。然而，這樣的新興語言能否長久存留，就等著時間來檢驗了。

　　那麼，火星文最讓人擔心的「不良影響」又該怎麼處理呢？其實，現在學生語文能力普遍低落的現象，牽涉的問題包括教育制度、評量制度，甚至在師長的教育態度上都有密切關係。學生的語文表達差勁，恐怕加強閱讀與作文才是正解；禁止火星文不如解釋火星文來得更有效用，如果學生清楚明白火星文的特性與功用，當然也不會在考試或正式文書中使用火星文來書寫。與其害怕火星文帶來的不良影響而否定它，不如讓學生懂得怎樣正確運用火星文。

三、火星文現象的應對態度

(一)輕鬆看待文字創意

　　火星文是當代的文化現象，不需要二元地歸類好或壞，也不應該把它當作正規語文來審視，只要輕鬆看待火星文的創意藝術，自然能領略火星文的趣味。

　　事實上，火星文現象在世界各地都會發生，例如，目前美國的流行用語把手機稱作「Celly」；「Bananas」指的不是香蕉，而是很瘋狂的意思；帥哥或美女則可以稱為「Bangin」。美國最具公信力之一的韋氏字典，在2007年年底以20個網路上搜尋最多的單字舉辦網路票選，「w00t」被票選為是最能代表2007年的單字。「w00t」相當於中文的語氣詞「耶」，玩家用此字代表「快樂」、「勝利」，例如：

　　I just got an A on my test. w00t!（我這一科成績拿到了A，耶！）

　　I got a new car, w00t!（我買了新車，耶！）

　　「w00t」為兩個拉丁字母與兩個數字組成的混合字，韋氏字典表示，這樣的文字反映出玩電玩與傳送手機簡訊長大的世代領導美國語言的新趨勢。公司總裁摩斯說，「w00t」出線，「代表語言正發生的一項有趣變

化。這個單字的誕生，全因我們現在是以電子方式彼此溝通。」

　　世界各地的網路其實都促使了不同面貌的「網路語言」，火星文並非臺灣獨有，各國都有自己的火星文現象發生，但是臺灣火星文融合了注音符號、拉丁文字、日文與中國方言，更加凸顯了臺灣這塊土地特殊的歷史文化背景。有些人反對火星文，是因為會破壞中國文字原本之美，會讓學生們忘記漢字原有的樣貌，但是以相對的角度來看，火星文並非「減法」的刪去漢字文化，而是「加法」的加入各種元素。如果我們不那麼嚴肅地要求火星文去符合語文規範，也許就能品嘗出火星文獨特的另一番滋味。

㈡火星文的積極應用

　　如果可以輕鬆對待火星文，不用規範侷限它，把它當作文字創意，那麼就可以運用火星文的優勢，創造它的價值。火星文的優勢在於它的「在地文化性」和「複合文化性」，這樣的文字創意或許不適合正式文書，但是在市場行銷上卻非常有力量。

　　例如，臺灣的全國電子專賣店，自2005年以後的廣告，都打出同一句Slogan：「就甘心A」，以「感動行銷」為主訴求，成功地把全國電子推向臺灣3C量販店的領導地位。「就甘心A」是很「感心」的意思，全國電子的銷售策略是讓每一個客戶都感受到自己是重要的，銷售的不只商品本身，也販賣態度。所以，他們利用最流行與最在地的火星文作為Slogan，不只跟上流行，也聽得窩心。

　　同樣的情況還有波蜜果菜汁的「青菜底呼啦」，儘管廣告裡的人物不斷替換，但是「青菜底呼啦」這句耳熟人詳的台詞一用就是六年之久（首見於2003年），還獲選2007年第14屆的廣告流行語金句獎。這一句諧音廣告語傳神有趣又親切，很容易讓人接受。

　　除了電視與平面廣告外，網路的關鍵字行銷也是火星文可以發揮的地方。網路聯繫了大眾傳播，加速各媒體間的互動；假設消費者早餐時看到報紙，讀到某篇廣告，傍晚時看到電視廣告提到相同的商品，於是他在晚上跟朋友MSN的同時，在GOOGLE順手輸入了「關鍵字」查詢，接著這項商品的網路資訊就映入眼簾。如果消費者的心被打動了，而這商品又有建立網路行銷機制的話，說不定一個晚上之後，隔天中午這商品就已經寄送到家門口了。這就是媒體整合的效益，這樣的行銷模式結合「電視＋網路

＋關鍵字」，而最重要的連結點就在於「關鍵字」。

　　以匯豐網路銀行Direct為例，在2007年一系列的電視廣告中放入「3倍」、「＋薪」、「一起＋入」等關鍵字，引發消費者主動上網查詢關鍵字，開啟行銷的通路。匯豐銀行在行銷關鍵字的建立上使用數字、符號組成的火星文，就是因為火星文的複合概念；捨去長篇大論來說明銷售產品，選擇簡短易記的混合關鍵字。它們並非擁有關鍵字行銷的魔法秘方，只是利用網路關鍵字作為連結，達到媒體整合的最大效益。

　　火星文是社會現象，是網路流行語言，也是臺灣的當代文化。或許火星文現象只是短暫的熱潮，在百年之後，「orz」未必還會繼續被使用，可能只有在字典裡才找得到。與其對火星文趕盡殺絕，不如將它當作一個時代註腳，以輕鬆的態度面對甚至運用它，不要侷限規範火星文，或許它的價值就不只是火星文了。

第六章
當代網路版漢字字典

第一節　從《說文解字》到網路字典

　　漢字字典是非常普遍的參考工具書，一般家庭都會有一兩本字辭典；每個人從國民小學開始就會學習如何查字典，小學生為了要參加查字典比賽，字典查得又快又準可是致勝關鍵。或許隨著年齡增長，認識的字愈來愈多，也就比較少去翻查字典，但是仍然會放在書架上有備無患。

　　中國的字典最早通稱字書，第一部是東漢許慎編的《說文解字》，至於「字典」的稱謂，則是到了清朝《康熙字典》才有的，一直到今天，這兩部字典仍然有很高的參考價值。目前坊間比較通行的字典有《中文大辭典》、《漢語大字典》、《中華大字典》、《辭源》、《辭海》、《辭通》等，這些書雖然有「字典」、「辭典」上稱謂的不同，但其實內容上大致無異；字典通常會收辭語，而辭典也會先解釋單字，兩者之間不能簡單分割。

　　除了厚重的字典之外，隨著網路世代的來臨，網路字典也提供了檢索漢字的新選擇，一旦遇到了不知道音義的字辭，只須將字形輸入網路字典查詢，就能迎刃而解。網路字典的優勢在於便利迅速，即時的資料處理減少了查閱者的翻找時間，目前已經成為民眾查詢漢字的常用方法之一了。

第二節　《中文大辭典》與《漢語大字典》

一、《中文大辭典》介紹

目前最具代表性的漢字紙本字典，是臺灣的《中文大辭典》和大陸的《漢語大字典》。臺灣的《中文大辭典》為張其昀、林尹、高明等所編，收單字49,880字，詞彙371,231條，全套共10冊。所收各字先列字形，次列字音，再次列字義，並附例句，末附解字，各書附有部首及筆劃檢字表，可以說是臺灣目前收字辭最詳盡的字典。以下對《中文大辭典》作簡單的介紹：

(一)檢索方式

《中文大辭典》按漢字部首分類檢索，各部首內之字先分筆劃少多，再按字形起筆之點、橫、豎、撇（永字筆法）為序排列。

(二)單字解釋

所收各字，先列出字形，依時代先後為次，從甲骨文到篆、隸、楷、草諸體都有收入，可以看到字形的本源與演變。

接著標注字音，從古代韻書的反切到現代國語與羅馬注音，一一列出。其後是字義，首列本義，引申義次之，假借義又次之，並在其下注明出處例句。

(三)詞彙解釋

單字解釋清楚之後，後面就是詞彙解釋。以所收單字為始組成的詞彙，大致上可以分為成語、術語、格言、疊字、詩詞曲語、人名、地名、職官名、年號、書名、動植物名、名物制度等12種。各詞彙下列出不同意義，並注明出處例句。

二、《漢語大字典》介紹

《漢語大字典》由徐中舒主編，收字54,678個，全套8冊。從1986年10月起陸續出版，至1989年全部出齊。此書對漢字的形音義作了系統的解釋，先列字形、次列字音，而後釋義及引證。以下對《漢語大辭典》作簡

單介紹：

(一)檢索方式

《漢語大字典》也是按漢字部首分類檢索，部首內按筆劃順序多少排列，同筆劃的部首按橫、豎、撇、點、折五種筆形順序排列。

(二)單字解釋

每個字頭下先列字形，收錄了有代表性的甲骨文、金文、篆書和楷書。並根據闡明形音義的需要，酌附字形解說。

接著標注現代音、中古音與上古音：現代音用漢語拼音標注，中古音以《廣韻》、《集韻》的反切為主要依據，並標明聲韻調，上古音只標示韻部。

其後解釋字義，先釋本義，引申義、通假義為後，並標明例句出處。

(三)通假字表與異體字表

《漢語大字典》除了全面記錄漢字形音義外，並附上了通假字表與異體字表。通假字表將字典內可以聯繫的通假字，按上古音30韻部做出分類處理。異體字表將字典內的異體字整理出約11,900組異體字，是目前漢字異體字最詳盡的整理。以《漢語大字典》的參考資料來看，1984年出版的《周恩來選集》也列在其中，可見這樣的異體字整理並不只侷限在古代文獻，更顯這表格的工程浩大與價值。

第三節　當代網路版漢字字典

從紙本字典到網路字典大致上經過了兩個步驟：一是紙本字典的電子化，二則是電子字典的網路化。這兩個步驟的銜接時間極短，甚至我們可以解釋為同步進行，中國最早的電子化辭典大約出現在1980末至1990年代初期，而1990年代進入了網際網路起飛時期；於是電子化的字典資料庫，理所當然地藉著網路提供了強大的「無遠弗屆」檢索功能。如今，我們要檢索漢字字辭，不需要再老遠的跑到圖書館，捧著厚重的字典慢慢查找，只要連上網路，就可以在線上字辭典上找到想要的答案。

目前流通的漢字線上字典，依功用及對象可以分為三種類型：

第一種為日常字辭的檢索，供一般大眾使用。

第二種為不同語言或鄉音對照的字辭檢索，例如漢越字典、閩南語字典、粵語字典等，提供給語言學習者使用。

第三種為古籍漢字的檢索，如儒學詞典、佛學辭典、漢字字源資料庫等，提供給學術研究者之用。

以下是目前流通的漢字線上字典整理：

重編國語辭典修訂本：

http://dict.revised.moe.edu.tw

國語辭典簡編本：

http://dict.concised.moe.edu.tw

國語小字典：

http://dict.mini.moe.edu.tw

異體字字典：

http://dict.variants.moe.edu.tw

成語典：

http://dict.idioms.moe.edu.tw

漢語大詞典：

http://www.ewen.cc/hd20

成語詞典：

http://www.kingsnet.biz/asp/chengyu/index.asp

成語智能檢索：

http://www.doc.net.cn/component/option[/url],com_ideidiom/Itemid,27/

中國石材供求網網上新華字典：

http://www.stone163.com/skill/20040103dictionary/find.htm

新華字典：

http://www.fzepc.com/chinapoem/word.asp

在線漢語字典：

http://www.zdic.net/

中國大陸《現代漢語規範字典》、《中學生規範詞典》、《現代漢語詞語規範詞典》（中國語言文字網）

http://www.china-language.gov.cn/

《說文解字》注：

http://www.gg-art.com/imgbook/index.php?bookid=53

文字源流淺析：

http://www.gg-art.com/imgbook/index.php?bookid=60

《說文解字》全文檢索：

http://www.chinese99.com/xiaozhuan/shuowen/

文泉驛康熙字典：

http://wqy.sourceforge.net/cgi-bin/index.cgi?KangXi

華文字句搜尋網：

http://www.cbooks.org/main.asp

儒學詞典：

http://humanum.arts.cuhk.edu.hk/ConfLex/

佛學大詞典：

http://www.fowang.org/fxd/lookup.htm

東方語言學網的中古音查詢：

http://www.eastling.org/tdfweb/midage.aspx

閩南話／華文線上字典：

http://203.64.42.21/iug/ungian/Soannteng/chil/Taihoa.asp

臺灣話語音漢字辭典：

http://www.edutech.org.tw/dict/Sutiern0.htm

黃錫凌粵音韻彙電子版：

http://humanum.arts.cuhk.edu.hk/Lexis/Canton/

粵語會館的粵音字典：

http://www.yueyu.net/yykt/yyzd.htm

漢越字典：

http://perso.wanadoo.fr/dang.tk/langues/hanviet.htm

越南語漢字讀音檢索：

http://www.nomfoundation.org/nomdb/lookup.php

線上漢越字典：

http://www27.brinkster.com/hanosoft/default.asp

漢越辭典：

http://perso.orange.fr/dang.tk/langues/hanviet.htm

漢字辭典：

http://zung.zetamu.com/Hantu/hantu_index.html

Chinese languages：

http://www.chinalanguage.com/Hakka

林語堂當代漢英詞典電子版：

http://humanum.arts.cuhk.edu.hk/Lexis/Lindict/

中文網：

http://www.zhongwen.com/

粵語審音配詞字庫：

http://humanum.arts.cuhk.edu.hk/Lexis/lexi-can/

Chinese Etymology：

http://www.chineseetymology.org/chin_home.aspx

龍語瀚堂字源數據庫：

http://lyzy.dragoninfo.cn/

第四節　臺灣教育部線上電子字辭典

　　臺灣教育部為了推展語言文字教育工作，建立了五部線上電子字辭典供民眾免費使用。目前電子字辭典語文資料庫仍持續在增加與整理，最新的更新可參考教育部網站http://www.edu.tw/EDU_WEB/EDU_MGT/MANDR/EDU6300001/fourdict.htm。這五部線上字辭典的特性依適用對象有不同的設計：

1.《重編國語辭典修訂本》：http://dict.revised.moe.edu.tw

　　適用對象為教師及一般社會大眾。記錄中古至現代各類詞語，兼採傳

統音讀，引用文獻書證，提供完整之語文史料。收錄16萬7千餘字詞。

2. 《國語辭典簡編本》：http://dict.concised.moe.edu.tw

　　適用對象為國中小學生及初習華語文人士。為一部有聲音及圖片之多媒體辭典，並以字詞頻統計結果為收錄依據，採淺白語體編寫。收錄約4萬5千餘字詞。

3. 《國語小字典》：http://dict.mini.moe.edu.tw

　　適用對象為國小學童及教師。其中之詞例可供造詞之學習，各式索引則可供教學使用。收錄4千餘字，部分錄有附圖。

4. 《異體字字典》：http://dict.variants.moe.edu.tw

　　為總整漢字字形的大型資料庫。可供語文教育及學術研究的利用，並可作為未來電腦中文內碼擴編的基礎。收字10萬以上。

5. 《成語典》：http://dict.idioms.moe.edu.tw

　　適用於社會大眾。每條成語除釋義、音讀，另有典故原文及其白話譯注、用法說明、例句等，內容極豐富。收錄1千5百餘組成語（約5,000條）。

　　以下為五部字辭典的差異及比較：

辭典名	說明
重編國語辭典修訂本	96年12月版，收字詞共166,180條，記錄中古至現代各類詞語，適用於教師及一般社會大眾。
國語辭典簡編本	91年1月版，收字詞共45,116條，以字詞統計結果為收錄依據，適用於國中小學生及初習華語文人士。
國語小字典	97年1月版，收錄4,306字，據年度國小國語課本用字統計修訂，專為小學生而編。
異體字字典	93年1月版，收正異體字共106,230字，為總整漢字字形的大型資料庫，可提供語文教育及學術研究的利用。
成語典	94年3月版，收錄1,568組成語，共5,097條，主要內容除成語釋義及音讀外，並提供典故原文及白話譯注、用法說明、例句等。

修訂本、簡編本、小字典收字比較（多音字部分不計入）	1.三部共有收字：4,269字。 2.小字典未收，只有修訂本與簡編本共有收字：1,737字。 3.簡編本未收，只有修訂本與小字典共有收字：18字（粄邤豐苙壺檞拑嬛蠼枳�坾�嗖弅婺峈湪）。 4.修訂本未收，只有簡編本與小字典共有收字：共5字（峇全蜋迊污）。 5.只有修訂本有收的字：3,888字。 6.只有簡編本有收的字：共12字（珃右埖湳嚧鐳術囍勯楂唑嚓）。 7.只有小字典有收的字：共10字（厘硴砧鮰柏箸庄哗埡鵲）。
修訂本、簡編本、成語典收詞比較（多音詞部分不計入）	1.三部共有收詞：1,464詞。 2.成語典未收，只有修訂本、簡編本共有收詞：36,856詞。 3.簡編本未收，只有修訂本、成語典共有收詞：1550詞。 4.修訂本未收，只有簡編本、成語典共有收詞：0詞。 5.只有修訂本收詞：111,953詞。 6.只有簡編本收詞：31詞。 7.只有成語典收詞：2,083詞。

第五節　《重編國語辭典修訂本》內容介紹

一、豐富且持續的詞彙整理

　　這五部電子字辭典中《重編國語辭典修訂本》的內容最豐富，用途也最廣。根據教育部的統計，修訂後的重編本國語辭典，在單字方面共計13,757字。詞彙方面，經修刪增補後收錄約16萬條，較原書（紙本書）多出約4萬條左右。雖然詞彙量不如《中文大辭典》多，但是在常用詞彙的收編上大增了辭典的實用性。除了傳統經史子集中的辭語，還增加了：

㈠中古以後仍常見於今日的文學語詞

㈡宋元以後的口語語詞

㈢晚清的小說語詞

㈣民初至三〇年代的小說語詞

㈤海峽對岸的語詞

(六)臺灣地區的語詞

(七)現代流行詞彙

(八)常見的專科詞彙

(九)成語、諺語、歇後語

(十)相似詞與相反詞的資料

　　由於《重編國語辭典修訂本》的修訂工作，從資料蒐集、建立到完成，一致採用電腦編輯，所以可以不斷增加當代常用詞彙，建立一個可以持續修訂的資料庫，在記錄及保存當代詞彙上有相當大的助益。

　　除此之外，修訂本還整理了一些實用的附錄資料：

(一)中國歷代紀年表

(二)中國歷代帝王年表

(三)中國歷代年號索引表

(四)中英略語表

(五)常見縮語表

(六)常見大陸地區語詞對照表

(七)世界各國國名表及附圖

(八)中華民國少數民族簡介

(九)常用疊詞型形容詞

(十)常用題辭表

(土)親朋稱呼表

(圭)親屬關係簡表

(圭)常見地名第二式注音表

(圭)中華民國政黨一覽表

(圭)度量衡單位換算表

(圭)世界各國及地區貨幣名稱表

　　這些附錄雖然沒有納入辭典中作為詞條，卻是民眾可能需要的資訊，修訂本將這些資料分門別類，編為附錄，更是增加了字典的實用性。

二、編例與詞彙體系說明

在編例方面，每個單字均列出檢索序號、部首、筆劃。各單字與詞條均標有注音符號第一式與第二式；多音字中的正音、又音，語音、讀音，以及歧音異義的音讀，一律加上字頭序號，以便互見參考。每條語詞的釋義後附有舉證例句，並標明出處。譯名後面均附有外文原文，以供參考。

在詞彙收錄上的特色，修訂本除一般之單音節詞、雙音節詞外，另收有：

㈠成語：有典故可尋（包括文獻典故與生活典故），並具有多層表義作用的詞組，如：東施效顰、三長兩短等。

㈡慣用語：缺少成語的特徵（如典故憑據、多層表義作用），形式卻像成語的詞組，如：總而言之、風和日麗等。

㈢歇後語：兼具成語（指其前提部分）與慣用語（指其說明部分）的性質，其前提部分往往成為新的成語，如：老鼠過街——人人喊打、啞巴吃黃蓮——有苦說不出，辭典編輯收其謎面為詞目。

㈣準固定語：固定性雖不如成語、慣用語，但在表示一般概念時，複呈性仍高的詞組，如：耍花槍、小心眼、不消說等。

㈤諺語：指格言、俗語等日常常見之語言資料。如：拔了蘿蔔地皮寬。

㈥外來語：指已凝固於國語中的外來語資料，如：便當、愛滋病等。

㈦專門用語：指常見的人名、物名、地名或專業的術語等。

有系統的詞彙體系對於檢索查找特定語彙提供了新的途徑，這是一般紙本辭典無法做到的。現今流通的成語辭典、專門用語辭典雖然不少，但是彼此間關係並不大，使用者也只能依需求一部一部地翻查。修訂本分門別類的收錄詞彙，等於一次擁有彼此聯繫的多部專門辭典。例如，想查找一個「我」字曾出現在哪些詞彙中，除了傳統方式之外，修訂本還提供一欄選項，讓使用者可以選定查找類別在「成語」、「歇後語」、「諺語」、「外來語」和「專科用語」中。這對於想要查找特定語彙的使用者而言，省去了許多檢索的程序。

三、檢索方式

　　字辭查詢可針對「字詞」、「注音」、「釋義」及「全部」內容進行查詢，也可以選擇顯示查詢結果是否包含異體字。

　　除了鍵盤輸入外，可配合「注音輸入表」、「部首表」作為查詢資料輸入的方式。也可以使用「分類」的詞彙系統作特定查詢範圍內的查詢。以下依序介紹「字詞」、「注音」、「釋義」、「全部」及「分類查詢」的檢索方式。

圖1-18　《重編國語辭典修訂本》檢索頁面

㈠字詞查詢

　　1.在網頁中「我想找」處輸入欲查詢的字詞資料，再到「○字詞」處點一下，按 ⊕ 執行，即可找到需要的資料，如下圖所示。

圖1-19　以「字詞」檢索功能查詢「漢字」

2.查詢結果將在注音輸入表下方以條列方式顯示。

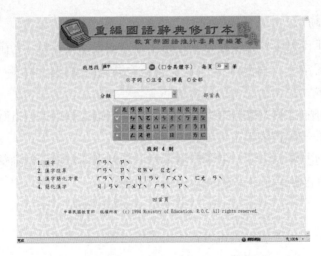

圖1-20　以「字詞」檢索功能查詢「漢字」結果

3.點選詞彙後，即顯示該詞彙的解釋。包含字詞編號、字詞、注音一二式及釋義等訊息。在內容畫面下可視情況點選「至首頁」、

「至目錄」（即回詞彙條列的目錄畫面）、「上一則」或「下一則」。

圖1-21　點選「漢字」詞彙後的檢索結果

(二)注音查詢

　　1.在「我想找」處以畫面下方的注音符號表輸入資料（各詞注音間不須留空），再到「○注音」查詢功能點上點選此功能，按 ● 執行。

　　2.亦可配合個人電腦內所附之注音輸入法輸入資料，但各詞注音間則須留一個半形空白。

　　3.查詢出來的結果，在注音輸入表下方以條列方式呈現詞彙，在詞彙上直接點選即可查看內容，如下圖所示。

圖1-22　以「注音」檢索功能查詢「漢字」

㈢釋義與全部內容查詢

　　「釋義」查詢的功能是針對辭典中釋義部分進行查詢，「全部」查詢的功能則是將辭典內字詞、注音、相似詞、相反詞及釋義等全部資料進行檢索查詢。

1.在「我想找」處輸入資料，再到「○釋義」查詢功能點上點選此功能，按 ⓖⓞ 執行即可。

2.查詢出來的結果條列方式及查看內容方式同於「字詞查詢」及「注音查詢」。

圖1-23　以「釋義」檢索功能查詢「漢字」

㈣分類選項

　　分類選項有「成語」、「諺語」、「歇後語」、「外來語」、「專科語詞」、「天文星象」、「文學技藝」、「地方行政」、「地理類」、「其他」十類。其中「外來語」又再區分為四類，「專科語詞」又再細分七類。此系統已將各分類整理成下拉式選單，使用者只須將滑鼠移至下拉式選單之箭頭上輕點，即可出現選單。再配合「字詞／注音／釋義／部首」等功能查詢。

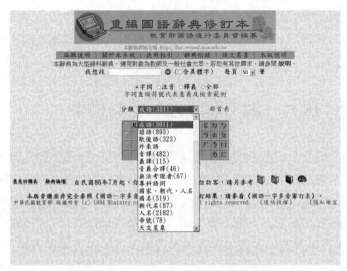

圖1-24 下拉式選單的分類選項

1.在「我想找」處輸入資料後，再自「○字詞／○注音／○釋義」中
擇一查詢功能，並選擇分類選項上的分類，按 ○ 執行即可。以
「漢字」的「全部查詢」所得結果如下圖：

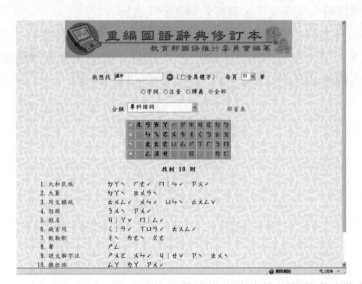

圖1-25 以「○全部」檢索功能及分類表查詢之範例及詞彙查詢結果

2.查詢出來的結果無論為單筆資料或多筆詞彙，其條列方式及查看內
容方式皆同「字詞查詢」、「注音查詢」、「釋義查詢」及「全部
查詢」。

第六節　線上《說文解字注》全文檢索

　　《說文解字》的體例是以小篆字形作為字頭，解釋字的本義，然後解
釋字形與字義或字音之間的關係；如果有不同形體的古文或籀文，則列在
後面說明。《說文解字》一直以來都是語文研究的必讀經典，歷來的研究
已經可以成為《說文》之學，儘管現在已經進入E世代，《說文解字》仍佔
有一席之地。以下即介紹兩個線上《說文解字注》全文檢索系統：

一、《說文解字注》全文檢索
　　http://www.esgweb.net/html/swjz/imgbook/index1.htm

　　此網頁為中國大陸的漢字網站，將《說文解字》全書掃描圖像化，以
字條為單位作為檢索內容。檢索方式十分簡單，僅有筆劃查找，整個檢索
過程不需要輸入任何文字，直接點選筆劃來查詢。

　　網頁分為左右兩部分，左邊為查詢區域，右邊為檢索結果。例如，要
查找「寸」字，在左邊點選「3劃」，然後在下面的選字欄裡點選「寸」
字，右邊就會出現《說文解字》「寸」字條的掃描圖像。

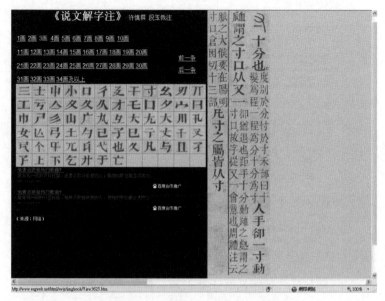

圖1-26　「寸」字的檢索畫面

二、《説文解字注》全文檢索測試版
http://shuowen.chinese99.com/index.php

　　此網站為大陸網友「小童」所架設，提供《說文解字》電子化的檢索資料。它最大的特色在於提供一個開放性的檢索平台，使用者可以將意見、疑問，甚至是研究成果上傳至網站上，讓其他使用者在查詢文字時，也會看到先前的人對此字提出的討論串。

　　網站首頁十分簡單，檢索欄內輸入漢字即可查找。下面有支援字體的下載連結，更下面則是使用者的最新討論留言。

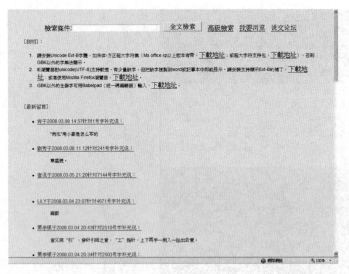

圖1-27　《說文解字注》全文檢索測試版首頁

　　檢索方式除了「全文檢索」，還有「高級檢索」可以選擇。「全文檢索」即一般的關鍵字檢索，例如，使用全文檢索查找「漢」字，則會顯示出所有帶有「漢」字的詞條。

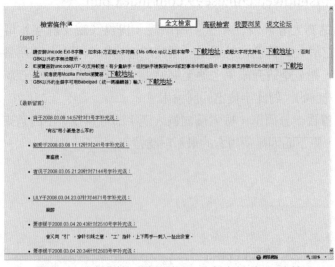

圖1-28　以「漢」鍵入進行「全文檢索」功能

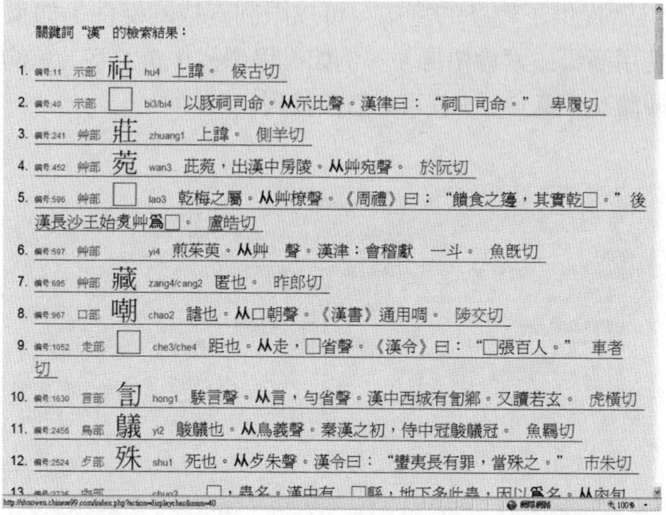

圖1-29　以「漢」鍵入進行「全文檢索」功能，總共出現52條詞條

　　點選想要查找的詞條，就可以看到檢索結果。編列順序是各字編號、卷數、部首、小篆字形、楷書字形、漢語拼音、《說文解字》原文解釋及反切。下面還提供讀者糾錯、校注、補充段注或其他研究心得的資料上傳欄。

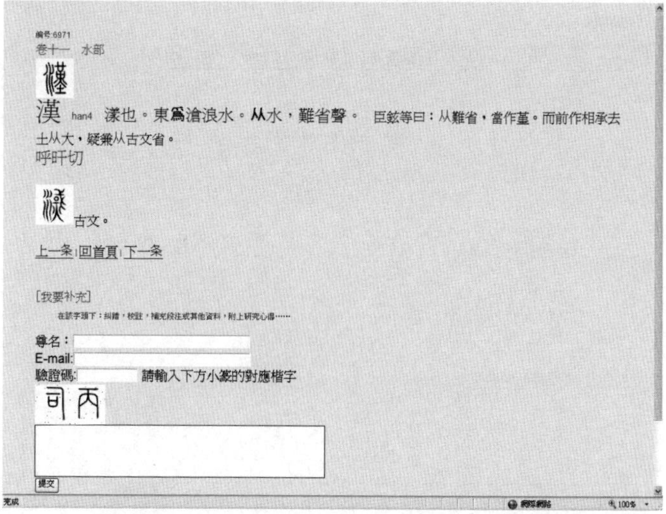

圖1-30　以「漢」字為首的詞條檢索結果

　　高級檢索提供了較多的選項，可以限制查找的條件，如果要查找單一資料，使用高級檢索會快得多。例如，只想找「漢」字為首的詞條，在「楷字」欄輸入「漢」字，就可以直接找到。

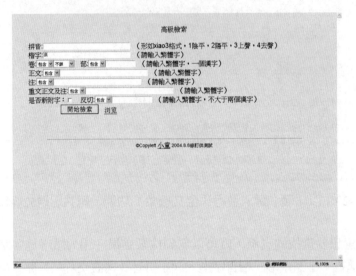

圖1-31　使用高級檢索，在「楷字」欄中輸入「漢」字查詢

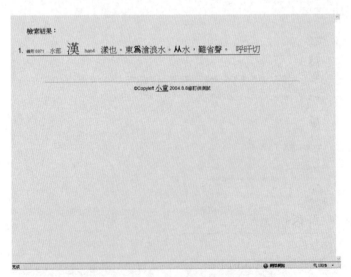

圖1-32　「漢」字詞條的檢索結果

第七節　漢語字源網站Chinese Etymology

　　漢語熱潮延燒到全世界，網路版漢字字典也出現了外國人整理的漢語字源網站。Richard Sears所架設的「漢語字源」網站http://www.chineseetymology.org/CharacterASP/EtymologyHome.aspx，提供了漢字甲骨文、金文、小篆、隸書的字形，還有發音（包括臺語）、簡繁體、電腦編碼、《說文》解釋、英文字義整理。

　　此網站的檢索非常簡單，只要將單字輸入「Etymology」前的空格，就可以進行檢索，如以下兩個圖示：

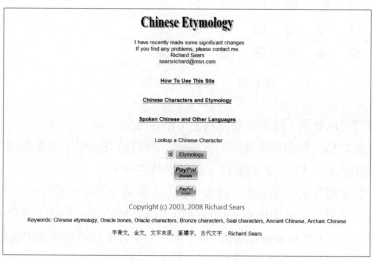

圖1-33　鍵入「國」字準備進行檢索

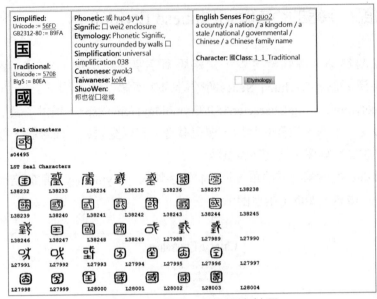

圖1-34 「國」字的檢索結果

我們可以看到，檢索結果分為上下兩個部分：

上面方格內為當代繁簡字形、編碼、聲符形符拆解、字源整理、廣東及閩南語發音、《說文》的解釋、英文字義整理。

下面區域為依序為小篆、隸書、金文、甲骨文的字形整理。

再以「雲」字來作檢索，可以發現下面區域的字形整理，缺字的部分留作空白處理，如Bronze Characters「金文」一欄下面就是作空白處理。

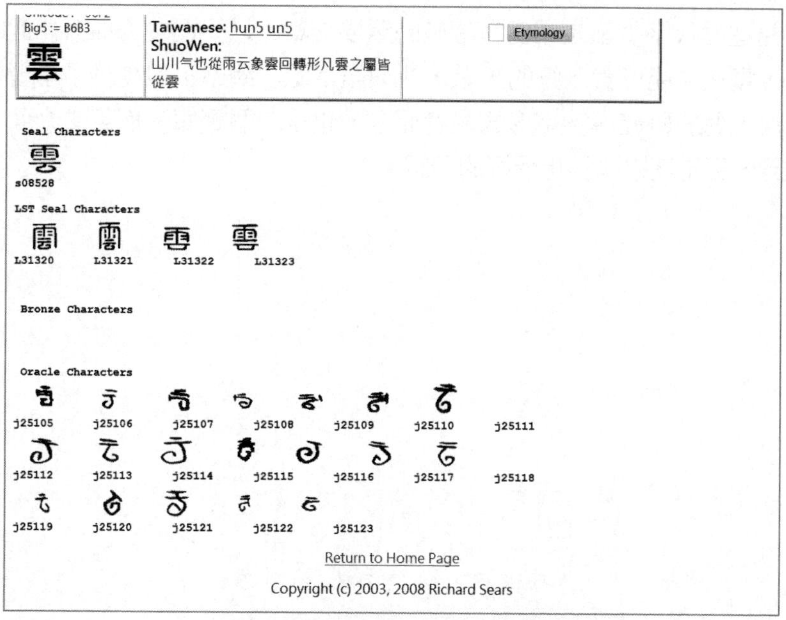

圖1-35　「雲」字的檢索結果

再看看作者列出字形的參考書目：

參考書目（漢語拼音）	中文書目
ShuoWenJieZi	說文解字
LioShuTong	六書通
JinWenBian	金文編
JinWenGuLin	金文詁林補
JinWenDaZiDian	金文大字典
JinWenZongJi	金文總集
JaGuWenBian	甲骨文編
XuJaGuWenBian	續甲骨文編
JaGuWenZiJiShi	甲骨文字集釋
JaGuWenZiDian	甲骨文字典
YinXuJaGuKeCiLeiZuan	殷墟甲骨刻辭纂
YinXuJaGuWenHeJi	殷墟甲古文合集

　　這些歷代字書都是相當有權威的重要文獻，以一己之力而有如此的完整度，實在難能可貴。總的來看，「漢語字源」網站不但提供了學習漢字的功用，對於研究漢字字形的學者而言，也是一個寶庫。而英文介面的漢字解釋，更是漢字國際化最好的印證。

第七章
當代漢字異體字

第一節　異體字的定義

　　異體字又稱或體字，指音義相同但外形不同的漢字，是漢字普遍存在的文字現象。異體字與漢字的發展幾乎可以說是同步，最早的「字書」《說文解字》在整理漢字字形時，也同時整理了異體字——許慎稱之為「重文」，包括古文、奇字、籀文、篆文、或體、俗字、今文等，都是異體字的概念。

　　「異體」兩字連用，最早出於《漢書・藝文志》的小學類中：

> 《史籀篇》者，周時史官教學童書也，當孔氏壁中古文異
> 體。

此處「異體」強調籀文與古文二種不同字體間的差異，與今日所說的異體字概念並不相合。直到清代段玉裁注《說文解字》時，才提到比較接近我們現在所討論的漢字異體現象：

> 胉，小臡易斷也。从肉，絕省聲。
> 臡，臡易破也。从肉，毳聲。

段玉裁在「臡」下注：「胉、臡蓋本一字異體，《篇》、《韻》皆云：胉同臡。」這裡的「一字異體」與今日的異體字概念上十分相近，但是段玉裁並未做完整的義界，我們只能由上下文來揣測。漢字異體現象雖然一直

存在於漢語歷史中，古人對異體字的整理也一直進行著，如秦代「書同文」、漢代《說文解字》、唐代「字樣學」、清代《康熙字典》等，但是真正系統化的理論建立與整理，大約是近50年間才發生的事情。

　　異體字的定義，目前僅有在「音義相同但外形不同」有原則上的共識，更深入的討論則是各家看法不盡相同。以下將當代對異體字的定義，作提綱契領式的簡單整理：

異體字定義	立論來源
異體字是指與正體字相對應的字	《現代漢語詞典》、臺灣教育部《異體字字典》網路版、《中國大百科全書》、曾榮汾等
異體字是書體不同的字，是指相對的今體字與古體字而言	蔣善國等
異體字是音義相同字形不同的字	周祖謨、胡裕樹、劉又辛、蔣善國、趙振鐸、曾榮汾、蘇培成等
異體字是音義完全相同，在任何情況下都可以互相替換的字	王力、郭錫良、王寧等
異體字記錄語言中同一個詞，是功能相同而形體不同的字	李榮、劉又辛等
異體字可以分為音義完全相同和音義部分相同的兩種，稱音義部分相同的異體字為「部分異體字」	裘錫圭、李道明、劉志基等

　　下面列出上表六個異體字定義較具代表性的文獻來源：

一、異體字是指與正體字相對應的字

㈠跟規定的正體字同音同義而寫不同的字

　　《現代漢語詞典（修訂本）》（北京：商務印書館，1996年3月修訂第3版），「異體字」條，頁1492。

㈡異體字者，乃泛指文字於使用過程中，除「正字」外，因各種因素，所歧衍出之其他形體而言。

　　曾榮汾《字樣學研究》（臺北：臺灣學生書局，1988年4月），頁120。

㈢所謂「異體字」，是指在一個正字標準下，文獻上與此正字同音義而形
體有異的字。

李鍌《異體字字典・序》，見《異體字字典》（臺北：教育部，2004年1
月網路正式5版）。

二、異體字是書體不同的字，指相對的今體字與古體字而言

　　異體字，從廣義方面說，是指今字體對古字體說的，如小篆對金甲
文、隸書真書對小篆、行書草書對楷書，都是異體字，因為雖是一個同音
同義的字，它們的形體卻不一樣。小篆是金甲文的異體，隸書和真書是小
篆的異體。這是我們從漢字縱的發展說的。狹義的異體字是從漢字橫的發
展說的。漢字的演變在每個階段都有許多異體字，也就是不論金甲文或小
篆、隸書、真書，都各有異體字。

蔣善國《漢字學》（上海：上海教育出版社，1987年8月），頁83。

三、異體字是音義相同字形不同的字

㈠音義相同而寫法不同，這是漢字中常見的一種現象。……這種字一般稱
為「異體字」。

周祖謨〈漢字與漢語的關係〉（《問學集》（北京：中華書局，1981年3
月2刷），頁21～22。

㈡一字多形就是多形字，普遍叫作異體字，在形音義三者關係方面所表現
的是異形同音同義。

蔣善國《漢字學》（上海：上海教育出版社，1987年8月），頁81。

四、異體字是音義完全相同，在任何情況下都可以互相替換的字

㈠兩個（或兩個以上的）字的意義完全相同，在任何情況下都可以互相代
替。

王力主編《古代漢語（修訂本）》（北京：中華書局，1993年4月2版22

刷），第一冊，頁171。

㈡音義完全相同，在任何情況下都可以互相代替。

　郭錫良等編《古代漢語（修訂本）》（北京：商務印書館，2002年9月12
　刷），頁81。

五、異體字記錄語言中同一個詞，是功能相同而形體不同的字

㈠異體字就是功用相同、形體不同的字。異體字有各種不同的情況，這
　裡只就功用寬窄等略作說明。有的異體字功用完全相同。比方壻字跟婿
　字，從士或者從女，意思一樣。……有的異體字用途有寬窄之分。每字
　跟們字作為複數詞尾，功用相同。們字只有這個用法；每字還用作限定
　詞，如每人、每天等。取字跟娶字都用於嫁娶。……有的異體字古代通
　用。比方飛字跟蜚字。……現在蜚字窄用，限於「流言蜚雨，蜚聲中
　外」一類用法，其他都用飛字。

　李榮《文字問題》（北京：商務印書館，1987年11月），頁21。

㈡漢字異體現象的本質是一組不同的字記錄了語言中相同的語詞，而且除
　共同記錄的語詞外，它們原則上不再記錄其他詞。……我們為異體字界
　定如下：異體字是記錄語言中相同的語詞、在使用中功能沒有差別的一
　組字。

　章瓊〈漢字異體字論〉，收入張書岩主編《異體字研究》（北京：商務
　印書館，2004年9月），頁25。

六、異體字可以分為音義完全相同和音義部分相同的兩種，稱音義部分相同的異體字為「部分異體字」

㈠學術界目前有廣義（只在某一義項上可以替換的若干字）和狹義（在所
　有的義項上可以替換的若干字）的區別。

　劉志基〈漢字異體字論（代前言）〉，見李圃主編《異體字字典》（上
　海：學林出版社，1997年1月），頁前·17。

㈡異體字就是形體不同，音義完全相同或相包含，可以取代的字。如果有

必要對音義完全相同的異體和音義完全相包含的異體加以區別的話，我
們不妨稱前者為全同異體，將後者稱為部分異體。

李道明〈異體字論〉，收入李格非、趙振鐸主編《漢語大字典論文集》
（武漢：湖北辭書出版社；成都：四川辭書出版社，1990年10月），頁
114。

㈢異體字就是彼此音義相同而外形不同的字。嚴格地說，只有用法完全相
同的字，也就是一字的異體，才能稱為異體字。但是一般所說的異體字
往往包括只有部分用法相同的字。嚴格意義的異體字可以稱為狹義異體
字，部分用法相同的字可以稱為部分異體字，二者合在一起就是廣義的
異體字。

裴錫圭《文字學概要》（北京：商務印書館，1998年12月4刷），頁
205。

　　就以上六個異體字的定義而言，我們可以發現當代學者面對異體字的
兩種立場：第一種是以文字規範的立場來處理異體字，第二種是以文字學
的角度來研究異體字。以文字規範的立場來看，編纂字典詞典主要目的之
一，就是把實際使用的字詞記錄下來，所以對異體字的整理是「儘量求其
全」。歷代字書從《說文解字》而降，都以正字綱領為首，羅列整理異體
字於後，儘管正字隨時代或有不同，但是整理「跟規定的正體字同音同義
而寫不同的字」，在每個時代的字書中都是重要任務。

　　以文字學的角度研究異體字，較屬學術工作，一般社會大眾對異體
字的理解停留在「音義相同但外形不同的漢字」這樣原則上的認知，但是
異體字有許多需要去釐清的本質問題，譬如說異體字與古今字、通假字、
簡繁字這些文字現象之間的關係等等，都必須從文字學的角度進行深入討
論，才能更進一步建立系統化的理論。

第二節　異體字整理的必要性

一、異體字的文化研究價值

　　漢字的異體字究竟有多少個，實在是難以估量。文字的發展演變，

從甲骨文、金文一路到現在的楷書，繁衍出的異體字數量上遠超過於正字。《漢語大字典》共收字56,000個左右，附錄整理的〈異體字表〉共列出11,900組異體字，統計共27,039個異體字；若把一部分字可當作正體字的部分考量進去，異體字大約占漢字總量的40%左右。我國教育部《異體字字典》（正式第五版）總收字為106,230字，其中正字29,892字，異體字76,338字。兩部字典間數量的差異，主要是因為教育部《異體字字典》以整理異體字為目標，不同於《漢語大字典》僅以附錄來處理異體字；再者《異體字字典》屬線上字典，可以適時更新，目前仍持續在增加資料庫。

這麼龐大數量的異體字，有些已退出流通舞台，僅出現在字典與古籍中，甚至還造成古籍閱讀的困難。那為什麼要保留這些異體字呢？事實上，這些異體字都是我國古代文化研究的寶藏。漢字在發展過程中不斷孳乳衍化，每個異體字的產生都有其時空背景、有其精彩故事，這些豐富的資料存留在正字之外。整理異體字，消極意義可以排除閱讀古籍文獻的困難，正面的意義則為提供古代先民文化研究的材料。例如，從「砲」到「炮」，文字的變化就可以看到中國古代火藥的發展；又如春秋戰國金時的一些異體字掛上了「金」偏旁，反映出金屬製品使用的普遍。

作為漢字特有的文字現象，異體字無疑是研究古文字學重要的議題，但是異體字的學術價值並非只能提供「字樣學」的研究，亦可以藉由異體字來進行文化研究。當然，文化研究不能天馬行空，對著異體字憑空「想像」情節；文化詮釋必須建立在正確的語言解釋上，才能支撐推論的合理性。所以，利用異體字來進行古文化研究，首要任務還是在異體字本身語言解釋的正確，而這也是《異體字字典》重要的工作之一。

二、異體字對日常生活的影響

漢字的發展史上充斥著大量的異體字，儘管歷史上每次整理文字，都希望能達到「書同文」，但是始終難以將規範的正字，嚴格推行到百姓日常生活的語用字上。歷代字書都蒐集各體字形，就是因為這些字形實際使用在日常生活中，不得不收錄。

反過來看，百姓日常用語也會對文字注入一些活力，正如胡適先生

曾說過的：「在語言文字的沿革上，往往小百姓是革新家。」來自百姓日常生活的俗字，通常也是對社會現象最直接的反應。乃至於對新出現的事物，日常用語文字的反應常常也最為即時；在這樣的情況下，新字的產生往往是先在社會上取得普遍共識，然後才進入字典之中，甚至成為規範正字。在清嘉慶二十五年間，曾經流行一陣怪病，「民間忽患癍痧症，為古方所無，時醫遂造『癍痧』書，今皆通行。」〔摘自唐蘭《中國文字學》（臺北：文光圖書，1969年）〕在當時的收字達47,035字的鉅著《康熙字典》，遇到新的事物也是束手無策，查不到「癍痧」兩個字。「癍痧」是指內臟熱毒，經脈受阻，熱毒通過皮膚散發外出，使皮膚出現紅疹等症狀。雖然目前《漢語大字典》、《中文大辭典》、教育部線上詞典，也都只有收「痧」字而未收「癍」字，但是「癍痧」兩字在民間流通已久，廣州的「癍痧涼茶」可是赫赫有名，近年還以此為招牌經營起連鎖茶店販賣涼茶呢！

　　俗體字、異體字在日常生活的運用十分頻繁，但是有時也會造成困擾。曾經有個異體字的小故事：廣州市旅遊局推出精心設計的「珠江一日游」，但是卻引起了港澳臺旅客的疑問——究竟是在水上游？還是路上遊？當然，這個小故事還牽涉到兩岸的語言政策，可以再做深入討論；然而對小老百姓而言，「游遊」的確直接造成理解上的困擾。又像是「我的船『只』開到夏威夷」，這個「只」字會造成這句話有兩種迥然不同的意義。同樣情況還有「『余』年無多」，究竟是「餘年無多」還是「吾年無多」？這些異體字都曾鬧成笑話，由此也可見異體字對日常生活的影響。

三、國際流通漢字的參考

　　漢字在東亞屬國際性文字，韓國、越南與日本的許多詞彙多是由古漢語衍生，這樣的漢語派生詞彙在韓國稱為漢字語、越南稱為漢越詞、日本稱作漢語。這些漢字源自古中國，與當地語言文化融合已久，一般而言，並不被視為外來語，而日本、韓國、越南也被歸為「漢字文化圈」。

　　隨著臺灣、中國大陸、韓國經濟發展的高潮，「東亞共同體」建立的呼聲也隨之提高，漢字作為東亞的國際文字，亦是近年來發燒的議題。但

是過往50年間，漢字文化圈內各國都有自己的漢字政策，已造成各國間的漢字流通混亂。中華民國使用正體中文漢字、中華人民共和國及新加坡採用簡化字、日本自行設計「新字體」，使用許多略字、韓國推行「韓文專用政策」、馬來西亞等東南亞國家也有自己的漢字簡化方案，致使僅通過漢字交流已相當困難。以臺灣與中國大陸兩個漢字最主要的使用地區來比較，臺灣的《常用國字標準字體表》共收4,808字，大陸的《現代漢語通用字表》共收7,000字，除去因收字不同而不能比較的以外，實際用來比較的有4,786字。兩地字形相同的有1,947字，占41%；兩地字形相似的有1,170字，占24%；兩地字形不同的有1,669字，占35%。其中大陸用簡化字、臺灣用繁體字的有1,474個，占31%；異體字中，臺灣和大陸選用不同字形做為正體的有195個，占4%。如果再以臺灣《標準行書範本》與大陸的簡化字做比較，《標準行書範本》所收的常用字4,010個，其中所收簡體字與大陸《簡化總字表》完全相同或基本相同的有563字，相近的有131字，兩者共694字，占《簡化總字表》的30.5%〔統計數字摘自楊潤陸〈對制訂《規範漢字表》的幾點意見〉，收入張書岩主編《異體字研究》（北京：商務印書館，2004年9月），頁309〕。從這些數字來看，臺灣人不知道「珠江游」到底怎麼「游」就顯得合理多了，漢字在兩岸的字形分歧已經有明顯差異。

在書寫字形之外，國際流通漢字還面臨一個逐漸成形的大麻煩。電腦與網路世代的來臨，打造了各國資訊交換無國界的溝通環境，漢字流通因此更為便捷，然而隨之而來的問題，就是國際漢字編碼的混亂。以臺灣本身而言，政府研發與民間業界採用的漢字編碼並不一致：臺灣業界普遍使用「Big5」碼，目前一般民眾使用電腦都以此碼為主；政府研訂的「國家標準中文交換碼」（CNS11643）多使用在國家機關如戶政系統內，一般民間乏人問津；而各大圖書館則是採用另一套編碼「中文資訊交換碼」（CCCII）。

近年來國際流通的「萬國碼」（UNICODE）將中、日、韓等國漢字集中收錄，稱為「中日韓統一表意文字」，對於國際漢字的流通影響極大。對於漢字的包含性而言，收錄了七萬餘漢字的萬國碼可以大幅減少缺字情形；但是日、韓的漢字也因此進入到我們使用的電腦系統，萬國碼的應用

愈普遍，大量異體字的資訊處理就愈複雜、愈困難。

　　舉例來說，利用網路檢索中文資訊時，由於這些異體字的字碼不同，很可能因此得到完全不同的結果，如利用「清真寺」與「清眞寺」兩個關鍵詞在GOOGLE中檢索，結果會有截然不同的資訊：

圖1-36　以「清真寺」進行檢索的結果

　　這些情況也可能造成「國際化域名」的混淆及衍生的問題，如商標註冊權利、網路域名蟑螂等。

　　資訊處理的整合勢在必然，然而異體字的整理卻還未完善，這也是臺灣教育部積極編纂《異體字字典》的理由之一：因為異體字的整理已經到了刻不容緩的時機。當初教育部明定的四個編輯目標，其中兩項為「提供國際漢字標準化、統一化工作的參考」、「作為日後擴編中文電腦內碼的基礎」，由此可見一斑。

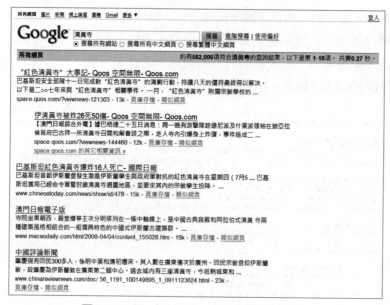

圖1-37　以「清眞寺」進行檢索的結果

第三節　大陸異體字的研究與整理現況

一、異體字的相關研究

　　中國大陸對異體字的研究比臺灣早，1954年12月成立「中國文字改革委員會」（1985年12月16日改名為「國家語言文字工作委員會」），主要任務是對漢字進行規範標準化，及執行漢字的政策與法令。其中異體字的整理與理論研究，引發學者的關注和參與，也取得相當的成績。

　　由於起步較早，大陸對於異體字的理論部分有較多的討論，主要集中在三個部分：第一是對異體字的定義、性質進一步釐清；其次是對歷代整理異體字的字書進行檢討；第三是對當代異體字整理提出看法。相關的研究成果，可以參考以下三篇文章：

㈠陳建裕〈建國以來異體字研究概說〉，《西藏大學學報》，2001年第2
　期，2001年6月。

㈡劉延玲〈近五十年來異體字研究與整理綜述〉（上下），《辭書研究》，2001年第5、6期，2001年。

㈢章瓊〈異體字研究論著索引〉，收入張書岩主編《異體字研究》，北京商務印書館，2004年9月。

二、異體字的整理現況

異體字的整理與規範部分，則以1955年發表的〈第一批異體字整理表〉與《漢語大字典》的附錄〈異體字表〉影響最大。〈第一批異體字整理表〉表內所列異體字共810組，合計共1,865字，經過整理確定810個選用字，精簡汰去1,055字。此表直接帶動了異體字的相關研究，許多議題都是圍繞著如何改革〈第一批異體字整理表〉而進行討論。

《漢語大字典》的〈異體字表〉是大陸目前對異體字整理的參考指標，此表的編排是採用主體字統領異體字的方式，將同一主體字統領的簡化字（限於1986年新版的《簡化字總表》所收的簡化字）、古今字、全同異體字（指音義全同而形體不同的字）、非全同異體字（指音義部分相同的異體字），集中在該主體字下編為一組，共計異體字27,039個。

除此之外，還有三部異體字字典流通於世：

㈠林瑞生《異體字手冊》（南昌：江西人民出版社，1987年3月）

㈡戴召萃主編《異體字字典》（南京：南京大學出版社，1992年2月）

㈢李圃主編《異體字字典》（上海：學林出版社，1997年1月）

林瑞生的《異體字手冊》與戴召萃主編的《異體字字典》兩部書，因為收字並不多，採錄文獻也不完整，因此雖然出版較早，價值卻備受檢討。李圃主編的《異體字字典》所收古文異體居多，並將各時代書體歸入異體字，許多條目之下只有古文異體資料，故亦有學者質疑其異體字定義的混淆。

總的來說，大陸地區的異體字研究，由漢字改革開始，進行規範整理與學理的討論。在學術研究的量而言，已相當豐富，然而在異體字的整理方面，雖然起步較早，但目前仍然缺乏系統性的字庫建立。

第四節 臺灣教育部線上字典《異體字字典》介紹

臺灣對於異體字的整理比大陸晚,研究的量也較少。但是,臺灣教育部一直進行國字整理工作,推動標準字體的規範,因而建立了體例完備的字辭資料庫。目前教育部已推出五部系統化的字辭典《重編國語辭典修訂本》、《國語辭典簡編本》、《國語小字典》、《異體字字典》、《成語典》,都提供線上查索的功能,非常便民。

作為一部語文工作書,教育部的《異體字字典》整理了歷代文獻中的異體字,不僅在收字的數量上超越歷代字書、編輯上也更加系統化,編排設計上也導入了電子平台呈現的考量。它收錄豐富、體例完備、檢索簡易且具現代化的優點,可以說是目前異體字字典中的首選工具書。

一、《異體字字典》的編輯緣起與目標

1994年在韓國舉行了「第二屆漢字文化圈內生活漢字問題國際討論會」,會中討論決定各國編訂「異體字典」以解決國際漢字流通的需求。會後臺灣由教育部推動,組成「異體字字典編輯委員會」,決定此部字典的編輯方向與體例等事宜。當時明定四個《異體字字典》的編輯目標為:

㈠作為語文教育及研究的參考。

㈡提供國際漢字標準化、統一化工作的參考。

㈢作為修訂原《異體字表》的依據。

㈣作為日後擴編中文電腦內碼的基礎。

據這四個目標,《異體字字典》不斷整理與修正,於2000年6月推出「試用版」、2001年6月推出「正式版」,目前已經更新到「正式五版」。

試用版	
2000年6月	臺灣學術網路一版（試用一版）
2000年8月	臺灣學術網路二版（試用二版）
2000年10月	臺灣學術網路三版（試用三版）
2000年12月	臺灣學術網路四版（試用四版）
2001年3月	臺灣學術網路五版（試用五版）
2001年5月	臺灣學術網路六版（試用六版）
正式版	
2001年6月	臺灣學術網路七版（正式一版）
2001年8月	臺灣學術網路八版（正式二版）
2001年11月	臺灣學術網路九版（正式三版）
2002年5月	臺灣學術網路十版（正式四版）
2004年1月	臺灣學術網路十一版（正式五版）

二、《異體字字典》的編輯說明與附錄資料

　　《異體字字典》分為「系統說明」、「編輯說明」、「字形檢索」、「附錄索引」、「系統用語」五個部分，以下針對系統、編輯說明，以及附錄、系統用語分別介紹說明；至於字形檢索方式，則留待本章第五節介紹。

㈠系統與編輯說明

　　「系統說明」將電腦作業環境會遇到的一些問題加以說明，包括系統的簡介與需求、造字檔的安裝、操作說明，以及一些常見問題彙整。

　　「編輯說明」交代了《異體字字典》的編輯原則及凡例，以下摘錄編輯略例：

1. 本字典總收字為106,230字，其中正字29,892字，異體字76,338字（含待考之附錄字）。（正式五版）
2. 本字典所稱異體字乃指對應正字的其他寫法。
3. 本字典所用的正字標準據教育部常用、次常用、罕用等三

正字表。遇有三字表未收，而須獨立音義之文獻字形，則
補收為新正字。異體收錄則參考教育部《異體字表》。

4. 本字典以收錄異體字形為主，因此所收正字，除常用字、
次常用字及新正字，完整提供音義外，罕用字部分，則僅
限與前三者相涉者，方予釋義，餘者只提供字音。

5. 本字典正字釋義部分，凡《重編國語辭典修訂本》已有
者，概沿用之，然略有調整。餘者為此次編輯增撰。既有
者依《修訂本》體例；增撰者，則不提供詞性。

6. 本字典所收異體據文獻資料蒐錄，但點畫因版刻、石刻關
係稍異者，予以合併，不予單獨採錄。

7. 本字典所據文獻，或為間接資料，或為現代字書。對於此
二者，採據時皆較保守，盡可能參酌旁證再以認定。

8. 本字典對於文獻異體字形收錄，有如下情形：
   (1)僅具異體字身分之異體字。
   (2)兼具正字身分之異體字。
   至於文字間相互對應之關係，則各依其音義處理。若遇未
   能確認者，則置於該正字之附錄待考。

9. 本字典對所收異體字形，皆提供原始形體出處以供參考，
或有進一步說明需要者，則附上委員之研訂說明。

10. 本字典對聯綿詞形體處理，原則上皆予獨立，但遇文獻上
明示正異，字構學理可見孳乳線索者，亦或以正異關係處
理之。

11. 本字典對方言與民俗文獻所收字形資料，另以附錄收錄
之，以作為未來增補之依據。另本字典所有內容將作為
《異體字表修訂版》編輯基礎。

12. 本字典成果以電子書版式呈現，所有異體字使用圖形顯
示，字形相關處皆設置連結點，因此內容十分繁複，疏誤
難免，期盼各界不吝賜教。

《異體字字典》的字數、定義、字形收錄原則、聯綿詞處理方式、方言與

民俗文獻所收字形資料，都依據此略例。更細節的部分，則載於「編輯凡例」中，編輯資料、編輯體例、索引字序排序原則及檢索原則都有詳盡的說明。舉編輯資料來說，其中列出了「基本文獻引書體例表」共63部參考資料書，與「參考文獻引書體例表」共812部參考資料書，文獻引用量非常大，包含了經、史、子、集等四大類。基本文獻大致分為12類，以歷代字書為主：

1. 說文類：大徐本《說文解字》、段注本《說文解字》…
2. 古文字類：《校正甲骨文編》、《金文編》…
3. 簡牘類：《漢簡文字類篇》…
4. 隸書類：《漢隸字源》、《隸辨》…
5. 碑刻類：《金石文字辨異》、《偏類碑別字》…
6. 書帖類：《中國書法大字典》、《草書大字典》…
7. 字書類：《玉篇》、《字彙》…
8. 韻書類：《廣韻》、《集韻》…
9. 字樣書類：《干祿字書》、《五經文字》…
10. 俗字譜類：《敦煌俗字譜》、《宋元以來俗字譜》…
11. 佛經文字類：《龍龕手鏡》、《佛教難字字典》…
12. 現代字書類：《角川漢和辭典》、《中文大辭典》、《漢語大字典》、《國字標準字體宋體母稿》…

以下將「基本文獻引書體例表」列出：

引書序	書名	作者	成書年代
1	說文解字（大徐本）	宋‧徐鉉注	雍熙三年　　　（986年）
2	說文解字（段注本）	漢‧許慎著 清‧段玉裁注	永元十二年　　（100年） 嘉慶二十年　　（1815年）
3	校正甲骨文編 （甲骨文編）	民國‧孫海波原編 大陸社科院重編 藝文印書館更名印行	民國二十三年（1934年） 　　　　　　（1964年）
4	甲骨文字集釋	民國‧李孝定	民國五十四年（1965年）

5	金文編	民國‧容 庚著 張振林、馬國權摹補	民國二十七年（1938年） （1984年）
6	古文字類編	大陸‧高明	（1980年）
7	漢語古文字字形表	大陸‧徐中舒	（成書年代不詳）
8	漢簡文字類篇	民國‧王夢鷗	民國六十三年（1974年）
9	古璽文編	大陸‧羅福頤	（1981年）
10	漢隸字源	宋‧婁機	慶元三年　（1197年）
11	隸辨	清‧顧藹吉	康熙五十七年（1718年）
12	金石文字辨異	清‧邢澍	嘉慶十四年　（1809年）
13	偏類碑別字	清‧羅振鋆初編 羅振玉增補 日本‧北山邦博重編	道光三年　　（1823年） 同治七年　　（1868年） 　　　　　　（1975年）
14	碑別字新編	大陸‧秦公	（1984年）
15	玉篇零卷	南朝梁‧顧野王	大同九年　（543年）
16	六朝別字記新編	清‧趙撝叔原編 大陸‧馬向欣新編	光緒十三年　（1887年） 　　　　　　（1990年）
17	敦煌俗字譜	民國‧潘重規	民國六十七年（1978年）
18	干祿字書	唐‧顏元孫	成書年代不詳，然顏氏卒於西元732年
19	五經文字	唐‧張參	大曆十一年　（776年）
20	新加九經字樣	唐‧唐玄度	開成二年　（837年）
21	龍龕手鏡（高麗本）	遼‧行均	統和十五年　（997年）
22	龍龕手鑑	遼‧行均	統和十五年　（997年）
23	佩觿	宋‧郭忠恕	成書年代不詳，然郭氏卒於西元977年
24	玉篇	南朝梁‧顧野王原編 宋‧陳彭年新編	大同九年　（543年） 大中祥符六年（1013年）
25	廣韻	宋‧陳彭年等	景德四年　（1007年）
26	集韻	宋‧丁度等	景祐四年　（1037年）
27	古文四聲韻	宋‧夏竦	慶曆四年　（1044年）
28	類篇	宋‧司馬光等	治平三年　（1066年）
29	精嚴新集大藏音	宋‧處觀	元祐八年　（1093年）

30	四聲篇海（明刊本）	金・韓道昭、韓孝彥	泰和八年　　　　　（1208年）
31	字鑑	元・李文仲	約成書於西元1321年稍後
32	六書正	元・周伯琦	至正十五年　　（1355年）
33	宋元以來俗字譜	民國・劉復	民國十九年　　（1930年）
34	俗書刊誤	明・焦竑	萬曆三十八年（1610年）
35	字學三正	明・郭一經	萬曆二十九年（1601年）
36	字彙	明・梅膺祚	萬曆四十三年（1615年）
37	正字通	明・張自烈	編年不詳，然張氏卒於西元1650年
38	字彙補	清・吳任臣	康熙五年　　　（1666年）
39	康熙字典（校正本）	清・張玉書等	康熙五十五年（1716年）
40	康熙字典（新修本）	清・張玉書等	康熙五十五年（1716年）
41	經典文字辨證書	清・畢沅	乾隆年間
42	增廣字學舉隅	清・鐵珊	同治十三年　　（1874年）
43	古今正俗字詁	民國・鄭詩	民國二十年　　（1931年）
44	字辨	民國・顧雄藻	民國二十二年（1933年）
45	彙音寶鑑	民國・沈富進	民國四十三年（1954年）
46	異體字手冊	大陸・林瑞生	（1987年）
47	簡化字總表	大陸・中國文字改革委員會	（1986年）
48	角川漢和辭典	日本・鈴木修次等合編	（1989年）
49	韓國基礎漢字表	韓國，文教部	（1972年）
50	中日朝漢字對照表	大陸・傅永和	（1990年）
51	中文大辭典	民國・林尹等編	民國六十二年（1973年）
52	漢語大字典	大陸・湖北、四川辭書出版社印行	（1990年）
53	中國書法大字典	日本・藤原楚水	（1981年）
54	草書大字典	藝文印書館印行	民國六十三年（1974年）
55	學生簡體字字典	新加坡・上海書局印行	（1972年）
56	簡體字表	民國・教育部	民國二十四年（1935年）
57	佛教難字字典	民國・李琳華	民國七十七年（1988年）

58	中華字海	大陸・中華書局印行	（1994年）
59	國字標準字體宋體母稿	民國・教育部	民國八十三年（1994年）
60	歷代書法字彙	民國・大通書局印行	民國七十年　（1981年）
61	集韻考正	清・方成珪	道光二十七年（1847年）
62	重訂直音篇	明・章黼著 明・吳道長重訂	天順四年　　（1460年） 萬曆三十四年（1606年）

(二)附錄與系統用語

附錄共有14個表格整理與編輯報告書，為《異體字字典》編輯過程中的參考資料或相關成果。其中「編輯總報告書」詳細說明編輯的人員、流程、資料、體例、成果，對《異體字字典》的整體作為有具體而微的記錄。除此之外，其餘14個表格可分為三類：

1.字例的整理

有「異體字例表」、「偏旁變形歸納表」、「二一四部首各種形體歸併表」等三種。

2.對於異體字表的修正

有「異體字表修訂版」、「原異體字表修訂紀錄」等二種。

3.字典編輯的參考資料

有「聯綿詞異形表」、「方言用字表」、「民俗文獻用字」、「避諱字參考表」、「中日韓共用漢字表」、「兩岸化學元素用字對照表」、「單位詞參考表」、「符號詞參考表」、「義未詳正字表」等九種。

《異體字字典》的附錄，有許多在字典編纂過程中的相關成果，實際上已經是個文字整理的寶藏。舉「方言用字表」為例，此表根據舊時地方志及今人所編方言文獻，從中收錄方言字，再加以彙整而成，共計收正、異體字637字。從徵引的39部字典書目來看，已囊括中國南北各地方言，涵蓋區域非常廣，實在是文字研究者的福音。

「系統用語」彙整《異體字字典》中使用的各種術語，做明確的定義說明。如下表所示：

用語	解說
關鍵文獻	最能明確表示該異體身分的文獻或說解。
形體資料表	本字典編輯基礎。收有《說文解字》、《集韻》等文獻，藉以觀察正字、異體字孳乳的情形。
研訂說明	本字典編輯委員依據學理考訂該異體孳乳關係的內容。
正字	教育部之《常用字表》、《次常用字表》、《罕用字表》所收錄之字，或此次編輯新增之正字。
異體字	文獻上與正字同音義而異形者。
附錄字	文獻上與正字關係疑而待考者。
附錄	收錄與本字典內容相關之各項資料，包括〈異體字例表〉、〈偏旁變形歸納表〉、〈二一四部首各種形體歸併表〉等，共15種。
常用字表	教育部於民國七十一年九月交正中書局印行之《常用國字標準字體表》，亦稱為「甲表」，或以英文字母A表示之，共收常用字4,808字。
次常用字表	教育部於民國七十一年十月印行之《次常用字國字標準字體表》，亦稱為「乙表」，或以英文字母B表示之，共收次常用字6,334字，並含9個單位詞，共計6,343字。
罕用字表	教育部於民國七十二年十月印行之《罕用國字標準字體表》，亦稱為「丙表」，或以英文字母C表示之，共收罕用字18,388字。
新增正字表	編輯本字典時，新增錄之正字，或以英文字母N表示之，故亦稱「N表」。
原異體字表	教育部於民國七十三年三月印行之《異體國字字表》，亦稱「丁表」，共收異體18,588字，補遺22字。
CNS11643碼本	指經濟部中央標局於民國八十一年六月印行之《國家中文標準交換碼》。本碼本之形、音屬性，皆經教育部整理。
重編國語辭典修訂本	由教育部於民國八十三年九月發行之國語辭典。
主要部首	一字分部時主要依據之部首。
參見部首	一字分部時，因主要部首難辨，遂另立其他部首為檢索參考之部首。
部分異體	該異體僅對應多音正字中的某一音讀與義項。

第五節 《異體字字典》的檢索與編排介紹

一、檢索方式

《異體字字典》的檢索方式分為部首索引及筆劃索引二部分，以下各別介紹說明。

㈠部首索引

使用214個部首來查詢，先點選所欲查詢字之部首筆劃，選定部首後，再點選該字所隸屬的部首筆劃（不含部首），即可於其中找到欲查詢字之資料。以下分為三步驟來示範查詢「心」部的「快」字。

1.點選「部首索引」後，進入214個部首形的點選畫面。上視窗為214部首之筆劃索引，下視窗為該筆劃之部首群。

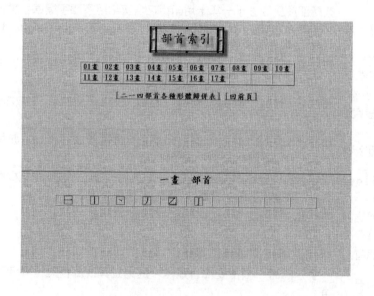

2.點選欲檢索之字的所屬部首，即進入該部首字的索引畫面；以「快」字為例，點選4劃，然後選擇「心」部進入下一頁。左視窗為欲檢索之字的部首外筆劃數索引，右視窗為該部首外筆劃數之字群。

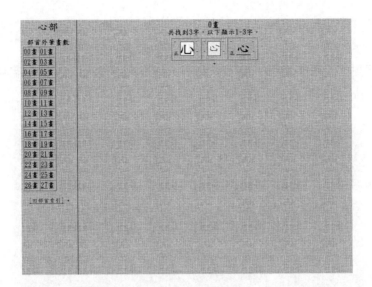

3.點選左視窗欲檢索之字的部首外筆劃數，即可從右視窗找到該字，
點選該字，系統將另開一新視窗呈現內容。以「快」字為例，點選4
劃，然後選擇「快」字，就會出現檢索結果。

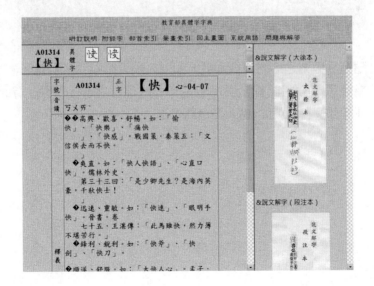

(二)筆劃索引

先點選所欲查詢字之筆劃（含部首），再點選該字所隸屬的部首，

即可於其中找到欲查詢字之資料。以下分為三步驟來示範查詢「心」部的「快」字。

1.點選「筆劃索引」後，進入1～64劃的點選畫面。「快」字共7劃，點選7劃進入下一頁。

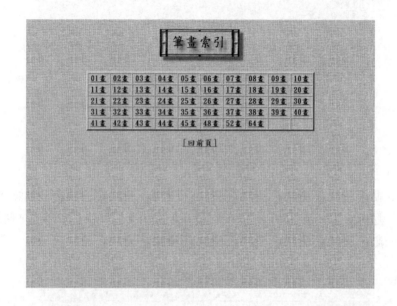

2.點選欲檢索之字的總筆劃數，即進入該筆劃數的索引畫面。左視窗為該筆劃數的部首索引，右視窗為該部首字群。「快」字的部首「心部」在編號061處，點選即可進入下一頁。

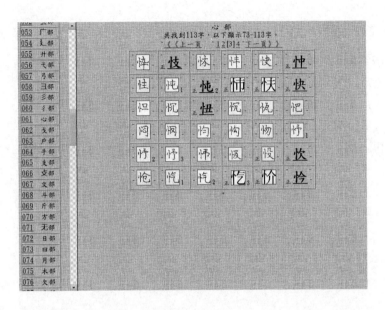

3.點選左視窗欲檢索之字的所屬部首，即可從右視窗找到該字，點選
　該字，系統將另開一新視窗呈現內容。

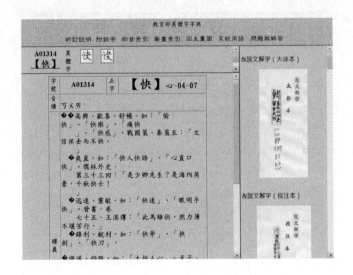

二、資料編排方式

　　檢索結果的資料編排，分為三個部分：

㈠左上方：先列該字編號、正字形體、異體字形體。

㈡左下方：詳列該字編號、正字形體與筆劃、音讀，及釋義。

㈢右方：詳列該字相關書證資料，編制成形體資料表。

　　以「快」字為例，左上方為「快」字編號、正字字形及異體字字形：

左下方為「快」字的字號、正字字形、音讀及釋義：

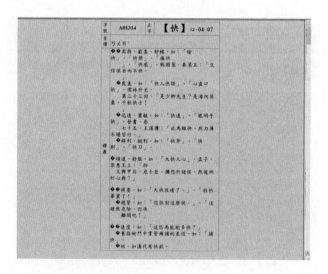

　　若是點選左上區的異體字字形，左下區則會出現異體字的字形資料及
文獻來源：

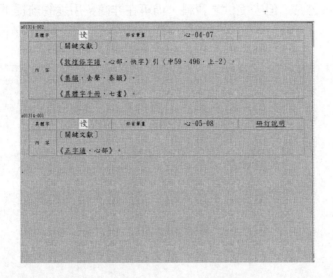

　　凡是需要進一步說明異體形變的學理，原則上都附上學者專家的研訂
說明，點選即可看到專家的文字說明：

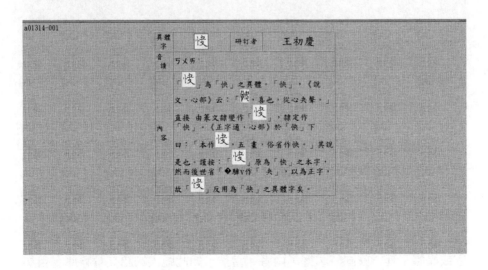

右邊為該字相關書證資料，如「快」字，即列有《說文解字》（大徐本）
等相關書證資料26條。有關文獻的原始資料，因尊重著作權，故未完全提
供，只提供書名，但未提供之資料，仍可在非商業用途的前提下，經申請
取得。

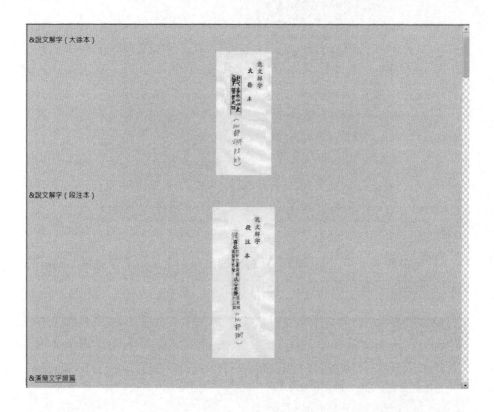

&說文解字（大徐本）

&說文解字（段注本）

&漢簡文字類篇

　　臺灣教育部線上《異體字字典》的編輯，在既有的字書整理成果基礎
下，成功地將字典電子化與網路化。
　　它的文獻取材涵括了古今所有重要的字書，整理成果十分驚人，可以
說是集大成之作。再者，在字辭典的編輯上，《異體字字典》也提供了完
整的正體字與異體字的檢索連結方案；正體字綱領異體字，只要檢索正體
字或異體字其一就同時掌握了兩者。當然，如此龐大的語文資料庫，自然
會有遺漏之處，而電子化資料庫的「update」更新機制，正是補足了這部分

的不足，從2000年推出試用一版到2004年正式五版之間，短短四年就更新了十次之多，如今《異體字字典》已經燦然大備。

　　這樣頻繁的更新，足見臺灣教育部對整理異體字的重視與用心，也是因為如此，我們現在才有便利的網路異體字字典可供檢索。雖然，這部線上字典還有可以改進的地方，但是以目前的成果來說，《異體字字典》作為當今兩岸最完備的異體字整理，並且持續在增補資料庫，恐怕短時間內不會再有超越之作了。

第二篇

漢字發展篇

第一章　文字定義與起源傳說

第二章　原始文字——陶文

第三章　古文字

第四章　現代文字

第五章　漢字數量與文化意義

　　本篇從時間的縱向演進來看漢字的發展，包括文字的起源形式、新石器彩陶文化中的原始陶文，到古文字系統中的甲骨文、金文、東周文字、秦國文字；再進入現代文字系統的隸書、楷書、草書、行書。

　　漢字是世界上唯一從原始文字一直用到現代文字，一個體系從未斷絕的文字系統。雖然時間跨越數千年，書寫形式歷經變革，文字數量也逐代增加，但漢字卻始終壯大，與中華文化互為表裡地一路進展到二十一世紀的今天。

　　在漢字發展的傳奇過程中，有美麗或是神奇的造字神話傳說，流傳至今；有文字製作前先民不斷試煉發明的開創史話；有知識分子投入心血積極造字的苦心與智慧歷程；有醉心於文字美感創造漢字書法奇蹟的歷代藝術家。漢字的歷史不僅僅只是一個文字系統的理論延伸，更是一個社會、歷史與文化文明的精緻演進史。

第一章
文字定義與起源傳說

第一節　文字定義與社會發展

一、文字定義

　　我們很難想像如果沒有文字，那將會是怎樣的一個世界！

　　世界上如果只有亞當和夏娃、或盤古和盤古夫人的話，那大概他們不需要文字，因為他們成天都在一起。當二人要回憶起昨天以前的事，大約是不複雜的；就算亞當要向夏娃、盤古向夫人訴情意時，應該也是面對面地告訴她「我愛妳」就可以，不至於去寫情書吧！但是後來二人繁衍了子孫、子孫又有了子孫，人類開始有了社會結構、頻繁的往來時，過去的歷史變複雜了，盤古可能遠行做買賣去，而無法面對夫人訴衷情了。這時，以符號記錄語音的辦法被人們想出來了。

　　「我們很難想像如果沒有文字，那將會是怎樣的一個世界！」有那麼嚴重嗎？學生會說：「好耶！不用辛苦地抄筆記囉！回家也沒有作業囉！」老師會說：「終於不用吃粉筆灰啦！」兒子可以跟老爸說：「沒有文字啊！所以請安的家書省啦。」而老爸會跟兒子說：「沒有文字啊！所以也開不了支票，寄給你做生活費囉！」

　　如果你只想到了這些，那似乎沒有文字也無妨。但若再深入想一下，你會發覺不對勁喔：沒有文字，那何來書本呢？何來報紙呢？沒有了文字，也就沒有了信件；電視上只有聲音、影像；電腦上呢？收到的鈔票上只有圖畫！而你買的房屋，地契上是……天啊！一片空白；還有咱們總統的當選證書上，難不成要蓋所有選民的印章？而竟不知那張紙上是個什麼意思！

書本是知識的主要來源、電視報紙是訊息傳播、鈔票地契是經濟往來、當選證書是某種社會結構與組織的具體象徵。如果我們用「文明」的概念，來涵蓋這些人類行為的話，那原來，沒有文字竟然是會導致、甚至就代表了文明的遲緩與停頓。如此一來，沒有文字可就非同小可囉。

其實思考這個問題，可以先想想「文字」是什麼東西？有什麼特別功能？竟使我們不可一日無它。通常語言文字學者給文字的最簡單定義是：

　　　　文字是記錄語音、表達情意的圖形符號。

人的語音發出後就煙消雲散，除了近代的留聲機器外，文字是讓我們可以回想語音的最佳工具。而當人們在面對面以語音溝通的當下時間之外，仍希望從事溝通表情達意時，文字也是最普遍、方便的方式。於是文字從簡而繁，從少而多，原是為了因應人類從事社會交際時的方便而產生，而這不就是所謂的「文明」！

二、文字產生的社會文化歷程

再換個角度來想，當我們評斷一個人的文化水準，或者是一般知識時，首先便是其語言文字的水準。古人常以認識多少個文字來衡量文化水準，現在你可能以為是學位高低，但這不正包括了認識文字的多少，或認識多少種的文字？擴大來看，一個民族的素質高低也與文化的高低有密切關係。文字是社會文化中的一個重要組成部分，因為文字是記錄和表述語言的書寫符號，文字系統的進步性也反映著社會文化發達的程度，因為文字對人類文明進程是具有促進作用的。

文字製作與人類社會文化發展具有密切關聯性，我們可以簡單用下列的演進過程來理解：

　　　　原始時代—人類進化—群居—社會雛型—社會綿密—溝
　　　通頻繁—文化進展—溝通工具不足—文字發明—記錄語言—
　　　傳達情意—記錄人類行為思想—文明的表徵

　　中國是世界文明古國之一，自上古就以文化發達著稱於世，在古代世界中，我國用文字記錄的各種歷史文獻最為豐富，不但豐富，而且還是幾千年連續不斷，這在古代世界中是獨一無二的。從先秦到漢初，根據圖書目錄的記載，已經有13,200卷的各種圖書。清朝乾隆三十七年開館編纂的《四庫全書》，歷時10年，至乾隆四十七年始告完成，共收書35,003種，79,331卷；另又收錄書名目錄6,819部、94,034卷，兩種合計共有各種圖書173,364卷，這還只是官府當時蒐集到的。散在民間未被發現，或民間藏書者不願獻於官府的定有不少。由此可知，近2,000年的時間，全國各種圖書就增加12倍之多。用中國文字記錄長達5,000年連續不斷的歷史文化資料，不僅說明在世界古代文化中是名列前茅，而且也說明中國文字在幾千年使用過程中，是不斷創造發展、是具有強大生命力的文字。

第二節　起源傳說與文獻闡釋

　　許慎《說文解字‧敘》說：「古者伏羲氏之王天下也，仰則觀象於天，俯則觀法於地，觀鳥獸之文與地之宜，近取諸身，遠取諸物，於是始作易八卦，以垂憲象，及神農氏結繩而統其事，庶業其繁，飾偽萌生。黃帝之史倉頡，見鳥獸蹄远之跡，知分理之可相別異也，初造書契。」「八卦」、「結繩」、「書契」，便是歷來說明漢字淵源的三種主要說法。

一、八卦說

㈠八卦創制時代

　　「八卦」相傳為遠古伏羲氏所創，伏羲代表著黃帝之前的遠古漁獵時代，當時沒有文字，所以，八卦也可說是漁獵時期簡單的表意符號。後來周文王將八卦兩兩相重，圍六十四卦，並為每一卦作「卦辭」。之後周公又為每一爻製作「爻辭」、孔子又為作「易傳」，才形成了今本《易經》的內容。

㈡陽爻與陰爻

　　八卦符號由基本的「——」陽爻、「－－」陰爻所組成，上古初民

「近取諸身」後，觀察到人類有男性、女性之別，而生理迥異；又「遠取諸物」，觀察到天空相連無際，地則是被河川阻斷而有陷落。於是以「——」代表男性、天象，以及一切具有陽剛特性之物；又以「— —」代表女性、地理，以及一切具有陰柔特性之物。

其後社會日繁，世上許多事務或陰或陽，只有陰陽二爻，不足以喻繁而進行表意溝通，於是再將「——」、「— —」兩符號平行重疊，於是形成了「八卦」。

(三)八卦意涵

根據《周易‧說卦》，八卦的主要意義如下：

八　卦					
卦名	卦象	自然	德行	家族	方位
乾	☰	天	健	父	西北
坤	☷	地	順	母	西南
震	☳	雷	動	長男	東
巽	☴	風	入	長女	東南
坎	☵	水	陷	中男	北
離	☲	火	明	中女	南
艮	☶	山	止	少男	東北
兌	☱	澤	悅	少女	西

雖然〈說卦〉所指出的各種意義，是後人演繹之詞，但是設想在符號設計之初，必然也是由人類生存周遭的基本事務開始，以進行基本事務的溝通，《說文》說：「近取諸身、遠取諸物。」正是這個意思，而這也符合社會由簡而繁的發展進程。「八卦」與後來的成熟文字體系當然是有距離的，但是，八卦是一種遠古表意符號的認知也是可以成立的，說八卦是中國文字的淵源，一點也不為過。

二、結繩說

㈠結繩記事

　　最早記錄漢字起源傳說的是《周易・繫辭下》：「上古結繩而治，後世聖人易之以書契。百官以治，萬民以察。」有關這個「結繩而治」的內容，漢鄭玄在《周易注》中說：「結繩為約，事大，大結其繩；事小，小結其繩。」唐李鼎祚《周易集解》引《九家易》說：「古者無文字，其有約誓之事，事大，大其繩；事小，小其繩。結之多少，隨物眾寡，各執以相考，亦足以相治也。」

　　這種在文字製作之前，以「結繩」來「記事」或是「結繩而治」的現象，在世界許多民族的社會發展中都曾出現。中國境內許多少數民族甚至在現代仍延續使用，例如佤族，就以結繩記錄複雜的債務，其方法是：結繩一根，繩的上端有三大結，中間有一大結，一小結，下端又有三大結。上端三大結，表示出三圓滇幣；中間一大結一小結，表示半年利息一圓半滇幣；下端三大結，表示借出已經三年半。其他如藏族、苗族、羌族也都有過類似的歷史，另外，南美洲秘魯印加文化、中美洲瑪雅文化、中東埃及文化史中，都有過結繩歷史，足證人類「結繩而治」確實存在文字製作之前。

　　古印加帝國繩結，以綿線、駱駝羊駝毛線織制，一根主繩串有千根副繩，目前發掘600多組，距今3500年前。

㈡結繩的歷史階段

　　《周易‧繫辭下》也說明了結繩而治的「上古」年代：「古者庖羲氏之王天下也……作結繩而為網罟，以佃，以漁。」「佃漁」的生活型態，就社會發展史來看，是原始氏族社會的早期階段，也在夏代黃帝之前。《莊子‧胠篋》篇中就說：

　　　　昔者，容成氏、大庭氏、伯皇氏、中央氏、栗陸氏、
　　驪畜氏、軒轅氏、赫胥氏、尊盧氏、祝融氏、伏羲氏、神農
　　氏，當是時也，民結繩而用之。

這些人物在許多文獻的史前傳說中，都普遍記錄與流傳著。在文字大量成體系製作之前，結繩記事的應用也符合其社會與生活型態。

㈢結繩的社會功能

　　結繩與文字的精密當然相去甚遠，但是在遠古之時，必然也具備一定的社會功能。根據相關文獻，我們可以對結繩作如下的推測：

結繩目的	作為約誓記錄或是各種社會計數之所需
結繩方法	1.大事結大繩 2.小事結小繩 3.結的多少表示事物的多少 4.結的形制不同代表不同的事物
結繩判斷	1.各關係人分執繩結相同的繩子 2.以社會機制公認繩結意義 3.以繩結意義運作社會機制
結繩效用	1.使各項約誓具有效力 2.使社會運作規範化

三、書契說

㈠書契之文獻記載

　　《周易‧繫辭下》：「上古結繩而治，後世聖人易之以書契。百官以

治，萬民以察。」意思是說，在結繩而治以後，聖人又製作「書契」以代結繩。此後「書契」遂成文字淵源之一的說法，甚至作為遠古文字的代稱。

　　許慎《說文解字·敘》：「黃帝之史倉頡，見鳥獸蹏迒之跡，知分理之可相別異也，初造書契。」「倉頡之初作書，蓋依類象形而謂之文，其後形聲相益而謂之字。」便是將「書契」視為文字。孔安國《尚書·序》中說：「古者伏羲氏之王天下也，始畫八卦，造書契，以代結繩之政，由是文籍生焉。」將「書契」與「文籍」連言，而文籍便由文字寫成。

　　此外，班固《漢書·古今人表》中說：「自書契之作，先民可得而聞者，經傳所稱，唐虞以上，帝王有號諡，輔佐不可得而稱矣。」又〈司馬遷傳贊〉：「自古書契之作而有史官，其載籍博矣。」已完全將「書契」當成「文字」之意。

(二)何謂「書契」

　　《說文》：「書，著也。」《說文·敘》：「著之竹帛謂之書。」所以「書」是指寫在竹帛上的符號，也就是文字。至於「契」，《說文》：「栔，大約也。」「券，契也。券別之書，以刀判其旁，故曰契券。」也就是今天所謂的「契約」之意。

　　「書契」二字合稱，據唐孔穎達《尚書正義》引鄭玄注：「書之於木，刻其側為契，各持其一，後以相考合。」也是《說文》「契券」之意。總之，將約定之文字，書寫於木板或竹帛之上，相關人分持其半，當須考合，即合書契以證之。今天很多重要文件依然使用此法，例如收據、畢業證書、法院文書等，甚至中間加蓋「騎縫章」為證，古代「書契」也正是這種功能。

(三)刻木記事

　　「契」字本身即有「刻」義，漢劉熙《釋名·書契》：「契，刻也，刻識其數也。」《漢書·古今人表》：「自書契之作，先民可得而聞者。」顏師古〈注〉：「契，謂刻木以記事。」在木板或是其他器具刻上符號以記事，歷來皆有。若以商代甲骨文而言，便是契刻在龜甲獸骨之上。又距今4,000年以上到8,000年間的新石器彩陶文化時代，很多陶器也已經有了刻畫符號，有些跟後來的文字也已經形似，這些都可以說明「書契」之存在。

　　1974年發掘出來的青海樂都縣柳灣文化遺址中，在墓穴裡出土一件彩陶壺，裡面有10枚骨片，大小相同約1.8厘米長、0.3厘米寬，每枚骨片的中央或兩端都刻有數量不同的鋸齒形缺口，考古學者認為這就是記事的記號。之後的中國古代和現代的少數民族中，也都有使用刻木、竹、骨、陶、石以記事的現象，例如，《隋書·突厥傳》：「無文字，刻木為契。」《舊唐書·南蠻傳》：「俗無文字，刻木為契。」又如雲南「獨龍族」以刻木作借錢的紀錄，借多少數量的錢就刻多少缺口，若還錢則削去缺口。顯然，這個先秦文獻中所提及的「書契」，早在體系文字之前已經有之，是可以相信的了。

第三節　倉頡傳說之文化意涵

一、起源傳說

　　很久很久以前，有位老者，長相奇特，眉骨隆起，竟有四隻眼睛，每隻眼都炯炯有神，目光直射前方或橫或直的圖形符號。此時正是夜深人靜之時，忽然天崩地裂般地轟隆一響，天空嘩啦嘩啦地下起大雨，但落下的不是水滴，竟是一顆顆的小米，而四面八方滿是哭號之聲，原來是天地鬼神，傷心不已……此人就是倉頡，傳說中的「文字神」。

　　《淮南子·本經訓》記載：「昔者倉頡作書而天雨粟，鬼夜哭。」講的就是這神奇的傳說。由於文字具有神奇的力量，日後的人類智慧將因文字而突飛猛進，使得掌控人類的鬼神也為之驚懼，遂產生了這樣的奇景。中國人普遍敬畏文字，乃至於寫著字的紙張，不敢隨意毀壞、丟棄，進而讀書識字的士大夫也受社會的敬重。而在古代，官府中許多管理文書的官吏，每至秋季就集體祭祀倉頡，尊之為文字神。這種種文字文化，其淵源正是倉頡傳說。

二、文獻紀錄

　　以傳統文獻資料來看，倉頡造字也是一個普遍說法。《周易·繫辭下》說：「上古結繩而治，後世聖人易之以書契。」東漢許慎的《說文解

字・敘》說：「及神農氏結繩為治而統其事，庶業其繁，飾偽萌生。黃帝之史倉頡見鳥獸蹏迒之跡，知分理之可相別異也，初造書契。」換句話說，在倉頡之前，其實有結繩，有「書契」的演進淵源。前文第二節〈起源傳說與文獻闡釋〉，談的也就是這個發展歷程。

　　談到造字，《說文》又說：「倉頡之初作書，蓋依類象形，謂之文；其後形聲相益，即謂之字。」意思是說，在「庶業其繁」以後，結繩等無法適應更多更快的紀錄，以及傳遞訊息的需要，人們必須探索新的方式，創造更多相互區別的符號，來記錄更多的訊息。而倉頡便從鳥獸足跡中，得到了「依類象形」以造字的啟示，其後「形聲相益」，又使得文字數量大增，倉頡造字的傳說也就持續到今天。

三、「倉頡」意義

　　有人認為文字體系龐大，怎麼可能是倉頡一人之力就可製作？這樣的懷疑其實是合理的，文字系統的製作，絕對需要很長時間的發展，並且要有很多人投入才可以完成。

　　《荀子・解蔽》的說法最為妥當：「故好書者眾矣，而倉頡獨傳者，壹也。」說在文字製作的初期，其實早有一批人在製作文字，但是因為各區域所作的符號並不一致，在相互溝通時難免隔閡，而倉頡應該就是第一位主持文字統一工作的人了。

　　如此一來，我們可以將倉頡看作一個時代的表徵、一群文字製作者的代稱。在那個時代，中國文字得到了許多知識分子的專業整理，從原始的符號過渡到較有規範的文字體系。倉頡此人未必真有，但那個時代的確是中華民族從蒙昧走向文明的開端。

第二章

原始文字——陶文

　　神話傳說與文獻資料讓我們合理地推測與假設，中國文字的產生有一個很長的歷史過程。如果你不相信神話傳說與文獻資料所說的「倉頡時代」，那麼以下的考古資料，便是一個最精密與科學的證據了。

第一節　何謂「陶文」

　　所謂「陶文」，指遠古時期在陶器上刻畫的圖繪及符號，時代比大家熟知的商代甲骨文更早，是新石器時代「彩陶文化」時期的重要表意符號。

　　根據歷史學者與考古學者的研究，「新石器時代」約始於距今8,000多年，到距今4,000多年前。考古學上這段時間稱為「史前時代」，在近代考古大興之前的傳統歷史典籍，甚至稱作「傳說時代」。不過當大陸考古學者在許多區域，不斷出土新石器時代的彩陶後，遠古的社會與彩陶文化都逐步解開神秘面紗，不再是傳說而已。

　　在這一時代與我國文字起源有關的考古資料，便是各種陶器上的刻畫符號，這些刻畫的符號，有一些可能還只是「刻畫的紋路」，未必是嚴謹的文字系統，但也有一些已可以算是後來「文字」的概念。因此所謂「陶文」，其涵義到目前為止仍然是比較寬泛的符號概念，本章以「原始文字」稱之，也採取這種廣義概念。

　　目前出土具代表性的陶文文化遺址，依其年代排列，如下：

甘肅大地灣文化	距今8,000～4,800年前
西安半坡遺址	距今6,800～6,300年前
陝西臨潼姜寨仰韶文化遺址	距今6,600～6,400年前
山東大汶口	距今5,500～4,500年前
青海樂都柳灣	距今4,400～4,200年前
河南二里頭	距今4,000～3,500年前

第二節　甘肅大地灣文化遺址

甘肅大地灣文化遺址，位於甘肅省東部秦安縣五營鄉境內的清水河谷及南岸山坡上，據考證，大地灣遺址大致可分為五期文化：前仰韶文化、仰韶文化早、中、晚期，和常山下層文化。其歷史年代從距今8,000年一直延續到距今5,000年。其中距今8,000年的一期文化，是西北地區迄今為止考古發現中，最早的新石器文化。

根據甘肅省文物考古研究所《秦安大地灣新石器時代遺址發掘報告》，到目前為止，考古工作者共在大地灣遺址清理發掘出房屋遺址240座，灶址98個，灰坑和窖穴325個，墓葬71座，窯址35座及溝渠12段，累計出土陶器4,147件、石器（包括玉器）1,931件、骨角牙蚌器2,218件，以及動物骨骼17,000多件。

大地灣陶器上之符號，可能是目前中國文字最早的雛形，共有十幾種彩繪符號（見右圖），這些符號比過去最早發現的西安半坡陶器刻畫符號的時間早了1,000多年以上，且有一些符號與半坡符號形式一樣。雖然這些符號的意義至今未能明確掌握，但專家們認為，它們可能就是中國文字最早的雛形。

另值得一提的是，大地灣彩陶文化雖然距今8,000年，但是其陶器工藝技術之精良令人咋舌，例如，下面這兩個陶面光滑、紋路細膩的彩陶罐與陶盤：

圖2-1　大地灣陶罐　　　　圖2-2　大地灣陶盤

　　又如右圖這個罕見的「人頭形器口彩陶瓶」，瓶
口是一個人頭形狀的雕塑，瓶身應該是象徵母腹，整
件陶器集造型、雕塑、彩繪藝術於一體，被公認為史
前雕塑藝術的代表作之一。

第三節　西安半坡文化遺址

　　西安半坡仰韶文化遺址，距今5,600到6,700年
前，是1954到1957年發掘的陝西渭河流域的新石器時

圖2-3　大地灣彩陶

代重要遺址，出土文物近萬件之多，位於西安遺址處建成的「半坡遺址博
物館」，也是中國第一座史前遺址博物館。

　　出土文物又包括石器、骨器和陶器三大
類，例如石斧、石刀、箭頭、紡輪、骨錐、骨
刀、骨針、魚鉤、魚叉、陶缽、陶盆、陶碗、
陶罐、陶甑等生產工具、生活用品和人頭、鳥
頭、獸頭等藝術或裝飾品。半坡遺址大量多彩
的陶器，是彩陶文化時期的代表，例如右圖這
個「彩陶人面魚紋盆」。

圖2-4　西安半坡人面魚紋

　　半坡文化遺址的時期，還沒有出現真正的文字體系，但已經在使用各
種不同的簡要符號，以標記他們對一定的客觀事物的意義。這些符號都是
刻畫在飾有寬帶紋或大的垂三角形文飾的直口缽外口緣部分。共發現113
件，多是碎片，完整的器形只有兩件用作甕棺葬具的圓底缽。這些符號筆

劃簡單、形狀規則，共有22種，豎、橫、斜、叉皆有。

　　這些在半坡陶器上的黑線條符號，過去一直都被認為是裝飾用的花紋。但自從中國大陸在1980年代開始在考古學上突飛猛進，從大量發掘出來的殷商甲古文的內容來推斷，當時的人不可能在一開始使用文字之初，就能夠有系統地對事物做具體的描述。所以，當時的語言學家及考古學家推斷，在夏朝時的中原人應該才掌握了文字。不過，從夏朝出土的陶器上，卻一直只發現花紋而沒有文字，所以也有學者直接認為，陶器上的花紋（黑線斜紋）和圖案（如花、獸等造型）其實都已經是當時的文字。

第四節　陝西臨潼姜寨仰韶文化遺址

　　陝西臨潼姜寨仰韶文化遺址，是1972至1979年間所發掘的新石器時代遺址。是目前面積最大的新石器時代遺址，超過一萬平方公尺，距今6,400至6,600年前，與西安半坡遺址時期相當。根據《文物·臨潼姜寨新石器時代遺址的新發現》所記，出土文物包括石器、陶器、銅器、骨角器、蚌器一萬多件。其陶文見右圖。

第五節　山東大汶口文化遺址

　　「大汶口文化」是黃河下游地區新石器時代晚期的考古文化，1959年在山東泰安縣大汶口發現而得名。主要分布在山東西南地區，其文化遺址在山東其他地區也有發現，可以說東到黃海之濱，北到渤海南岸都有遺存。在江蘇北部、河南東部、安徽部分地區

圖2-5　山東大汶口彩陶

也有遺存。大汶口文化的年代據測定，距今約為4,500至5,500年。大汶口文化的發現，為山東地區的龍山文化找到淵源，也為研究黃淮流域及山東、江浙沿海地區原始文化，提供重要線索。

　　自70年代以來，在山東莒縣陵陽河和諸城縣前寨大汶口文化遺址中的陶器上，都發現有一些刻畫符號，最早的只發現五個刻在大口尊外口沿上，據說目前在莒縣又發現二十餘個，只是尚未全部公布。右圖所舉的只是在莒縣陵陽河和大朱村墓中發現、採集到的陶器上的刻畫符號。

第六節　青海樂都柳灣文化遺址

　　根據青海省文物管理處考古隊〈青海樂都柳灣原始社會墓地反映的主要問題〉指出：青海樂都柳灣遺址，距今約4,500年前，1956年起陸續出土文物30,000餘件，其中彩陶就多達15,000件，造型多變，花紋和圖案精美，藝術水準極高。1974年在青海樂都柳灣馬家窯文化的墓地裡，發現在隨葬陶壺的腹部或底部有塗畫的符號，每件器物畫一個，共50種符號（見右圖）。

圖2-6　馬家窯彩陶

第七節　河南二里頭偃師文化遺址

　　「二里頭文化」是中國跨越新石器時代和青銅器時代的文化，以河南西部偃師縣二里頭村的「二里頭遺址」而得名，是二里頭文化的典型遺址。自1959年開始發掘就獲得了不少的資料，其後又經過多次發掘，取得了很大的成果。據測定此遺址的文化堆積層時間是距今3,500至4,000年左右，區域範圍為河南中西部鄭州附近，和伊河、洛河、潁河、汝河等流域。

　　此遺址中出土的陶器中有的器上刻有幾十種符號，其中絕大多數都是刻在大口尊的口沿和肩部。上圖所舉出的只是其中的一部分。

第八節　陶文類別與文化意涵

　　新石器時代陶器上的紋路，大別之有三類型：圖案紋飾、圖形文字、符號，三者或分別出現，或同在一器物上出現。

　　圖案紋飾部分，多做圓、方、三角的幾何形狀，或者相間配合，表現先民審美觀與想像空間。這些圖案紋飾多數是作為裝飾，和文字的目的應當尚有距離，所以，以「圖案」來理解與研究可能比較適當。不過，當中一些構成圖案的簡單線條，和前文所舉「陶文」之例，則很接近，或許也可以看作文字的濫觴。

　　圖形文字部分，如果以《說文》：「文者，物象之本」的概念而言，如前文「大汶口文化遺址」中的陶文，或象日紋、或象山紋、雲紋等，又或是祭祀高壇之形，不但表義，也具有「合體」之文字結構方式，自然也成為後期文字體系成形的重要過程。「符號」部分，很多幾乎可以確認為「數量」、「方位」、「器物」、「天文地理」之意義，也是各種生活方式中最基礎的概念，這和後期文字製作由簡而繁、由近而遠的歷程也可以相應，後期文字與陶文的關聯性也從此可知。

　　上述這些新石器時代圖形符號，其時代在大家熟知的距今3,000多年前

的甲骨文之前，許多古文字學家認為，它們已經是具有文字性質與功能的符號了。史書上說，黃帝是中華文明的發源時代，約在距今4,500年左右。倉頡又是傳說中黃帝的史官，我們將他的神話傳說證之於考古資料，可以了解中國文字的形成是凝聚了長時間祖先們的智慧才完成，「倉頡」作為「造字時代」的意義來理解與詮釋，是絕對可以成立的。文字是一個民族文明的表徵，後來的中國人「敬惜字紙」，充分表現出一種智慧與美德的形成與延續。中國文字的形成，絕對不是神話而已。

第三章
古文字

　　本章介紹中國古文字發展歷史，包括甲骨文、金文、六國文字、秦系文字（大篆、小篆）的字形差異、特色及傳承關係。甲骨文是中國最早成體系的文字，小篆則是以規範化之特點，統一東周文字紛亂的重要階段，是漢字走向方塊的基礎，也是古文字的最後階段。

　　漢字的古文字歷程，使我們對這個世界最早、歷史最悠久的文字體系有縱向的歷史概念。從中也可以體會到先民創造文字的智慧，及中國人運用文字符號時的活潑性、藝術性，當然，更可以體現中國文字在使用上的實用性。

第一節　商代甲骨文

一、甲骨文的發現

　　一百多年前，清帝國的國子監祭酒王懿榮得了瘧疾，四處求醫找藥。後來宮裡太醫給了他一張藥方，其中有一味補腎的中藥「龍骨」。王懿榮家僕抓好藥回來後，他一一審視，無意中發現「龍骨」上刻有歪歪斜斜好似篆文，卻又是他不認識的紋路。

　　王懿榮素好金石古玩、銅器銘文，這一偶然發現，他警覺這味「龍骨」絕非一般藥材，於是又返回藥店打聽這龍骨的由來，並將帶了字的龍骨全數買回。此事後來轟動了學術界及文化界，許多學者對這批來自河南安陽一帶，農民拾獲而賣給中藥店的「龍骨」，有著極大興趣。再經過王懿榮等學者的精心研究，斷定這些東西根本不是什麼龍骨，上面刻的紋路更是比當時各種已知的文字更古老的一批文字。於是，舉世聞名的商代甲骨文就此浮現於世，因為這些文字皆刻在龜甲、獸骨上，所以便稱之為

「甲骨文」。王懿榮得病當時，是西元1899年，清光緒二十五年，甲骨文
重現於世，距今不過100多年。

二、「殷墟甲骨」及其數量

　　根據古籍記載，商王經常遷徙國都，但從盤庚（湯的第九代孫）十四
年，遷到「殷」地後，直到帝辛（紂王）共八代十二王沒再遷徙過。此處
作為商王都城約有273年的時間，因此商代又被稱之為「殷」。商被周王朝
所滅，此處毀為廢墟，後人稱為「殷墟」。「殷」地，即今河南安陽縣，
也就是100多年前農民掘出「龍骨」的地方，「殷墟甲骨」之稱即如此而
來。從1899年發現甲骨文到現在，共出土了約10萬片甲骨，見到的單字總
數約4,600到4,700字左右，其中經考古及古文字學者確切辨認的，目前還不
到1,800字。

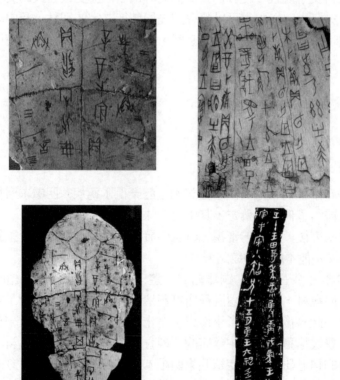

圖2-7　甲骨文

三、最早的文字體系

甲骨文是迄今為止，在中國所發現數量最大，並構成體系的一種最古老的文字。它和埃及的聖書文字、中美洲的瑪雅文字、蘇美爾的楔形文字差不多同時。但是後三種文字早已消亡，該地區現行的文字和這些古文字也沒有淵源關係。只有甲骨文與現在的中國文字仍舊關係密切，且是現代中國文字的老祖宗。研究甲骨文的大師胡厚宣先生在《五十年甲骨文發現的總結》中說：

> 在今天，研究中國文字，我們不再把東漢許慎所撰的《說文解字》一書，看成神聖不可侵犯的經典。有了甲骨文，時代比它早了一千四五百年。

又：

> 因為甲骨文的發現，使我們曉得不但「伏羲畫八卦」、「倉頡造書」的傳說完全無稽，就連所謂的古文、籀文、大篆、小篆，也都不過是戰國末年的文字。

有了甲骨文的資料，不但商代的歷史可以講明，就是商以前和商以後許多上古史的問題，也都可以從甲骨文中找到答案。近幾十年來，隨著甲骨文資料的集中出版，新資料的出生和對甲骨文、商代史的全面研究，證明了胡先生的評價是正確的。甲骨文的發現，不僅是我國學術界的大事，更是全人類文化史上一件巨大的文明。

四、甲骨整治方式

在占卜之前，甲骨須先經整治。整治的工具是銅製的鋸、錯、刀。整治的過程是：

取材	1.牛胛骨從牛身上取下即可。 2.龜甲則須「攻龜」，亦即殺龜並挖空其腸腹。
鋸削	1.龜挖去腸腹後，在腹背之間鋸截為二。 2.鋸解時，將前後兩足之間的牆，即所謂「甲橋」，存留在腹甲上。 3.鋸去外緣部分，使甲橋成為有規則的弧形。 4.背甲從中脊處一剖為二，並鋸去近中脊的凹凸不平之處，削去首尾兩端，使成鵝卵狀。 5.卜用胛骨則鋸去骨脊及臼骨。
刮磨	1.將胛骨正面錯平，磨刮光潤。 2.龜腹甲去其膠質鱗片、刮平坼文、錯其高厚之處，使全版勻平，再加以刮磨，使有光澤。

五、占卜過程

　　甲骨經整治後，便成了合用的占卜材料。占卜的程序大致是：

鑿鑽	1.鑿，是用鑿子鑿成口寬底窄的棗核形的槽洞。 2.鑽，是用鑽子鑽成比鑿小而較深的圓穴。 3.鑽鑿都不能穿透骨面，宜至距骨面最薄處。 4.鑽鑿的數量不定，幾個到幾十個、一、二百個皆有。 5.龜甲是鑽鑿並施、以鑽為多，胛骨則最鑿多鑽少。 6.腹甲都在背面施鑽鑿，胛骨既有背面、也有在正面中下方施鑽鑿的。	因為骨版堅硬薄厚不均，必須經過鑿鑽，使它變薄可準確呈現兆紋。
灼兆	1.乃用火炷燒灼槽穴。 2.有鑽者灼於鑽之中處，無鑽者灼於鑿之左或右。 3.燒灼後甲骨正面發出「pu」的聲音，並出現裂紋，此為「卜」。 4.呈現出的所有裂紋便是「兆」。	燒灼出兆形以供卜官檢視，並進行吉凶占卜。

| 刻辭 | 1.見兆之後，卜者乃依兆而定其吉凶，然後刻上卜辭。
2.甲骨的兆以在正面者居多，故卜辭亦多刻於正面。
3.一條完整的卜辭通常包括前辭（敘辭）、命辭、占辭、驗辭四部分。 | 所刻之文字，便是現在所稱之「甲骨文」。 |
| 塗飾 | 1.刻完卜辭後，有的為了美觀而在字的筆道中塗朱砂或墨。
2.一般是大字塗朱、小字塗墨，或正面塗墨、反面填朱。
3.塗飾是武丁時期的風尚。為了使兆明顯，還用刀再加刻畫，這也是武丁時期特有的。 | 目的在美觀與保存檔案。 |

六、甲骨刻辭類別

　　從內容上來區分，甲骨文上的刻辭可以分為三類：「卜辭」、「置辭」、「兆辭」，三者共構完成一組完整的紀錄。

(一)卜辭

　　「卜」，《說文解字》：「灼剝龜也，象灸龜之形。一曰象龜兆之縱橫也。」這是一個象形字，指占卜時，卜人用火燒灼磨製好的甲骨所裂成的「卜」字形的裂痕，我們現在把這種裂痕稱之為「兆」，刻在上面的文字便稱為「卜辭」。

　　卜辭是甲骨文的主要組成部分，它是卜人在占卜活動結束後，刻寫在甲骨上的：占卜時日、卜者名字、所卜之事、吉凶判斷、能否應驗等內容。卜辭多數刻寫在甲骨的正面，少部分則刻寫在背面。一條比較完整的卜辭一般包括四個部分：

前辭	記述占卜的時間、地點和主持占卜活動的人物名稱等基本資料。	又稱「敘辭」
問辭	記述進行占卜時所卜問的事項。	又稱為「命辭」、「貞辭」
占辭	記述占卜者根據卜兆之勢，對所卜問事項所做出的吉凶判斷或推測之辭。	

驗辭	記述占卜之後，所卜問的事情的結果，及是否與預卜的判斷或推測相應驗。

下面以武丁時期的一條完整卜辭為例，並按上述卜辭類型加以說明：

譯文：「癸卯卜，㱿貞：旬亡禍？
　　　王固曰：屮（有）祟，其屮
　　　來艱？迄至七日己巳，允屮
　　　有艱至西。垔友角告曰：吾
　　　方出，侵我于㝬，田七十、
　　　人五。」

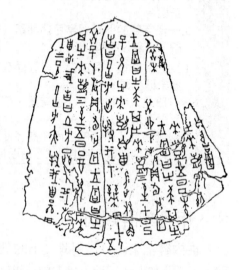

大意：癸卯這天進行占卜，卜官㱿卜
　　　問：這一旬沒有災禍吧？商
　　　王推斷說：有災禍，可能是
外來的災難吧？到了七天以後的己巳日，果然有來自西方的災難。
臣下垔友角報告說：吾方出動，在㝬地侵襲我方，奪去七十田和五
個人。

它的基本結構是：

前辭：「癸卯卜，㱿貞。」

問辭：「旬亡禍。」

占辭：「王固曰：屮祟，其屮來艱。」

驗辭：「迄至七日己巳，允屮來艱自西。垔友角告曰：吾方出，侵
　　　我于㝬，田七十、人五。」

(二)置辭

「卜辭」是占卜的內容，「置辭」則與占卜材料有關。當甲骨加工完
畢，或是有人進貢龜甲以後，會交給專門負責占卜的卜官入庫保管，以備
占卜取用。卜官在收藏這些龜甲獸骨時，一般要在它們的邊緣部位，刻寫
上甲骨的來源、修治甲骨的人員、修治後交付哪一個卜人保管，以及保管
的情況等內容；也就是說，這是一種與檔案管理有關的「記事刻辭」。

這些記事刻辭，在甲骨學上總稱之為「置辭」。甲骨學家是以刻寫的部位來為這些刻辭命名的，共分為五小類，位置與內容如下：

甲橋刻辭	刻寫在龜腹甲甲橋背面	例：「雀入二百五十」「雀」是人名或族名，計其貢龜之數。
甲尾刻辭	刻寫在龜腹甲尾部右邊	例：「仈入入」、「侯咔來」，也是貢龜紀錄。
背甲刻辭	刻寫在龜背甲頂端或背面內緣	例：「小臣入二」，也是貢龜紀錄。
骨臼刻辭	刻寫在牛肩胛骨頂端骨臼面上或背面外緣	例：「婦井示五屯，洹。」「婦井」為武丁之妃，「示」驗看、檢驗，「洹」為史官，「五屯」為骨數。
骨面刻辭	刻寫在牛肩胛骨正面最下端寬薄的地方或在背面邊緣	例：「自匿五十屯」此為貢骨驗收紀錄。

(三)兆辭

　　許多甲骨在兆側還刻上一到三個字的短語，如「二告」、「小告」、「大吉」、「吉」、「弘吉」、「不玄黽」等，叫作「兆側刻辭」。為了占卜的正確性，每事都要反覆貞卜，有時一事貞卜十次之多，故在每一兆側一般都還分別記上占卜的次數，稱為記數字（或稱序數字）。有的腹甲上只刻左右對貞的兩條卜辭作為代表，其餘則僅刻記數字一、二、三、四……。

　　少數腹甲上只有經過加工的兆紋、兆側刻辭以及記數字而沒有卜辭，這些記數字可能是在灼兆之後就刻上去的，大約占卜時，每灼一兆便刻一記數字，以標明此乃第幾次占卜的卜兆。此外，在占卜時，往往同時使用幾塊甲骨以貞問同一件事，占卜之後，將卜辭分別刻在這幾塊不同的甲骨上，每一版都只有

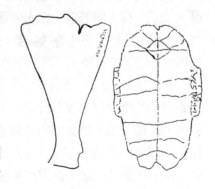

一種記數字。幾版甲骨相比較，內容有繁簡詳略的差異、用詞也偶有變化，而記數字則各不相同，判然有別，這就是成套甲骨和成套卜辭。

七、甲骨文與六書

　　中國人多數都聽過「六書」的文字結構理論，也知道那是由東漢許慎在《說文解字》一書中所做的歸納。事實上，作為現代中國文字的老祖先，六書的造字與用字規律，在甲骨文中已經都可以找到實例。

　　以象形字來說，甲骨文 ，明顯的是腳趾頭，這是現代的「止」字，本義是腳。另外，如「女」 、「牛」 、「羊」 、「大」 、「戌」 、「行」 、「齒」 、「車」 這些字的結構，皆是如許慎所說的：「畫成其物，隨體詰詘」的象形字。

　　指事字通常表示一些抽象概念或事物狀態、動作，例如，「上」字 、「八」字 ；「棄」字 為雙手持簸箕，欲棄置一個新生還帶有羊水的嬰兒。另外，指事字也可以補象形字在造字時的不足。例如，甲骨文的「亦」 （腋的本字），就是表示人形的「大」字的腋下加上兩點，以指出腋下之所在。「甘」 ，為食物甘甜之意，在已經有的象形「口」字裡加一橫筆，表示食物甘甜。

　　會意字是象形字的進一步發展，它是在象形字的基礎上產生的一種新的字體結構。《說文解字》云：「會意者，比類合誼，以見指撝。」用現代話來說，會意字就是人們一見字的形體，就可以聯想到語言中的某些詞義。如甲骨文中的「執」寫作 ，象徵一個人被枷梏；「監」字作 ，表示一個人向著皿中之水照面的意思；「饗」字作 ，象兩個人對坐共同享宴；「出」字作 ，上面象足趾，下面象居穴，足趾露在穴居外面，表示走出室外；「典」字作 ，表示兩手捧著典冊。

　　形聲字的出現，是漢字由表意發展到表音的一大飛躍。在甲骨文中，形聲字佔的比例已經達百分之二十左右，這也是文字發展已逐漸成熟的一條有力證據。如，甲骨文的「雞」字作 ，右半部分象隻雞，左半部分則是表示該字的音符「奚」； 則是偏旁位置互換的雞字；又如甲骨文中的「鳳」作 ，高冠而美麗的鳳鳥，在右上角或上方的 （即現在的「凡」字）則是該字的表音符號；「星」字甲骨文寫作 ，象星形， 則是該字的表音符號（生）；又如「洧」作 、洹作 、杞作

等，皆為甲骨文中的形聲字。

　　從以上舉例可知，甲骨文的字體結構已基本與後世的「六書條例」相合。從現有的甲骨文字來看，商代早期的甲骨文字象形成分較多，商代晚期，尤其是帝乙、帝辛時代，象形字的比例逐漸減少，形聲字的比例逐漸增多。雖然也還有一些字的結構不太規範化，如《甲骨文編》中的「羊」字就有三十多種寫法。有些字可以正著寫，也可以倒著寫，如「人」字可寫作　　，也可以寫作　　；「侯」字可寫作　，也可以寫作　；「車」字可寫作　，也可以寫作　等，但這是書寫方向的不定型，而不是結構的變更。整體而言，雖然甲骨文字尚未在各方面定型。但如果用後來的金文、小篆，乃至今天使用的楷書形體與甲骨文相比較，可以看出它們是一脈相承、逐漸發展而來的。

第二節　周代金文

一、何謂金文

　　金文亦稱「銘文」或「鐘鼎文」，乃鑄或刻於青銅器上的文字，承接甲骨文而起。初始於商末，盛於西周。由於商周盛行青銅器，而青銅禮器以「鼎」為代表，樂器以「鐘」為代表，故刻於其上之金文，亦因而有「鐘鼎文」之名。

　　青銅就是銅和錫的合金，從《史記·孝武本紀》：「禹收九牧之金，鑄九鼎。」知道夏代已有青銅，而近代地下考古的出土資料，也證明了我國在夏代就已進入青銅時代。青銅的冶煉和鑄造，發展到商代晚期和周代時已經十分發達，統治者和貴族廣泛利用青銅鑄造各種器具，數量很多，僅目前出土的就有上萬件之多。

　　青銅記錄的內容，與當時的社會尤其是王公貴族的活動息息相關，例如祀典、賜命、征伐、圍獵及契約之事。大部分人以周宣王在位時期鑄造的毛公鼎金文（又稱西周金文）為代表，其銘文共32行，497字。到西周以降，金文被普遍地使用，金文的字數，據容庚《金文編》載共計3,722字，已識的字2,420個，未識的字1,302個。

圖2-8　毛公鼎　　　　　　圖2-9　毛公鼎銘文

二、金文的鑄刻

　　殷周金文被鑄在青銅器的內側，根據在工場遺址所發現的大量模具所推斷，青銅器的製造方法如下：

製作陶範	利用粘土做一個與製成品大小相同的土胚（陶範）。
製作外模	另外再用粘土包裹著模型，待乾透後切開外層的粘土，作為外模。
製作內模	將模型削去外層，作為內模。
刻畫圖文	在內模刻上圖案文字。
模型組合	組合外模和內模，並在之間放入銅片作為間隔空隙，以待注入銅液。
灌注銅液	將已溶化的銅液注入。
取出成品	將模冷卻打破，取出青銅器。

　　由於陶範質地鬆軟，雕刻比龜甲、獸骨更為容易，所以早期金文比甲骨文的圖繪性質更強，更為接近原始文字。例如，「日」字，金文寫作 ⊙，是圓圓的太陽中間有個黑點，而甲骨文由於在堅硬的質地上刻寫圖形不方便，只能寫成 ⽇ ⊟。又「丁」字，甲骨文寫成 ▢ ○，金文寫作 ⬤ ⬤。「車」字甲骨文作 🚗，金文作 🚗。

三、商代金文

商代金文字形和字體均與甲骨文近似，但是象形程度更高。其筆劃較甲骨文肥厚圓潤，但若干實筆的細線條，則更接近原始文字的型態。

商代金文的銘辭較為簡單，早期的器物上頂多一、二字到十幾字，一個字的多為「族徽」文字，到殷商晚期帝乙、帝辛時期，才開始有三、四十字較長的銘文，比起族徽是比較莊嚴規範的文字。

圖2-10　作父丁寶障彝卣　　　圖2-11　商周青銅器族徽

四、西周金文

西周金文是商代文字的繼承和發展，並下啟春秋金文。西周金文有以下特點：

㈠有聲符的合體字增加，例如，「其」字，甲骨文像簸箕形 ⊠，金文則有加聲符者 昌 囟 昌 昌；「寶」字甲骨文為會意字 ⿴ ⿴，金文則加聲符「缶」 ⿴ ⿴。

㈡字形較甲骨文穩定，偏旁漸趨定型，異體字逐漸減少，例如，甲骨文「逆」字 ⿰ ⿰ ⿰，有從彳、從止、從辵三種，西周金文則以後者為主：⿰ ⿰ ⿰ 從。

㈢仍然使用合文，普遍的有「上下式」、「兼體式」、「加重文符號
式」、「加合書符號式」，例如，「小
子」、「至于」、「公孫」、「公子
孟」、「大夫」、「子孫」、「孝
孫」、「旅衣」、「之所」、「明
月」、「上下」（見右圖）。

㈣團塊筆劃線條化、曲筆平直化。早期金文或源於圖畫，或因在軟質模子
鑄造刻畫之故，有較多的團塊與曲筆現象。到了後期，為了方便書寫，
於是有了線條化、平直化的趨勢，例如右
圖「王」、「父」、「正」三字。

㈤早期不相連的筆劃，到後期相連接，這也
是脫離圖畫，走向方塊文字結構化的過
程。例如以下的「貝」字：

　　　　早期金文「貝」　　　　　　　　後期金文「貝」

第三節　六國文字

　　「六國文字」又稱「戰國古文」，是戰國時期除了西方秦國以外，位
處東方的齊、楚、燕、韓、趙、魏各國文字的合稱，也包括宋、衛、中山
等小國的文字。

　　經過春秋時期諸侯的分合，戰國時期呈現了周代建國以來最劇烈的
政治、經濟、文化變動，漢字在這時期的發展，也出現了多樣而深刻的變
化。這時期鑄、刻、寫文字的材料和範圍也大為增加，如簡帛、貨幣、璽
印、玉石等等，都可以用來書寫文字。另外，由於周王室政治的解構，諸
侯國獨立又競爭的態勢形成，促使教育與經濟大量在區域與地方間開放流

通，而文字字形、結構，書寫風格等，也相對應地在此時發生劇變，有了特殊的時代特質。因此，我們把這些文字統稱為「六國文字」，作為漢字發展史上一個獨立階段。

一、書寫工具與材料多元化

　　戰國時期的漢字書寫出現了多元變化，用毛筆書寫於竹帛，比金文的鑄刻要便利許多，而書寫載體又不僅只在青銅器物之上，直接影響的當然也就是漢字的劇烈變化。六國文字如果以書寫工具與材料差異來區分，有以下幾類：

㈠簡帛文

　　「簡」是竹子做成的竹簡，「帛」是縑帛等絲織品，簡帛文就是書寫在這些載體上的文字。簡文遠在商代就有，類似簡編之形的甲骨文「冊」字：**冊 冊 冊**就是證據，而冊字的不同寫法在甲骨文中至少有數十個。但是竹簡不易保存，所以簡文傳世的也很少，目前可以見到的簡文是近代於湖北、湖南等地考古出土的楚國竹簡，存有4,000多字，用毛筆書寫，字體呈平扁狀，較少圓轉之勢，有隸書之味道。

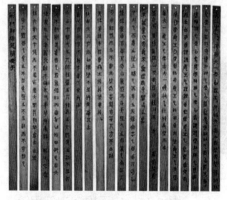
圖2-12　湖北荊門郭店楚簡

圖2-13　湖北荊門包山楚簡

圖2-14　楚帛書

1942年湖南長沙出土的楚帛書，是現存唯一的一件戰國帛書。這塊方形絹絲，面積47厘米×38厘米，有兩組文字，一組13行、一組8行，共948字，四周有樹木、人身獸首之圖像，文字內容記載伏羲氏與女媧事蹟，可能是當時巫師的禱文或占卜類文字，可藉以為探討當時人的宗教觀和宇宙觀。字形則與楚簡相似，成扁平狀。

(二)六國金文

　　銅器銘文在戰國時期仍然有之，但鑄刻在禮器上的銘文減少，以刀刻在兵器上的銘文則大增，這和戰國時代各國爭戰有著必然關係，刻在這些器物上的文字便是「六國金文」。

　　兵器銘文通常字少，如下舉「越王句踐劍」，有八個鳥蟲文字：「戉王鳩淺自乍用鐱」。而現存六國金文的最長篇，是1978年湖北隨縣發掘出土戰國初期「曾侯乙編鐘」，在這個總重達4,421.48公斤的巨型編鐘上，刻有總字數達3,755字的銘文，內容為編號、記事、標音及樂律理論，可說是中國古代音樂理論的專書。

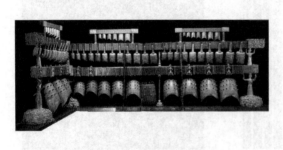

圖2-15　曾侯乙編鐘

圖2-16　戉王鳩淺自乍用鐱

㈢貨幣文

　　貨幣文，是鑄造在錢幣上的六國文字。錢幣約在春秋後期開始鑄造，至戰國時期由於經濟興盛，錢幣也廣泛流通。主要形式如下：

布幣	形狀仿農耕器具中的「鎛」，是一種鏟土的鏟子，「布」、「鎛」古音同，為借字。
刀幣	形狀仿手工業中的削刀。
圓錢	有的圓廓中有方孔，有的圓廓圓孔。
蟻鼻錢	楚國鑄幣，又稱鬼臉錢，因出土最多的「貝」字幣看上去像人的面部形態，「各六朱」字幣看上去像一隻螞蟻而得名，形似貝殼形。

圖2-17　斜肩空首布（周　　　圖2-18　三孔布（趙）　　圖2-19　刀幣（燕、
　　　　　王畿地區）　　　　　　　　　　　　　　　　　　　　中山、齊）

圖2-20　圓錢（周、魏、趙、秦）　　　　圖2-21　蟻鼻錢（楚）

戰國貨幣面積不大，所以文字也不多，多數是鑄上幣值面額，或是鑄幣城市名稱。貨幣的使用起於民間，所以形狀多取民間刀鏟器具，在鑄造不甚精緻的情形下，其中字形也多潦草，筆劃、偏旁也常見簡省，形成許多變體字，可以說是一種趨向「民間書體」的文字。

㈣璽印文

　　刻在璽印之上的文字叫「璽印文」，春秋以前璽印傳世較少，目前可見的多為戰國文物。秦始皇之前印章通稱為「璽」，秦始皇稱帝後成為帝王印章專稱，其餘的則改稱為「印」。

　　古璽的種類繁多，主要有：「官璽」，記官名執掌；「私璽」記人名；「吉語璽」，記吉祥成語；「肖形璽」，刻鳥獸人物紋。璽印面積不大，所以文字也多簡省，變體字異體字多，偏旁也常因為章形版面配置的關係而有改變，雖是簡省，卻也呈現多樣風格。

圖2-22　立木之璽（戰國）　　圖2-23　立木之璽（戰國）

圖2-24　戰國肖行璽印

㈤陶文

在陶器上刻畫符號，新石器時代早已有之，但屬於原始文字，也未成系統。到了戰國時期的陶器上文字則大量增加，或是地名，或是人名，類別也遍及生活用陶，如釜、盆之類。地名、人名表示治陶者與治陶地，在戰國商業發達的情況下，這應該是一種商業信譽或商標的行為，也是一種民間用字的普遍現象。戰國陶文有刻畫、印模兩類，文字形式與璽印風格相近。

㈥玉石文

玉和石也是戰國時期文字的載體，新石器時代已經發現有刻在石器上的符號。目前傳世最早的玉石文，則有山西侯馬盟書、河南溫縣盟書、河南平山出土的中山國石刻等。

侯馬、溫縣盟書為春秋晚期晉國的官方文書，是用毛筆以朱色或墨色在石片或玉片上書寫的盟辭誓言，這也是現存最早以毛筆書寫、篇章完整的古人手書真跡。由於是手書真跡，所以最能直接真實反應先秦書寫藝術，和之前剛硬的甲骨銅器鑄刻文字相比，盟書文字圓潤流暢，字形典雅，十足展現了毛筆柔軟與彈性韻律。

圖5-25　侯馬盟書

中山國石刻也是近代出土文物，石上刻有兩行共19字，是中山國王室守墓官吏公乘得所立，當中出現的「公乘」、「先」、「賢」、「者」、「將」、「敢」等字，在戰國璽印中也經常出現，屬於晉國文字系統。

圖2-26　中山國石刻：「監」、　　　　圖2-27　中山國石刻：「公乘」
　　　　　「罟」　　　　　　　　　　　　　　　　（合文）、「得」

二、六國文字特點

(一)簡化

　　比起西周和春秋時期的金文，六國文字明顯簡化，尤其在筆劃部分的簡化。戰國時期因為生產力快速發展，人們的生活節奏加快，文化不像商周春秋時期被少數卜官、史官和貴族所壟斷，能寫字的一般知識分子大量增加。而一般人們書寫文字的條件沒有貴族優越，時間也沒那麼充裕，所以寫起字來不免比較草率、快速，任意簡化，如「馬」字由 🐎 寫作 🐎；「者」字 🔣 寫作 🔣；或是偏旁之間合用筆畫，如「區」字三小「口」的上筆，都與「匸」的上下橫畫合用，成為 🔣；或是一個部件包容於另一部件之中，如「昌」字在齊國的貨幣文中多寫為 🔣、🔣 等等。

(二)俗體盛行

　　由於書寫量大增，區域差異又大，民間書法也各自不同，所以造成俗體字盛行的情況，與西周春秋時代的正體字形有了很大差別。

	西周春秋正體	戰國俗體（楚國為主）	鄂君啓節正體	小篆
為		《銘文選》楚器		
集		《銘文選》楚器		
晉		大質鎬 侯馬盟書		
乘		望山楚簡		

㈢六國異形

　　由於書寫的隨意性，以及區域文化差異，所以六國文字的形體，在不同的國家與地區便有不同，這與戰國時期政治與學術，乃至區域文化百家爭鳴的社會發展背景，實有著密切關係。例如：

三、思變的極致——鳥蟲書

(一)美術化的社會背景

　　漢字從形體到結構，從書寫到載體，在春秋戰國時期發生了重大變化，此現象與當時社會中政治、社會、經濟、學術、思想、文化各方面的巨變，有著絕對密不可分的關聯性。將文字視作裝飾與美化的對象，再將美術化後的文字鑄刻或書寫在器物上，這十足反映出東周社會巨變、從嚴謹解構出奔放，導致民心思變與活潑化的一種社會發展徑路，而造就出來的，便是漢字最特殊的一個發展案例：「鳥蟲書」。

　　從商周、春秋的正體與穩重，到戰國的簡體、變體、俗體、異體字大增，再到美術視覺化的鳥蟲文字，進而刻入璽印成為生活模式與書法藝術，這一件件的文字藝術品，使得戰國原本已經多元活化的文字世界更添色彩。

(二)鳥蟲書定義

　　「鳥蟲書」最早稱「蟲書」，後又稱「鳥蟲文」、「鳥蟲篆」、「鳥書」、「鳥篆」。是春秋晚期至戰國時代盛行於中國南方的一種裝飾性銘文字體，它將字體的一些筆劃寫成鳥蟲形狀，因而得名。

　　《說文・敘》：「自爾秦書有八體：一曰大篆、二曰小篆、三曰刻符、四曰蟲書、五曰摹印、六曰署書、七曰殳書、八曰隸書。」是最早之稱為「蟲書」。漢初以降，蟲書仍為當時文字「六體」之一，太史以之課試學童，《漢書・藝文志》：「太史試學童，能諷書九千字以上，乃得為史。又以六體試之……六體者：古文、奇字、篆書、隸書、繆篆、蟲書。」

　　到了王莽之時復古改制，才將「蟲書」改稱「鳥蟲書」。《說文・敘》：「及亡新居攝，使大司空甄豐等校文書之部，自以為應制作，頗改定古文。時有六書：一曰古文，孔子壁中書也。二曰奇字，即古文而異者也。三曰篆書，即小篆，秦始皇帝史下杜人程邈所作也。四曰佐書，即秦隸書。五曰繆篆，所以摹印也。六曰鳥蟲書，所以書幡信也。」魏晉以後，則又在《後漢書》、《三國志》中出現「鳥書」、「鳥篆」等名。

　　上古之時，「蟲」其實泛指所有飛禽走獸，例如，有殼的叫「介

蟲」、有羽毛的叫「羽蟲」、有鱗的叫「鱗蟲」、有毛的叫「毛蟲」。春
秋戰國時期的鳥蟲書，有的形體曲線流暢確是鳥形，但很多則是曲度較小
的線條，也許是簡化的鳥形，或是無法明指何物之蟲，所以，王莽之時也
就廣義的合稱為「鳥蟲書」了。

(三)鳥蟲書構形

　　根據曹錦炎先生《鳥蟲書通考》之歸納，春秋戰國鳥蟲書在構形上有
六種主要方式：

1.增一鳥形

2.增雙鳥形

3.寓鳥形於筆劃中

4.增減化之鳥、蟲形

5.增蟲、爪形

6.增其他紋飾

㈣鳥蟲書的發展

1.數量

　　最早專門研究鳥蟲書的是容庚先生，在他1964年發表的〈鳥書考〉一文中，針對傳世的40件鳥蟲書器銘做了綜合考察。其後經過這數十年大陸考古出土，以及世人刊行發布的結果，目前傳世的鳥蟲書材料在曹錦炎先生《鳥蟲書通考》中，已經著錄有100多件。

2.區域

　　鳥蟲書流行的區域，以戰國越、吳、蔡、楚、宋、齊、徐、曾等國為主，也就是長江中下游地區，其中屬於越國器物者有66件，可謂其大宗。以年代區分，最早的是「楚王子午鼎」（西元前558年），最晚的是「越王不光劍」（西元前411-376年），年代分布將近200年，也就在戰國時期。

　　長江中下游從南楚到吳越，即今湖北向東，到東邊江蘇、浙江的江南一代，這區域自古以來就一直是人口眾多且文化活潑而豐富的地區，鳥蟲書在這一帶盛行，與江南的文化氣息絕對有著密切關聯，是一個值得再深入研究的課題。

3.器物

　　目前傳世的鳥蟲書器物，包括：「戈」、「劍」、「矛」、「鈹」、「戟」、「鐘」、「壺」、「鎛」、「鼎」、「缶」、「盤」、「鐏」、「鉤」，而其中兵器類的「戈」、「劍」、「矛」就佔有九成以上，說鳥蟲書是一種「兵器裝飾銘文」一點也不為過。例如，前文曾舉之「越王句踐劍」，又如：

圖2-28　銘文：蔡侯　　　圖2-29　蔡侯產戈三　　圖2-30　銘文：戉王州
　　　　　產之用戈　　　　　　　　　　　　　　　　　　　　　句自乍用矛

4.盛衰

　　鳥蟲書盛行於戰國時期，從初期的偶一為之，附加少數簡易筆劃的鳥蟲形，到全部銘文刻意為之，遍布筆劃繁複、曲線生動的鳥蟲形，發展歷程明顯，這與當時區域文化特質，甚至諸侯國政治爭鋒都有關係。

　　而其在戰國末期衰退與結束的原因，郭沫若先生《青銅時代》認為：「逮至晚周，青銅器時代漸就終結，鑄造日趨於簡陋，勒銘亦日趨於簡陋。銘辭之書史性質與文飾性質俱失，反覆於粗略之自名，或委之於工匠之手而成為：物勒工名。此彝器之第四階段進化，亦即其死滅其矣。」青銅時代結束，戰國諸侯的爭勝也近尾聲，衰敗王侯的華麗紋飾兵器，已無有擅場，鳥蟲書從此退出青銅銘刻，但是其華麗特殊的書法體式，則延續到秦漢璽印之中，風華再現。

圖2-31　漢鳥蟲篆印「新成甲」　　　圖2-32　漢鳥蟲篆印「武意」

第四節　秦系文字——大小篆

一、定義與正統

　　「秦系文字」，指春秋戰國時期之秦國，及秦統一天下後之秦代文字。戰國時期東方六國文字劇烈變動，與西周以來正體文字明顯分途。西方的秦國則相對保守，延續正統一系，書寫風格仍然整齊穩重，文字的整體結構變化不大，異於東方六國。

　　秦國在政治上終極統一了天下，文字也萬流歸宗於秦篆。但事實上，在戰國時期，秦文字已是異於六國文字的獨立一系。甚至就正體之發展而言，西方秦系文字乃是直系血緣，承襲西周古文，下開漢代隸書，而東方六國變化多端的文字則屬於旁系分支。因此，欲掌握漢字發展歷史，秦系文字更為重點，不可忽視。

二、出土文物材料

　　研究秦系文字，歷代考古出土的文物，是一個最直接的材料，主要包括：石刻文字、金文、秦簡三大類。

㈠石刻文字

1.石鼓文

　　最早出土的秦石刻，是唐初在今陝西鳳翔縣出土的10個刻有文字的石墩，形狀如鼓，故稱「石鼓」。石鼓上刻有秦獻公十一年作的10首四言田獵詩歌，與《詩經》文辭相似，是現存最早的刻石文字。原刻700多字，現存300多字，此文字史偁「石鼓文」，字形則是「大篆」的代表。石鼓今存九個，文字多所磨損殘缺，但仍可見秦國文字之典雅莊重。

圖2-33　石鼓文

2.詛楚文

　　戰國中期以後的石刻，則以「詛楚文」為代表，在宋代出土，原石三塊已經亡佚，現只存有摹拓本。「詛楚文」內容是秦王對楚王的詛咒，並且刻在石上以示決心，其文如下：

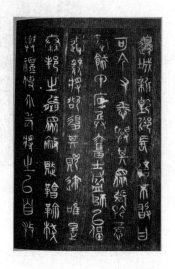

　　　　又秦嗣王，敢用吉玉宣璧，使其宗祝邵□，佈憼告于丕顯大神厥湫，以底楚王熊相之多□。昔我先君穆公及楚成王，是僇力同心，而邦若壹。絆以婚姻，袗以齋盟。曰□萬子孫，毋相為不利。親卬大沈厥湫而質焉。今楚王熊相，康回無道，淫誇甚亂，宣侈競縱，變輸盟約，內之則暴虐不辜，刑戮孕婦，幽縊莘□，拘圍其叔父，真者冥室櫝棺之中。外之則冒改厥心，不畏皇天上帝，及大沈厥湫之光刊威神，而兼倍十八世之詛盟，率諸侯之兵以臨加我。欲□伐我社稷，伐□我百姓，求蔑廢皇天上帝及大神厥湫之血食、圭玉、犧牲，遂取吾邊城新□及於、長、莘，吾不敢曰何。

今又悉興其眾，張□部弩，餝甲砥兵，奮士盛師，以逼吾邊
境，將欲復其兇求。唯是秦邦之贏眾敝賦，□□棧輿、禮叟
介老，將之以自救也。亦應受皇天上帝及大沈厥湫之幾靈德
賜，克翦楚師，且復略我邊城。敢數楚王熊相之倍盟犯詛。
著諸石章，以盟大神之威神。

3.秦始皇刻石

　　秦國統一天下後，秦始皇好刻石記功，歷次東巡留下「嶧山」、「泰
山」、「琅琊臺」、「芝罘」、「碣石」、「會稽」諸石碑，其文字是秦
統一天下後，小篆的正宗典範。石碑早已亡損，僅存摹刻拓本：

圖2-34　琅琊臺刻石　　　　　圖2-35　會稽刻石

㈡秦國金文

　　現存秦國金文有春秋、戰國、統一後三期，所刻器物也各自有異，極
具時代性：

1.春秋時期

　　此時期金文器物存世的不多，有「秦公鐘」、「秦公鎛」、「秦公
簋」三件，文字均有西周古風：

圖2-36　秦公鐘

圖2-37　秦公簋

2.戰國時期

此時期的秦國力求富強稱霸，國內制度也統一嚴謹，所刻金文多在兵器、虎符、權量三類。字體字形，則草率簡化，可看出篆體走向隸書之趨勢。

所謂「虎符」，是古代帝王調兵遣將的兵符，最早出現在春秋戰國時期，用青銅或黃金鑄成虎形，劈成兩半，帝王持半，另一半交給降帥以調兵。現存先秦虎符只有三件：「新郭虎符」、「杜虎符」、「陽陵虎符」。其中「杜虎符」有銘文40字：「兵甲之符，右在軍，左在杜，凡興土披甲，用兵五十人以上，必會君符，乃敢行，燔隧之事，雖毋會符，行也。」秦國只有「惠文

圖2-38　商鞅戟（銘文：十三年大良造鞅之造戟）

君」一人稱君，餘皆稱王，可證此虎符為戰國晚期之物。「陽陵虎符」有「右在皇帝」銘文，則是統一後秦始皇的虎符。

戰國時期，諸侯大興爭戰，虎符在調兵遣將中扮演了重要角色。《史記‧魏公子列傳》中，就記載了一個很精采的竊虎符奪軍隊以救國家的故事。魏安釐王二十年時，秦昭王發兵圍攻趙國國都邯鄲，趙國平原君夫人是魏信陵君的姊姊，於是向魏王及信陵君求援，魏王派老將晉鄙率十萬大軍馳援趙國，但秦王威脅魏王若援救則攻魏，魏王心生恐懼，於是駐軍觀望不前。而信陵君為了援救邯鄲城，遂與魏王夫人如姬密謀，在魏王寢宮中竊得虎符，再以虎符奪了晉鄙的軍隊，馳援邯鄲，大破秦軍，也因此救了趙國。

圖2-39　商鞅量（秦孝公十八年製，202.15毫升，有銘文三十二字。）

圖2-40　（秦）杜虎符

3.統一後

　　秦始皇為了統一度量衡，曾在西元前221年專門頒發過一道詔書，並下令把這道詔書鑄刻在各種標準的度量衡器上。詔書的原文是：「廿六年，皇帝盡并兼天下諸侯，黔首大安，立號為皇帝。乃詔丞相狀、綰：法度量則，不壹、歉疑者，皆明壹之。」這篇詔書拓本成了秦代鑄刻文字的代表。

㈢秦簡文字

圖2-41　秦始皇詔版銘文

　　「秦簡」是戰國時期的秦國及統一後的秦朝遺留下來的簡牘總稱，戰國和秦朝階段尚沒有紙張，一般書寫的載體就是竹木簡。現存最重要的，就是1975年湖北雲夢縣睡虎地11號墓葬中出土的「睡虎地秦簡」。

　　根據睡虎地秦墓竹簡整理小組編《睡虎地秦墓竹簡》，睡虎地秦簡有1,155枚，殘片80枚，內容如下：

睡虎地秦簡		
《秦律18種》	202簡	《田律》：農田水利、山林保護方面的法律。 《廄苑律》：畜牧飼養牛馬、禁苑林囿的法律。 《倉律》：國家糧食倉儲、保管、發放的法律。 《金布律》：貨幣流通、市場交易的法律。 《關市律》：管理關和市的法律。 《工律》：公家手工業生產管理的法律。 《均工》：手工業生產管理的法律。 《工人程》：手工業生產定額的法律。 《徭律》：徭役征發的法律。 《司空律》：規定司空職務的法律。 《軍爵律》：軍功爵的法律。 《置吏律》：設置任用官吏的法律。 《效律》：官府物資財產及度量衡管理的法律。 《傳食律》：驛站傳飯食供給的法律。 《行書》：公文傳遞的法律。 《內史雜》：內吏為掌治京城及畿輔地區官員的法律。 《尉雜》：廷尉職責的法律。 《屬邦》：管理所屬少數民族及邦國職務的法律。
《效律》	61簡	規定了對核驗縣和都官物資帳目作了詳細規定，律中對兵器、鎧甲、皮革等軍備物資的管理尤為嚴格，也對度量衡的制式、誤差作了明確規定。
《秦律雜抄》	42簡	包括：《除吏律》、《游士律》、《除弟子律》、《中勞律》、《藏律》、《公車司馬獵律》、《牛羊課》、《傅律》、《屯表律》、《捕盜律》、《戍律》等墓主人生前抄錄的11種律文，其中與軍事相關的律文較多。
《法律答問》	210簡	以問答形式對秦律的條文、術語及律文的意圖所作解釋，相當於現時的法律解釋。主要是解釋秦律的主體部分（刑法），也有關於訴訟程序的說明。
《封診式》	98簡	簡文分25節，每節第一簡簡首寫有小標題，包括：《治獄》、《訊獄》、《封守》、《有鞫》、《覆》、《盜自告》、《□捕》、《盜馬》、《爭牛》、《群盜》、《奪首》、《告臣》、《黥妾》、《遷子》、《告子》、《癘》、《賊死》、《經死》、《穴盜》、《出子》、《毒言》、《奸》、《亡自出》等，還有兩個小標題字跡模糊無法辨認。是關於審判原則及對案件進行調查、勘驗、審訊、查封等方面的規定和案例。

《編年紀》	53簡	簡文分上、下兩欄書寫，逐年記載秦昭王元年（西元前306年）至秦始皇三十年（西元前217年）秦滅六國之戰大事及墓主的生平經歷等。
《語書》	14簡	南郡守騰秦始皇二十年對縣、道官員發布的告示命令。
《為吏之道》	51簡	内容主要是關於處世做官的規矩，供官吏學習。
甲種與乙種《日書》	甲種166簡、乙種257簡	有關天文、禮俗、思想意識、禁忌等内容。甲種《日書》載有秦、楚紀月對照。

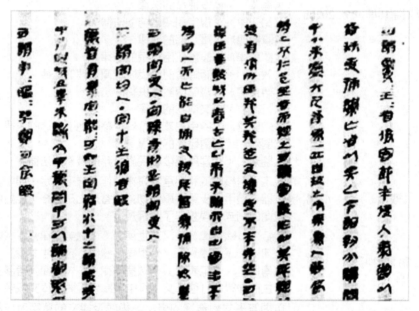

圖2-42　睡虎地秦簡《法律答問》

　　睡虎地秦簡數量眾多，是研究戰國晚期到秦始皇時期政治、經濟、文化、法律、軍事的珍貴史料，也是校核古籍的依據。在漢字發展的研究領域裡，它則提供了後人對於「隸書」發展的理解。過去我們對於漢隸非常清楚，以為是在秦篆之後的簡體，但有了秦簡的出土，我們可以確定在秦篆使用的同時，這種一般書寫或是民間書寫的簡化形式，在戰國已經存在，並且普遍使用。可以說，秦篆是正體字，秦隸便是其簡體，而有些簡牘上的草率隸書，甚至可能就是後來「草書」的淵源。

三、傳世文獻材料

　　秦系文字的正統是「秦篆」也就是「小篆」，傳世文獻中最有系統保存小篆的，便是東漢許慎的《說文解字》一書。《說文解字》共收錄了小篆9,353個字，在數量上大規模地保存了小篆，並且在許慎以540部首將所有字有條理地分類編排、歸納六書下，秦系文字也獲得了有系統的保存。在實體的秦系文字逐漸埋入地下後，《說文解字》就成了後人上溯古文字的必經道路。

　　不過，以《說文解字》來認識小篆，其實和戰國以來的秦系小篆之間，仍然是存有若干落差的。其一，許慎是東漢人，該書完成於西元100年，上距秦滅亡的西元前206年，已經306年；而戰國時期是西元前476到221年之間，許慎與戰國時期的秦系文字距離就更遠了。這期間，具體的秦文字的資料經過戰火散佚的，為數必多，所以，許慎根據的資料可能很多並非直接資料。

　　其次，《說文解字》的原書已經不見，現存最早的版本也是殘缺的唐寫本，而目前使用最多的清代版本，也都是經過歷代輾轉傳抄的本子，歷來都有過分自信而任意改動的情況，我們借《說文》所見到的小篆，與戰國時期秦篆的差距可想而知。

　　詹鄞鑫先生《漢字說略》一書，比對《說文》小篆與前後期文字差異後，作出以下結論：

　　　　《說文》篆文有不少是靠不住的，我們發現，《說文》篆文中有一些形體，上不承周代至戰國的秦系文字，中不同於出土的秦代和秦統一之前的秦文字，下不啓秦漢魏晉古隸和八分書（成熟的隸書），這類文字的寫法大抵是錯誤的。

詹先生比對的例子如下，可以看出《說文》這類小篆，和前後期文字皆不相承，甚至比不上至今書寫的「楷書」形體，這種情形就端賴近代出土文獻來加以訂正了：

楷書	《說文》篆文	西周東周正體	出土秦文字	秦漢古隸書	漢魏晉八分書
升	𣂑	昇	昇	昇 升	升 升
斗	𣂖	𣂖 𣂖	𣂖	𣂖 斗	升 升
攵	𣀘	𣀘 𣀘	𣀘	𣀘 攵	攵 攵
早	昂		早	早	早
戎	戎	戎	戎	戎	戎
非	非	非		非 非	非 非
得	𢔳	𢔳 得	得	得 得	得 得
朝	𩆉	𩆉 朝		朝 朝	朝 朝
長	𠃓	𡕽 𡕽	𡕽	長 長	長 長
亟	𠅫	亟 亟	𠅫	亟 亟	亟
犬	犬	犬 犬	犬	犬 犬	犬 犬
既	𣢲	既 既	既	既 既	既 既
疑	𥅴	𥅴 疑	𥅴	疑 疑	疑 疑
尾	尾	尾		尾 尾	尾 尾
亥	𠄟	𠄟 𠄟	𠄟	亥	亥
復	復	復 復	復 復	復 復	復 復
章	章	章	章	章 章	章 章

四、大篆、小篆

㈠大篆

　　「大篆」，是周宣王時期的太史官籀創造出來的。《漢書‧藝文志》就載有《史籀十五篇》並說：「周宣王（前827至781）太史作大篆十五

篇，建武時（西元25至27）亡六篇矣。」《說文解字・敘》也說：「秦書
有八體，一曰大篆，二曰小篆，三曰刻符，四曰蟲書，五曰摹印，六曰署
書，七曰殳書，八曰隸書。」由此可見，八體書法中，第一就是大篆。

「篆」有「傳」的意思，傳播文字的道理、規律；也有「轉」的意
思，取其字形婉轉流暢。大篆又稱「籀文」，通行於西周末期到東周。
《說文解字》中就保存了籀文225個，因為是史官籀所創，又有《史籀十五
篇》著錄載集中，因而得名，有人也把「籀」解釋作「誦讀」之意。

唐代出土的「石鼓文」，確切年代尚待討論，但一般認為是目前可
見，最接近大篆的代表，線條化和規範化是其兩個特點。字體結構整齊，
筆劃勻圓，整體趨於方正規範。又了保留西周後期文字風格，但比較線條
化，不似金文粗細不均，其方塊的結構也比較脫離象形規格，可以視為方
塊漢字的基礎。

㈡小篆

1.定義與由來

「小篆」又稱「秦篆」，是由大篆省改來的一種字體。它產生於戰國
後期的秦國，通行於秦代和西漢。「篆」本是大篆、小篆的合稱，因為習
慣上把籀文稱作大篆，故後世用「篆文」經常專指的是「小篆」。《說文
解字・敘》說：

> 至孔子書六經，左丘明述春秋傳，皆以古文，厥意可得
> 而說。其後諸侯力政，不統於王……言語異聲、文字異形。
> 秦始皇初兼天下，丞相李斯乃奏同之，罷其不與秦文合者。
> 斯作《倉頡篇》，中車府令趙高作《爰歷篇》，太史令胡毋
> 敬作《博學篇》，皆取史籀大篆，或頗省改，所謂小篆者
> 也。

秦始皇施行「書同文」來統一全國文字，丞相李斯主持了這一工作。整個
工作有兩大步驟：一是廢除六國文字中各種和秦國文字不同的形體；二是
將秦國固有的籀文即大篆的形體進行簡省刪改，同時也吸收民間的字體
中一些簡體、俗體字，加以規範，這樣就形成了一種新的正式字體「小

篆」。相傳李斯本人還用小篆書寫了一些碑
石，如「泰山刻石」、「峯山刻石」、「會稽刻
石」、「嶧山刻石」等，以頌揚秦王朝的豐功
偉績，同時也作為這種新字體的範本，其後就
一直使用到西漢末年。

2.小篆特點

漢字發展到小篆階段，前所未有地表現出
定型化的特點，奠定了方塊字的基礎：

(1)輪廓定型

由甲骨文、金文、戰國文字的長短大小高
下參差，變成基本整齊的長方形。如：

圖2-43　嶧山刻石

	甲骨文	金文	戰國文字	小篆
幽				
利				

(2)筆畫定型

由甲骨文、金文、戰國文字的筆畫方圓粗細不等，變成均勻圓轉的線
條。如：

	甲骨文	金文	戰國文字	小篆
止				
義				

(3)結構定型

　　由甲骨文、金文、戰國文字的部件上下左右自由書寫，變成具有相對
固定的位置，同一字而有不同形體的現象也大為減少了。如：

甲骨文	金文	戰國文字	小篆

得

祝

　　定型化了的小篆進一步削弱了漢字的象形意味，使漢字更加符號化、
規範化，同時也減少了書寫和認讀方面的混亂和困難。它是我國歷史上第
一次正式運用行政手段大規模地規範文字的產物，也是漢字在古文字歷程
中的最後階段。

　　甲骨文、金文、六國文字直至小篆，今天被統稱為漢字的「古文
字」。對於漢字的古文字的研究，也已形成了一種專門的學科，叫作「古
文字學」。漢字的古文字在今天已經基本喪失了實用的功能，但它們在書
法、篆刻等藝術領域，還佔有相當重要的一席之地。而古文字學的發展，
對於促進中國古代歷史、哲學、經濟、法律、文化，乃至科學技術的研
究，則都具有極其重要的意義。

第四章
現代文字

　　秦國與秦漢使用的小篆，總結了商周古文字的歷史階段，更統一了戰國時期六國文字的紛亂，帶領古文字走向定型化、規範化的特點。古文字歷史在小篆階段，畫下句點，漢代以後的「隸書」、「楷書」、「草書」、「行書」，便屬於現代文字的範疇了。

第一節　隸書

一、定義與起源

(一)定義

　　關於隸書的定義，傳統說法根據《說文》，以為是獄中下層官吏、差役、工匠、奴隸在抄寫大量文書資料時的一種草率書寫，所以叫作「隸書」。也有人說是罪犯程邈在監獄中整理的。但是隸書既然早於秦統一天下，那麼許慎的說法就有所不足了。「隸」字，《說文》說：「附箸也」，也就是「附著」、「附屬」之意，現代漢語還有「隸屬」一詞可證。秦篆雖然是較整齊的長方形，結構也由均勻圓轉的線條組成，可是就一般層次的書寫而言，並不方便。幾乎在秦國小篆通行的同時，很快地在民間另外出現了一種較為草率的新字體。這種新字體破壞了小篆的端莊工整，把圓轉彎曲的線條寫成帶方折的筆劃，於是可以說官方的秦篆是當時正體字，隸書則是一種附屬的、佐助的俗體字了。

(二)起源

　　「隸書」其實就是小篆的草率寫法，也就是俗體字。許慎《說文解字・敘》：「秦燒經書，滌盪舊典，大發吏卒，興役戍，官獄職務繁，初

為隸書，以趨約易。」由於作為官方文字的小篆書寫速度較慢，而隸書化圓轉為方折，遂提高了書寫效率。由於許慎的說法，過去都將隸書的時代定在秦統一之後。但近代「睡虎地秦簡」出土，文字學家觀察其書法，始知隸書在戰國時期的秦篆階段早已有之，於是我們將戰國末到秦代階段的隸書稱作「秦隸」或是「古隸」，漢代的隸書稱作「漢隸」，以區別其時代和字體上的差異。

二、秦隸

　　秦隸是隸書的早期形式，當時秦國正體字是小篆，筆劃圓轉，對於以毛筆進行日常書寫，或是快速書寫的人而言，並不方便，於是在正體字外出現了以方折取代圓轉的俗體字，這就是秦隸，也叫古隸。自有毛筆甚至現代硬筆以後，歷代書寫習慣具有正俗之分，其實是很普遍也很自然的現象。二十一世紀的現代，我們的正體是楷書，但是每個人書寫時，大多是行書、草書，秦國當年也就是這種正俗篆隸兼用的現象。

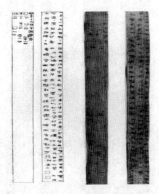

圖2-44　青川秦木牘

　　目前所見秦隸，以四川青川秦木牘和睡虎地秦簡最早，其文字就是俗體，是小篆走向漢隸的過渡。1980年，四川青川縣城郊郝家坪出土兩件木牘墨書，其中一件殘損；另一件完好，字跡清晰可辨，正面有三行文字，背面有四行。書於秦武王二年（西元前309年），是目前能見到最早的隸書實物。

　　睡虎地秦簡時代稍晚，在上一章第四節秦系文字——大小篆「二、出土文物材料」，已有詳細介紹，以下是其《效律》之拓本，很容易看出與小篆的正俗之別：

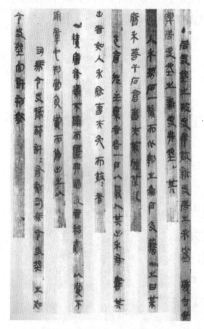

圖2-45　《效律》拓本

圖2-46　里耶秦簡

　　秦簡所見的這種字體，雖然仍帶有濃厚的篆意，但在形體上與小篆有明顯的不同，一部分已變為正方形或扁形，基本上由篆書的強調豎畫，轉變到隸書的強調橫畫已經完成；用筆則提頓分明，使轉流動，收筆已露磔意。整體上字形體勢統一，特徵清楚，說明了這樣的趨勢是一種普遍的社會性書寫現象，它使我們看到秦代隸書的真面目。換句話說，隸書的發展早在戰國晚期就已經開始，而且是當時非常通用流行的一種書體。因此，史書說隸書是秦始皇時，程邈在獄中所造，並不正確。

三、漢隸

漢代是隸書的成熟期，取代了小篆成為當時的主要書體，也就是成了正體字。目前可以見到的漢代隸書數量非常多，包括出土的簡牘帛書和碑刻兩類，尤其簡牘的數量更是驚人。

㈠簡牘與帛書

中國在二十世紀以來的地下考古工作，成績斐然，其中就包括了大量的漢代簡牘帛書，根據《中國簡牘集成》一書的統計，歷年共挖掘出63筆的兩漢簡牘帛書，數量難以估計。這些資料，時間橫跨久遠，涵蓋區域廣闊，大量提供了研究隸書的材料，及與其他書體的關係。當然對於理解秦漢前後的各項文化活動，有著莫大的助益，甚至改寫或驗證了過去史書中的許多資料。以下我們便看一些關鍵而重要的簡牘帛書。

1.湖南長沙馬王堆簡牘帛書

「湖南長沙馬王堆簡牘帛書」於1973年湖南長沙馬王堆出土，資料非常豐富，包括20多種書籍、遣冊，總數多達12萬多字。這些資料不出一人之手，書法風格多樣，秦隸與漢隸書體並存。

這批資料書寫於漢高祖元年（西元前206）至漢文帝前元十二年之間（西元前168）。其中，帛書《醫書》、《周易》、《春秋事語》、《天文書》、《老子甲本》（見下頁圖）、《縱橫家書》與竹簡《醫書》、《遣冊》等，是一種篆、隸並存的字形，尚屬於秦隸書。帛書《老子乙本》（見下頁圖）、《相馬經》等，則字形扁平，突出燕尾主筆，篆意式微，則純粹是典型漢隸書的體格。

此批資料的重要性，在於了解到漢代初期雖然仍以秦隸樣式為主流，但是另一種以帛書《老子乙本》為主，橫平豎直，波磔分明的標準樣式的隸書，已經初具規模。

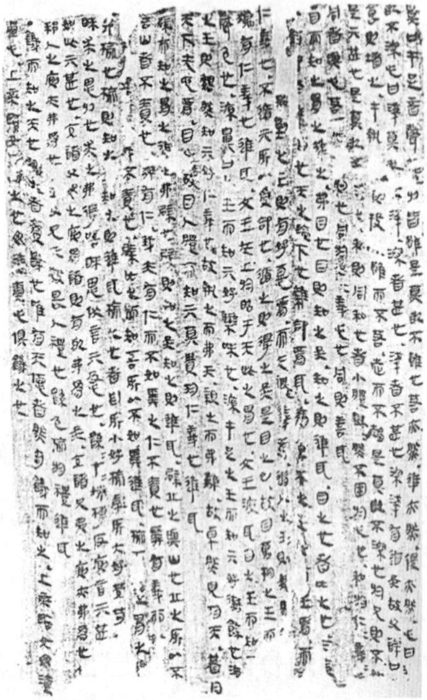

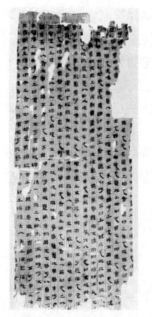

圖2-47　　《老子甲本》

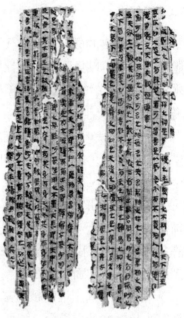

圖2-48　　《老子甲本》

圖2-49　《老子乙本》

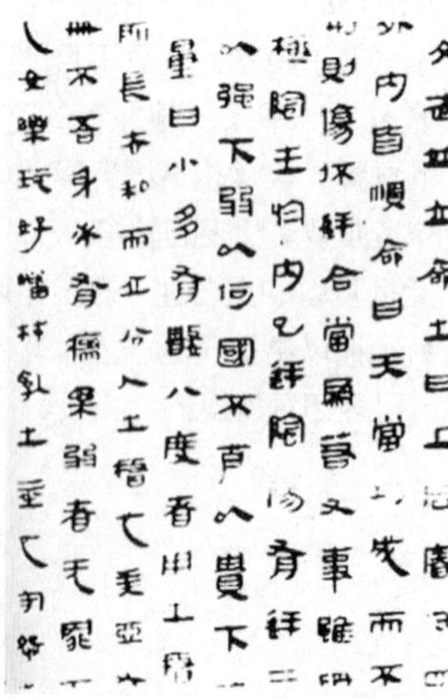

圖2-50　　《老子乙本》

2.銀雀山漢簡

　　「銀雀山竹簡」，1972年山東省臨沂縣銀雀山一號漢墓出土，總計4,900餘枚，墨書。有《孫子》、《孫臏兵法》、《晏子》、《六韜》、《尉繚子》、《墨子》、《管子》等，書於文、景期間（西元前179-141年）。這批資料由不同人書寫，風格各異。如其中的《孫臏兵法》，字體大小參差，筆劃粗細明顯，特別強調左右波撇，與馬王堆漢墓所出遣冊上

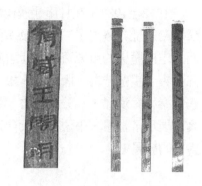

圖2-51　銀雀山漢簡

的隸書風格接近，仍是延續西漢早期帶有秦隸特點的書寫風格。

3.河北定縣木簡

　　「河北定縣木簡」，1973年出土河北省定縣八角廊西漢中山懷王劉脩墓出土，總計724枚，雖碳化、殘損，但字跡尚清楚，有《論語》、《儒家者言》、《文子》、《太公》、《日書》、《□安王朝五鳳二年正月起居記》等典籍。書於漢昭帝（西元前86-72）至宣帝五鳳三年（西元前55年）期間。這批木簡隸書，結體扁平，線條勻稱圓潤，書寫規範謹嚴，筆勢橫向開張，左右波撇平衡，主筆皆蠶頭燕尾，字態穩重而優美，已不見漢初刻意強調右邊捺筆，或是任意

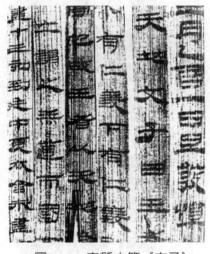

圖2-52　定縣木簡《文子》

誇張豎畫的彎鉤。其風格與東漢中晚期許多碑刻的書寫體勢幾乎無異，代表此期的隸書已經正式宣示進入穩定而成熟的時期，是目前受到公認的「八分書」。

4.居延漢簡

　　1972至1982年在甘肅「漢代居延甲渠侯官遺址」（居延都尉所屬甲渠侯官治遺址）發現了二萬多枚漢代簡牘，有多篇完整的簡牘，是研究漢代西北屯戍歷史的重要資料。「居延漢簡」不但數量豐富，內容龐雜，有關簡冊專名還區分為：版、牒、檢、檄、札、冊、符、柿、觚等。文字種類包括秦隸、漢隸、八分、篆書、草書，乃至真書、行書等無所不有，充分真實展現了書體、書法從漢代孕育、變革、發展的過程，如同漢代文字、書法的發展史。

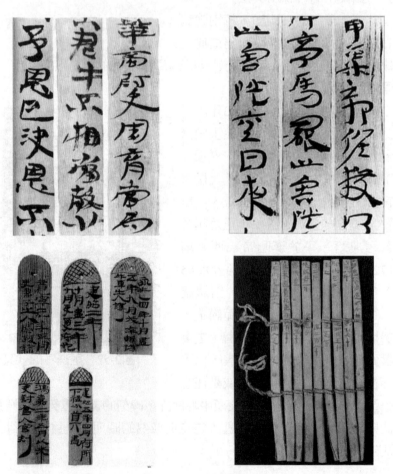

圖2-53　居延漢簡

(二)碑刻

漢隸的碑刻材料多集中在東漢時期，雖然西漢中期隸書的發展及書寫形式已經穩定而成熟，而且受到普遍使用，但是主要以平常書寫為主，這很清楚反映在簡牘帛書系統上。而大凡重要的文字契刻，包括碑石、銅器、磚瓦等等，必須以莊重嚴肅的態度看待時，就依然承襲秦朝舊習使用篆書，這是整個西漢的隸書刻銘數量稀少的主要原因。

到了東漢，隸書的規範寫法已經完全成形，隸書用於平時書寫之外，也逐步使用於記事頌德的碑刻，特別到了東漢中葉，碑刻漸多，晚期桓帝（147-187）、靈帝（188-189）更達到高峰。總計兩漢隸書碑刻300餘石，西漢與王莽新朝，不超過10石，其餘主要集中在東漢中晚期。

此期的隸書字形端正而嚴謹，結體統一而規範，筆劃勻稱，波磔明顯，技法精巧，書風紛呈，有極高的藝術價值。例如：「萊子侯刻石」，新莽天鳳三年（16）刻。有直線界欄，但體勢開張，古拙生動，有大字的格局與氣象。

圖2-54　萊子侯刻石

「開通褒斜道刻石」，東漢永平六年（63）刻。此刻線條瘦硬挺拔，字勢長短隨意，用篆意作隸，點畫藏頭護尾，為一寬博宏偉的摩崖石刻。

「石門頌」，東漢建和二年（148）立。自由的線條，奔放的氣勢，飄逸的風致，為漢隸中浪漫氣息一路的代表，有極高的藝術價值，歷來被書家所重。

「華山碑」，東漢延熹四年（161）立。原石已佚，今僅剩拓本。此碑為漢隸的典型，法度嚴謹，結體秀麗勻稱。

圖2-55　開通褒斜道刻石

圖2-56　石門頌一　　圖2-57　石門頌二　　圖2-58　華山碑

　　「史晨碑」，東漢建寧二年（169）立。碑分兩面刻，故稱。書體勻稱而工整，幾於無可挑剔的地步，代表當時制式化的書體。與「乙瑛碑」、「禮器碑」同立在山東曲阜的孔廟中，合稱孔廟三碑。

圖2-59　史晨碑　　　　圖2-60　乙瑛碑

　　「曹全碑」，東漢中平二年（185）立。此碑自從明萬曆初年出土以來，成為書法家的寶貝。整體書風遒美秀逸，珠圓玉潤，字裡生金，為陰

柔之美的極則，在漢隸中獨樹一幟。另外，「張遷碑」，東漢中平三年
（186）立。此碑以方整聞名於世。運筆拙樸，剛勁沉著，結體以方取勝，
表現出骨力雄健的特點。

圖2-61　曹全碑　　　圖2-62　張遷碑

四、隸書特點

隸書比起小篆來，在筆畫造型和形體結構方面都發生了較大變化：

(一)脫離象形而符號化

隸書將小篆不規則的曲線和圓轉的線條，變為平直方整的筆劃，從而
使漢字進一步符號化，幾乎全部喪失了象形意味。例如：

鳥	燕	魚	馬	衣	舟
小篆					
隸書					

這幾個字在甲骨文、金文中，都是描繪細緻、形象逼真的象形字，如甲骨
文「燕」，如金文「鳥」、金文「馬」。在小篆中雖然已
經比較線條化、符號化，但還保留一定程度的象形意味，如殘存了「鳥」

的爪子與尾巴，「燕」、「魚」的尾巴，「馬」的腿和尾巴；但在隸書中都變成了四個點，就再也看不出象形的原形了。「衣」和「舟」寫為隸書後，也是看不出它們原先多少像上衣和船兒的樣子了。因此，隸書把漢字的象形字，變成了「不象形的象形字」，這在漢字的發展史是一個很大的變化。

㈡分化與歸併偏旁

隸書往往將小篆合體字的構件，如形聲字的形符或聲符進行分化或是歸併，大幅度改變了漢字的形體結構。這又可以從兩個方面來歸納：

1.小篆中的同一偏旁隨著在隸書中的不同位置而改變為不同的形體。例如：

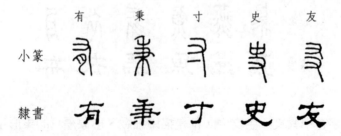

在小篆中，上述各字都有一個偏旁「火」，它不管在什麼位置都是一樣寫法，都還保留單體字的形狀；但在隸書中卻隨著不同的位置分化為「火」、「灬」、「小」、「灬」、「小」等等不同的形體，大多數看不出原來是個單體字了。

這種分化也可說是為了便於書寫和安排全字結構所設計的，例如：

這幾個字的小篆形體都有部件「⿱」（右手的象形），但在隸書中被分化為「𠂇」、「ヨ」、「寸」、「乂」、「又」。這樣書寫較為方便，也使全字的安排更為平衡、勻稱。

2.小篆中的不同偏旁在隸書中被歸併為同一形體。例如：

以上三組例字中，第一組隸書中含有「西」的形體，在小篆中各不相同；第二組隸書中上部形體都是「夫」，在小篆中也各不相同；第三組隸書中的偏旁都是「月」，但實際在小篆中分別屬於「月」、「肉」和「舟」。

(三)形體往往減省

比起小篆的形體，隸書的「香」字減省了「≕」，「雷」字減省了「⿊⿊」，「書」字減省了「者」的上半部，「雪」字減省了「𡗗」，「屈」字減省了「毛」，「曹」字的減省就更多了，省去一個「東」，並將另一個「東」省為「⿱十日」。

　　總的來說，漢字的形體從小篆變為隸書，有了很大的簡化，也更便於書寫了。漢字由小篆演變為隸書，在書史上叫作「隸變」。隸變是漢字發展史上一個重要的轉折點，它結束了漢字的古文字階段，使漢字進入更為定型的階段，隸變之後的漢字定型，是現代漢字形體的起源，我們看起來就比古文字要容易辨認多了。

第二節　草書

一、定義與起源

　　草書，就是寫得草率、快速的字體。按理說，任何字體都可以草寫，都可以有草書，但是文字學所指的「草書」是一種特定的字體，它是民間從隸書發端萌芽的。剛開始草書只是篆、隸的快速書寫，尤其只是隸書的輔助型態或是民間書寫，用於文書起稿、赴急通信的一種潦草、率意、不規整的字體。後來經過演變、定型，成為一種獨立、完整、規範的字法系統，就成了特定的書體「草書」。

二、初期草書

　　草書大約起源於戰國末秦國到漢初之間，在考土出土文獻之前的載籍則多以為漢初，如《說文解字·敘》：「秦書有八體：一曰大篆，二曰小篆，三曰刻符，四曰蟲書，五曰摹印，六曰署書，七曰殳書，八曰隸書。漢興有草書。」

　　近代考古大興，出土了許多戰國晚期以及西漢初期簡牘，如《青川木牘》、《天水秦簡》、《睡虎地秦簡》、《馬王堆帛書》、《阜陽漢簡》、《臨沂漢

圖2-63　馬王堆帛書

簡》等實物，從其文字來看，雖然草書體式尚未系統規律化，但已可以看出由篆到隸的「草化」之跡，草書在秦末漢初雖然只是草創，但絕不晚於漢代。

三、章草

進入東漢以後，這些在民間流行的草書，經過文人、書法家的加工，就有了比較規整、嚴格的形體，可以用在一些官方場合，如書寫呈給皇帝閱看的章奏，所以叫作「章草」。另外一種章草由來的說法，則是西漢元帝時史游其人作「急就章」，東漢初期杜度以此種草書聞名，東漢章帝又非常喜歡他這種書法，故稱「章草」。要之，草書在東漢初期就已經完全成熟。

「章草」在結構上極趨簡化，用筆乾淨俐落，線條飛動，仍保留隸書的「波磔」；相同的字，相同的部首，已可看到一定的規範，證明這種字體在當時已經約定俗成，廣為流傳。

圖2-64　史游「急就章」　　　圖2-65　漢章帝「斷簡」

章草成形後，成為文人競習對象，形成一股草書熱。章草從日常實用的領域，進入了藝術層次，許多名家在那時候出現，崔瑗、崔實、張超、徐幹、蔡邕、張芝等，皆專精章草。最為傑出的是張芝，被後人尊為「草聖」。張芝現存「秋涼平善帖」刻本，又稱「八月帖」。用筆古樸含蓄，

圓潤健勁，結體隨行氣的趨勢而變，自然流暢，是張芝章草的代表作。

　　魏晉南北朝時期，章草仍然流行，有名書法家很多，像皇象、韋誕、曹操、鍾會、衛瓘、索靖、陸機、張華、杜預、王導、王羲之、王獻之、蕭子雲等。

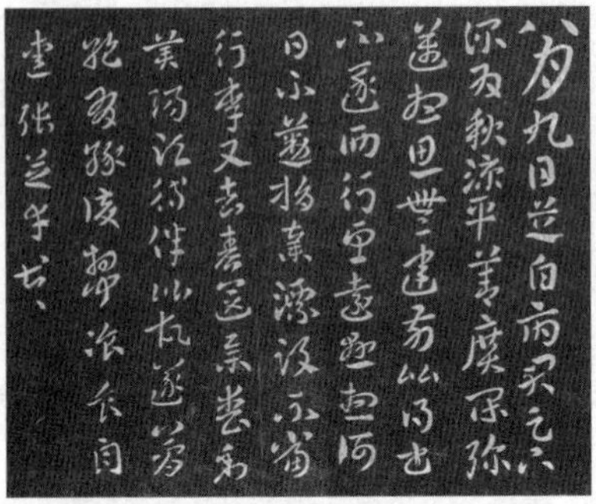

圖2-66　東漢張芝「八月帖」

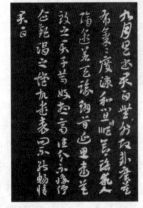

圖2-67　三國皇象「急就章」

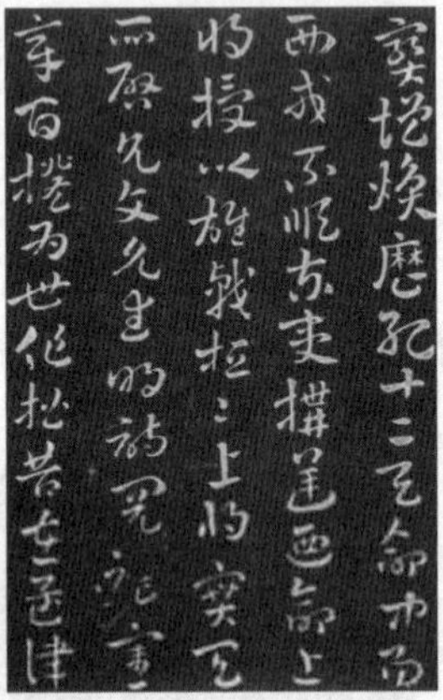

圖2-68　晉索靖「出師頌」

圖2-69　晉索靖「月儀帖」

圖2-70　晉王羲之「遠宦帖」

　　唐宋時期，流行「今草」，章草沒有名家。元明時期，復古思潮興起，章草再度受到重視，頗有中興之勢。代表人物是趙孟頫、鄧文原、宋克等人。

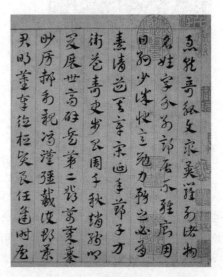

圖2-71　元趙孟頫「千字文」　　　　圖2-72　元鄧文原「急就章」

四、今草

　　「今草」，又稱「小草」，它是在章草的基礎上演變而成的，是草書中流行最廣的一種書體。變化章草而為今草的是張芝，張懷瓘《書斷·書斷序》中說：「章草之書，字字區別，張芝變為今草，加其流速，拔茅連茹，上下牽連。或借上字之終，而為下字之始，奇形離合，數意兼包。」其中也說明了今草與章草的不同。

　　今草脫去了章草中保留的隸書波磔筆畫，使字外出鋒的波挑，變為向內呼應的收筆；上下字之間的筆勢牽連相通，偏旁相互假借，甚至有了字型大小攲正的自由放縱，比章草更便利書寫。

圖2-73　晉王羲之「十七帖」

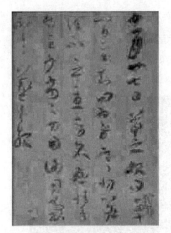

圖2-74　晉王羲之「寒切帖」

　　今草經過王羲之、王獻之父子為代表的晉代文人繼承，風格面貌為之一變，體式完全成熟，大放異彩，成為草書的標準。晉朝之後，今草的風格均追隨二王系統。各朝重要書家，南北朝有王慈，隋有智永，唐有孫過庭、賀知章、李懷琳，五代有楊凝式，宋有米芾、薛紹彭、宋高宗，元有趙孟頫、鮮于樞、康里巙巙、饒介，明有文徵明、李東陽、王寵，各自名重一時。

圖2-75　南朝智永「千字文」　　　　圖2-76　唐孫過庭「書譜」

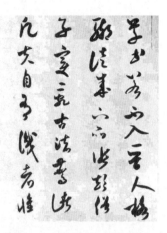 

| 圖2-77　宋米芾「論書帖」 | 圖2-78　明文徵明「草書詩軸」 |

五、狂草

「狂草」，又稱「大草」，已經是草書的藝術領域，不是一般人的日常書寫了。狂草是唐朝張旭、懷素在晉朝王獻之連綿的今草基礎上，發展為更縱肆、更誇張的新型草書。筆勢連綿環繞，字形點畫變化無跡，章法布白不受拘束，有驚蛇走虺、驟雨狂風之意而得名，從「狂」字便可知其特色。

　　狂草是草書發展的最後階段，張旭、懷素以後，以狂草聞名者歷代皆有，以下我們欣賞張旭、懷素、黃庭堅、宋徽宗的作品。

| 圖2-79　唐張旭「冠軍帖」 | 圖2-80　唐懷素「自敘帖」 |

 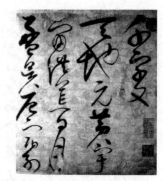

圖2-81　宋黃庭堅「花氣薰人帖」　圖2-82　宋徽宗「草書千字文」

六、草書特質

漢字發展到草書階段，配合紙張與毛筆的通行，精采地將過去銘文、簡牘、碑刻字體的端重謹嚴中解放出來，成為中國書法體式中的極致。與篆、隸、楷、行各體比較，草書具有幾項特質：

㈠結構簡省

一般正體字的結構講求完整性，但是為了便利與快速書寫的草書，就往往跳脫正體框架與格局，化繁就簡，以簡單的符號代替正體的偏旁部首，以點線代替部分構件。

㈡筆劃連貫

草書字體筆劃連貫，是其非常明顯具體的一個特質，無論各筆劃間有橫斜、曲直、粗細之差別，都能連貫、呼應而流暢，變化無跡，卻意態萬千。正體字每個字是獨立個體的靜態形式，草書則更將每個獨立個體，有機的連貫，產生動態的整體美感。

㈢藝術性強

正體字具有規範與實用特性，草書則藝術與活潑性突出。正體字束縛較多，草書則隨意與自由度高。歷來書家，常因個人特質、生活情境、書寫環境、書寫內容等變化因素，而有各種各樣的草書經典傳世，這就充分顯示草書的特殊藝術因子了。

第三節　楷書

一、定義與起源

　　「楷書」最初稱為「今隸」，後又稱「正書」、「真書」、「正楷」。「楷」之意為「楷模」、「法度」、「式樣」，最廣義的說法是，凡有法度規範的書體皆可以稱為楷書。到二十一世紀的今天，仍然通稱的「楷書」，則是指起於東漢，在隋唐成熟大盛的特定書體。

　　現存最早的楷書是三國時期鍾繇的作品，「宣示表」（見下圖）、「薦季直表」（見下圖）、「賀捷表」、「力命表」、「調元表」幾種最為代表。雖然是宋代所刻，但看得出早期楷書質樸的樣式，古雅的風格，與脫胎自隸書的痕跡。楷書改正了草書的寬鬆標準，減省隸書的波磔，建立起秩序和模範式的樣貌，是一種正規、可作楷模的書體。楷書出現後，漢字的演變宣告結束，是最晚成熟的一種書體，也一直用到今天。

圖2-83　三國鍾繇「宣示表」　　圖2-84　三國鍾繇「薦季直表」

二、魏晉楷書

　　鍾繇是初期楷書的代表，猶有隸書體式。到了東晉「書聖」王羲之，他使楷書結構更方整平正，筆劃更遒麗妍媚。就楷書發展而言，是完全脫離隸書而成熟的階段。另外，王羲之第七子王獻之也是東晉著名書法家，有小楷「洛神賦」傳世。

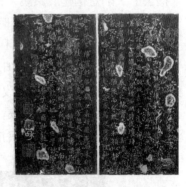

圖2-85　晉王羲之「黃庭經」　　圖2-86　晉王羲之「孝女曹娥碑」　　圖2-87　晉王獻之「洛神賦」

三、南北朝楷書

　　今所見南北朝楷書，幾乎都存在碑刻之上，所謂「魏碑」、「北碑」，便是此期楷書的代表。南朝部分，一來承襲魏晉禁止刻碑的規定，二來書體字帖真跡又多不傳，所以稀少，著名的如宋「爨龍顏碑」、梁「瘞鶴銘」。真正代表此期楷書的，是北朝（尤其是北魏）的楷書碑刻。具有骨力雄健的書風，數量又多，「北魏書體」幾乎就是南北朝書風之精華，其楷書今所見有「碑刻」、「墓誌」、「造像題記」三大類。

圖2-88　南朝宋「爨龍顏碑」

圖2-89　南朝梁「瘞鶴銘」

圖2-90　北魏「高貞碑」

圖2-91　北魏「張猛龍碑」

圖2-92　北魏「張玄墓誌」

圖2-93　北朝朱義章「洛陽刺史始平公造像記」

四、隋唐楷書

　　楷書到了隋代又改變魏碑風格，從質樸粗率轉而工整均勻，規模嚴謹，下開唐代楷書典型，代表作品有張公禮「龍藏寺碑」、丁道護「啟法寺碑」、智永「真草千字文」，以及「美人董氏墓誌」與「蘇孝慈墓誌」等。

圖2-94　隋張公禮「龍藏寺碑」　　　圖2-95　隋智永「真草千字文」

　　唐代是楷書發展史上最重要的階段，唐代書家融合南北朝以來楷書優點，又上法魏晉之風。加上開科取士，讀書人均練得一手好楷書，也是楷書真正成熟、成為普遍書體的原因。唐代楷書秀麗工整，法度比隋代更加嚴謹，字體大小均一，結構工整，故而唐代楷書大師的書法，也就成為後世學習與臨摹的典範，初盛唐如褚遂良、歐陽詢，中晚唐如顏真卿、柳公權，皆是無人不知、無人不曉的書法家。

圖2-96　唐虞世南「孔子廟堂碑」 　　圖2-97　唐歐陽詢「九成宮醴泉銘」

圖2-98　唐顏真卿「多寶塔碑」　　圖2-99　唐柳公權「玄祕塔碑」

五、楷書特質

　　楷書從東漢開始發展，由隸轉楷；魏晉時期王羲之、王獻之父子使之跳脫隸書框架，成為獨立與成熟的書體；到了隋唐，楷書融合所有優點，開創典型，使楷書一路使用至今天。理解楷書特質，「永字八法」是一個很好的說明，這八法說明了楷書筆劃的進行次序、書寫的要領，當然也就

包含了楷書的總特質：

1. **筆劃一「側」**：筆鋒著紙後向右，慢慢加重力道下壓再慢慢上收轉向，迴筆藏鋒，視情形改變其角度。
2. **筆劃二「勒」**：筆鋒觸紙向右下壓再橫畫而慢慢收起，作一橫向筆劃。
3. **筆劃三「努」**：為一直向筆劃，以直筆之法作開頭，豎筆慢慢向下寫，向左微偏作一曲度後返回，其筆劃不宜直，否則無力。
4. **筆劃四「趯」**：當豎直筆劃完後，趁其勢頓筆再向左上偏，一出即收筆向上。
5. **筆劃五「策」**：筆鋒觸紙向右壓再轉右上斜畫而慢慢收起，要點是須輕抬而進。
6. **筆劃六「掠」**：向左下的筆劃，必須快而準，取之中的險勁為要節，出鋒須乾淨俐落，利而不墜。
7. **筆劃七「啄」**：又稱短撇，為一向左下之筆劃，如同鳥啄樹般的力道和氣勢。
8. **筆劃八「磔」**：向左下之筆劃，徐徐而有勁，收尾時下壓再向右橫畫而慢慢收起。

側　、

勒　二

努　氵

趯　了

策　尹

掠　彐

啄　永

磔　永

　　這楷書八法成為後世書法準則，中國印刷術發明後，就以楷書作為印書的主要字體，至今還有「標楷體」之稱。在宋代刻印的書籍中，楷書常被美術化，寫得更加規矩而漂亮，稱為「宋體字」。後來還有模仿宋體字而加以變化的，叫作「仿宋體」。我們今天閱讀的書籍報刊上，有很多還是這一種風格的楷書變體。

第四節　行書

一、定義與起源

　　「行書」是介於楷書和草書之間的一種書體，它的別稱繁多，三國

時稱為「行狎書」，南北朝稱「草行」或「行草」，唐代又稱「真行」、「正行」或「行隸」，宋人曾稱「行字」，清代亦有「行楷」、「行篆」、「行分」的記載。但是不管歷代如何命名，它的分別意義不大，都是今天仍然所寫介於楷書和草書之間的一種書體。

行書這種書體的出現並不晚於楷書、草書，可以這麼說，楷書由於它的端正，所以一般用於正式公文書或文章，但是一般人要私下書寫時，不需如此端正，又為了快速書寫，所以筆劃就會流轉些。「行」字本義為「道路」，後又引申出「行走」義，行走便有了流暢、通順之義，「行書」便取其「行雲流水」之義。

同一時期也有「草書」的出現，草書的「草」，即今「潦草」、「率意」之義，前文曾提及草書比較接近藝術欣賞，而不是一般書家可寫，也不是一般人可簡單看懂，所以又不是人人適用。因此從東漢以降，發展出介於楷書、草書之間的行書，人人可寫，快速又方便。直到今天，大家筆下仍是行書書法，若寫得端正些偏向楷書的又叫「行楷」，寫潦草寫偏向草書的便叫「行草」。而史上最著名的行書就是王羲之的「蘭亭序」。

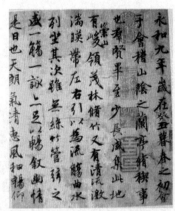

圖2-100　晉王羲之「蘭亭序」

現在我們看到的「蘭亭序」，早已不是王羲之的真跡了，當年的真本，因為唐太宗的喜愛，已經隨著他的遺詔而陪葬了。幸好唐太宗因為喜愛，曾下令臣子臨摹多份，所以今天仍可見到唐代馮承素、虞世南、褚遂良的精緻摹本，相信是與王羲之真跡相去不遠的。

二、行書特質

唐張懷瓘《六體書論》曾將楷書、行書、草書三者放在一起比喻說：「大率真書如立，行書如行，草書如走，其於舉趣蓋有殊焉。」意思是說，楷書像人站穩不動，行書像人輕鬆隨意行走，而草書則像人快速奔

跑，意態各有區別。這一句傳神的形容，將三者的書寫節奏與書體型態說明的很清楚。

明代豐坊《書訣》說：「行筆而不停，著紙而不刻，輕轉而重按，如水流雲行，無少間斷，永存乎生意。」點出行書運筆節奏的輕鬆自然，連貫不斷，又藉由點畫牽絲與使轉的流動感來造成行雲流水之勢，張懷瓘所謂「行」的輕鬆行走，就是此意了。以書寫節奏來說，行書比楷書的書寫節奏更快，而且多順勢為之，隨意性更強，但是相對於草書而言，就比較收斂而端整。參照本文前幾節的說明，對行書的概念應該很快可以掌握。

三、魏晉名家

行書起於東漢，但是並沒有留下名家書法，唯有近代出土東漢簡牘中，偶見行書體勢，若再以正體俗體概念來說，行書出現與楷書同步，應該是可信的。

唐以前的行書名家，就以王羲之、王獻之父子為最，至今不朽。王羲之的行書，可以分成三類。第一類為尺牘手札，數量最多。著名的有「快雪時晴帖」、「平安、何如、奉橘三帖」、「喪亂帖」、「孔侍中帖」、「頻有哀禍帖」、「姨母帖」等。第二類是行楷書，「蘭亭序」是代表作。此序書於東晉永和九年（353）3月3日，王羲之和謝安等人在會稽蘭亭舉行祓禊盛會，他乘著酒性寫下的名作，共28行，324字。第三類，是後人選集王羲之的字，成為一篇文章且刻石的作品。這類作品在唐代有十幾種，目前能見到的有三種：「聖教序」（672），僧懷仁集；「興福寺碑」（712），僧大雅集；「六譯金剛經」（823），唐玄序集。其中以「聖教序」開集字之風，是最早的碑刻。

王羲之之後，對行書有貢獻的是王獻之，王獻之的成就足以和他父親並駕齊驅，甚至在王羲之死後的百餘年間掩蓋過他的名氣。傳世作品「鴨頭丸帖」、「廿九日帖」、「中秋帖」、「地黃湯帖」、「群鵝帖」、「東山帖」等。特別是「中秋帖」為獻之第一帖，清高宗乾隆皇帝將此帖與王羲之「快雪時晴帖」、王珣「伯遠帖」，並列為三件希世珍寶，並將自己的書齋命名為「三希堂」。

圖2-101　晉王獻之「中秋帖」　　　圖2-102　晉王珣「伯遠帖」

四、唐宋名家

　　唐太宗曾親筆撰寫《晉書・王羲之傳論》，對王羲之書法推崇備至，確立了其「書聖」的地位，又以王羲之風格書寫「晉祠銘」、「溫泉銘」，開行書勒碑的先河。種種舉動，讓初唐時期行書，深深受到王羲之的影響。

　　初盛唐時傑出的書家與作品，有歐陽詢的「張翰帖」、「夢奠帖」、「卜商帖」；虞世南的「汝南公主墓誌銘稿」（636）；褚遂良的「枯樹賦」（630）、「帝京篇」、「臨王羲之蘭亭集序」、「臨王獻之飛鳥帖」等。

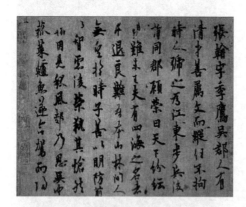

圖2-103　唐歐陽詢「張翰帖」

圖2-104　唐褚遂良「枯樹賦」

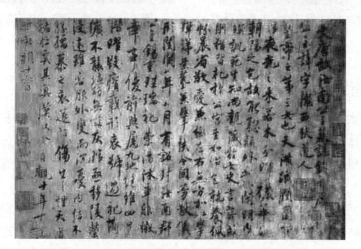

圖2-105　唐虞世南的「汝南公主墓誌銘稿」

　　唐代中後期行書最有成就的有李邕、顏真卿二人。李邕，官汲郡北海太守，人稱李北海，善以行楷入碑版，例如「麓山寺碑」。顏真卿，他的行書同楷書一樣，在二王基礎上，又吸收了初唐諸家優點，肥腴雄強，有通俗平民風格，是開宗立派的一代宗師，在書法史上產生巨大影響的人物。顏真卿的行書代表作有「祭侄稿」（758）、「爭座位帖」（764）、「送劉太沖序」、「蔡明遠帖」（772）、「劉中使帖」（又名「瀛州

帖」，775）數種。「祭侄稿」是悼念在安史之亂中遇害的侄子顏季明的祭文草稿，大起大落，縱橫開合，前人稱此稿為「天下第二行書」。

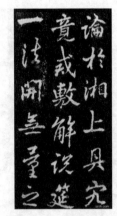

圖2-106　唐李邕「麓山寺碑」

宋代繼承唐代書法成就，最先表現在宋太宗趙光義敕命大臣摹刻中國第一部叢帖「淳化閣帖」，分送各大臣，當中二王法書佔了一半以上；其次是競相學習顏真卿，認識中唐以後的新書風。但許多書法家更變化唐書法的精神，著重個人創作，反對機械模擬前人的步履，知法而超越法。宋代的行書自有其獨特的成就與輝煌之處，書家無不以行書見長，代表人物是蘇軾、黃庭堅、米芾、蔡襄，稱「宋四家」。

蘇軾代表作為「寒食帖」，繼王羲之「蘭亭序」、顏真卿「祭侄稿」之後，被讚譽為「天下第三行書」。黃庭堅「松風閣詩」、「寒食帖跋」（1100）、「自書詩」等，都是代表之作。米芾作品流傳很多，「多景樓詩」、「虹縣詩」、「蜀素帖」（1088）、「苕溪詩帖」（1088）等為代表作。尺牘如「致景文隰公」之作也極為可觀。宋四家最後一位是蔡襄，「京居帖」、「紆問帖」、「澄心堂紙尺牘」、「致安道侍郎尺牘」，可見出其書風特色。

圖2-107　宋蘇軾「黃州寒食帖」

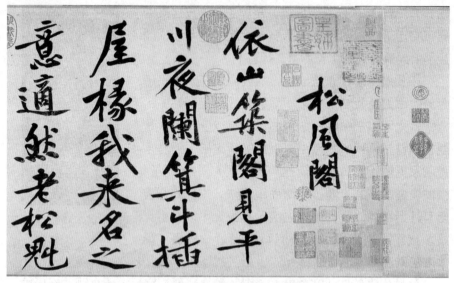

圖2-108　宋黃庭堅「松風閣詩」

圖2-109　宋米芾「蜀素帖」

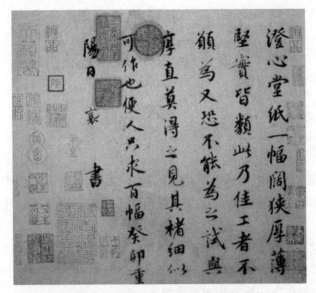

圖2-110　宋蔡襄「澄心堂紙尺牘」

第五章
漢字數量與文化意義

　　文字是人們賴以溝通與記錄的工具，人類的社會愈趨複雜，交際往來愈頻繁，須賴以溝通記錄的文字數量自然也就愈多，且不斷往前擴展。漢字在字體、字形的發展歷程，從新石器時代原始陶文，到隸、楷、行、草的成熟穩定，已如上述。接下來一個相關的課題，那就是漢字字數了。尤其一個族群的文字數量多寡，可以反映出該族群在整體文化上的廣度和深度，甚至可以作為一種文化水準指標。

第一節　漢字總數量統計

一、數量來源

　　使用漢字的人大約都知道漢字的數量龐大，但是有多少？卻很少人知道。這個問題當然不是自己用數的可以解決，縱然要數，也需要先花工夫蒐集文字才可以。而其實類似的蒐集記錄文字的檔案，在中國歷代多有，且數量豐富，那就是各種字典、辭書、工具書。

書名	作者	字數	年代
《甲骨文編》	孫海波（1934年編）	4,672	商代（西元前）
《金文編》	容庚（1925年編）	3,722	周代（西元前）
《倉頡篇》	李斯	3,300	秦代（220）
《訓纂篇》	揚雄	5,340	漢代（1-5）
《續訓篇》	班固	6,180	漢代（60-70）

《說文解字》	許慎	10,516（重文1,163）	漢代（100）
《廣雅》	張揖	16,150	魏（227-232）
《聲類》	李登	11,520	魏（230）
《字林》	呂枕	12,824	晉（400）
《字統》	楊承慶	13,734	北魏（500）
《玉篇》	顧野王	16,917	南梁（534）
《切韻》	陸法言	12,158	隋（601）
《韻海境源》	顏真卿	26,911	唐（753）
《龍龕手鑑》	釋行均	26,430	遼（997）
《廣韻》	陳彭年	26,194	宋（1008）
《字彙》	梅膺祚	33,179	明（1615）
《正字通》	陳自烈	33,440	明（1675）
《康熙字典》	陳庭敬	47,043	清（1716）
《大漢和辭典》	諸橋轍次	49,964	1959
《中文大辭典》	張其昀	49,888	1971
《新部首大字典》	王竹溪	51,100	1988
《漢語大字典》	徐中舒	53,768	1990
《中華字海》	冷玉龍	86,000	1994

二、漢字的孳乳規律

從上表看來，漢字數量是隨著時代下移，而逐漸孳乳增加的，幾個基本的大約數據與重要時代如下：

這當中有些數字值得進一步探討。殷商之後是周代，但是殷到西周金文只有3,000多字，比它還早的甲骨文卻有4,000多字，似乎不符合漢字字數由少到多發展的規律。這是為什麼呢？主要是因為甲骨文的圖畫性質比金文來得濃厚，有不少還是較為原始的圖形文字，人名、地名、族名等專用字特別多，有很多是早已消亡而今天未能識別的。而金文則合併了甲骨文的許多圖形文字，在西周

商周	5,000
漢	10,000
唐宋	26,000—27,000
明	33,000—35,000
民國	50,000—53,000

統一後，族名、卜官等專用字也少一些，所以總字數就減少了，但是能辨認的字則比甲骨文多。

　　在周以後，漢字的數量就呈現不斷上升的趨勢了。《說文解字》是我國記錄漢字的第一部字典，主要蒐集漢字的小篆字形，共收字9,353個，加上重文1,163個，則為10,516個字。許慎首創將漢字依照形體和意義進行分部排列，共分540部，每部的第一個字，叫作「部首」。如此大規模為漢字作類聚群分的工作，當然也反映出一萬個漢字的數量，多到已經必須加以系統化來面對了。

　　唐宋又是一個漢字字數增加的重要階段，根據唐代《韻海境源》、《龍龕手鑒》，宋代《廣韻》所收，比漢代增加了16,000字，達到有27,000字了。相較於魏晉南北朝，統一的唐宋，其社會擴大許多，文字數量也立即反映出來。到了明代，比唐代多出近一萬字，也是社會擴大的反應。

　　近代以來，漢字達到五萬多字，海峽兩岸皆然，可謂漢字數量巔峰。可是冷玉龍編的《中華字海》竟然有86,000字，其實這是因為該書收了許多的死字，也就是在書面語中早已經不存在的漢字，甚至其出現的原因及實際使用比例過低所致，不能視為常態。

第二節　總字數與常用字

一、先秦常用字

　　漢字字數到今天累積有五萬個字，但常用字長期以來其實只有三到四千字，這個數字甚至在先秦時期即已經定型。這可以由先秦最大叢書《十三經》的字數分析來理解：

十三經	總字數
《周易》	24,207
《尚書》	25,800
《毛詩》	39,224
《周禮》	45,806

《禮記》	90,920
《儀禮》	56,624
《左傳》	196,845
《公羊傳》	44,075
《穀梁傳》	41,512
《論語》	13,700
《孟子》	34,685
《孝經》	1,903
《爾雅》	13,113

以上是各經字數，但其中一定有重複用字，所以，以下將各經用字去其重複，得出各經用字，再進行第二次去其重複，便可以得出單音詞的總字數：

書名	單字數	單字總數
《四書》	2,328	
《五經》	2,426	
《周禮》	310	
《儀禮》	77	
《左傳》	394	6,544
《公羊傳》	55	
《穀梁傳》	24	
《孝經》	2	
《爾雅》	928	

《十三經》基本上代表周代文獻，最遲的經書也約在秦漢之際，若以漢代《說文解字》所收秦漢小篆字數為準，當時累積總字數近萬，《十三經》共使用了單字6,544字，再排除若干專業領域用字，當時常用字在3,000到4,000字之間，應該是合理的估計。

二、歷代常用字

　　漢代到清代的常用字數，可以從歷代的史書來統計，所用字數從3,909
到8,080字，平均使用字數為5,507.64字，常用字數也仍然是3,000到4,000
字。以下是數據參考：

書名	總字數	單字數	年代
《史記》	533,505	5,122	西元前93年
《漢書》	742,298	5,833	西元前83年
《三國志》	377,803	4,388	西元289年
《後漢書》	894,020	6,161	488年
《宋書》	811,893	5,842	488年
《南齊書》	299,257	4,962	514年
《魏書》	998,329	5,417	554年
《梁書》	294,438	4,937	636年
《陳書》	163,382	4,033	636年
《北齊書》	212,506	4,032	636年
《周書》	262,659	4,161	636年
《晉書》	1,158,126	5,997	648年
《隋書》	701,698	5,592	656年
《南史》	677,624	5,376	659年
《北史》	1,106,543	6,346	659年
《舊唐書》	2,002,600	6,346	945年
《舊五代史》	790,879	5,109	979年
《新唐書》	1,694,794	6,346	1060年
《新五代史》	291,476	3,909	1072年
《遼史》	296,254	4,071	1344年
《金史》	931,070	5,264	1344年
《宋史》	3,980,123	7,389	1345年
《元史》	1,611,849	5,854	1370年
《明史》	2,802,544	7,124	1739年
《清史》	4,514,567	8,080	1927年

三、常用字數與識讀率

漢字在中文裡是唯一的文字系統，在現代的一般文書中，常用漢字約為4,000字，據統計，1,000個常用字能覆蓋約92%的書面資料，8%是生字；2,000字可覆蓋98%以上，生字只剩2%；3,000字時已到99%，換句話說，生字只有1%。其餘的1,000字叫「次常用字」，出現比例較低，包含專業領域用字，或者是專有名詞等，對理解主要內容之阻礙比例已經很小。

前文是歷代常用字數據，至於目前現況，根據教育部的「常用國字標準字體」資料，常用字有4,808個，我們將歷來數據再加以簡化概念如下：

時代	平均用字	常用字估計
先秦	6,544	3,000—4,000
漢—清	5,507.64	3,000—4,000
現代	4,808	3,000—4,000

這樣的數據，其實提供我們幾點認知：首先，漢字是漢語系統中唯一文字系統，但卻是長期穩定的一個文字系統，從常用字數據，不但證明了漢字歷史的悠久，更證明了它穿越時空無遠弗屆的實用性與普及性。其次，文化的悠久與長期穩定發展，也可以從2000多年來常用字數不變中得知。文化是不能脫離語言系統的紀錄與傳遞，如果欠缺穩定又實用的文字數量與機制，文化便不能延續，這點在我們討論中華文化深度的過程中，是絕對不能忽視的。

第三節　文字數量的文化意涵

一、文獻與文化記錄的利器

漢字數量在先秦就已經近萬字，這大量的文字提供了大量文獻記錄之所需，先秦九流十家的著述不可勝數，從西周毛公鼎金文的500字成篇，到春秋的長篇語錄體，再到戰國時期的數萬字長篇大論，在在都需要有文字工具的支援，而且是足夠數量的文字才足以因應。先秦文獻是中華文化的

智慧淵源，有了大量文字，所有智慧家的言論思想得以忠實記錄並傳承，文字之於中華文化的貢獻，確實是居功厥偉。

　　鄰近的日本、韓國兩地，在西元前沒有任何文獻傳世的紀錄，因為那個時期兩個民族仍然沒有文字，容或其在西元前已有深邃的文化，也無法記錄傳承，如此一來，其實也就無法證明那時期的文化了。如果將文字數量與文化的發展畫上等號，再相較於其他沒有文字的民族，漢字在先秦就已經具備的龐大文字量，真是我中華文化一個重要的寶器，價值非凡。

二、高效率的知識結構體

　　漢字在甲骨文時成為具體系的文字系統，這其中具有足夠的文字數量是一個首要條件。但是，漢字本身的造字與結構邏輯，其實才是可以大量造字的動力。就此點而言，漢字具有以下幾個特點：

　　第一，以字根組字，例如，「日」、「月」為字根，可以組成「明」、「盟」、「萌」，甚至這個唐代武則天自己造的「曌」字。第二，各字根在組合成字後，又各自發揮其原本意義，例如，「曌」字的「日月當空照」；「止」「戈」就是「武」；「爨」一看就是以火燒木而炊煮。第三，「書同文」，漢字是形音義綜合符號，尤其其「形義」關係，於是不同區域與方言的人共用一套文字系統，甚至可以依據區域特質需要，自行組出新字。

　　漢字的總字數與其他文字系統相比，數量不算多，但是由於字形表義的多元高效率，使得幾千個漢字可以組合出數十萬的語詞，而常用詞彙也只有數萬條。如此一來，在整個語言系統的發展過程中，漢字的功用就發揮得淋漓盡致了。漢字與語音、語義構成了一個極其綿密的表義系統，而整個知識系統也就依賴漢語言系統而運作，這其中文字便是一個最具象、最廣遠且高效率的知識結構體。

三、漢字文化圈

　　大量的漢字造福了周邊沒有文字的地區、國家、族群。在地緣關係、文化輻射、語言借用的原因下，這些地方直接使用漢字，或是師法漢字造

出屬於自己的文字，以中國文化為中心的「漢字文化圈」，從先秦至今都
是亞洲文化最重要的重心。

　　漢字直接影響的區域，包括越南、朝鮮、日本，也包括境內少數民族
文字區，如契丹文、女真文、西夏文、壯族字、白族字、布依族字。這些
文字或是取漢字偏旁構字，或是以方塊形式呈現，要之都直接或間接受到
中國文字的啟發，也共構成了「漢字文化圈」。

圖2-111　契丹文石刻

圖2-112　契丹文字

圖2-113　西夏文　　　　　　　　　　圖2-114　女真文

乂乧些罘甐趂毞慘尨迊

圖2-115　越南喃文

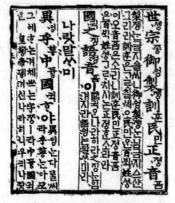

圖2-116　韓國諺文

於己曽止乃保毛与呂遠
おこそとのほもよろを

衣計世天祢部女礼恵
えけせてねへめれゑ

宇久寸川奴不武由留
うくすつぬふむゆる

以幾之知仁比美利為
いきしちにひみりゐ

安加左太奈波末也良和无
あかさたなはまやらわん

圖2-117　日本假名

附錄
漢字發展年表

西元	時代王朝	書體書法	名稱、釋義、事蹟、人物	特色
前6000—1500	新石器時期彩陶文化	陶文	甘肅大地灣文化遺址 西安半坡文化遺址 陝西臨潼姜寨仰韶文化遺址 山東大汶口文化遺址 青海樂都柳灣文化遺址 河南二里頭文化遺址	新石器時代陶器上的紋路，大別之有三類型：圖案紋飾、圖形文字、符號
前1750—1122	殷商	甲骨文	1.1899年起共出土了約10萬片甲骨，單字總數約4,600到4,700字左右。 2.最早有完整體系的漢字。	1.甲骨整治方式：取材、鋸削、刮磨。 2.占卜過程：鑿鑽、灼兆、刻辭、塗飾。 3.刻辭可以分為三類：「卜辭」、「置辭」、「兆辭」。 4.方向不拘、筆劃不固定。
前1122—770	商周	金文	1.亦稱「銘文」、「鐘鼎文」。 2.鑄或刻於青銅器上的文字。 3.始於商末，盛於西周。 4.青銅禮器以「鼎」為代表，樂器以「鐘」為代表，故有「鐘鼎文」之名。	1.金文的鑄刻：陶範、外模、內模、刻畫文字、組合模型、灌銅、取出成品。 2.金文特質：有聲符的合體字增加、字形較甲骨文穩定、使用合文、團塊筆劃線條化、筆劃趨於相連。

			5.共3,722字。 6.毛公鼎、散氏盤。	
前770 —221	東周六國	六國文字	書寫材料多元： 簡帛文 金文 貨幣文 璽印文 陶文 玉石文 鳥蟲書	1.簡化。 2.俗體盛行。 3.六國異形。
前770 —221	東周秦國	大小篆	1.有石刻文字、金文、秦簡三大類。 2.石鼓文、詛楚文。 3.泰山刻石、琅琊臺刻石、嶧山刻石。 4.睡虎地秦簡。	1.大篆結體繁重。 2.小篆： (1)輪廓、筆劃、結構定型。 (2)圖畫形象喪失。 (3)工整穩定。
西元前221 —西元8	秦漢	隸書	1.秦隸（古隸）、漢隸（今隸）。 2.四川青川秦木牘、睡虎地秦簡。 3.秦隸是小篆走向漢隸的過渡。 4.馬王堆簡牘帛書、銀雀山漢簡、河北定縣木簡、居延漢簡。 5.萊子侯刻石、開通褒斜道刻石、石門頌、乙瑛碑、孔廟禮器碑、張遷碑。	1.脫離象形而符號化。 2.分化或歸併偏旁。 3.形體簡省。 4.漢字定型。
前221—	秦末—	草書	1.篆隸的快速、草率書寫。 2.秦簡中已有「草化」現象。 3.章草、今草、狂草。 4.急就章。 5.東漢張芝「八月帖」。	1.簡構簡省。 2.筆劃連貫。 3.藝術性強。

			6.晉索靖「月儀帖」、王羲之「遠宦帖」。 7.王羲之「十七帖」、「寒切帖」。 8.唐張旭「冠軍帖」、懷素「自敘帖」。	
25—	東漢—	楷書	1.「楷書」又稱「今隸」、「正書」、「真書」、「正楷」。 2.「楷」：「楷模」、「法度」。 3.有法度規範的書體。 4.起於東漢，隋唐成熟大盛。 5.三國鍾繇：「宣示表」、「薦季直表」。 6.王羲之「黃庭經」、「孝女曹娥碑」、王獻之「洛神賦」。 7.北魏「張玄墓誌」、朱義章「洛陽刺史始平公造像記」。 8.隋張公禮「龍藏寺碑」、智永「真草千字文」。 9.唐虞世南「孔子廟堂碑」、歐陽詢「九成宮醴泉銘」。 10.唐顏真卿「多寶塔碑」、柳公權「玄祕塔碑」。	永字八法：側、勒、努、趯、策、掠、啄、磔。
25—	東漢—	行書	1.「行書」是介於楷書和草書之間的一種書體。	真書如立，行書如行，草書如走。

			2.別稱繁多：「行狎書」、「草行」「行草」、「真行」、「正行」或「行隸」、「行字」、「行楷」、「行篆」、「行分」。	
			3.晉王羲之「蘭亭序」、「快雪時晴帖」、「喪亂帖」。	
			4.晉王獻之「中秋帖」、王珣「伯遠帖」。	
			5.唐歐陽詢「張翰帖」、褚遂良「枯樹賦」。	
			6.唐顏真卿「祭姪稿」、李邕「麓山寺碑」。	
			7.宋蘇軾「黃州寒食帖」。	
			8.宋黃庭堅「松風閣詩」。	
			9.宋米芾「蜀素帖」。	
			10.宋蔡襄「澄心堂紙尺牘」。	

第三篇

漢字理論篇

第一章　《說文解字》概論
第二章　六書概說
第三章　象形文
第四章　指事文
第五章　會意字
第六章　形聲字
第七章　轉注
第八章　假借
第九章　漢字的意義鏈
第十章　漢字的形義關係

　　本篇重點在介紹漢字造字與用字理論，也就是六書，其中象形、指事、會意、形聲是造字法則，轉注、假借則是用字法則。這個觀點是東漢許慎在其《說文解字》一書中所提出，至今仍然是討論漢字分類的主要依據，對於學習中國文字的人而言，《說文解字》也是重要的入門階梯。

　　另外，使用漢字的人都經常遇見一字多義的狀況，也就是一個字在不同的詞組句子中，意義有所差異。為了辨識這些意義差異以精密使用文字，我們將之區分為「本義」、「引申義」、「假借義」三種類型，掌握這些意義間的關聯性，是學習漢字、應用漢字很重要的部分。

　　漢字的歷史悠久，字數在歷代不斷增加，形體也經過多次變化，所以形成了許多古今文字、正體俗體之差異，而且也可能在同一個斷代中同時出現。雖然就一般書寫而言，文字具有約定俗成的便利性，但是當我們接觸早期文獻，或是進行文字專業研究的時候，這些差異就必須加以釐清，才不會有意義辨識上的混淆，這也是本篇要介紹的重點之一。

第一章
《說文解字》概論

第一節　許慎與編寫動機

《說文解字》是東漢許慎所編，許慎是東漢經學家，有關他的生平，《後漢書‧儒林傳》說：

> 許慎字叔重，汝南召陵（今河南郾城東）人也。性淳
> 篤，少博學經籍，馬融常推重之，時人為之語曰：五經無雙
> 許叔重。為郡功曹，舉孝廉，再遷，除洨（洨漢置縣。故城
> 在今安徽靈壁縣南五十里）長。卒于家。初，慎以五經傳
> 說，臧否不同，於是撰為五經異義，又作《說文解字》十四
> 篇，皆傳於世。

根據本傳，許慎做過「郡功曹」，這是州郡長官的下屬官員，主管文書工作。後來由於被地方推舉為「孝廉」，於是進入京城中央政府為官，中間做過什麼官職，史書並未說明，大約許慎的官職品級都不高。最後擔任「洨縣」縣令，或者在任中過世。許慎一生官職不高，但是「五經無雙」的學術聲望，與他的巨著《說文解字》一同在中國學術史上，留下了不可磨滅的盛名。

許慎編寫《說文解字》的動機，在他的敘文中說得很清楚：

> 蓋文字者，經藝之本，王政之始，前人所以垂後，後
> 人所以識古。故曰：「本立而道生」，知天下之至嘖而不可

亂也。今敘篆文，合以古籀，博採通人，至於大小，信而有
證，稽撰其說。將以理群類，解謬誤，曉學者，達神恉。

他認為文字是學術之本，掌握文字的真理，並著重在這學術的根本，那麼
以儒家經書為主的所有道理與文化，就可以正確地傳承下去。

　　許慎如此重視文字系統，其實與漢代當時學術大環境有關。漢代是
以經學治天下的時代，經書的研究代表著漢代的學術重心，可是漢代學者
所看見的經書古籍，其實有著許多謬誤與令人疑慮之處。他們所有的經書
有「今文」、「古文」兩大系統。今文經書是秦火之後，漢代學者憑著記
憶，靠背誦而記錄下來的本子，其文字用的是漢代通行的隸書所寫成，所
以稱為「今文經」。古文經書則是秦國時代私藏而保存下來，或是被漢人
發現的經書，這些書籍用六國文字寫成，對漢代人而言就是古文字，所以
稱為「古文經」。

　　今古文經書並行於漢代，本來多本相互參酌也是好事，就像今天的
考古出土文獻，可以證成或是增加理解。可是在漢代卻發生了「今古文之
爭」，保守且互相攻擊爭勝，尤其漢武帝設立「五經博士」只有今文博士
沒有古文博士，一直引起古文經學派的反彈，直到東漢中葉以後才取得了
優勢。今古文之爭除了來歷不同，小到用字詞句，大到篇章卷數，都存在
若干差異；漢代經學又重視師承家法，於是學術見解上的門戶之見，一直
存在。加上朝廷經學博士這個重要學術領導名位的爭奪，各家各派、甚至
不同的經學領域間，自然就呈現了政治領導學術的種種偏差，乃至對於經
書義理的解釋。

　　許慎面對這種學術氣氛與諸多謬誤，遂發憤在小篆文字的解釋與研究
上下功夫，以解決今古文間的爭議。無論當代文字的版本，或是戰國時期
的古文字，他覺得首先要解決的就是文字問題，唯有精密的經書文字解釋
才能平息經學爭議，並使義理得到發揚，一部以文字本義、構造為中心，
條理化文字系統的專書《說文解字》，於焉誕生。

第二節　部首與編排體例

一、全書架構

《說文解字》全書收字及編排方式如下：

1. 全書共收小篆9,353個字，分為14篇。說解之正文共133,441字。

2. 若干小篆下附錄另外收到的異體字稱作「重文」，共計有1,163個字，包括篆文、古文、籀文、俗字、奇字。

3. 創立540個「部首」，將9,353個字，按類編排進入部首之中，該部首便是這群字為首的第一字。

4. 每個字之下，有許慎的解說，包括「本義」、「構造」、「引申補充」三部分。引申補充又包括附錄重文、說明引申義、注音、博採諸家說解等內容。

5. 說解文字標榜「本義」，並與構造可以相通互證。

《說文解字》是中國第一部系統分析漢字字形和考究文字體例的字書，保存了漢字在上古時期的形、音、義系統，成為研究上古甲金文與古音韻的必經之階，並且也下開了後世認識篆、隸、草、楷發展的依據。特別是《說文》對字義的解釋保存了最初的涵義，因此，對理解漢字起源、漢字本義，以及漢字字形變化的歷史背景及內涵，具有非常重要的價值。而開創部首分類法來整理近萬個漢字，更是史上第一人，直到今天的漢字字書都使用部首分類，這更是《說文》的一大重要開創。

二、部首的類型與條件

用540個「部首」分攝統領9,353個字，這是《說文解字》一書的重要創見。成為部首字的條件，是必須要有組成新字的能力，也就是說，每個部首本身是一個字，而部首內的字，一定都有部首字這個偏旁。根據這種組字能力為原則，部首字的類型有以下幾種：

㈠獨體初文

「初文」就是不可再行分割的獨體「象形文」、「指事文」，這是

組合新字的最基本構件，所以幾乎都成為部首，例如，屮，《說文》：「手，拳也，象形。凡手之屬皆從手。」「手」象手掌之形，與手相關的意義非常多，所以，以「手」又造出很多新字，例如「拇」、「指」、「掌」、「拳」、「拱」、「拜」、「拉」、「扶」、「排」、「拍」等，而這些後造字，就一一歸入「手」部。《說文》說：「凡手之屬皆從手」，意思就是由「手」所造的新字，都跟著部首「手」之後而排列。《說文》在每一個部首解說的最後一句話，都是這個體例。

又如「心」部，屮，《說文》：「人心土臟也，在身之中，象形。凡心之屬皆從心。」「心」是「心臟」意，後面跟在部首後排列的「息」、「情」、「性」、「志」、「意」、「悁」、「慮」、「應」、「慎」等等，在字形與意義上都跟「心」有關，於是「心」列為部首。

㈡準初文

章太炎先生在《文始》一書中，把《說文》所載的獨體字叫做「初文」，準獨體字叫做「準初文」，兩者合計共510字。章氏認為這些字都是原始文字，而所有其他的字，則是由這些字演變來的。「準初文」計有：「增體」、「省體」、「變體」、「加聲」四類，均是《說文》部首的主要來源。

「增體準初文」是在原來已經造出的初文之上，加上新增的不成文輔助性符號所造出的新字。例如「寸」字，是在已經造出的「又」字：「⺕」的「手掌」之下，再加一個輔助性的符號，形成⺕字，以指出人手「動脈」之所在，也就是「寸」字的本義。「寸」這個字造出了「寺」、「將」、「尋」、「專」、「導」等字，於是《說文》讓「寸」字成為部首。

「省體準初文」是將已經造出的初文，省去形體，造成新字。它也有再造新字的能力，所以也可以成為部首。例如「烏」字，是將已經造出的「鳥」字：鳥省去代表眼睛的筆劃，於是造成新字：烏，表示烏鴉黑到連眼睛都看不見。這「烏」字因為又造出了「舄」字、「焉」字，這兩種鳥都是烏鴉類，所以許慎特別就立了「烏」這個部首。

「變體準初文」是在已經造好的初文形體中作筆劃的變化而造出的新字。例如「禾」字，是在已經造好的「木」字：木的樹幹頂端筆劃作彎

曲，形成新字以象徵下彎的的稻穗形。「禾」這個初文又造出許多與植物相關的字，例如「稼」、「秀」、「種」、「稷」、「稻」等等，所以「禾」就立為一個部首。

「加聲準初文」則是在已經造好的初文之上，加上一個聲音符號所造成的新字。例如「齒」字，是在已經造好的古文「」字之上，加上一個「止」字作為聲音符號的新字。「齒」字又造出「齗」、「齔」「齜」、「齧」許多字，所以「齒」字就立為一個部首。

(三)合體字

「合體字」包括會意字、形聲字，雖然是由兩個以上的初文組成，但是也有再造新字的功能，也可以成為部首。例如：「半」字，由「八」、「牛」二字組合成，「八」是「分離」之義，表示將牛一分為二，也就有「半」之義。「半」成為一個部首，因為《說文》：「胖：半體也。」與「叛：半反也。」均有「半」義，所以，許慎將「半」獨立為一部，沒有歸入「八」部或「牛」部，這是許慎在立部時候的一種意義細分的特殊考量。

(四)空立部首

有些部首，除了部首一字外，其下並沒有跟從的字，成了「空立部首」，這也是《說文》立部過程中的例外情況。例如：「甲，東方之孟，陽氣萌動，從木載孚甲之象。凡甲之屬皆從甲。」雖然許慎說「凡甲之屬皆從甲」，但是甲字下方並沒有跟從的字，這便是空的部首。這類部首共有36個，如下：「三」、「四」、「五」、「六」、「七」、「凵」、「凵」、「耑」、「丂」、「冉」、「莧」、「く」、「开」、「久」、「才」、「毛」、「垂」、「克」、「彔」、「易」、「能」、「燕」、「率」、「它」。另外，就是天干地支這些特殊的字，例如「甲」、「丙」、「丁」、「戊」、「庚」、「壬」、「癸」、「寅」、「卯」、「未」、「戌」、「亥」，也是「空立部首」。

三、部首形成的歷史背景

部首是《說文》首創，《說文》成書約在西元100年，而殷商甲骨文的

出現，到此時已經有1,500年左右了，其間都沒有形成部首分類法，而由許慎完成，這其中一定有部首分類法在東漢得以出現的背景原因：

(一)文字數量龐大

　　我們在〈漢字發展篇〉第五章：〈漢字數量與文化意義〉中，曾經統計過商代甲骨文數量是4,672個、周代金文3,722個，比許慎稍早的東漢班固《續訓篇》（60-70），收字6,180個，而許慎所收正文加上重文已達10,516個字。文字數量愈多，在使用與辨識上當然就愈困難，於是需要有系統地加以條理化分類編輯，以供使用者在查索或認字上的便利，在漢代文字數量突破一萬，《說文解字》的部首分類法就在此時應運而生。

(二)字型趨於統一

　　「小篆」是漢字有史以來第一次的「定型化」，在此之前的古文字，一方面歷史很長，二方面文字的異體、俗體很多，筆劃、結構都沒有完全固定，一個字可以有很多種寫法，這樣的狀況要發展出文字分類，是有其一定障礙的。直到小篆，它是一種尚有象形意味的定型化文字，而且是古文字的最後階段，許慎在此時以部首整理漢字，一來是源於定型化後的分類便利，二來也是保存漢字來源、理論形成的必要階段了。

(三)形聲字數量大增

　　小篆以前的文字，早期以象形、指事這些初文為多，在發展過程中，形聲字、會意字陸續增加，尤其形聲字。會意、形聲字是初文組合字，其成熟的條件是必須有偏旁的定型和位置的定位，然後才能成為固定的文字結構系統。漢字發展到小篆，以《說文》所收9,353字來說，獨體文與合體字的數量與百分比如下：

文	象　形	364	5.23%
	指　事	125	
字	形　聲	7,697	94.77%
	會　意	1,167	

注重偏旁構建位置與定型的合體字，已經占文字總數量的94.77%，顯然小篆已經是完全成熟與穩定發展的重要關鍵期，而且形聲字成為漢字造字的主導地位，這給建構部首工作帶來許多方便。

《說文解字》在這時以小篆為目標，創建部首分類法，就充分表現出文字與文化發展的背景。

㈣漢人解經的學術背景

　　漢代學者接收了商周文化，也接收了九流十家的所有文獻，尤其儒家經典成為國家學術主體，以經書為對象的章句訓詁，也就是文字解釋工作，成為此期經學研究的重要過程與義理闡述依據。不過，漢代學者也同時接收了周代以來的龐大文字量，各種字體又經過戰國時期的俗體化、異體化的洗禮，使得漢代經學家面對著如「古文經」、「今文經」，這些文字差異導致的師學、家學各種經說差異的困擾，甚至還不自知謬誤。《說文解字》發憤在小篆文字系統上理出頭緒，以解決當代漢隸、古文糾纏不清的文字解說亂象，對於許慎創建部首，主導中國文字研究至今，真可謂是時勢造英雄、英雄更造了時勢。

四、部首與從屬字關係

　　許慎建立部首，以統領隨著部首的「從屬字」，這二者之間必然要有某種可以聯繫的關係。《說文・敘》：

> 　　其建首也，立一為端，方以類聚，物以群分，同條牽屬，共理相貫，雜而不越，據形係聯，引而申之，以究萬原。

說明了說文立部的原則，是必須在字形與字義上有意義之連貫，以達到部首統領而從屬字系統化的分類與編排。例如，「一」部下有「元」元、「天」兲、「丕」丕、「吏」吏四字，字形上皆從「一」，意義上皆有「起始」、「高大」、「專一」、「忠一」之相近意義，於是以「一」為統領，「元」、「天」、「丕」、「吏」有系統地從屬於一。

　　又例如「从」部：「𣥺，相聽也，從二人。」也就是二人相從之義，部首內有兩個從屬字：「𨑰從，隨行也。」「并并，相从也。」字形與字義均相關聯。再如「舟」部：「朤舟，船也。」從屬字均與舟相關：

　　「𦨕俞，空中木為舟也。」

　　「𦩘船，舟也。」

「彤彤，船行也。」

「舳舳，舳艫也。」

「艫艫，舳艫也。」

「剏剏，船行不安也。」

「艘艘，船著沙不行也。」

「舫舫，船師也。」

「般般，辟也。象舟之旋。」

「服服，用也。一曰車右騑，所以舟旋。」

許慎開創漢字的部首分類法，段玉裁在《說文解字注》中說明其開創之功：

> 五百四十字，可以統攝天下古今之字，此前古未有之書，許君之所獨創。若網在綱，如裘挈領，討原以納流，執要以說詳，與《史籀篇》、《倉頡篇》亂雜無章之體例，不可以道理計。

五、部首排列次序

現代字典的部首次序是依照筆劃由少而多排列，《說文》則否，是以形義關係相近為原則。《說文》540部首，始於「一」終於「亥」，540字要做到真正字形與字義上的連貫，其實是有困難的，所以能有形義次序可連貫的就依序排列，但也並不勉強。黃季剛先生在《論學雜著》中就說：

> 許書引部之次，據其自敘，謂聚形系聯，徐鍇因之以作部敘，大抵以形相近為次，如一、丄、示、三、王、玉、珏相次是也。亦有以義為次者，如齒、牙相次是也。亦有無所蒙者，轟之後次以幺、予之後次以放是也。必以為皆有意，斯誣也。

如果以第一篇內的部首為例，就可以知道許慎將具有系聯關係的字依

序排列，但是也並不強求或穿鑿。第一篇的14個部首次序如下：

一上示三王玉珏----气----士----｜屮艸蓐茻

「一。唯初太極，道立於一，造分天地，化成萬物。」「一」為萬物之始，故作為第一部首。一之後為「上」，有二筆劃，即今「上」字，有「高」、「天」之義，故排在第二。「示」是天地大自然現象的展示，故排第三。「示」之後為「三」，是接著「示」的「三垂日月星」的概念。「三」之後是「王」，「王，天下所歸往也。董仲舒曰：『古之造文者，三畫而連其中謂之王。三者，天、地、人也，而參通之者王也。』孔子曰：『一貫三為王。』」所以，「王」在「三」之後。接下來的「玉」則是「據形系聯」的原則，因為形近；之後的「珏」是「二玉相合」，除了字形相銜，在意義上也正是許慎所謂「同條牽屬」的原則了。

　　「｜」是「下上通」之義，「屮」是「草木初生」，在形義上都可以接在「｜」之後。而「屮」、「艸」、「蓐」、「茻」則皆是草之類了。夾在「一上示三王玉珏」與「｜屮艸蓐茻」之間的「气」、「士」二部，與前後部首序列無涉，但也可以排列其中，這就是許慎不強求部首次序必有形義關係的開明做法了。

第三節　說解體例與方式

　　許慎說解每個文字，基本體例有三；先說「本義」、次說「構造」、第三「引申補充」。其中，又依各字內容偶有體例出入，則是例外情況。

一、說解文字本義

　　《說文》標榜對每個字的解說都是「本義」，所謂「本義」指的是「文字初造時最先賦予的意義」。在漢字應用過程中，本義之後又會出現「引申義」、「假借義」，無論其意義數量多少，也都一定由本義延伸而出，與本義有關。

多數人如果使用的是引申義、假借義，而不知該字的本義，那麼對於該字的應用就會受到侷限而不精密；對於字形與字義的關係也無法掌握，所以許慎說解字義一定要求本義。以下我們舉些例子來了解何謂本義，例如「器」字：

器《說文》：「器，皿也。象器之口，犬所以守之。」

「器」的本義，也就是各種器具、器皿。四個「口」象徵瓶瓶罐罐各式器具，小篆字形中有「犬」字，指的是由犬守護器具，所以，「器」這個字可能最早是指貴重寶器，例如宗廟宮廷之器，而後擴大到任何器具，但總之本義是「器皿」。「器」字從「寶器」本義，又有了「器重」、「成器」、「人才」、「小器」等引申義，如果《說文》只說：「器，重也。」那麼，我們就無法有體系地掌握所有意義的發展了。

又例如「鬼」字：

鬼《說文》：「人所歸為鬼。从人，象鬼頭。鬼陰气賊害，从厶。」

一般人想到鬼，都想到齜牙裂嘴的妖魔鬼怪，也不知道所從何來。《說文》說的很清楚，所謂「人所歸」便將其本義指明，其實人死後歸去所來之處都可稱為「鬼」，也就是漢語裡的「鬼」其實就是「歸去」之義。「鬼」字之後，接著是「魂，陽氣。」「魄，陰神。」二字，很明顯可以理解為「魂魄聚則為人」、「魂魄散則歸去為鬼」之意義。至於有屬鬼、惡鬼，那則是魂魄不正常的散佚所致了。《說文》在此，不但說解了「鬼」字之本義，也說明了其人文精神。

又如「宀」字：

宀《說文》：「交覆深屋也。象形。」

「宀」作為部首，像「室」、「家」、「宅」、「宮」這些字都為從屬，

一般人很容易將「宀」字想像成為屋頂蓋的形象，也不了解許慎「交覆深屋也」的意思，甚至段玉裁「屋四柱」的解釋也不正確。其實，「宀」乃上古一種多層且深入地下的房子，身家財產性命深入地下，可以防野獸侵襲，漢代仍可見其遺跡甚或偏遠族群仍然存在，所以許慎依其本義說解，非常清楚。

再如「北」字，更可見本義的重要性：

北《說文》：「乖也。从二人相背。」

我們看見「北」字，立刻聯想的是「北方」，但這不是本義，本義是「乖違」之義，二人相背而行，故有「分別相背」、「違」、「離」之意義。段玉裁《注》說：

軍奔曰北，其引申之義也，謂背而走也。韋昭注曰：「北者古之背字」，《尚書大傳》、《白虎通》、《漢律志》皆言：「北方，伏方也，陽氣在下，萬物伏藏。」亦乖之義也。

「北方」、「敗北」、「違背」均是「二人相背」的「北」字的引申義，如果我們不知道北字的「乖違」本義，就不容易理解其引申義的由來了。

《說文》說解本義的積極意義，在讓我們更完整條理地釐清意義系統，以應付諸多應用上的引申，這是許慎非常重要的一個貢獻，也代表著《說文解字》並不只是一部單純查檢字義的工具書而已，它更是一部專業的學術研究專書。

二、分析文字構造

許慎說解文字本義，其立基點是在文字字形的精密剖析，唯有將小篆字形結構剖析精密，本義的說解也才有了依據，「本義」與「構造」二者環環相扣，便是《說文》嚴謹學術的展示。

許慎如此重視字形構造，乃因為當時的文字解說實在錯誤連連，他在《說文・敘》中說明了這背景以及補救之道：

> 諸生競說字解經誼，俛秦之隸書為倉頡時書，云：「父子相傳，何得改易！」乃猥曰：「馬頭人為長，人持十為斗，虫者，屈中也。」廷尉說律，至以字斷法：「苛人受錢，苛之字止句也。」若此者甚眾，皆不合孔氏古文，謬於《史籀》。俗儒鄙夫，翫其所習，蔽所希聞。不見通學，未嘗睹字例之條。怪舊埶而善野言，以其所知為秘妙，究洞聖人之微恉。又見《倉頡篇》中「幼子承詔」，因曰：「古帝之所作也，其辭有神僊之術焉。」其迷誤不諭，豈不悖哉！……蓋文字者，經藝之本，王政之始。前人所以垂後，後人所以識古。故曰：「本立而道生。」知天下之至賾而不可亂也。今敘篆文，合以古籀；博采通人，至於小大；信而有證，稽譔其說。將以理群類，解謬誤，曉學者，達神恉。分別部居，不相雜廁也。萬物咸睹，靡不兼載。厥誼不昭，爰明以喻。

他舉出四個時人謬解字形的例子：第一，說「馬頭人為長」，「長」字的隸書寫作「長」，當時人說上面是「馬」字的省略，下面是人，二者相合，表示人的臉長得像馬臉般長，也就有了「長度」之義。第二，「人持十為斗」，「斗」字隸書作「斗」，他們依據隸書，說斗字是「人持十」，也就是「人拿著十」，這的確有些無厘頭解釋了，大概是把「十」解釋作「十升」之義了。第三，「虫者屈中」，「虫」字隸書作「虫」，和「中」字根本無關，本義是條「大蟒蛇」，他們卻說是「中」字的中間彎曲而成字，也是穿鑿。第四，「苛之字，止句也。」「苛」字上方是「艸」，下方是「句」，表彎曲糾纏的草。隸書寫作「苛」，當時人把上方當作「止」，「止句」是「停止作惡」，以此解釋律法，也是穿鑿附會。

許慎為了改正這些謬誤，定下三個解字的條件：第一，要以古文字的

證據，作為剖析字形的依據，而不可以看圖說故事。第二，要採證諸家的
專業論述，期使所說有證據。第三，要建立文字學術理論，使文字解說符
合科學性。《說文解字》採集了若干的古文字，建構「六書」標準，又經
常博引前人觀點為證據，正是要扭轉整個當時文字學的可笑錯誤。

　　《說文》重視文字形體結構，我們看以下的例子：

　　Ψ「屮，艸木初生也。象丨出形，有枝莖也。古文或以為艸字。讀若
　　　　徹。」

　　Ψ「事理也。象角頭三、封尾之形。」

　　丞「祝也。女能事無形，以舞降神者也。象人兩褒舞形。與工同意。」

　　非「違也。從飛下翅，取其相背。」

　　爨「齊謂之炊爨。臼象持甑，冂為竈口，廾推林內火。」

「屮」是草木初生直挺之象；「牛」是角、頭、背脊隆起、尾巴之象；
「巫」是巫師起舞之象；「非」是從鳥「飛」之形，取下相對雙翅之象；
「爨」是鍋在灶上、以雙手拿木材，放進灶裡生火之形。許慎說來都讓字
形栩栩如生，也就證成了本義的說解。

三、引申補充

　　本義、構造之外，許慎有時候會針對必要內容進行補充說明，這種情
況有三類：

(一)注音

　　除了形聲字的「聲符」，本來就是漢字在結構內注音的方式外，許慎
還有以下幾種注音方式：

1.「讀若」

　　讀若注音法是漢人注音的普遍方式，也就是找一個同音字來讓讀者理
解。例如：

　　逝，往也。從辵，折聲。讀若誓。
　　哤，哤異之言。從口，尨聲。一曰雜語。讀若尨。
　　埻，射臬也，讀若準。

華，榮也。从舜生聲。讀若皇。

2.讀與某同

這也是用同音字注音的方式，例如：

龢，調也。从龠禾聲。讀與和同。
雀，依人小鳥也。从小、隹。讀與爵同。
範，範軷也。从車，笵省聲。讀與犯同。
裾，衣袍也。从衣，居聲。讀與居同。

3.引經典或常語音讀

誃，離別也。从言，多聲。讀若《論語》「跢予之足」。周
景王作洛陽誃臺。
噱，大笑也。从口，奉聲。讀若《詩》曰「瓜瓞菶菶」。
穅，稻不黏者。从禾，兼聲。讀若風廉之廉。
珛，朽玉也。从玉，有聲。讀若畜牧之畜。

(二)博採諸家說解

除了許慎自己的說解，他也經常引用前人說法，或是引經據典來證成
自己的說法。例如：

1.王，天下所歸往也。董仲舒曰：「古之造文者，三畫而連
其中謂之王。三者，天、地、人也，而參通之者王也。」
孔子曰：「一貫三為王。」

2.貉，北方豸種。从豸，各聲。孔子曰：「貉之為言惡
也。」

3.瑱，以玉充耳也。从玉，真聲。《詩》曰：「玉之瑱
兮。」

4.社，地主也。从示、土。《春秋傳》曰：「共工之子句龍

為為社神。」《周禮》：「二十五家為社，各樹其土所宜之木。」

5.葬，藏也。从死在茻中；一其中，所以薦之。《易》曰：「古之葬者，厚衣之以薪。」

6.瑁，諸侯執圭朝天子，天子執玉以冒之，似犂冠。《周禮》曰：「天子執瑁四寸。」从玉、冒，冒亦聲。

7.祘，明視以筭之。从二示。《逸周書》曰：「士分民之祘。均分以祘之也。」讀若筭。

㈢引申發揮

某些文字本義說解完畢後，許慎會再針對可以引申解釋的部分，再行引申發揮，始說明完整，以增加讀者理解。例如：

1.唏，笑也。从口，稀省聲。一曰哀痛不泣曰唏。

2.澗，山夾水也。从水，閒聲。一曰澗水，出弘農新安，東南入洛。

3.娃，圜深目皃。或曰吳楚之閒謂好曰娃。从女圭聲。

4.焉，焉鳥，黃色，出於江淮。象形。凡字：朋者，羽蟲之屬；烏者，日中之禽；舄者，知太歲之所在；燕者，請子之鳥，作巢避戊己。所以者故皆象形。焉亦是也。

5.卪，瑞信也。守國者用玉卪，守都鄙者用角卪，使山邦者用虎卪，士邦者用人卪，澤邦者用龍卪，門關者用符卪，貨賄用璽卪，道路用旌卪。象相合之形。

6.來，周所受瑞麥來麰。一來二鋒，象芒朿之形。天所來也，故為行來之來。《詩》曰：「詒我來麰。」

7.廌，解廌獸也，似牛，一角。古者決訟，令觸不直。象形，从豸省。

「唏」、「澗」、「娃」三字中的「一曰」、「或曰」是舉出另外一種說法，以供參考。「焉」字，補充了其他鳥類的特質功能所在，使焉鳥的形

象更清楚。「冂」字，補充了「冃」在各種用途中的差異。「來」字，在本義「麥子」外，補充了「行來」的引申義。「鷹」字，則補充了上古以鷹獸作司法爭訟參考的做法。

第四節　重文體例與類型

　　《說文》收錄的字體以東漢許慎之前，通行於戰國以來秦國至西漢的小篆為主，但也往往收錄了一些異體字供說解參考，並且將其稱之為「重文」，共計有1,163個字。這些重文從其字體來分，有以下幾種：

一、古文

　　許慎所謂「古文」，在其《說文‧敘》中說：「古文，孔子壁中書也。」「壁中書，魯恭王壞孔子宅而得《禮記》、《尚書》、《春秋》、《論語》、《孝經》。又北平侯張蒼獻《春秋左氏傳》。郡國亦往往於山川得鼎彝，其銘即前代古文。」可知《說文》所載古文有三種：一種是從孔壁中發現的古文經書中的古文字；一種是漢文帝時丞相張蒼捐獻的古文《左傳》；第三種則是尚存或出土的銅器銘文。這些文字以年代來說，則大約從西周到戰國間，許慎共收510個。例如：

　　1. 黃，地之色也。从田从茨，茨亦聲。茨，古文光。古文黃。

　　2. 羌，西戎牧羊人也。从人，从羊，羊亦聲。南方蠻閩从虫，北方狄从犬，東方貉从豸，西方羌从羊：此六種也。西南僰人、僬僥，从人；蓋在坤地，頗有順理之性。唯東夷从大。大，人也。夷俗仁，仁者壽，有君子不死之國。孔子曰：「道不行，欲之九夷，乘桴浮於海。」有以也。古文羌如此。

　　3. 回，轉也。从口，中象回轉形。古文。

4. 民，眾萌也。从古文之象。
　　 古文民。

5. 户，護也。半門曰户。象形。凡户之屬皆从户
　　 古文户从木。

6. 自，大陸，山無石者。象形。
　　 古文。

二、籀文

《說文・敘》：「及宣王太史籀著大篆十五篇，與古文或異。」「大篆」在「小篆」之前，其通行年代約從西周末期到戰國之間，許慎共收225個。例如：

1. 箕，簸也。从竹，象形。下其丌也。
　　 籀文箕。

2. 雞，知時畜也。从隹，奚聲。
　　 籀文雞从鳥。

3. 囿，苑有垣也。从囗，有聲。一曰禽獸曰囿。
　　 籀文囿。

三、奇字

「奇字」也是古文的一種，是許慎所找到的古文字的異體字。例如：

1. 涿，流下滴也。从水豕聲。上谷有涿縣。
　　 奇字涿从日、乙。

2. 倉，穀藏也。倉黃取而藏之，故謂之倉。从食省，口象倉形。
　　 奇字倉。

3. 無，亡也。从亡，無聲。
　　 奇字无，通於元者。王育說：天屈西北為无。

尺 4.人，天地之性最貴者也。此籀文。象臂脛之形。
　儿，仁人也。古文奇字人也。象形。孔子曰：「在人
　下，故詰屈。」

四、俗體字

有些重文是漢代通行的俗體字，因為已經通行，所以許慎也一併收
錄。例如：

居 1.居，蹲也。从尸古者，居从古。臣鉉等曰：居从古者，
　言法古也。
　踞俗居从足。

裹 2.裹，袖也。一曰藏也。从衣鬼聲。
　袖俗裹從由。

肩 3.肩，髆也。从肉，象形。
　肩俗肩从户。

囪 4.囪，在牆曰牖，在屋曰囪。象形。
　窗或从穴。

鬲 5.鬲，鼎屬。實五穀。斗二升曰斞。象腹交文，三足。
　䰜鬲或从瓦。
　䰛漢令鬲从瓦厤聲。

凷 6.凷，墣也。从土凵，凵，屈。象形。
　塊凷或从鬼。

五、小篆

《說文》原則上將古文、籀文等列為重文，但也有少數例子由於所
收小篆是異體字，這時便以古籀為主，小篆作為重文，如「折，篆文折從
手」、「學，篆文斆省」。又例如：

丄 1.丄，高也。此古文上。指事也。

䷂篆文上。

䷂ 2.麗，旅行也。鹿之性，見食急則必旅行。从鹿丽聲。
《禮》：麗皮納聘。蓋鹿皮也。

䷂篆文麗字。

第五節　《說文解字》之價值

清王鳴盛《說文解字‧正義序》：「《說文》為天下第一書，讀遍天下書，不讀《說文》，猶不讀也。但能通《說文》，餘書皆未讀，不可謂非通儒也。」孫星衍〈與段若膺書〉：「生平好《說文》，以為微許叔重，則世人習見秦時徒隸之書，不睹唐、虞、三代、孔子之字，竊謂其功不在禹下。」顧炎武《日知錄》說：「自隸書以來，其能發明六書之旨，使三代之文能尚存於今日，而得以識古人制作之本者，許叔重說文之功為大。」

清代考據之學大興，文字、聲韻、訓詁之研究邁越前代，語言學者創見與發揮，在中國學術史上有絕對重要地位。清儒以《說文解字》為「天下第一書」，必有原因，我們歸納《說文》價值如下：

一、建構形音義完整系統

《說文》在每個字下，首先解釋詞義，然後對字形構造進行分析，若是形聲字，在分析字形時就指出讀音，若是非形聲字，則用「讀若」、「讀與某同」等方式指出音讀。漢字是一種表義文字系統，由最初的圖畫文字演變而成，《說文》通過字形精密分析，確定與證實了字義完全符合整體漢語言文字系統的一般規律法則。而語音是文字系統的發音工具，許慎深知漢語言「音義相通」之理，所以在《說文》中特別重視音義關係，經常以語音的線索來說明字義的由來，例如「日，實也。」「月，闕也。」「木，冒也。」為後來學者開創了「因聲求義」的「聲訓」學術標準。在語義系統研究的目的中，許慎將漢語言系統的三大要素「形、音、義」結合得淋漓盡致。

二、開創部首分類

　　「部首」是許慎的重要貢獻，影響後來中國字典編排方式直到今天。漢字是憑藉形體來表示字義、承載音讀的系統，因此對漢字形符加以系統分析，把所有漢字都按所屬形符加以歸類，這是漢字學家的重要工作，這項工作就由《說文》最先開創了。雖然許慎安排部首字，容有商榷空間，但是《說文》並不是一般檢索型字典，它尚有整理中國文字系統的主要學術目地，也因此若干部首選定與編排，是具有其主觀並且想要傳達的概念的。總體來說，許慎把形體相近或相似的部首字按序編排，而漢字若形體相近其意義也大致相銜，這就等於在540部首中，已經又有意義類別區分的架構。這和後來歸併部首，以筆劃排列，供檢索方便為目的的一般字典，在學理與學術、文化的價值上，是不可同日而語的。

三、嚴謹的六書架構

　　在許慎之前，其實已經有「六書」之名，劉歆《七略》、班固《漢書藝文志》、鄭眾《周官解詁》等皆有。但是各家只有六書之名，沒有具體闡述，更沒有以大量漢字分析驗證，甚至給予定義。可以說六書的討論，到了《說文》才萬流歸宗，定於一尊。不但使漢字的由來與發展有了明晰的理路，也開創了中國文字學的沿流激盪。後世的文字學者談字形理論時，莫不以許慎六書為依據，唯更加密耳。近代學者唐蘭開啟「三書」之論，也仍然是以《說文》六書併合簡省而成。可以這麼說，要深入掌握漢字造字用字法則邏輯，捨《說文》六書，是無法探得全貌的。

四、開創中國文字學科

　　《說文》在中國語言學史上的地位，是開創了「文字學」的學科路線與理論。在《說文》以前，也曾出現過一些文字學方面的著作，例如《史籀篇》、《倉頡篇》、《爰歷篇》、《博學篇》；見於《漢書·藝文志》的還有：司馬相如《凡將篇》、史游《急就篇》、李長《元尚篇》、揚雄《訓纂篇》。這些字書，與其說是字典之類的書籍，毋寧說是學童的識字課本，它們只是為《說文》的撰寫提供了一些文字材料，因此，只有《說

文解字》才算得上是第一部完整的、內容豐富而自成體系的專業字書。

在《說文》的直接影響下，曹魏張揖有《古今字詁》、晉呂忱作《字林》、梁顧野王撰《玉篇》、宋司馬光等人編《類篇》，其部首體例與《說文》相似。明梅膺祚的《字彙》、張自烈的《正字通》，清代的《康熙字典》，仍然採用《說文》的部首體例，只是有所歸併和省減而已。南唐徐鍇撰《說文解字繫傳》，是一部研究《說文》的著作。清代是《說文》研究的鼎盛時期，出現了段玉裁、桂馥、王筠、朱駿聲四大家，自清代乾嘉以來，關於《說文》之著作，不下二三百種之多，又形成了專門研究《說文》的一門學科「說文學」。

五、訓詁與詞彙學意義

《說文》在訓詁學和詞彙學上同樣具有重要的價值。由於《說文》分析每一個字的形體結構，這就使我們可以透過文字形體來考察字的本義，即造字時文字所代表的詞的意義。顏之推《顏氏家訓・書證》就說：「大抵服其書，隱括有條例，剖析窮根源，鄭玄注書往往引以為證。若不信其說，則冥冥不知一點一畫，有何意焉。」

對於那些本義早已隱晦的字，通過《說文》，可以使我們清楚地理解它們。例如：「自，鼻也，象鼻形。」在古代典籍中找不到這一意義的例證，但在卜辭中有這一意義。又「而，須也，象形。《周禮》『作其鱗之而』。」「而」的「鬍鬚」本義在古書中極少使用，一般用的是「而且」的假借義，但《說文》都為我們找出了本義。

對於古書中比較常用的字，我們也可以通過《說文》的解釋知道本義，然後通過本義了解引申義。這是以簡馭繁，徹底掌握詞義的一個重要方法。例如：「向，北出牖也，從宀從口。《詩》曰：『塞向瑾戶』。」「習，數飛也，從羽從白。」從「向」的「北出牖」這一本義出發，便可以得到「朝向」、「對著」，「方向」、「趨向」、「歸向」、「敬仰」、「接近」，這些由本義引申出來的意義。從「習」的「數飛」這一本義出發，可以很容易地掌握「復習」、「練習」、「學習」、「通曉」、「熟悉」、「慣常」、「習慣」、「親幸的人」、「重疊」、

「因」、「相因」等引申意義，於此可見《說文》在語義訓詁學和詞彙學上所具有的重要意義。

六、博物資料庫

萬物皆有名，而文字記錄其名，通曉文字也就通曉萬物，《說文》在這點上就如同一個提供博物所需的資料庫。例如，「艸」部，從「莊」字以下440個字，不是草的名偁，就是與草相關事物。「竹」部，從「劍」以下，140餘字不是竹子名稱，就是竹器。「木」部自「橘」字以下420餘字，皆木名、木器、木類事物。若結合「林」、「麻」、「韭」、「朩」、「瓠」、「華」、「瓜」等部，以及其部內之字，那就是一個極其完整的「植物資料庫」了。

另外，《說文》「蟲」部有6字、「虫」部25字、「虫」部153字、「魚」部103字、「鳥」部116字、「隹」部39字、「雥」部2字，外加「牛」、「羊」、「犛」、「羽」、「萑」、「萑」、「雉」、「烏」、「角」、「虎」、「豕」、「禺」、「厶」、「豚」、「豸」、「鷹」、「易」、「象」、「馬」、「鹿」、「麤」、「兔」、「犬」、「鼠」、「能」、「熊」、「燕」、「龍」、「它」、「黽」、「龜」、「卵」等部，這幾乎是一座超大型「動物園」了。

孔子《論語‧陽貨》篇中，說讀《詩經》可以「多識鳥獸草木之名」，所以有學者專研《詩經》之博物。最早的詞書《爾雅》分篇已經有：〈釋詁〉、〈釋言〉、〈釋訓〉、〈釋親〉、〈釋宮〉、〈釋器〉、〈釋樂〉、〈釋天〉、〈釋地〉、〈釋丘〉、〈釋山〉、〈釋水〉、〈釋草〉、〈釋木〉、〈釋蟲〉、〈釋魚〉、〈釋鳥〉、〈釋獸〉、〈釋畜〉19類。但是《說文》540部首，已然有更多的分類，上至天文、中有人文、下至地理，莫不包含在540部首之分類中，所收字數又上萬，《說文》「博物資料庫」的價值不言可喻了。

七、《說文》與文明文化

更擴大來看，《說文解字》收錄了當時所有的字，文字是文明與文

化的紀錄載體，當然也就收錄中國的文明與文化。舉凡人物、家族、親屬、制度、器物、天文、地理、礦石、顏色、聲音、服飾、動物、植物、建築、法律、政治、經濟、信仰、祭祀、神鬼、五行等等的文字類別，在《說文解字》中都分門別類，又類聚群分，提供了我們深入認識與建構文明與文化概念的最好門徑。

高師仲華在〈對說文解字之新評價〉（高明小學論叢）一文中，用人體與動作類的部首與部內字，建構了一個原始「原人」的生動型態，是一個極有趣的觀點：

> 《說文》八上：「尾，微也。從到毛在尸後，古人或飾系尾，西南夷皆然」尸為側人，人後有倒毛為尾，當是造字時人之形體若此。其後，人日漸進化，而尾則日漸退化，乃由微而漸至於無，古人或飾系尾，以存其遺跡，漢時西南夷猶如是。此與近世生物學家人由猿猴進化而來之說頗相符合。口部：「噅，大口也。」目部：「睅，大目也。」「睴，大目也。」「睅，大目也。」「瞏，大目也。」無訓小口、小目之字，則古人形體多大口、大目者可知。耳部：「聉，張耳有所聞也。」有所聞則張耳，是古人之耳可以動也。手部265文，自「摳」以下257文皆動作字；足部85文，自「跪」以下68文亦皆動作字……是先民之形體大口、大目、耳能動、有尾、手足好動，頗與近世生物學家所謂「原人」者相合，咸可考徵於《說文》也。

「原人」之形當然是個還須研究討論的人類學議題，不過，從文字造字意涵來與上古文明文化銜接思考，是一個很重要的提示，也符合文字承載語音、表達語義，更記錄文化的深遠意義。「原人」可以這樣考究，其餘的人類社會行為模式、文明的內容、文化的整體，當然更可以以《說文解字》作為深入之階了。

第六節 《說文‧敘》正文與譯文

正　文	譯　文
古者庖羲氏之王天下也，仰則觀象於天，俯則觀法於地，視鳥獸之文與地之宜，近取諸身，遠取諸物；於是始作《易》八卦，以垂憲象。及神農氏，結繩為治，而統其事。庶業其繁，飾偽萌生。黃帝史官倉頡，見鳥獸蹄迒之跡，知分理之可相別異也，初造書契。百工以乂，萬品以察，蓋取諸夬。「夬，揚於王庭」，言文者，宣教明化於王者朝庭，「君子所以施祿及下，居德則忌」也。	上古時期庖犧氏主政的時候，他於俯仰之間觀察自然萬物的各種現象，識別鳥獸的花紋，考察輿圖地理的徵候，進則取法於諸身，遠則取法於諸物，以此為根據製作了《易》和八卦，用來表達事物的法象。到了神農氏，用結繩的辦法來記事，但是生發出許多文飾詐偽的事件。後來，黃帝的史官倉頡見到各種不同鳥獸的足跡，認為如果加以劃分，是可以明辨事物異同的，開始製作文字書契，由此百官和萬物都能夠得到治理和考察。如取夬（乾下兌上），夬者，揚於王廷，即是說文字是用來在王者朝廷弘揚教化，君子如果能夠識文則給予官俸，但是君子居德自律，貴德不貴文。
倉頡之初作書也，蓋依類象形，故謂之文。其後形聲相益，即謂之字。文者，物象之本；字者，言孳乳而浸多也。著於竹帛謂之書。書者，如也。以迄五帝三王之世，改易殊體，封於泰山者七十有二代，靡有同焉。	倉頡開始製作文字的時候，是著眼於描摹事物的外在形象，故而稱之為「文」，後來的文字有了聲符和意符，就成為「字」。所謂的「文」是事物的外在形象，而「字」則是衍生，較為繁多。書寫於竹帛之上的是書，「書」，也就是指文字初造的時候，是以事物的自然形象作為依據，自五帝三王以降，文字在不斷演進，至於在泰山舉行封禪儀式也有七十二代了，文字都不是相同的。

正　文	譯　文
《周禮》：八歲入小學，保氏教國子，先以六書。一曰指事。指事者，視而可識，察而見意，「上、下」是也。二曰象形。象形者，畫成其物，隨體詰詘，「日、月」是也。三曰形聲。形聲者，以事為名，取譬相成，「江、河」是也。四曰會意。會意者，比類合誼，以見指撝，「武、信」是也。五曰轉注。轉注者，建類一首，同意相受，「考、老」是也。六曰假借。假借者，本無其事，依聲託事，「令、長」是也。及宣王太史籀，著大篆十五篇，與古文或異。至孔子書六經，左丘明述春秋傳，皆以古文，厥意可得而說也。	據《周禮》記載，兒童八歲之時開始就讀小學，保氏教育公卿大夫的子弟，首先學習漢字的建構方法——六書。第一是指事，所謂指事，就是能夠識別，並能明白意義所在，如上、下。第二是象形，即根據自然物象來描摹事物，隨不同的形象而加以變化，如日、月。第三是形聲，即由意符和聲符構成，如江、河。第四是會意，即將兩個以上的字素結合，表達字意，如武、信。第五是轉注，即共用一個部首，表達近似的意義，如考、老。第六是假借，原本沒有字，但是根據字音來託出意義，如令、長。周宣王時的史官籀，編寫《大篆》計十五篇，與後來的六國文字是有差異的。孔子的《六經》、左丘明的《春秋傳》都是用古文字寫的。古文字意是明瞭的。
其後諸侯力政，不統於王。惡禮樂之害己，而皆去其典籍。分為七國，田疇異畝，車涂異軌，律令異法，衣冠異制，言語異聲，文字異形。秦始皇帝初兼天下，丞相李斯乃奏同之，罷其不與秦文合者。斯作《倉頡篇》。中車府令趙高作《爰歷篇》。大史令胡毋敬作《博學篇》。皆取《史籀》大篆，或頗省改，所謂小篆也。是時，秦燒滅經書，滌除舊典。大發吏卒，興戍役。官獄職務繁，初有隸書，以趣約易，而古文由此絕矣。自爾秦書有八體：一曰大篆，二曰小篆，三曰刻符，四曰蟲書，五曰摹印，六曰署書，七曰殳書，八曰隸書。	後來各諸侯國樂於征伐，惡於禮樂，挑戰王權，因此典籍失散在七國之中，從此田疇界線混亂，道路及車軌形制不同，法律條文相互悖逆，衣冠服飾標準不同，語言文字異聲異形。秦始皇兼併天下之初，丞相李斯上奏，開始統一文字，罷省與秦文字不合的六國文字。李斯著《倉頡篇》，中車府令趙高著《爰歷篇》，太史令胡毋敬著《博學篇》，均是取材於史籀、大篆，並且作了不少省改，創造出小篆。那個時候秦政府燒毀經書，汙塗舊典，大肆徵發吏卒徭役，公務文書繁多，開始出現了隸書，由於簡便易行，於是古文字漸漸消亡。總計秦國的書體有八種，即大篆、小篆、刻符、蟲書、摹印、署書、殳書、隸書。

正　文	譯　文
漢興有草書。尉律：學僮十七以上始試。諷籀書九千字，乃得為史。又以八體試之。郡移太史並課。最者，以為尚書史。書或不正，輒舉劾之。今雖有尉律，不課，小學不修，莫達其說久矣。孝宣皇帝時，召通《倉頡》讀者，張敞從受之。涼州刺史杜業，沛人爰禮，講學大夫秦近，亦能言之。孝平皇帝時，徵禮等百餘人，令說文字未央廷中，以禮為小學元士。黃門侍郎揚雄，采以作《訓纂篇》。凡《倉頡》以下十四篇，凡五千三百四十字，群書所載，略存之矣。	漢代出現了草書。根據尉律：學童十七歲以上有資格參加考試，能書寫籀書九千字才能做官，又用八體考察各郡的太史令，成績最優者可任命為尚書史，如果他書寫有誤，則彈劾他。現今雖有尉律但是徒具虛名，小學荒廢已久，不能再通曉它的學術精義了。孝宣皇帝時，下詔匯集通曉《倉頡》音義的士人，張敞擔任教授，涼州刺史杜業、沛人爰禮、講學大夫秦近也能講授。孝平皇帝時，召集精通《小學》百餘人，令他們在未央宮講習，任命禮為小學之首。黃門侍郎揚雄採集搜尋著《訓纂篇》，將《倉頡》及以下幾篇，共計5,340字，散見於各書之中的，盡可能保存下來。
及亡新居攝，使大司空甄豐等校文書之部。自以為應制作，頗改定古文。時有六書：一曰古文，孔子壁中書也。二曰奇字，即古文而異也。三曰篆書，即小篆。四曰左書，即秦隸書。秦始皇帝使下杜人程邈所作也。五曰繆篆，所以摹印也。六曰鳥蟲書，所以書幡信也。	到了前朝新莽政權，使大司空甄豐等校書部門，開始整理發掘，改定了古文，當時有六中書體：一為古文，即藏於孔子宅壁的書籍，二是奇字，即古文字的異變體，三是篆書，即小篆，是秦始皇命下杜人程邈製作的。四是左書，即秦代隸書。五是繆篆，是用來摹印的。六是鳥蟲書，是用來在旗幟上書寫官號作為憑據用的。

正　文	譯　文
壁中書者，魯恭王壞孔子宅，而得《禮記》、《尚書》、《春秋》、《論語》、《孝經》。又北平侯張蒼獻《春秋左氏傳》。郡國亦往往於山川得鼎彝，其銘即前代之古文，皆自相似。雖叵復見遠流，其詳可得略說也。而世人大共非訾，以為好奇者也，故詭更正文，鄉壁虛造不可知之書，變亂常行，以燿於世。諸生競逐說字，解經誼，稱秦之隸書為倉頡時書，云：「父子相傳，何得改易！」乃猥曰：「馬頭人為長，人持十為斗，虫者，屈中也。」廷尉說律，至以字斷法：「苛人受錢，苛之字止句也。」若此者甚眾，皆不合孔氏古文，謬於《史籀》。俗儒鄙夫，翫其所習，蔽所希聞。不見通學，未嘗睹字例之條。怪舊埶而善野言，以其所知為秘妙，究洞聖人之微恉。又見《倉頡篇》中「幼子承詔」，因曰：「古帝之所作也，其辭有神僊之術焉。」其迷誤不諭，豈不悖哉！	所謂的壁中書，是魯恭王拆拓孔子宅壁，得到《禮記》、《尚書》、《春秋》、《論語》、《孝經》。又有北平人張蒼獻《春秋左氏傳》，各郡國也經常在山川中發掘出諸如鼎彝器具，上面的銘文就是前代的古文，雖然不能看清歷史源流，但也可以了解大概情況。然而今人對此大加誹謗攻擊，把它看成是好奇之物。進而歪曲典籍，無中生有，生造虛構，因而大肆其行，炫耀於世人，眾多儒生爭相曲解典籍，尋章摘句，說什麼秦代的隸書是倉頡時期的文字，進而父子相傳，以訛傳訛，無從改正，於是望文生義地說：馬頭人為長、人持十為斗、蟲者曲中也等等。延尉解說律文到了依據字來判斷案例的地步，將「苛人受錢」解讀為要寫他人而榨取錢財，像這樣的例子比比皆是，並不合孔子時古文字的原意，與史籀更是相去甚遠。庸俗鄙陋的儒生士人卻習以為常，孤陋寡聞，學識短淺，以傳統學術為怪，反而相信街言巷語，並以自己所知道的視為不傳之秘。而且好鑽牛角尖，對先賢的字句闡發所謂的微言大義，比如說《倉頡篇》的「幼子承招」，附會為古帝所作，措辭中不少荒誕神仙之語。對曉諭的迷誤，又怎能不悖逆經義呢！

正　文	譯　文
書曰：「予欲觀古人之象。」言必遵修舊文而不穿鑿。孔子曰：「吾猶及史之闕文，今亡矣夫。」蓋非其不知而不問。人用己私，是非無正，巧說邪辭，使天下學者疑。蓋文字者，經藝之本，王政之始。前人所以垂後，後人所以識古。故曰：「本立而道生。」知天下之至賾而不可亂也。今敘篆文，合以古籀；博采通人，至於小大；信而有證，稽譔其說。將以理群類，解謬誤，曉學者，達神恉。分別部居，不相雜廁也。萬物咸睹，靡不兼載。厥誼不昭，爰明以喻。其稱《易》孟氏、《書》孔氏、《詩》毛氏、《禮》周官、《春秋》左氏、《論語》、孝經，皆古文也。其於所不知，蓋闕如也。	《尚書》說：「我打算考量前人的文物制度，言辭必定遵循舊禮而不穿鑿附會」，孔子又說：「我還看到史書裡有關闕疑的文字，現在沒有了。」看來很多人自己不知道還不求問，大談自己的一孔之見，沒有是非的標準，編造歪理邪說，使天下的學者迷惑不已。其實所謂的文字，是研究經藝的根本，是實施王政的發端，前人借助它將其所知流傳後世，後人則借助它來研究前代，所以說文字是基礎，可以明察天下最深奧的學問而不至於迷惑。今天我將篆文和古籀結合起來，兼顧各派學說，博採眾人之長，不論大小，都是有根據的，經過了翔實的考證，目的在於對文字作一個細緻的分類，糾正先前的種種偏誤，使學者知曉，通達先哲的奧妙精義。本書採用部首分類的辦法使漢字之間不彼此淆亂。可以明瞭萬物原貌，收錄的資料都是來自經典著述，像孟氏的《易》、孔氏的《書》、毛氏的《詩》、周官的《禮》、左氏的《春秋》、《論語》、《孝經》都是古文經，如果筆者所不知道的，在本書均不加論述。

第二章
六書概說

第一節　何謂「文」、「字」

　　「六書」是一種造字與用字的程序與規律，是一種分析漢字時候的類別名稱。要了解六書，必須先掌握「文」與「字」的差異及先後由來。「文字」在現代是一組複音節詞彙，但事實上，這「文」和「字」，最早是兩個各自獨立的不同概念，雖然後來也都作為記錄符號的代稱，但其實它們出現的歷史先後也是不同的。

一、「文」的定義

　　《說文》：「文，錯畫也，象交文。」原來「文」這個符號，先民造出來是要表示「交錯畫成的紋路」，凡是線條交叉而畫的圖形符號都可以稱之為「文」，其實就是「紋」這個字的本字，甲骨文作：𠀁、𡥀，金文作：𡥀、𡥀，小篆作：𡥀，表現的都是這個紋路形象。後來因為「文字」也是一種符號，故又以「文」表示文字，於是再造了「紋」字給本義「紋路」來使用。

二、「字」的定義

　　《說文》：「字，乳也，從子在宀下。」「字」就更有趣了，這「乳」是「孳乳」增加的意思，本來也不是指文字。「宀」字之本義是個上古深入地下的大房子，《說文》：「交覆深屋也。象形。」從甲骨文作𡩇、小篆作𡨄可知，這也是上古先民躲避野獸的居住方式，裡面分層

交覆。「字」在「宀」下面放個「子」字，就表示先民將子孫在大宅中不斷綿延「孳乳」的概念，用「字」這個形體來表示了。「字」本義「孳乳」，是「孳」字的本字，後來借作「文字」概念，於是改作「孳」字。

三、「依類象形」謂之文

　　「文」和「字」後來都當作人們記錄的圖形符號的名稱，其原因與差異可以從造字的方法上來理解：《說文‧敘》說：「倉頡之初作書，蓋依類象形，故謂之文；其後形聲相益，即謂之字。」依許慎的解釋，凡是用「依類象形」的方式造的都叫「文」：用「形聲相益」方式造的就叫「字」了。

　　「依類象形」意思是「依照事物的類別與形象，來取象它的形狀。」「取象」可以有兩個概念來理解，當動詞用是「取其象」，當名詞用則是取下後的「形象」，這與我們畫畫這件事情道理是一樣的。

　　取象外界事物的對象與方法，又可分為兩種：一是取象「具體」之形；一是取象「抽象」之形。例如，「日」象太陽的形狀；「月」象月亮的形狀；「水」象水的紋路；「火」是火苗之狀：「鳥」、「鼠」就照著「鳥、鼠」的樣子來畫。這些事物都具體存在，有實體可以去畫、去取其「象」，這就是造字時象「具體」之形的方式，而所造出來的字，也就是六書中所謂的「象形」字了。

　　抽象部分，如：「一」字，其實是抽象概念，可以是一個人、一個東西、一件事，世界上沒個具體事物叫作「一」，所以先民就用「一」來表示這概念。「丨」也是個抽象符號，表示上下相貫通的概念：「上」表示一件東西在另一件東西的上面：「丅」則相反，表示一件東西在另一件東西下面；「〇」就表示凡任何物質或概念上的圍繞：「八」表示兩件事物，甚至是人也可以，分別反向背離的意思。以上都是世界上沒有實體可象，而用抽象符號來表示的例子，也就是象「抽象」之形。用這種方法造出來的字，我們就稱之為「指事」字。不論是象具體之形或抽象之形的文，它們必須都是獨體的，也就是一個完整而不可分割的形體，這批「文路」是中國文字構造的根本，於是又稱之為「初文」。若以許慎《說文》為準，

則「初文」有489個，後來的「字」都是由它們再加以組合才造出來的。

四、「形聲相益」謂之字

「依類象形」基本上仍近於圖畫的形式，到了後來，人事進化、社會擴大了，許多細膩的概念無法再畫得清楚，於是古人又想出了「形聲相益」的方法來造字。

所謂「形」指的是「形符」，或稱「義符」；所謂「聲」指「聲符」，也就是聲音符號。凡是由初文來擔任形符與聲符，而由兩個或兩個以上的初文組合而成的，就是「字」。「字」本身就是由「宀」和「子」字配合而成，表示人生下孩子來，有孳生繁衍的意思。

「形聲相益」的方法也有兩種：一是「形」和「形」相益。例如：一個人說話是應該有信用的，所以用「亻」（人）加「言」（言），成為一個「信」（信）字；能夠止住天下的兵戎戰爭，這才是真正的威武，所以用「止」（止）加「戈」（戈）成為一個「武」（武）字；把手放在眼睛上面，是看的習慣性動作，所以在「手」（手）下加「目」（目）成為一個「看」（看）字；以面孔對著別人，這就是以面見人，所以在「面」（面）旁加「見」（見）成為一個「靦」（靦）字。這是「形」同「形」相配合，並且由形的配合上面領悟出意思來的一種造字法。

另外一種是「形」和「聲」相益。如：「木」（木）是象形字；但是樹木的種類很多，同木有關係的東西也很多，如「柏」、「楓」、「檀」、「桃」、「柚」、「梅」、「桂」、「榆」等等，都表示一種樹木；「檢」、「橋」、「榜」、「機」、「桎」、「棺」、「檻」、「楣」等等，都是同木有關係的。如果個個要用象形造字，那既不可能分別清楚，事實上也根本做不到。所以，一邊由形符「木」字表示它的類別，給人一看就明白這是樹木或同樹木有關的；一邊則用聲符「白」、「風」、「僉」、「喬」等等，註明它的聲音，讓人一讀就曉得是什麼聲音。如此一來，從形符知道它所屬的事物種類，從聲符知道它該讀的聲音，是語詞中的什麼意義，文字的製作也就方便多了。

凡是「形聲相益」的字，不論「形與形相益」，或「形與聲相益」，

都是由兩個或兩個以上的初文配合成功,所以鄭樵說:「合體為字。」有了合體的方法,以後造字就非常容易,而字的數目也就日漸增多。

五、「文」、「字」特質綜述

從造字法來區分,漢字只有兩大類:「文」與「字」,我們歸納其特質與差異如下:

名稱	《說文》	本義	造字法	分類	六書	占《說文》字數	特質	別稱
文	錯畫	紋路	依類象形	象具體	象形文	364	造字之本（獨體）	初文
				象抽象	指事文	125		
字	乳也	孳乳	形聲相益	形+形	會意字	1,167	孳乳增加（合體）	孳乳字
				形+聲	形聲字	7,697		

由上表可知:文是「依類象形」的,字是「形聲相益」的;文是原始構造的「初文」,字是由「初文」相配合而產生的「孳乳字」;所以文是「獨體」的,字是「合體的」。中國文字裡的初文並不多,《說文解字》記載的只有489個,所以是有限度的;可是由初文繁衍而生的字,卻是無限度的,可以隨著事實的需要而不斷增加,《說文解字》9,353個文字中,就有8,864個是合體的字。我們如果認得有限度的初文,知道配合成字的道理,就是所造的字多到幾萬、幾十萬,也能很方便地全部認得它們。所以《說文解字·敘》上接著說:「文者物象之本,字者孳乳而浸多也。」這句話很透澈地說明了「文」與「字」的不同。

第二節　六書的名稱

一、「六書」名稱來源

「六書」這個詞,最早見於《周禮·地官·保氏》:

保氏掌諫王惡，而養國子以道。乃教之六藝：一曰五
禮，二曰六樂，三曰五射，四曰五馭，五曰六書，六曰九
數。

這是「六書」一詞見於經籍的開始。不過是哪六書呢？《周禮》卻不曾指
明。而我們最熟悉的「六書」內容名稱，是來自許慎《說文解字・敘》：

《周禮》：八歲入小學，保氏教國子，先以六書。一
曰指事：指事者，視而可識，察而見意，上下是也。二曰象
形：象形者，畫成其物，隨體詰詘，日月是也。三曰形聲：
形聲者，以事為名，取譬相成，江河是也。四曰會意：會意
者，比類合誼，以見指撝，武信是也。五曰轉注：轉注者，
建類一首，同意相受，考老是也。六曰假借：假借者，本無
其字，依聲託事，令長是也。

許慎不但以「指事」、「象形」、「形聲」、「會意」、「轉注」、「假
借」來指稱「六書」，更分別給予定義與舉例，並且以之寫成《說文解
字》，而這便是我們目前慣用的名稱由來。

二、六書的各家說法

《周禮》提及「六書」，但卻沒有再提到名稱內容，所以漢代解釋
「六書」的其實不止許慎一人，各家所說名稱也往往不同。例如：班固
《漢書》，在〈藝文志〉、〈六藝略〉、〈小學類後敘〉中都說：「古者
八歲入小學。故周官保氏掌養國子，教之六書：謂象形、象事、象意、象
聲、轉注、假借，造字之本也。」同樣根據《周禮》，而六書名稱次第與
《說文・敘》並不同。另外，鄭玄替《周禮》作注，引鄭眾的話：「六
書：象形、會意、轉注、處事、假借、諧聲」，又不同於班固、許慎。其
後就眾說紛紜，直到今天。歷來諸家說法統如下表：

人名	書名	名稱及次第
（漢）班固	漢書‧藝文志	象形、象事、象意、象聲、轉注、假借
（漢）鄭眾	周禮‧解詁	象形、會意、轉注、處事、假借、諧聲
（漢）許慎	說文解字‧敘	指事、象形、形聲、會意、轉注、假借
（晉）衛恆	四體書勢	指事、象形、形聲、會意、轉注、假借
（梁）顧野王	玉篇	象形、指事、形聲、轉注、會意、假借
（宋）陳彭年	廣韻	象形、會意、諧聲、指事、假借、轉注
（宋）鄭樵	通志‧六書略	象形、指事、會意、諧聲、轉注、假借
（宋）王應麟	困學紀聞	象形、指事、會意、諧聲、轉注、假借
（宋）張有	復古篇	象形、指事、會意、諧聲、假借、轉注
（宋）戴侗	六書故	指事、象形、會意、轉注、龤聲、假借
（明）趙古則	六書本義	象形、指事、會意、諧聲、假借、轉注
（明）吳元滿	六書正義	象形、指事、會意、諧聲、假借、轉注
（明）楊恆	六書溯源	象形、會意、指事、轉注、諧聲、假借
（明）王應電	同文備考	象形、會意、指事、諧聲、轉注、假借

三、六書名稱依許慎

　　從上表，可以看出「六書」的名稱中，「象形」、「轉注」、「假借」三書，各家名稱相同，沒有異議。「指事」部分，班固叫「象事」，鄭眾叫「處事」；「會意」部分，班固叫「象意」；「形聲」部分，班固叫「象聲」，鄭眾、陳彭年、鄭樵、王應麟、張有、趙古則、吳元滿、楊恆、王應電都叫「諧聲」，戴侗作「龤聲」。

　　在這些不同的名稱中，哪一種最妥善呢？先來看看班固的「四象」說法：「象物」、「象事」、「象意」、「象聲」。物體有形，當然可以「象」；但是「事」、「意」、「聲」，沒有形體，便不能說用「象」的了。所以，班固「象事」、「象意」、「象聲」三個名稱，有些含糊，不太妥當。「指事」，鄭眾叫「處事」，似乎也不如「指事」明確。「指」有「指示」、「指明」的意思；「事」為動作、狀態、位置等等，都是抽象的，沒有具體的形可象，所以造字者只好用符號來「指示」、「指明」。要是叫作「處事」，意思就很難說得通了。「形聲」是「形符」和

「聲符」的相加。叫「諧聲」或「龤聲」，專重聲符，不提形符，又不如「形聲」一詞完滿。這樣說來，六書的名稱，當以許慎所說：「指事」、「象形」、「形聲」、「會意」、「轉注」、「假借」，最為妥善。

第三節　六書的次序

在「六書」次序方面的意見，代表學者是東漢班固、許慎、鄭眾三家，所述既多不同，後來的文字學者延續漢代說法，主張也互有出入。以下我們分別討論其異：

一、鄭眾的類別貫串

鄭眾是經學家，說六書以「象形」、「會意」、「轉注」、「處事」、「假借」、「諧聲」為次。日本文字學者高田忠周《古籀篇》曾作解釋：「象形、會意為一類：如武字，止、戈皆象形；如明字，日、月皆象形。轉注、處事為一類：上下、指事而實轉注也。假借、諧聲為一類：江河之從工可，實假借其聲也。」

鄭眾所列六書次第，「象形」、「會意」、「轉注」三者，大概是其引用《說文・敘》說的：象形「依類象形」，會意「比類合誼」，轉注「建類一首」，都有一「類」字來連結的。「處事」、「假借」、「諧聲」三者，得以一「事」字貫之，也是出自《說文・敘》說的：假借「依聲託事」，形聲「以事為名」，與「處事」都有一「事」字來連結。

這些為鄭眾做的推測，縱然言之成理，不過鄭眾之說，既不能如班固所敘之合乎文字發展的過程，也不能如許慎所述之隱含兩儀三才的體系。所以後世論六書次序，如王鳴盛《六書大意》、程棫林《六書次第說》、張行孚《六書次第說》，都宗許慎；孔廣居〈論六書次第〉、金錫麟〈上張南山姑丈書〉、黃以周〈六書通故〉，皆從班固，贊同鄭眾之說的不多。

二、許慎道立於一的次序

　　許慎是經學家，《後漢書‧儒林傳》說，他在當時就有「五經無雙」的美譽。《說文解字》一書，無論部首的安排、文字的連接，往往代表許慎經學的見解。許慎先「指事」而繼以「象形」，與他「始一終亥」的部首安排，以及「道立於一」的文字說解，是有密切關係的，因為「造分天地，化成萬物」的「一」，就是一個「指事」的初文。許慎又先「形聲」而繼以「會意」，形成「指事、象形、形聲、會意」的次序，而各舉「上下」、「日月」、「江河」、「武信」為例。「上下」承「一」而生，古文本作「二、二」，可代表天地兩儀；「日月」則是天象；「江河」則是地理；「武信」則是人事。四者之中，隱隱含有「兩儀」和「三才」的結構，這也許不是偶然的，可能是許慎有意的安排。因為「道立於一，而生兩儀，轉成三才」，正是這位「五經無雙」的許叔重腦子中的宇宙人生觀。何況，即以文字制作先後來說，伏羲畫卦，倉頡造字，均以一畫為始，怎能斷定「象形」必早於「指事」？而形聲字有以會意字為聲的，會意字也有以形聲字為意的，二者也難強分先後。許慎次第，實也有所依據。「轉注」和「假借」，許慎則和班固一樣，列為第五、第六。

三、六書次序依班固

　　班固是史學家，所以以史觀概念來思考文字制定的歷程，這是一個比較合理且有根據的推斷。他認為先民最初可能僅會描繪實物的形象，所以列「象形」為第一；然後才知描繪抽象的動作、狀態、位置等，所以列「象事」（指事）第二；非事物之屬的意念，每無形可象，無事可指，於是先民合兩文以表意，所以列「象意」（會意）為第三。文字在形體方面的衍變，到此可說發展至極限。「窮則變，變則通」，因此於「衍形」之外，先民又發現「衍音」的方法，用形符與聲符的相配合，創造出形聲字，終於任何語言都能制成文字了。班固列「象聲」（形聲）為四象之末，便是這個道理。至於轉注、假借，不是造字之法，而是文字運用的方式。班固列為第五和第六。

　　我們今天在六書名稱方面採用許慎的說法，在次序方面則依班固的

排序，形成「象形」、「指事」、「會意」、「形聲」、「轉注」、「假借」的次序，這應該也是根據與尊重班固在史學觀念上的精密，而著重其說法的合理性的。

第四節　六書辨異

在以下各章分別介紹六書之前，我們先將六書之間性質與各種差異，做宏觀性的釐析。掌握以下的五點異同，就可以快速地對六書有個概念：

一、「構造」與「應用」的不同

明代楊慎作《六書索隱》倡六書分經緯之說：「六書象形居其一，象事居其二，象意居其三，象聲居其四。假借者，借此四者也；轉注者，注此四者也。四象以為經；假借轉注以為緯。」清代戴震本之，有六書分「四體二用」的主張，他在〈答江慎修論小學書〉中曾說：「指事、象形、諧聲、會意四者，書之體止此矣；由是之於用，曰轉注，曰假借，所以用文字者，斯其兩大端也。」六書中所謂「體」，是指文字構造方法而言。六書中文字構造的方法只有四種，就是「象形」、「指事」、「會意」、「形聲」。六書中所謂「用」，是指文字運用方法而言。六書中文字運用的方法只有兩種，就是「轉注」和「假借」。

二、「獨體文」與「組合字」的不同

我們看許慎《說文解字‧敘》上說：「倉頡之初作書，蓋依類象形，故謂之文；其後形聲相益，即謂之字。文者物象之本；字者言孳乳而寖多也。」可見文與字是有區別的：獨體為文，合體為字。文字創造之初，只有獨體的文。或者象物之形，或者象事之形，是用「象形」同「指事」的方法構造的。後來人事複雜，獨體的文無法應付，才有合體的字出現。這種合體的字，或者由形和形相拼合，或者由形和聲相拼合，是用「會意」同「形聲」的方法構造的。所以，「象形」、「指事」與「會意」、「形聲」的區別，是獨體與合體的不同，也就是依類象形的文，與形聲相益之

字的不同。

三、「實體」與「抽象」的不同

　　王筠《說文釋例・卷一》：「觀乎天文，觀乎人文，而文生焉。天文者，自然而成，有形可象者也。人文者，人之所為，有事可指者也。故文統象形、指事二體。」大致宇宙之間，事、物兩端而已。用圖畫去描繪實物的形狀，叫作象形；用符號去表示事情的性態，叫作指事。用象形方法構造的，大多為名詞，是有實體的；用指事方法構造的，大多為動詞形容詞，是抽象的。所以，「象形」與「指事」的區別，是實體與抽象的不同，也就是實虛的不同。

四、「形符」與「聲符」的不同

　　《說文解字・敘》上說：「其後形聲相益，即謂之字。」「形」「聲」如何「相益」而成「字」的呢？粗略地說：有兩種方式：一種是形符和形符的相益，從配合兩個以上獨體初文的方法，會悟出這一個合體字的意思來。一種是形符和聲符的相益，用形符表明他的類別，用聲符注明他的聲音，以表示出字義來。例如：「信」，由形符「人」和形符「言」配合，會出「人言必信」的意思出來，是會意。「仕」，由形符「人」和聲符「士」配合，由人而知類，由士而知聲，是形聲。所以會意與形聲的區別，就是「形與形合」和「形與聲合」的不同。

五、「溝通重複」與「補救不足」的不同

　　章太炎先生《國故論衡》有〈轉注假借〉說：「字之未造，語言先之矣。以文字代語言，各循其聲，方語有殊，名義一也。其音或雙聲相轉，疊韻相迆，則為更制一字，此所謂轉注也。孳乳日繁，即又為之節制，故有意相引申，音相切合者，義雖少變，則不為更制一字，此所謂假借也。轉注者，繁而不殺，恣文字之孳乳者也；假借者，志而如晦、節文字之孳乳者也。二者消息相殊，正負相待，造字者以為繁省大例。」凡是同一語根同一意義，由於時間地域之不同，而造出不同形體的文字，它們之間相

互溝通，便是轉注，至於因為同音多同義，記錄語言時，對於未曾造出文字的語詞，不得不借用已造出的同音字代替，這就是假借。所以，轉注是溝通文字的重複，假借是補救文字的不足，轉注與假借的區別，正在於「繁」、「省」的不同。

六、六書性質異同表列

六書	體 （造字法）	依類象形	象形	象實體之形 多為名詞	日、月 山、水	實	依類象形 （獨體為文）
			指事	象抽象之形 動詞、形容 詞	一、上 下、八	虛	
		形聲相益	會意	兩個以上的 形符相配合	武、信 半、公	形	形聲相益 （合體為字）
			形聲	形符與聲符 相配合	江、河 橋、柏	聲	
	用 （用字法）	文字過多	轉注	形異義同字 的聯繫關係	考老、更改 共同、生產	繁	字多而互通
		文字不足	假借	聲同義近字 的借用	令、長、西 來、易、它	省	字少而借用

第三章
象形文

第一節　象形定義與分類

　　《說文・敘》說：「象形者，畫成其物，隨體詰詘，日月是也。」意思是說，隨著物體的外形輪廓，用屈曲的線條，畫出這物體的形狀來，便成了象形字。

　　象形字是由原始的圖畫演變而來的，在開始的時候也許可以畫得很像，但時間一久，由於許多人都在跟著畫，於是簡單化、通俗化以後，往往就和原物不太相似了。以「萬」字為例，說文：「𧒒，蟲也。從厹，象形。」萬本是一種產子極多的毒蟲，後來就用以表示一個巨大的數目。楷書的「萬」，實在已看不出它像什麼蟲。小篆頭上的「ꞔꞓ」還像一雙毒螯的樣子；身上用「乂」代表環節，尾巴從「厹」，卻已不似原形。甲骨文「萬」作「🦂」，金文作「🦂」，像毒螯、環節、鉤尾之形，使人一看就知道是一隻毒蠍。所以，現在楷體的象形字，也許不很像原物的樣子，但是推溯到最初造字的時候，一定和原物相像。

　　象形字既然是「畫成其物」，所以，天地之間的東西，只要是能夠用簡單線條畫出輪廓，而且容易分辨，使人不致於誤認的，都可以製成象形字。其中有依「天象」畫成的，如：

　　日、月、云、雨 (日、月、雲、雨)

有依「地理」畫成的，如：

山、㠯、水、泉 （山、阜、水、泉）

有依「人體」畫成的，如：

子、女、心、手 （子、女、心、手）

有依「動物」畫成的，如：

鳥、豕、虫、魚 （鳥、豕、虫、魚）

有依「植物」畫成的，如：

竹、木、禾、瓜 （竹、木、禾、瓜）

有依「衣服」畫成的，如：

衣、巾、月、糸 （衣、巾、月、糸）

有依「宮室」畫成的，如：

門、戶、窗、瓦 （門、戶、窗、瓦）

有依「器物」畫成的，如：

舟、戈、鬲、壺 （舟、戈、鬲、壺）

　　象形字經過長時期的使用，出現了不足的情況，於是在形體上開始有了新的改變作為因應。林尹先生在《文字學概說》中，將象形字分為「正例」、「變例」二大類，以下根據其分類做說明。前面所舉的一些例子，可說純粹隨著原形畫下來的。形體上沒有什麼增省，所以辨認起來比較容

易。這是象形字的「正例」，也就是「純體象形」。象形字除「正例」之外，還有變例三種：第一種是「增體象形」，就是單單象形不能明白表示它是什麼東西，必須增加其他形體來補足。例如：「果」形為「⊞」，和田地的「田」無法區別，所以增加一個「木」，成為「」字。又如「石」形為「口」，和口耳的「口」無法區別，所以增加一個「厂」，成為「」字。這些象形字，從前叫作「合體象形」或「複體象形」。為了避免和「合體為字」的「合體」混淆，所以改稱為「增體象形」，表示在形體之外有所增加。第二種變例是「省體象形」。如「」是「」少了「一」，表示全身烏黑連眼睛都分不清的烏鴉。第三種變例是「加聲象形」，是在形體之外，又加上聲符的象形字，如「齒」，在「」上加上一個「止」，表示「止聲」。

第二節　象形正例舉例

日：《說文》：「日，實也，大易之精，不虧，從○一，象形。⊖，古文，象形。」案：「○」象太陽之輪廓，「一」象其中不虧。

月：《說文》：「月，闕也，大陰之精，象形。」案：月有圓有闕，為了避免和日形混淆，所以畫闕時之形；半圓中有一豎，表示月有陰影。

云：《說文》：「雲，山川氣也，從雨，云象回轉之形。」古文省雨。，亦古文雲。案：古文都象層雲舒卷之形，為純體象形。後來借作「云謂」也就是說話之「云」，所以另在「云」上加雨表示「雲雨」之「雲」。

雨：《說文》：「雨，水從雲下也。一像天，冂象雲，水霝其間也。，古文。」案：在甲骨文中就有字，大多數則是沒有上面的「一」，作。

水：《說文》：「水，準也，北方之行，象眾水並流，中有微陽之氣也。」案：長短的線條都像水紋，橫看和八卦的坎卦相似。上下的「陰爻」是陰柔符號，中間的「陽爻」是陽剛符號，所以許慎說：「中有微陽之氣。」

泉：《說文》：「泉，水原也，象水流出成川形。」案：象水從石穴流出之形。

川：《說文》：「川，貫穿通流水也。《虞書》曰：『濬〈〈〈距川。』言深〈〈〈之水會為川也。」案：〈為細流，〈〈略大，川最大。

人：《說文》：「人，天地之性最貴者也。此籀文，象臂脛之形。」案：人字象側身站立的人形。

女：《說文》：「女，婦人也，象形。」案：女字甲文作𡚼，象兩手交疊屈膝長跪之形。釋名：「女，如也，婦人外成如人也。少如父教，嫁如夫命，老如子言。」

子：《說文》：「子，十一月易氣動，萬物滋，人以為稱，象形。」案：上象頭，中象臂，下象腳。

首：《說文》：「首，古文百也。〈〈〈象髮，謂之鬊，鬊即〈〈〈也。」案：即頭髮和頭。

囟：《說文》：「囟，頭會腦蓋也，象形。𡆒古文囟字。」案：嬰兒初生腦未合，所以「囟」上有一缺口。

牛：《說文》：「牛，事也，理也，像角頭三、封、尾之形也。」案：象頭和兩角，「一」象肩甲隆起（封），下面的「丨」象牛尾巴。

羊：《說文》：「羊，祥也，從丷，象四足尾之形。」案：「丷」象頭與角，「丰」象四足，「丨」象尾。

馬：《說文》：「馬，怒也，武也，象馬頭、髦、尾、四足之形。」案：馬站立之姿態，有怒立威武之勢。

犬：《說文》：「犬，狗之有縣蹏者也，象形。」案：上象頭和耳，下只畫兩隻腳。段玉裁注云：「有縣蹏謂之犬，叩氣吠謂之狗，皆於音得義。」「縣」為「懸」之本字。

豕：《說文》：「豕，彘也，竭其尾故謂之豕，象毛足而後有尾。」案：「竭」指高舉之形，豕怒則豎尾，就叫「竭其尾」。

木：《說文》：「木，冒也，冒地而生，東方行也。從屮，下象其根。」案：上象枝，下象根。「冒」是從土裡「冒生」出來的意

　　思。

㊀：《說文》：「禾，嘉穀也。以二月始生，八月而孰，得之中和，故謂之禾。」案：象稻穗下垂、葉、莖、根之形。

㊁：《說文》：「來，周所受瑞麥。來，麰。二麥一夆，象芒束之形。天所來也，故為行來之來。」案：「來」是一棵麥子之形，頂端的麥穗下垂；中間的「从」是芒束之形。在甲骨文時代，便假借為「往來」之「來」。

㊂：《說文》：「米，粟實也，象禾實之形。」案：「米」字象散開的稻米。

㊃：《說文》：「尗，豆也，象尗豆生之形也。」案：「尗」為「菽」的初文，中間一橫象地，上象豆子初生之形，下象豆根有根瘤之形，根瘤為豆類植物的特徵。

㊄：《說文》：「韭，韭菜也。一種而久生者也，故謂之韭，象形。」案：韭菜存活時間長，所以「韭」之音為「久」。

㊅：（說文）：「瓜，蓏也，象形。」案：外象藤蔓，中象瓜實。

㊆：《說文》：「竹，冬生艸也，象形，下垂者，箁箬也。」案：竹筍生於冬，且枝葉不凋，又屬草本，所以說「冬生艸」。「箁箬」就是筍皮，竹子長大，筍衣就會離莖下垂。

㊇：《說文》：「宀，交覆深屋也，象形。」案：「宀」是上古深入地下的房子，甲骨文作「宀」，象屋頂和兩牆之形，「家」、「室」、「宮」、「宇」等字偏旁從之。

㊈：《說文》：「戶，護也，半門曰戶，象形。」案：《說文》以「半門曰戶」，那麼，門為象形，戶為省體；《說文》又以「門從二戶」，那麼，戶為象形，門為會意。其實「戶」象單扉、「門」象雙扉，所以《說文》於二文之下都特明指明為「象形」。

㊉：《說文》：「門，聞也，從二戶，象形。」案：象「門」有二「戶」組成之形。

㊊：《說文》：「囱，在牆曰牖，在屋曰囱，象形。窗，或從穴。囧，古文。」案：囧是窗的初文，外象窗架，內象交木。

瓦：《說文》：「瓦，土器已燒之總名，象形。」案：象屋瓦之形。

井：《說文》：「丼，八家一井，象構韓形，『‧』，甕之象也。古者伯益初作井。」案：「韓」是井上交疊的木闌；「甕」是汲水的陶器。「丼」外面的「井」象韓形；裡面的「‧」象甕形。

鼎：《說文》：「鼎，三足兩耳和五味之寶器也。」案：鼎為古代烹器，以陶或銅製成。

鬲：《說文》：「鬲，鼎屬，實五觳，斗二升曰觳。象腹交友，三足。」案：上象蓋與口，中「乂」象腹交文，下象三足。

匕：《說文》：「匕，所以用比取飯，一名柶。」案：段玉裁注云：「比當作匕，匕即今飯匙也。」《說文》「木」部「柶」下云：「柶，匕也。」「匕」部「匙」下也說：「匙，匕也。」「匕」是「匙」的初文，「柶」為「匕」的別稱。

皿：《說文》：「皿，飯食之用器也，象形。與豆同意。」案：上象盤子深度可容物，中象其體，下象其底。

第三節　象形變例舉例

象形變例，包括「增體象形」、「省體象形」、「加聲象形」三類，這些象形初文，在形體上或有增加，或有減少，或添聲符，都有所改變，所以是象形初文的變例。現在分別說明於下：

一、增體象形

雲：《說文》：「雲，山川氣也。從雨，云，象回轉之形。」案：「云」為雲的初文，已見上節；後來「云」借為「云謂」（說話）之「云」，所以增「雨」而成「雲」。但是雲下面的「云」，只象回轉之形，並不代表「云謂」之義。所以只能說雲為增體象形，不能說雲為會意字。

靁：《說文》：「靁，陰陽薄動生物者也。從雨，晶象回轉形。靁籀文，靁間有回；回、靁聲也。𤴐，古文靁。」案：「晶」不是三個

「田」字，只象團團的烏雲相摩擦而生雷聲之狀。「靁」，後省作「雷」。

石：《說文》：「石，山石也，在厂之下，○，象形。」案：象山崖下有石頭形。

凷：《說文》：「凷，墣也，從土凵。凵，屈。象形。」案：「凵」象屈形，不是飯器之「凵」，所以「凷」為象形而非會意，今作「塊」，是或體字。

母：《說文》：「母，牧也，從女，象裹子形。一曰：象乳子也。」案：「母」從「女」字而有雙乳形，作為母親的象徵。

谷：《說文》：「谷，口上阿也，從口，上象其理。」案：象口腔上方脣形。

眉：《說文》：「眉，目上毛也，從目，象眉之形，上象額理也。」案：「ク」象眉；「⌒」象額紋。

血：《說文》：「血，祭所薦牲血也。從皿。一，象血形。」案：象祭祀時，器皿上所盛牲血之形。

果：《說文》：「果，木實也。從木，象果形，在木之上。」案：象木上結果之形。

朿：《說文》：「朿，木芒也，象形。讀若刺。」案：象「木」上有刺之形，「朿」為「刺」字初文。

舍：《說文》：「舍，市居曰舍，從亼，屮，象屋也，囗象築也。」案：構成「舍」的三個形體，「亼」為三合之「亼」，成文；「屮」象屋，非草木初生的「屮」；「囗」象築，非回匝之「囗」，都不成文，所以「舍」為象形而非會意。

向：《說文》：「向，北出牖也。從宀，從口。」案：「向」從「宀」，但不從「口」，「口」僅象窗口之形，並非人體的「口」字。段玉裁改為從「囗」，可是《說文》從囗之字，全部圍在字外，沒有放在字內的，可見「向」並不從「囗」。

二、省體象形

𠂤：《說文》：「𠂤，小𨸏也，象形。」案：象較小的𨸏，所以比𨸏矮一節。

烏：《說文》：「烏，孝鳥也，象形。」案：烏鴉身體全黑，連眼睛都讓人看不清楚。

虍：《說文》：「虍，虎文也，象形。」案：是「虎」字省去下面的「儿」，表示老虎的花紋。

𦍌：《說文》：「𦍌，羊角也。象形。」案：從「羊」，省去下面的「＝」，表示羊頭與羊角。

𣎵：《說文》：「欁，伐木餘也，從木獻聲。𣎵，古文欁，從木無頭。」案：象樹木被伐後，剩餘的殘木。

甶：《說文》：「甶，鬼頭也，象形。」案：從「鬼」省去下面的「儿」和「厶」，只剩鬼頭。

彑：《說文》：「彑，豕之頭，象其銳而上見也。」案：從「彘」「彖」等字而省去下半，「彘」、「彖」都是「豕」，所以「彑」表示豕的頭。

片：《說文》：「片，判木也，從半木。」案：「片」是剖開的木頭，所以從「木」省去左半，表示只有一半木頭了。

三、加聲象形

齒：《說文》：「齒，口齗骨也，象口齒之形，止聲。」案：下方象口中上下有齒之形，是已經成文的象形字，再加上「止」為聲音符號。

函：《說文》：「函，舌也，舌體𢎘𢎘，從𢎘，象形，𢎘亦聲。」案：「田」象舌的外形和紋理，𢎘聲。

舜：《說文》：「舜，艸也，楚謂之葍，秦謂之藑，蔓地連花，象形，從舛，舛亦聲。」案：象葉蔓連花之形。「舛」，一方面表示枝葉分頭生長，一方面表示聲音。

第四章
指事文

第一節　指事定義與分類

　　《說文‧敘》：「指事者，視而可識，察而見意，上下是也。」所謂「指事」，就是以符號表示事象的意思。因為事情沒有具體之形可象，只能用抽象符號表示事情的通象來指明其事，使人看見它可以識得它的事象，觀察它可以發現它的意思。例如，「上」，是指一件東西在另一件東西的上面：「下」，是指一件東西在另一件東西的下面，這都是指事。

一、「指」的方法

㈠用純體來指示

　　所謂純體，就是不增、不減、不變的單純形體。例如，用「一」（一）來表示任何一件事物；用「八」（八）來表示分別：用「△」（亼）來表示三合；用「齊」（齊）來表示整齊。都是用單純的形體來指示某種事象的。

㈡用增體來指示

　　所謂增體，是在原已成文的形體外，再加上不成文的符號。又包括兩種情形：一種是以所增的符號表示某種事情。如「亦」（亦），從「大」（大），所增的「八」指出腋下之所在。另一種是以所增的符號指示某個部位。如：「旦」（旦），從「日」（日），所增的「一」表示大地。前者所增都是虛的符號，後者所增都是物之通象。前者必為名詞；後者必非名詞。

㈢用變體來指示

所謂變體，也包括兩種情形：一種是位置的變更：如「尺」（人）本為純體象形；倒過來成為「𠤎」（匕），便是變體指事，表示人起了變化。又如「𰡷」（永）本為純體指事，表示水流悠長；倒過來成為「𠂢」（辰），便是變體指事，表示水脈分流。另一種是筆劃的變更。如「米」（木）本為純體象形；上面的頂彎曲成為「禾」（禾），便是變體指事，表示樹木生長受阻而彎曲。又如「大」（大）本為純體指事，表示人伸開手腳，所占的空間就大了；下面的腳交起來成為「交」（交），便是變體指事，表示兩腳相交。這些都是用變體來指示事情的。

㈣用省體來指示

所謂省體，就是在原已成文的形體內，減省部分筆劃，來表示某種事象。如「日」（口）為純體象形，本已成文；現在省去上面的「一」，成為「凵」（凵），表示張口，便是省體指事。又如「飛」（飛）為純體指事，本已成文；現在省去三片羽毛，成為「升」（卂），表示飛得很迅速，連羽毛都看不清楚了，便是省體指事。「凵」和「卂」便是以省體指示某種事象的。

二、「事」的內涵

㈠「事」包括「觀念」

例如：「丅」（下）、「丄」、（上）、「高」（高），是空間觀念：「才」（才）、「久」（久）、「尢」（尢），是時間觀念。

㈡「事」包括「狀態」

例如：「旦」（旦）表示天明的狀態；「𢆶」（㳄）表示破敗的狀態。

㈢「事」包括「動作」

例如：「出」（出）表示艸向上生長的動態；「曰」（曰）表示人說話的動作；「飛」（飛）表示鳥飛翔的動作；「冖」（冖）表示物覆蓋的動作。

㈣「事」包括事物的「名稱」

例如：「夾」（亦）、「彐」（寸），是人體之稱；「馬」（馬）、「朩」（本）、「朮」（末），是動物生物之部位名稱：都屬於「名稱」。這類「名稱」都是用「增加符號指示部位」的方式「指」出的。

從以上舉例可知，凡以純體、增體、省體、變體的方式，表示事物的觀念、狀態、動作者；以及以增加符號，指示部位的方式，指明事物之名稱者，就都是「指事文」。

第二節　指事正例舉例

一：《說文》：「一，惟初太極，道立於一，造分天地，化成萬物。弌，古文一。」案：「一」泛指所有個別的事物，如「一個人」、「一枝筆」、「一張桌」之類。古代哲學家每用數字來說明宇宙的起源和形成過程，如《周易·繫辭傳》有：「易有太極，是生兩儀。」《禮記·禮運篇》有：「禮必本於大一，分而為天地。」《老子》有：「一生二，二生三，三生萬物。」等等說法，這便是許慎「一」下說解的根源了。「弌」是古文奇字，並不一定比「一」為古。「弌」所從的「弋」是「橜弋」，指的是小木椿。古人在小木椿上刻一道痕，表示數量的一個。造字如果只表該痕跡，便是「一」；如果連「弋」一起放在文字上，便是「弌」了。

八：《說文》：「八，別也，象分別相背之形。」案：左右各一筆，象分別相背之形。

九：《說文》：「九，陽之變也，象其屈曲究盡之形。」案：「九」象徵一種極曲折的線條，引申作數目之極。

丄：《說文》：「丄，高也。此古文上，指事也。丄篆文上。」案：楷書的「上」字即小篆簡化而來。

丅：《說文》：「丅，底也。丅，篆文下。」案：表示在基準之下，「下」為篆文。

｜：《說文》：「｜，下上通也，引而上行讀若囟，引而下行讀若

退。」案：「｜」是一條直線，可以往上寫，也可以向下寫；往
上寫讀若「進」，為「前進」之義；往下寫就讀若「退」，為
「退後」義；若讀「滾」，便是下上「通暢」之義。

爪：《說文》：「爪，丮也，覆手曰爪，象形。」案：「爪」是
「抓」的初文。

丶：《說文》：「丶，有所絕止，丶而識之也。」案：「丶」是絕止
的符號，除了用以斷句外，又可用以分別事物。

丩：《說文》：「丩，相糾繚也；一曰：瓜瓠結丩起，象形。」案：「丩
」象事物相糾纏之形，今寫作「糾」。

予：《說文》：「予，推予也，象相予之形。」案：象以手推物予人
之狀。

厽：《說文》：「厽，絫坺土為牆壁，象形。」案：象土塊積累之
形，為「絫」字初文，楷書作「累」。

疒：《說文》：「疒，倚也，人有疾痛也，象倚箸之形。」案：徐鍇
《說文繫傳》以為：「疒象人垂四體也，一，所倚之物也。」徐
灝《說文解字注箋》以為：「爿即古床字，人有疾病，則臥時
多，故凡疾病字皆用為遍旁。」

幺：《說文》：「幺，小也，象子初生之形。」案：嬰兒初生捲縮之
形。

卜：《說文》：「卜，灼剝龜也，象灸龜之形，一曰：象龜兆之縱橫
也。」案：卜象兆紋縱橫之形。

入：《說文》：「入，內也，象從上俱下也。」案：象草木之根深入
地下之形。

出：《說文》：「出，進也，象艸木益滋，上出達也。」案：與
「入」意義相反。

屮：《說文》：「屮，艸木初生也，象｜出形，有枝葉也。古文以為
艸字。」案：草木剛出土的狀態。

才：《說文》：「才，艸木之初也，從｜上貫一，將生枝葉也。一，
地也。」案：一象地，上象莖葉初出，下象根。

之：《說文》：「之，出也，象艸過屮，枝莖漸益大有所之也。一者

地也。」案：艸木漸大向上生長，故「之」有「前往」義。

Λ：《說文》：「Λ，三合也，從入一，象三合之形，讀若集。」
案：三畫相圍以表示事物集合的意思。

○：《說文》：「囗，回也，象回匝之形。」案：象圍繞之狀，為
「圍」的初文。

Ħ：《說文》：「冂，邑外謂之郊，郊外謂之野，野外謂之冂，象遠
介也。」案：象徵極遠之距離與界限。

毌：《說文》：「毌，穿物持之也。以上一橫貫，象寶貨之形，讀若
冠。」案：古人貨貝而寶龜，「毌」象貝殼龜甲之形。「一」象
貫穿之。「毌」為「貫」之初文。

豸：《說文》：「豸，獸長脊，行豸豸然，欲有所司殺形。」案：象
虎、狼、犬等背部平直之獸類，預備伺機殺物之貌。

冓：《說文》：「冓，交積材也。象對交之形。」案：木材交疊之
象。

西：《說文》：「西，鳥在巢上。象形。日在西方而鳥棲，故因以為
東西之西。」案：本義鳥回巢「棲息」，日落西方則鳥歸巢，所
以假借為「西方」之「西」，後又造「棲」字表「棲息」。

仌：《說文》：「仌，凍也。象水凝之形。」案：「冰」之本字。

第三節　指事變例舉例

一、增體指事

示：《說文》：「示，天垂象，見吉凶，所以示人也。從二；三
垂，日、月、星也。觀乎天文，以察時變，示神事也。」案：
「二」，古文「上」表「上天」，下方三垂象日、月、星等大自
然現象，下垂示人之形。

旦：《說文》：「旦，明也，從日見一上。一，地也。」案：日出地
平線上，為黎明之義。

回：《說文》：「回，轉也，從口，中象回轉形。」案：象淵水回轉

形。

𤯔：《說文》：「𤯔，害也，從一雝川，《春秋》傳曰：『川雝為澤，兇。』」案：從川，象河川堵塞之形，為「災」之初文。

𡗗：《說文》：「立，住也，從大立一之上。」案：「大」象人，「一」象地，立字從人站在地上而得佇立的意思。

𠙵：《說文》：「曰，詞也，從口乙聲。亦象口氣出也。」案：把思想用言語表達出來叫作「曰」，象口上有氣出來的樣子。

只：《說文》：「只，語已詞也，從口，象氣下引之形。」案：在《詩經》中，「只」或用於句末，如〈柏丹〉：「母也天只，不諒人只。」為句末助詞。「只」為句末助語，口合而氣止，所以用氣下引來表示。

㒫：《說文》：「欠，張口氣悟也，象氣從人上出之形。」案：下「儿」為「人」的古文奇字，上「彡」象氣出之形，即「打呵欠」之義。

丂：《說文》：「丂，气欲舒出。上礙於一也。丂，古文以為丂字，又以為巧字。」案：指人呼吸之氣流不順暢。

兮：《說文》：「兮，語所稽也，從丂，八象氣越丂也。」案：「兮」從「丂」象氣上揚之形，語有稍停時所發之音，詩詞多作為歌之餘聲。

乎：《說文》：「乎，語之餘也，從兮，象聲上越揚之形也。」案：「乎」為句末語助詞，所以說是語之餘。

甘：《說文》：「甘，美也，從口含一。一，道也。」案：象口含食物咀嚼之狀，以表示食物的甘美，「一，道也」之道，是味道的意思。

彐：《說文》：「叉，手指相錯也，從又，象叉之形。」案：象手指相交錯，或有物之形。

尺：《說文》：「尺，十寸也，人手卻十分動脈為寸口，十寸為尺。尺，所以指尺規榘事也。尸，從乙，乙，所識也。周制：寸、尺、咫、尋、常、仞諸度量，皆以人之體為法。」案：「尺」從「尸」、從「乀」，「尸」為人，「乀」像臂肘。古人以寸口

至肘的長度為一尺。《說文》：「乙所識也」，是表明「乙」非「甲乙」的「乙」，而是標識符號。所以，「尺」非會意而為指事。

⇒：《說文》：「寸，十分也，人手卻一寸，動脈謂之寸口，從又一。」案：從人手退一寸有脈搏處，叫作寸口，也就是動脈。「寸」從「又」（手），用「一」指出寸口的位置。

夾：《說文》：「亦，人之臂亦也，從大，象兩亦之形。」案：「大」為人，旁邊兩點是指明臂腋的位置，也就是腋下處。

牟：《說文》：「牟，牛鳴也，從牛，乙象其聲氣從口出。」案：象牛口出氣，以表示牛鳴的意思。

本：《說文》：「本，木下曰本，從木，一在其下。」案：從「木」，「一」為指事符號，標明木的根本處。

末：《說文》：「末，木上曰末，從木，一在其上。」案：用「一」指出木的末端，也就是樹梢。

襾：《說文》：「襾，覆也，從冂，上下覆之。」案：包物者反覆裹之之象。「襾」為覆字初文，像上下反覆之形。

敝：《說文》：「㡀，敗衣也，從巾，象衣敗之形。」案：除「巾」之外，其他四畫就象徵衣服破敗之貌，為「敝」之初文。

高：《說文》：「高，崇也，象臺觀高之形。從冂口，與倉舍同意。」案：冂象臺，合象觀；「高」與「倉」、「舍」都以𠆢象屋，以口象築，所以說「同意」。

畐：《說文》：「畐，滿也，從高省，象高厚之形。」案：合為高省，「田」不是田字，象高厚之形。

亯：《說文》：「亯，獻也，從高省，曰象進孰物形。《孝經》曰：『祭則鬼亯之。』亯，篆文。」案：「豆」的小篆作，上半的曰，象器中有物之形。「亯」下半的曰，也象器中有熟物之形。獻物必須高舉，所以從「高」省。楷書作「亨」，也可作「享」。

絕：《說文》：「絕，斷絲也，𢇍，古文絕，象不連體絕二絲。」案：象兩根絲，被刀弄斷了。

刃：《說文》：「刃，刀堅也，象刀有刃之形。」案：「刃」從

「刀」，用「ヽ」指出刀刃的所在。

二、變體指事

ㅷ：《說文》：「ㅷ，變也，從到人。」案：倒「人」為「ㅷ」，是「化」字初文，人倒過來，表示有所變異。

県：《說文》：「県，到首也，賈侍中說：此斷首到縣 県 字。」案：倒「首」為「県」，為「懸」字初文。

帀：《說文》：「帀，周也，從反之而帀也。周盛說。」案：「周」是周遍，凡事反覆從事，就會周帀，將「之」字「山」反過來就是「帀」。

昌：《說文》：「昌，厚也，從反亯。」案：反「亯」為昌，為「厚」字初文。亯（享）為下獻上；「厚」為上賜下，在上的人賞賜在下的人，表示厚重。

派：《說文》：「派，水之衺流別也。從反永。」案：「永」（永）為長流，將「永」字反寫意指分流，也就是支流，為「派」字初文。

匕：《說文》：「匕，相與比敘也。從反人。」案：將「人」字：尺反過來，即為「匕」，表示次序義。

ㄎ：《說文》：「ㄎ，反ㄅ也，讀若呵。」案：「ㄅ」表示氣有所礙，不能暢出，反「ㄅ」為ㄎ，表示氣能舒暢，音義都和呵斥的呵相近。

叵：《說文》：「叵，不可也，從反可。」案：字形從反可（可），字義為不可，字音也為「不可」之合音。

乏：《說文》：「乏，《春秋傳》曰：『反正為乏。』」案：《左傳・宣公十五年》：「反正為乏」，「正」者「是」之義，與「正」相反，就有匱乏之義。

矢：《說文》：「矢，傾頭也，從大，象形。」案：「大」象人正立形，「矢」則是頭傾屈之形。

夭：《說文》：「夭，屈也，從大，象形。」案：象人頭向右傾屈。

交：《說文》：「交，交脛也，從大，象交形。」案：象兩腳相交之
形。

尣：《說文》：「尣，曲脛人也，從大，象偏曲之形。」案：跛足之
形，從「大」象腳一直一曲。

尸：《說文》：「尸，陳也，象臥之形。」案：象臥形，是篆文尺
（人）字的橫體。上古祭祀時以真人扮祭主，也叫作「尸」。

旡：《說文》：「飲食氣逆不得息曰旡，從反欠。」案：「欠」是打
呵欠，順暢呼氣，「旡」從反「欠」，表示不得喘息。

三、省體指事

非：《說文》：「非，違也，從飛下翅，取其相背也。」案：「飛」
字篆文作飛，「非」從「飛」字取下兩翅，省去身體，象兩翅相
背之形。

卂：《說文》：「卂，疾飛也，從飛而羽不見。」案：從篆文飛而不見
羽毛，來表示飛的迅速。為「迅」字初文。

凵：《說文》：「凵，張口也，象形。」案：人張口時，下巴往下張
大，所以省上唇以見意。

夕：《說文》：「夕，莫也，從月半見。」案：太陽下山後，月亮隱
隱約約地顯現，省去月（月）中筆劃，表示夜晚來臨。

第五章
會意字

第一節　會意字定義與分類

一、定義

　　《說文解字‧敘》：「會意者，比類合誼，以見指撝，武信是也。」段玉裁注：「誼者，人所宜也。先鄭《周禮注》曰：今人用義，古書用誼，誼者本字，義者假借字。會意者，合誼之謂也。」王筠《說文釋例》也說：「會者，合也，合誼即會意之正解。會意者，合二字三字之義，以成一字之義。」段、王二氏，都用「合誼」來解「會意」，這當然是對的。不過，「會意」是一語雙關，除了「合誼」的意思外，還含有動詞「領會其意」的意思。元楊桓《六書溯源》就說：「使人觀之而自悟，故謂之會意。」

　　所謂「會意」，就是把兩個或兩個以上的文字配合成一個字，使人領會出它的意思。「比類合誼」，就是排比配合二類或三類、四類的文字，合成一個新的字義；「以見指撝」，就是來發現新合成的字的意向。例如，「武」，是排比配合「止」、「戈」兩個初文，合成「武」字新義；人們見了，便可領會止住天下兵戈，不使亂動，才是真正威武的文字意向。又如「信」，是排比配合「人」「言」兩個文字，合成「信」字新義；人們見了，便可領會人能實現諾言，才算有信用的意向。「武」「信」這種造字法，可算最純粹而且最有意思的會意字了。

二、分類

　　會意字是由兩個或兩個以上的文字所組成，其組成的分子與組合方式的不同，就造成會意字的類型差異，以下我們從這兩個層次為之分類：

(一)組成分子

　　1.會二象形文成字：「止」、「戈」為「武」。

　　2.會二指事文成字：「八」、「厶」為「公」。

　　3.會一指事一象形成字：「八」、「刀」為「分」。

　　4.會一象形一會意成字：「木」、「焱」為「燊」。

　　5.會一指事一會意成字：「八」、「束」為「柬」。

　　6.會一形聲一非形聲成字：「言」、「一」為「音」。

　　7.會兩形聲成字：「言」、「殳」為「設」。

(二)組合方式

1.**異體會意**

　　⑴會異體文字順遞見意：「人」、「言」為「信」。《說文》多採「從某某」字樣。

　　⑵會異體文字並峙見意：「析，從木、從斤。」《說文》多採「從某從某」字樣。

　　⑶會異體文字以位見意：「益，從水皿。」「水」在「皿」上而有溢滿之意。

2.**同體會意**

　　⑴會同體兩字見意：「林」、「炎」、「棘」、「哥」。

　　⑵會同體三字見意：「晶」、「淼」、「垚」、「焱」。

　　⑶會同體四字見意：「茻」、「玨」。

3.**變體會意**

　　⑴合體並增加輔助符號：「爨」。

　　⑵合體而省形：「支，從手持半竹」。

4.**兼聲會意**

　　會意偏旁兼聲：「誼，從言宜，宜亦聲。」《說文》多用「亦聲」字樣。

第二節　會意正例舉例

一、異體會意

(一)會異體文字順遞見意

祭：《說文》：「祭，祭祀也，從示，以手持肉。」案：用「手」持「肉」以享神祇的意思。合三字會意。

社：《說文》：「社，地主也，從示土。」案：社是士神，所以合「示」、「土」會意。

扁：《說文》：「扁，署也，從戶冊，戶冊者，署門戶之文也。」案：扁今俗作「匾」。

古：《說文》：「古，故也，從十口，識前言者也。」案：口耳相傳，至於十數，必是「故事」了。

用：《說文》：「用，可施行也，從卜中，衛宏說。」案：卜中就可施行，所以取以會意。

隻：《說文》：「隻，鳥一枚也。從又持隹，持一隹曰隻，持二隹曰雙。」案：以手捉鳥之意

美：《說文》：「美，甘也，從羊大。」案：羊大則肥美。

集：《說文》：「雧，群鳥在木上也，從雥木，集，雧或省。」案：今字作「集」。

暴：《說文》：「暴，晞也，從日出廾米。」案：「暴」字從「日」、「出」，用雙手舉手去曬米穀而見意。

老：《說文》：「老，考也，七十曰老。從人、毛、匕。言須髮變白也。」案：人之毛髮由黑變化為白，表示人老了。

(二)會異體文字並峙見意

囂：《說文》：「囂，聲也，氣出頭上。從品，從頁；頁，首也。」案：人首四周有眾口，所以有囂鬧之意。

寇：《說文》：「寇，暴也。從攴，從完。」案：「攴」為攻擊，「完」為完備。當完備之時遭受攻擊，就叫作寇。

死：《說文》：「死，漸也，人所離他。從歺，從人。」案：「歺」為

殘骨，人成殘骨，便是死了。

析：《說文》：「析，破木也，一曰折也。從木，從斤。」案：「斤」為斧頭，「析」從「木」從「斤」，表示以斧斷木，所以有破木和折斷的意思。

羅：《說文》：「羅，以絲罟鳥也。从网，从維。古者芒氏初作羅。」案：「网」即「網」，「糸」網而可以捕鳥，「羅」為網鳥之「網」。

臭：《說文》：「臭，禽走，臭而知其迹者，犬也。从犬，从自。」案：「自」本義為「鼻」，犬鼻善聞，此字本義為今日之「嗅」。

好：《說文》：「好，美也。从女、子。」案：「子」為男子美稱，男女交好而為親。

悳：《說文》：「悳，外得於人，內得於己也。从直，从心。」案：正直之心為「悳」，古「德」字。

(三)會異體文字以位見意

班：《說文》：「班，分瑞玉。從珏，從刀。」案：把「珏」（瑞玉）用刀分開。

東：《說文》：「東，動也，從木，官溥說：從日在木中。」案：日從樹間升起，方向為東。

杲：《說文》：「杲，明也。从日在木上。」案：日上樹梢，為「天明」之意。

杳：《說文》：「杳，冥也。从日在木下。」案：太陽沒入樹下，為黃昏黑暗之意。

莫：《說文》：「莫，日且冥也。从日在茻中。」案：「茻」是大草原，太陽沒入草原中，所以是「黃昏」、「黑暗」、「空無」義，今「暮」之本字。

囚：《說文》：「囚，繫也。從人在囗中。」案：人被圍則為「囚」。

閒：《說文》：「閒，隙也。从門从月。」案：從門內可以看見月光，所以為「隙縫」，「空閒」義也由此來。

闖：《說文》：「闖，馬出門皃。从馬在門中。」案：馬從家門闖
　　出。

兼：《說文》：「兼，并也。从又持秝。兼持二禾，秉持一禾。」
　　案：「兼」拿二「禾」，故有「兼併」、「多量」之意。「秉
　　持」的「秉」，只有一「禾」則是不貪。

二、同體會意

　　以相同的文字組合成新字，是最早的會意字造字方法。凡同體會意，
一為該事物大量之義，二則為該事物之特質明顯發揮。

(一)會同體二字見意

友：《說文》：「友，同志為友，從二又相交。」案：又為手，友從
　　二手相交、表示相親。

哥：《說文》：「哥，聲也，從二可，古文以為歌字。」案：「可」
　　是口氣舒緩，二可相合指歌聲。

多：《說文》：「多，重也，從重夕，夕者，相繹也，故為多。」
　　案：時間是無窮至多的，一夕過去，一夕又來。故多從重夕。

赫：《說文》：「赫，火赤貌。從二赤。」案：紅而又紅為赫，所以
　　從二赤。

林：《說文》：「林，平土有叢木曰林。从二木。」

祘：《說文》：「祘，明視以筭之。从二示。《逸周書》曰：『士分
　　民之祘。均分以祘之也。』」，案：「示」是「展示」、「顯示」
　　義，合二「示」則更加清楚，故叫「明示」，為「算」之本字。

沝：《說文》：「沝，二水也。闕。」案：許慎說「闕」者，是其不
　　知所構造何義。二水相合，應該指的是「匯流」之義。

炎：《說文》：「炎，火光上也。從重火。」案：二「火」重疊所以
　　是「火光向上」。

圭：《說文》：「圭，瑞玉也。上圜下方。公執桓圭，九寸；侯執信
　　圭，伯執躬圭，皆七寸；子執穀璧，男執蒲璧，皆五寸。以封諸
　　侯。從重土。楚爵有執圭。」案：一「土」為天子土，一「土」

為諸侯之土。

㈡會同體三字見意

聶：《說文》：「聶，駙耳私小語也。從三耳。」案：即「悄悄話」。

品：《說文》：「品，眾庶也。從三口。」案：很多人的意思。

轟：《說文》：「轟，群車聲也。從三車。」

驫：《說文》：「驫，眾馬也。從三馬。」案：許多馬；跑很快。

麤：《說文》：「麤，行超遠也。從三鹿。」案：「快速」、「粗大」義。

磊：《說文》：「磊，眾石也。從三石。」

毳：《說文》：「毳，獸細毛也。從三毛。」案：「細碎」之意。

㈢會同體四字見意

芔：《說文》：「芔，眾艸也。從四屮。」

㗊：《說文》：「㗊，眾口也。從四口。」

㠭：《說文》：「㠭，極巧視之也。從四工。」

第三節　會意變例舉例

一、省體會意

凡合兩體以上成字，其中一體成文、一體簡省，便是「省體會意」。《說文》多以「從某省」表示，或如「支，從手持半竹」的描述方式說解。

支：《說文》：「支，去竹之枝也。從手持半竹。」案：手持半竹，有支配之意。

緊：《說文》：「緊，纏絲急也，從臤，從絲省。」案：「臤」是堅實，絲編得堅實叫緊。

隸：《說文》：「隸，及也。從又，從尾省。又，持尾者，從後及之也。」「又」是手，手已經碰觸到前面動物的尾巴，所以可及。

眔：《說文》：「眔，目相及也，從目，從隸省。」案：目光相視之

意。

耆：《說文》：「孝，善事父母者。從老省，從子，子承老也。」
案：「老」為父，子承父即孝順。

畏：《說文》：「畏，惡也。从甶，虎省。鬼頭而虎爪，可畏也。」
案：上為鬼頭，下為虎爪，令人畏懼。

谷：《說文》：「谷，泉出通川為谷。从水半見，出於口。」案：
「口」表示山谷空間，而水自其間流出之貌。

二、兼聲會意

凡兩文以上相合，其中有一文兼作聲符者，為「兼聲會意」，《說
文》以「亦聲」字樣表示此類會意字：

警：《說文》：「警，言之戒也，從言敬，敬亦聲。」

誼：《說文》：「誼，人所宜也，從高宜，宜亦聲也。」

饗：《說文》：「饗，鄉人飲酒也，從鄉，從食，鄉亦聲。」

貧：《說文》：「貧，財分少也，從貝分，分亦聲。」

吏：《說文》：「吏，治人者也。从一从史，史亦聲。」

鉤：《說文》：「鉤，曲也。从金从句，句亦聲。」

政：《說文》：「政，正也。从攴从正，正亦聲。」

字：《說文》：「字，乳也。从子在宀下，子亦聲。」

婢：《說文》：「婢，女之卑者也。从女从卑，卑亦聲。」

整：《說文》：「整，齊也。从攴从束从正，正亦聲。」

第六章
形聲字

第一節　形聲字定義

　　《說文‧敘》：「形聲者，以事為名，取譬相成，江河是也。」形聲字顧名思義是「形」與「聲」配合而成。「以事為名」指事物的形體、形態；「取譬相成」指事物的聲音，《說文》：「譬，諭也」、「諭，告也」，指的都是語音的應用。例如「江」、「河」二字，形狀符號為「水」，再取「工」、「可」為聲音符號模擬事物之聲，形符、聲符相加便成為標準的形聲字。「江」這個字，原來是「長江」的專名，「河」則是「黃河」的專名，由於二條河水流挾帶泥沙的量不同，所以流水也有輕盈壯大、厚重混濁之分，於是「工」的聲音是古人取以模擬長江水勢盛大的聲音；「可」則是模擬黃河厚重遲緩的流水聲。只是這裡說的聲音，乃是造字當時的語音，今天語音多數有了變化，所以就未必容易聯想了。

第二節　形聲字聲音來源

　　形聲字的發音來自其「聲符」，也就是聲符具備了發音的功能。聲符的來源有二：第一種是描摹事物之聲而來，許慎所舉「江」、「河」二字，便是這一種。又例如，「雞」、「鴨」二字，以聲符「奚」、「甲」來描摹雞鴨之叫聲。「玲」、「璫」二字，以「令」、「當」描摹玉器碰撞之聲。「嘻」、「哈」，以「喜」、「合」之音描摹人嘻笑之聲。這些都是「以事物之聲命名」的，在形聲字中數量並不多。

　　數量最多的聲音來源，是來自「初文」之音，也就是形聲字中的初

文偏旁的音。例如，「祥」、「養」以「羊」為聲符；「輪」、「倫」以「侖」為聲符；「說」、「悅」以「兌」為聲符。這種形聲字的聲符不但表音，事實上也都可以表義，和前述「以事物之聲命名」的聲符不同。上古狩獵時代，獵到羊是好事，「羊」有名詞的意義，也有形容詞的「好」、「吉」的意義，當我們要造「吉祥」的字，便取「羊」的字形與字音來組成新的形聲字。「侖」有「條理」、「次序」義，所以「車輪」、「倫常」概念，便以「侖」為聲符並表義。「兌」有「消散」之義，「說話」是語氣的消散、「喜悅」是情緒的發抒，遂取「兌」字來作聲符。

第三節　形符的事類功能

形聲字的「形符」，目的在表示事物的類別與型態。例如：從「鳥」為形符的形聲字，多為鳥類；從「金」為形符的形聲字，多為金屬；從「艸」為形符的形聲字，多為艸本植物；從「木」為形符的形聲字，多為木本植物。《說文》每於各部首下說明：「凡某之屬皆從某。」就是因為說文540部首，絕大部分都是形聲字的形符。我們以《說文》「玉」部形聲字為例：

1. 玉名：「瓘」、「璥」、「琠」、「璠」、「瑾」、「瑜」、「玒」、「瓊」、「珣」、「璐」等字；或為「用玉之等級」如：「瓚」字。
2. 玉光：「瑛」字。
3. 玉之美惡：「璠」、「球」、「琳」。
4. 玉之瑞器：「璧」、「瑗」、「環」、「璜」、「琮」、「琥」、「瓏」、「琬」、「璋」、「琰」、「玠」、「場」、「瓛」、「珽」、「瑁」、「瑞」。
5. 玉飾：「玦」、「珥」、「瑱」、「琫」、「珌」、「瑤」、「瑑」、「珇」、「璪」、「瑵」。
6. 玉色：「玼」、「璱」、「瑩」、「瑕」。
7. 治玉：「琢」、「瑂」、「理」。

8.愛玉：「珍」、「玩」。

9.玉聲：「玲」、「瑲」、「玎」、「琤」、「瑣」。

10.石之次玉者：「瑀」、「琚」、「玖」。

11.石之似玉者：「璡」、「瓅」、「璁」、「瓘」、「瑂」、
　　　　　　　　「璒」。

12.石之美者：「琨」、「瑤」。

13.珠類：「珠」、「玭」、「玓」、「瓅」、「玫」、「瑰」、
　　　　　「璣」、「琅」、「玕」。

14.珊瑚：「珊」、「瑚」。

15.送死之玉：「琀」。

16.以玉事神：「靈」。

　　以上所有字，全是與「玉類」有關的形聲字，所以它們的形符都從
「玉」，形聲字形符的功用，由此可見一斑。有了形聲造字法，漢字的數
量就不斷增加，這與以形符確立「事物類型」，並以之統領所有該類事物
的便利性，是有密切關係的。

第四節　聲符的音義功能

一、表音表義聲符

　　聲符的基本功能是表音，但是形聲造字法之所以成為漢字最主要的
造字法則，這與其聲符不但表音，更可以充分表義的功能有著密切關係。
我們知道漢語系統的三大要素是「形、音、義」，其中「意義」是語言的
目的，「語音」與「字形」是表義的工具，工具精密表義也才可能明確，
形聲字的聲符本身就將「形」與「音」二者完全結合充分表義，不單只是
「記音」功能而已。

　　我們舉《說文》中「丩」這個初文聲符為例，看看它所延伸出來的形聲
字家族：

　　𠃚：「丩，相糾繚也。一曰瓜瓠結丩起。象形。」

　　𠂔：「句，曲也。从口丩聲。」

拘：「拘，止也。从句从手，句亦聲。」

鉤：「鉤，曲也。从金从句，句亦聲。」

苟：「苟，艸也。从艸句聲。」

跔：「跔，天寒足跔也。从足句聲。」

朐：「朐，脯挺也。从肉句聲。」

敂：「敂，擊也。从攴句聲。讀若扣。」

絇：「絇，纑繩絇也。从糸句聲。讀若鳩。」

翑：「翑，羽曲也。从羽句聲。」

痀：「痀，曲脊也。从疒句聲。」

「丩」是一個指事初文，本義「彎曲糾纏」，其筆劃作彎曲糾纏之形，表示所有「彎曲糾纏」之事物。「句」即「勾」，以「丩」為聲符，讀音相同，也取「彎曲」之義，即「勾子」。接下來，以「句」為聲符的所有形聲字，就通通有了「彎曲」之意義。至於什麼東西彎曲了，則視其「形符」就可以知道，「羽」加「句」當然就是「羽毛彎曲」之意。由此可知，形聲字的聲符，具有強大的表音、表義功能，絕不可以只以表音而等閒視之。要深刻掌握漢語漢字之意義核心，形聲字是最有條理的科學材料。就文字應用層面而言，形聲字也是最可以讓人統合「形、音、義」三大漢語要素的文字系統了。

二、表音不表義聲符

少數形聲字的聲符只單純表音，並沒有表義的深層功能，也就是與字義無關。這種聲符有以下幾種情況：

㈠描摹事物之音

這種情況多出現在蟲魚鳥獸畜這些物種形聲字，例如「雞」、「鴨」、「鵝」、「貓」、「鵲」等，均以聲符描摹其聲音。另外，像「江」長江水聲、「河」黃河水聲、「缸」是敲打水缸之聲、「板」是木板撞擊之聲，也屬於此類。

㈡狀聲字

例如，「哞」牛叫聲、「咩」羊叫聲、「汪」狗叫聲、「吐」嘔吐

聲、「喵」貓叫聲、「吱」鼠叫聲、「咯」母雞叫聲、「嘖」稱讚聲、「啾」打噴嚏、「嚕」鼾聲、「淙」流水聲、「砰」爆炸聲、「颼」風聲、「嗡」耳鳴聲或蜂聲、「嚶」小鳥或嬰兒聲、「呦」鹿鳴聲、「呱」嬰兒哭聲、「潺」水流聲、「喃」低聲說話的聲音。

(三)外來語

　　例如，「琊」字是「琉璃玉」，水果的「葡萄」，其語音源自早期胡人發音。「鉀」、「鈉」、「錳」、「鋰」、「鈣」、「鎂」、「氨」、「氖」、「氦」、「氙」、「氚」這些化學元素的名稱，也多數來自外來語。

第五節　形聲字類型與偏旁位置

一、形聲字類型

　　認識形聲字並不困難，只要在所有偏旁中，有一個聲音符號，便是形聲字。要為形聲字做類型區分，可以依據許慎在《說文》中，針對7,697個形聲字所作解說術語的差異來區分：

(一)正體形聲

　　「從某，某聲。」形符、聲符皆不省形，為數最多。

(二)省體形聲

　　1.「從某省，某聲。」形符為省體，聲符非省體。
　　2.「從某，某省聲。」形符不省，聲符為省體。
　　3.「從某省，某省聲。」形符、聲符皆為省體。

(三)繁體形聲

　　1.「從某，某象某形，某聲（或某省聲）。」在形聲符之外，加入不
　　　成文符號。
　　2.「從某某，某聲。」複數偏旁，最後一個為聲符。

二、形聲字偏旁位置

　　若從組字時偏旁位置的差異來看，形聲字的聲符位置並不固定，各種位置都可以是聲符所在：

㈠左形右聲：「江」、「河」、「伴」、「慢」。

㈡右形左聲：「雞」、「鳩」、「影」、「歌」。

㈢上形下聲：「菁」、「霜」、「藻」、「草」。

㈣下形上聲：「警」、「烈」、「婆」、「娑」。

㈤外形內聲：「圍」、「圓」、「國」、「圃」。

㈥內形外聲：「聞」、「閔」、「辯」、「衡」。

第六節　形聲字正例舉例

　　凡形聲字正例者，在《說文》字形結構解說中，皆「從某，某聲」之例：

禎：《說文》：「禎，以真受福也。從示，真聲。」

瑀：《說文》：「瑀，石之次玉者。從玉，禹聲。」

苷：《說文》：「苷，甘草也。從艸，甘聲。」

牷：《說文》：「牷，牛完全也。從牛，生聲。」

物：《說文》：「物，萬物也；牛為大物，天地之數起於牽牛，故從牛，勿聲。」

根：《說文》：「根，木株也。從木，艮聲。」

蒔：《說文》：「蒔，更別種。從艸，時聲。」

唱：《說文》：「唱，導也。從口，昌聲。」

梗：《說文》：「梗，山枌榆，有束，莢可為蕪荑也。從木，更聲。」

宥：《說文》：「宥，寬也。從宀，有聲。」

猛：《說文》：「猛，健犬也。從犬，孟聲。」

背：《說文》：「背，脊也。從肉，北聲。」

攻：《說文》：「攻，擊也。从攴，工聲。」

翁：《說文》：「翁，頸毛也。从羽，公聲。」

蕭：《說文》：「蕭，艾蒿也。从艸，肅聲。」

播：《說文》：「播，種也。一曰布也。从手，番聲。」

丕：《說文》：「丕，大也。从一，不聲。」

園：《說文》：「園，所以樹果也。从囗，袁聲。」

匿：《說文》：「匿，亡也。从匸，若聲。」

第七節　形聲字變例舉例

一、省體形聲

(一)形符省形者：「從某省，某聲」

弒：《說文》：「弒，臣殺君也。从殺省，式聲。」

耉：《說文》：「耉，老人面凍黎若垢。从老省，句聲。」

屨：《說文》：「屨，履也。从履省，婁聲。一曰鞮也。」

屐：《說文》：「屐，屩也。从履省，支聲。」

鹺：《說文》：「鹽，河東鹽池。袤五十一里，廣七里，周百十六里。从鹽省，古聲。」

(二)聲符省形者：「從某，某省聲」

營：《說文》：「營，市居也。从宮，熒省聲。」

齋：《說文》：「齋，戒，潔也。从示，齊省聲。」

余：《說文》：「余，語之舒也。从八，舍省聲。」

融：《說文》：「融，炊气上出也。从鬲，蟲省聲。」

皮：《說文》：「皮，剝取獸革者謂之皮。从又，為省聲。」

(三)形符聲符皆省者：「從某省，某省聲」

笏：《說文》：「笏，筋之本也。从筋省，夗省聲。」

量：《說文》：「量，稱輕重也。从重省，曏省聲。」

二、繁體形聲

(一)增加不成文符號：「從某，某象某形，某聲（或某省聲）」

牽：《說文》：「牽，引前也。从牛，冂象引牛之縻也。玄聲。」

龍：《說文》：「龍，鱗蟲之長。能幽，能明，能細，能巨，能短，能長；春分而登天，秋分而潛淵。从肉，飛象肉飛之形，童省聲。」

禽：《說文》：「禽，走獸總名。从厹，象形，今聲。禽、离、兕頭相似。」

金：《說文》：「金，五色金也。黃為之長。久薶不生衣，百鍊不輕，从革不違。西方之行。生於土，从土；左右注，象金在土中形；今聲。」

(二)複數偏旁，最後一個爲聲符：「從某某，某聲」

碧：《說文》：「碧，石之青美者。从玉、石，白聲。」

藻：《說文》：「藻，水艸也。从艸，从水，巢聲。」

嗣：《說文》：「嗣，諸侯嗣國也。从冊，从口，司聲。」

奉：《說文》：「奉，承也。从手，从廾，丰聲。」

梁：《說文》：「梁，水橋也。从木，从水，刃聲。」

牖：《說文》：「牖，穿壁以木為交窻也。从片、戶、甫聲。」

聽：《說文》：「聽，聆也。从耳、悳，壬聲。」

寶：《說文》：「寶，珍也。从宀，从王，从貝，缶聲。」

第七章
轉　注

第一節　轉注釋義

　　「轉注」是用字法則，目的在討論兩個或兩個以上的字，其字音與字義間可以相通的邏輯關係，例如「共」與「同」、「更」與「改」。以許慎六書角度而言，「轉注」是他提出來解釋這種現象與原因的一個理論。如果從造字歷程與文字應用者的角度而言，「轉注」理論則提供我們理解轉注字由來，以及它們可以互通之理，進而使我們對文字應用更加明確。

　　《說文・敘》：「轉注者，建類一首，同意相受，考老是也。」所謂「建類一首」是指轉注字間的聲音，或者是雙聲、或者是疊韻，或者完全同音，總之，它們必然有聲音關係，來自同一淵源。「同意相受」則是指文字的意義相同，可以互通。

　　根據許慎所說，轉注的條件是：「字異、音同（近）、義同（近）」，符合這些條件，它們之間就可以「轉相注釋」，也就是相互解釋。例如，「考，老也」、「老，考也」；「更，改也」、「改，更也」；「共，同也」、「同，共也」之類。但它們仍然是兩個各自獨立的文字，可以個別使用。

第二節　轉注之起因與功能

　　既然兩個字之間聲音有關係，意義也相通，那又何必造出兩個字來呢？這個問題就牽涉到轉注的起因與它的功用。我們可以這樣理解：文字不是一人、一時、一地所造，可是各地區的人使用各種文字用以記錄語音

的功能則一。因此，同一意義的語言，甲地造的字可能與乙地造的字不同，起初用的字可能與後來用的字不同。這些在不同的空間與時間造出的聲音相同、意義相同，而形體不同的文字，在某時某地都已普遍使用，既不能取消另一形體的文字，於是就用轉注的方法溝通它們，理解它們。

　　例如，漢揚雄《方言》：「盂，宋衛之間或謂之盌。」「盂」與「盌」，意義相同，古音是雙聲字，可是字形卻不同。於是用「盂，盌也；盌，盂也。」去轉相注釋，以為溝通。宋丁度《集韻》：「吳人呼父曰爸。」「父」與「爸」，意義相同，古音也是雙聲字，可是形體不同。於是可以用「父，爸也；爸，父也。」去轉相注釋，以為溝通。

　　又如：章太炎先生《新方言》：「今人言的，在語中者，的即之字。」他說的「的」就是現代漢語中「我的」、「你的」。「的」與「之」，用作介詞，意義相同，在聲音上，古音是雙聲字，可是形體不同。於是，用「之，的也；的，之也」去轉相注釋，以為溝通。章氏《新方言》又說：「唐人詩多用無於語末，今語亦然，音轉如麼。」「無」與「麼」，用作語氣詞，意義相同，如白居易《問劉十九》：「晚來天欲雪，能飲一杯無？」現代漢語即：「能飲一杯麼？」在聲音上，古音也是雙聲字，可是形體不同，於是也可用「無，麼也；麼，無也」去轉相注釋，以為溝通。

　　可以這麼說，在造字過程中，由於時空差異而都造字，或是因應各種細微意義差異，例如，不同事物而有相同意義，而多造出了許多字。這些古今南北音同、義同、形不同的文字，在漢字歷程中都一直存在，「轉注」的理論，就是用來溝通古今南北文字的重複。

第三節　轉注與互訓

　　歷來對轉注的解說，有許多錯誤的主張。唯一和六書轉注可以有關聯性的是「互訓說」，也是所有轉注說中比較合理的。本節介紹史上一些錯誤的轉注說，也分析六書轉注，和訓詁「互訓」的異同。

一、錯誤的轉注說

歷史上許多轉注說的錯誤，發生在對於兩個關鍵的不明瞭，第一是誤將轉注當成造字法，第二則是不明白許慎「建類一首」的意思。「形轉派」和「形省派」就屬於第一種，「部首派」、「轉音派」則是第二種：

1.形轉派

形轉派認為字形的反正倒側，即是轉注，例如，唐代裴務齊以「考字左回，老字右轉」說「考、老」轉注。許多人已經知道這種說法毫無根據，也毫無意義，但是宋代鄭樵在其《通志‧六書略》中，依然把「杲、東、杳」、「本、末、朱」、「叨、召」、「衾、衿」這類字列為轉注。元朝戴侗《六書故》也說：「何謂轉注，因文而轉注之，側山為峊、反人為匕、反欠為旡、反子為云之類是也。」這些說法，都誤將造字時改換文字位置成為新字的現象當成轉注，如果這就是轉注，廣義來說，豈不是所有漢字都互為轉注了。

2.形省派

把文字筆劃簡省當作轉注，是形省派的主張，例如，曾國藩〈與朱太學書〉：「老者，會意字也；考者，轉注字也。凡形聲之字，大抵以左體為母，以右體之得聲者為子，而母字從無省畫者。凡轉注之字，大抵以會意之字為母，亦以得聲者為子，而母字從無不省畫者。其曰建類一首者，母之形模尚具也。其曰同意相受者，母字之畫省而意存也。」他把省體形聲字當作轉注，所以「老，考也，從人毛匕，言須髮變白也。」是會意，「考，老也，從老省，丂聲。」則是轉注。這和許慎以「日、月」二字同為象形、「上、下」二字同為指事、「江、河」二字同為形聲、「武、信」二字同為會意之解說，體例完全不合。曾國藩也是將轉注當造字法來討論，致使有如此謬誤。

3.部首派

《說文》說轉注「建類一首，同意相受，考、老是也。」有人就把這「首」字解作「部首」，同一部首內字即為轉注。例如，清江聲《六書說》：「轉注則由是而轉焉，如挹彼注茲之注。即如考老之字，老屬會意也，人老則須髮變白，故老從人毛匕，此亦合三字為誼者也。立老字以為部首，所謂建類一首，考與老同意，故受老字而從老省。考字之外，如

者、耆、壽、耉之類，凡與老同意者，皆從老省而屬老，是取一字之意，以概數字，所謂同意相受……五百四十部之首，即所謂一首也，下云凡某之屬皆從某，即同意相受也。」

　　以「部首」之「首」解「建類一首」，把部內字都當成轉注，可以相互解釋。這種說法完全不能成立，玉部中有「璧」、「瑗」、「環」皆為玉之瑞器，「琀」則為人死後含在口中的「送死之玉」，這些難道也都是玉就可以「同意相受」？另外，540部首並非不可以省併，後來的字書不斷歸併部首，目前只剩214個，難道歸併部首後，那些部首內字就又突然變成轉注之字而可以同意相受了？顯然部首派的說法是不正確的。

4.音轉派

　　這派所謂的「音轉」，並不是我們一般以為的古音音變，而是將所謂的「破音字」當成了轉注。宋代張有《復古篇》就說：「轉注者，展轉其聲注釋他字之用也。」明代趙古則《六書本義》還加以分類舉例：「曰：因義轉注者：如惡本善惡之惡，以其惡也則可惡（去聲），故轉為憎惡之惡……曰：無義轉注者，如荷本蓮荷之荷，而轉為負荷之荷（去聲）……曰：音轉而轉者，如長本長短之長，長則物莫先焉，故轉為長幼之長（上聲）……」這種說法，不但沒有對許慎「建類一首，同意相受」的定義，作出討論與說明；而且將一字兩音，分為兩義的音義衍化現象視為轉注，在邏輯上就已經不正確了。

二、「互訓」與「轉注」關係

(一)「互訓」釋義

　　「互訓」是訓詁學中歸納漢語解釋方式的術語之一，也就是「互訓」、「推因」、「義界」。所謂「互訓」，就是將一批同義詞集中，以互相解釋的方式，進行詞義的理解。漢語訓詁的經典《爾雅》，就是匯聚同義詞作互相解釋的一部語言詞彙專書，如以下三條〈釋詁〉篇的例子：

　　　初、哉、首、基、肇、祖、元、胎、俶、落、權輿，始也。
　　　儀、若、祥、淑、鮮、省、臧、嘉、令、類、綝、穀、攻、

穀、介、徽，善也。

爰、粤、于、那、都、繇，於也。

將《爾雅》這種「互訓」當成轉注的，起於清段玉裁，他在《說文·敘》：「轉注者，建類一首，同意相受，考老是也。」下注云：

> 建類一首，謂分立其義之類而一其首，如《爾雅·釋詁》第一條說始是也；同意相受，謂無慮諸字意怡略同，義可互受，相灌注而歸於一首，如初、哉、首、基、肇、祖、元、胎、俶、落、權輿，其於意或近或遠，皆可互相訓釋，而同謂之始是也。《爾雅》首條：初為衣之始；哉為才之叚借字，才者，艸木支出；首為人體之始；基為牆始；祖為始廟；元為始；胎為婦孕三月；俶為始也；落之為始義，以反而成；權輿之為始，蓋古語：是十一者通謂之始，非一其首而同其異字之義乎？

六書中的轉注字之間，當然需要是同義或是義近，所以才「同意相受」。而互訓之例，也必須是同義詞的互相解釋，才能成立。在「同義」這個特質上，六書「轉注」與訓詁「互訓」的確有著可以相通之處。

(二)「互訓」是廣義轉注

我們在前文已經為六書轉注設定條件，那就是「字異、音同、義同」，而互訓之例其實是不需要有聲音關係的。「互訓」是否如段玉裁所言等於轉注呢？如果我們仔細分析「互訓」的例子，很容易可以發現，兩者仍有差異，那就是聲音關係的有無。

例如，〈釋詁〉篇：「初、哉、首、基、肇、祖、元、胎、俶、落、權輿，始也。」分析其古音關係如下：除「權輿」為複音詞外，其他十字中，「首」、「俶」古同音，與「胎」字古雙聲；「初」、「祖」、「落」古疊韻；「哉」、「基」、「胎」古疊韻。這當中有同音、雙聲、疊韻關係的，可以看作六書「轉注」；但就全體而言，缺乏共同的聲韻關係，只可看作「廣義的轉注」。

又例如，「儀、若、祥、淑、鮮、省、臧、嘉、令、類、綝、穀、攻、穀、介、徽，善也。」以上16字，在聲母方面，「祥」、「淑」古都歸「定」紐；「鮮」、「省」古都歸「心」紐；「嘉」、「穀」、「攻」、「穀」、「介」古都歸「見」紐；「令」、「類」、「綝」都歸「來」紐。以上各組皆為雙聲，可看作「雙聲轉注」。在韻母方面；「儀」、「嘉」、「綝」都歸十七部；「祥」、「臧」古都歸十部；「淑」、「穀」都歸三部；「類」、「徽」古都歸十五部。各組皆為疊韻，可看作「疊韻轉注」。但就全體而言，缺乏共同的聲韻關係，只可看作廣義的轉注。

總之，有聲韻關係的互訓，是轉注的正例；無聲韻關係的互訓，只可看作廣義的轉注，不是六書上轉注之正例。以下我們列表歸納二者異同：

名稱	性質	字形條件	字音條件	字義條件	相對關係
轉注	用字之法	形異	音同（近）	義同（近）	狹義的互訓
互訓	訓字之法	形異	不需要聲音關係	義同（近）	廣義的轉注

第四節　轉注舉例

轉注字之間，都必然有著聲音上的關係。這聲音指造字時期字音關係而言，也就是古音。有些例子的字音到今天仍然雙聲、疊韻或甚至同音，便容易理解些；有些例子今天已經不同音，但若根據前面我們說的方向，去看它們的意義關係，仍然可以理解它們轉注的關係。

一、同音轉注之例

1.諅：《說文》：「諅，欺也，從言，其聲。」
欺：《說文》：「欺，詐也，從欠，其聲。」
2.丩：《說文》：「丩，相糾繚也，象形。」
糾：《說文》：「糾，繩三合也，從糸丩，丩亦聲。」
3.賏：《說文》：「賏，頸飾也，從二貝。」

　　嬰：《說文》：「嬰，繞也，從女賏。」
4.田：《說文》：「田，敶也，樹穀曰田，象形。」
　　敶：《說文》：「敶，列也，從攴，陳聲。」
5.徲：《說文》：「徲，久也，從彳，犀聲。」
　　遲：《說文》：「遲，徐行也，從辵，犀聲。」
6.火：《說文》：「火，燬也，南方之行，炎而上，象形。」
　　焜：《說文》：「焜，火也，從火，尾聲。」
　　燬：《說文》：「燬，火也，從火，毀聲。」
7.龢：《說文》：「龢，調也，從龠，禾聲。讀與和同。」
　　和：《說文》：「和，相應也。從口，禾聲。」
8.人：《說文》：「人，天地之性最貴者也，此籀文，象臂脛之
　　　形。」
　　儿：《說文》：「儿，古文奇字人也，象形。」
9.囧：《說文》：「在牆曰牖，在屋曰囧，象形。」
　　窻：《說文》：「窻，通孔也，從穴，悤聲。」
10.不：《說文》：「不，鳥飛上翔，不下來也。」
　　否：《說文》：「不也，從口不，不亦聲。」

二、雙聲轉注之例

1.依：《說文》：「依，倚也，從人，衣聲。」
　　倚：《說文》：「倚，依也，從人，奇聲。」
2.訢：《說文》：「訢，喜也，從言，斤聲。」
　　喜：《說文》：「喜，樂也，從壴，從口。」
　　欨：《說文》：「欨，喜也，從欠，吉聲。」
　　欣：《說文》：「欣，笑喜也，從欠，斤聲。」
3.讙：《說文》：「讙，譁也，從言，雚聲。」
　　譁：《說文》：「譁，讙也，從言，華聲。」
4.更：《說文》：「更，改也。從攴，丙聲。」
　　改：《說文》：「改，更也。從攴，己聲。」

5.竅：《說文》：「竅，空也，從穴，敫聲。」

竈：《說文》：「竈，空也，從穴，巠聲。」

窠：《說文》：「窠，空也，從穴，果聲。」

空：《說文》：「空，竅也，從穴，工聲。」

6.顛：《說文》：「顛，頂也，從頁，真聲。」

頂：《說文》：「頂，顛也，從頁，丁聲。」

7.舒：《說文》：「舒，伸也，從予，舍聲。」

伸：《說文》：「伸，屈伸，從人，申聲。」

8.入：《說文》：「入，內也，象從上俱下也。」

內：《說文》：「內，入也，從冂入，自外而入也。」

9.生：《說文》：「生，進也，象艸木生出土上。」

產：《說文》：「產，生也，從生，彥省聲。」

10.存：《說文》：「存，恤問也，從子，在省。」

在：《說文》：「在，存也，從土，才聲。」

11.斯：《說文》：「斯，析也，從斤，其聲。」

析：《說文》：「析，破木也，一曰折也。從木，從斤。」

12.八：《說文》：「八，別也，象分別相背之形。」

分：《說文》：「分，別也，從八刀，乃以分別物也。」

必：《說文》：「必，分極也，從八弋，八亦聲。」

別：《說文》：「別，分解也，從冎，從刀。」

13.藩：《說文》：「藩，屏也，從艸，潘聲。」

屏：《說文》：「屏，蔽也，以尸，并聲。」

14.劈：《說文》：「劈，破也，從刀，辟聲。」

破：《說文》：「破，石碎也，從石，皮聲。」

15.辨：《說文》：「辨，判也，從刀，辡聲。」

剖：《說文》：「剖，判也，從刀，咅聲。」

三、疊韻轉注之例

1.忒：《說文》：「忒，更也，從心，弋聲。」

代：《說文》：「代，更也，從人，弋聲。」

改：《說文》：「改，更也，從攴，己聲。」

2.福：《說文》：「福，備也，從示，畐聲。」

　富：《說文》：「富，備也。一曰厚也。從宀，畐聲。」

　備：《說文》：「備，慎也，從人，㩁聲。」

3.超：《說文》：「超，跳也，從走，召聲。」

　跳：《說文》：「跳，蹶也，從足，兆聲。」

4.爻：《說文》：「爻，交也，象易六爻頭交也。」

　交：《說文》：「交，交脛也，從大，象交形。」

5.考：《說文》：「考，老也，從老省，丂聲。」。

　老：《說文》：「老，考也，從人毛匕，言須髮變白也。」

6.嘐：《說文》：「嘐，誇語也，從口，翏聲。」

　啁：《說文》：「啁，啁嘐也。從口，周聲。」

7.走：《說文》：「走，趨也。從夭止，夭者屈也。」

　趨：《說文》：「趨，走也。從走，芻聲。」

8.叚：《說文》：「叚，借也，闕。」

　借：《說文》：「借，假也。從人，昔聲。」

9.粗：《說文》：「粗，疏也。從米，且聲。」

　疏：《說文》：「疏，通也，從㐬，從疋，疋亦聲。」

10.共：《說文》：「共，同也，從廿廾。」

　同：《說文》：「同，合會也，從冂口。」

11.香：《說文》：「香，芸也。從黍，從甘。《春秋傳》曰：黍稷馨香。」

　芳：《說文》：「芳，艸香也。從艸，方聲。」

第八章
假　借

第一節　假借釋義

「轉注」是過多的同義詞之間的互相解釋，「假借」則是因應文字過少而產生的借用關係，也是一種用字法則的說明。

《說文·敘》說：「假借者，本無其字，依聲託事，令、長是也。」意思是說：語詞早已有之，可是並沒有為這個語詞指稱的事物創造文字，後來就借用與這個事物同音或聲音相近的文字，來表示這個事物。例如，「令」的本義是「發號施令」，「長」的本來意思是「滋長」，引申為「高大」的意思。可是在漢代，人口在一萬戶以上的大縣，縣裡的最高行政首長叫「縣令」，人口在一萬戶以下的小縣，縣裡最高行政首長叫「縣長」，原本並沒有為「縣令」的「令」，「縣長」的「長」造出文字；但是由於縣令可以發號施令，縣長的地位在縣裡是高大的，所以就以聲音相同的發號司令的「令」，和高大之義的「長」字，作為表示縣「令」、縣「長」的字。這當中就出現了「假借」的關係，而且一直使用到今天。

我們再以「西」字為例，詳細說明如下：

1. 《說文》：「西，鳥在巢上。象形。日在西方而鳥棲，故因以為東西之西。」
2. 本義：「鳥棲息在巢上。」
3. 引申義：「西方」，因為日落西方時，也就是鳥歸巢之時，所以在語音中已經借用「西」的語音，但是一直沒有造出文字出來。
4. 當必須以文字記錄方位時，就借用已經先造出來的鳥「西」之「西」字，來表示「西方」。

5. 「西」字長久被「西方」義借用，在一字兩義的不便下，本義的「西息」遂另造新字「棲」成為「棲息」。

6. 於是今日「西」與「棲」在形、音、義上就分途使用，而不會誤解了。

7. 「令」、「長」至今一字兩義，而「西」則另造了新字，這是同樣假借，但有無再造新字的差異。

第二節　假借類型

細分漢字中的假借，可以有三種類型，段玉裁《說文敘注》稱為「假借三變」：

> 大抵假借之始，始於本無其字。及其後也，既有其字矣，而多為之假借。又其後也，且至後代，偽字亦得自冒於假借。博綜古今，有此三變。

最初的假借是「本無其字，依聲託事」的假借，後來在文字應用過程中，本來已經有造的字，當要記錄語音時，因為一時想不起來怎麼寫，就用另外一個同音字先代替，並且也因此通行，這種假借是「本有其字」的假借。第三種，則是誤用了同音錯別字，又積非成是，也成了假借。

第一種「本無其字」的假借，是假借的正例，第二、三種都算「同音通假」，則是廣義的假借。

一、本無其字的假借

許慎在指出「本無其字」的假借時，會用「以為」的字樣來解說，共有六例：

1. 「來，周所受瑞麥。來，麥麰也。二麥一夆，象其芒束之形。天所來也，故以為行來之來。」

2. 「烏，孝鳥也。象形。孔子曰：『烏，亐呼也。』取其助气，故以

為烏呼。」

3.「朋，古文鳳，象形。鳳飛群鳥從以數萬，故以為朋黨字。」

4.「子，十一月陽氣動，萬物茲，人以為偁。」

5.「韋，相背也。从舛口聲。獸皮之韋，可以束枉戾相韋背，故借以為皮韋。」

6.「西，鳥在巢上也，象形，日在西方而鳥西，故因以為東西之西。」

　　不過，許慎在《說文·敘》中，舉「令」、「長」例定義假借，但說解中卻沒有「以為」字樣。另外，段玉裁在《說文敘注》中補充說：「以許書言之，本無『難』、『易』二字，而以難鳥、蜥易之字為之，此所謂無字依聲者也。」因此，最原始的假借一共有十例：「令、長、來、烏、朋、子、韋、西、難、易」。

二、本有其字的假借

　　本來有字，可是書寫時倉卒想不起本字，於是以同音字暫代，這種「本有其字的假借」的兩字關係，後人又稱之為「同音通假」。段玉裁在《說文敘注》中，以許慎「古文以為」的解說體例來說明這種假借：

> 其云古文以為者，洒下云：古文以為灑掃字；疋下云：古文以為《詩·大雅》字；丂下云：古文以為巧字；叚下云：古文以為賢字；旅下云：古文以為魯衛之魯；哥下云：古文以為歌字；詖下云：古文以為頗字；𥈞下云：古文以為覤也；爰下云：古文以為轅字。此皆所謂依聲託事也。而與來、烏、朋、子、韋、西不同者，本有其字而代之，與本無字有異。

　　也就是說，本來應該寫「洒掃」，後來有「灑掃」字，本字「洒」、「灑」字假借，二者可以同音，後來也可以相通使用。這就是「本有其字的假借」，就應用而言二字可以「同音通假」。

三、錯字成為假借

這種假借，段玉裁在《說文敘注》中說：

> 至於經傳子史不用本字，而好用假借字，此或古古積傳，或轉寫變易，有不可知。而許書每字依形說其本義，其說解中必有自用其本形本義之字，乃不至於矛盾自陷。而今日有絕不可解者。如：悪為愁、憂為行貌，既畫然矣，而愁下不云悪也，云憂也……■為室、塞為隔，既畫然矣，而室下不云■也，云塞也。但為裼、袒為衣縫，既畫然矣，而裼下不云但也，云袒也。如此之類，在他書可以託言假借，在許書則必為轉寫偽字。

段玉裁的意思是「憂」、「塞」、「袒」在《說文》中是偽字，但是一般都把「悪、憂」、「■、塞」、「但、袒」視為假借而可通用，所以在《說文》中是寫錯了字，這並不影響這幾組字的同音通假現象。

漢字的構造雖然是以形表義，但是在書寫運用時，聲音常常才是選擇關鍵。如果在某個時期，大家約定俗成將正確的「悪愁」寫成「憂愁」，久之，這「憂」與「悪」就可以以「通假」視之。這種現象其實在一般書寫中，並不會造成困擾，因為已經約定俗成，一般人也不用去思考本字、假借字的關係，甚至也不知道。但是對於經常接觸古代文獻的人而言，如果不知道本字與假借字的關係，就很可能讀不通古書文義了。

第三節　假借正例舉例

凡是「本無其字」的假借，而且借到今天也都沒有再造新字，這些例子都屬於最早的假借，也是假借的正例。

一、官職類

「令」：1.《說文》：「令，發號也，從亼卩。」

2.本義：「發號施令」。

3.漢代萬戶以上縣分設「縣令」，借發號的「令」字為縣「令」的令。

「長」：1.《說文》：「長，久遠也，從兀從匕，亡聲。」

2.本義：「久遠」。

3.漢代萬戶以下縣設「縣長」，借久遠長幼的「長」字為縣「長」的長。

「公」：1.《說文》：「公，平分也，從八厶，八猶背也，韓非曰：背厶為公。」

2.本義：「公平」、「公正」。

3.漢代「三公」須由公平公正的人擔任，借公平公正之「公」為稱呼。

「侯」：1.《說文》：「春饗所射侯也。從人；從厂，象張布；矢在其下。」

2.本義：「箭靶」。

3.周時以射選諸侯，借箭「侯」之侯，為「諸侯」之爵位。

「伯」：1.《說文》：「長也，從人，白聲。」

2.本義：「兄長」、「伯仲」之「伯」。

3.「伯」有兄長義，借為「伯」之爵位。

「子」：1.《說文》：「十一月陽氣動，萬物茲，人以為偁。」

2.本義：「小孩」、「小子」。

3.借為「人」、「男子」、「女子」、「子爵」之稱。

「男」：1.《說文》：「丈夫也，從田力，言男子力於田也。」

2.本義：在田地上出力的男子。

3.「男」爵的「男」假借任力於功業的意義。

二、方位類

「西」：1.《說文》：「鳥在巢上也，象形，日在西方而鳥西，故因以為東西之西。」

2.本義為「棲息」。

3.鳥在太陽西下時棲息，「西」方之西，假借「西息」之「西」。

「北」：1.《說文》：「乖也，從二人相背。」

2.本義：二人背道而分開。

3.北方與太陽相背，故借為方位之「北」。

三、地理類

「州」：1.《說文》：「水中可居者曰州，水周繞其旁，以重川。」

2.本義：江上「沙洲」。

3.沙洲有界限，借為地方區劃「州郡府縣」之「州」。

「縣」：1.《說文》：「繫也，從糸持県。」

2.本義：「懸掛」。

3.罪人梟首倒懸城樓以示眾，借為「郡縣」之「縣」。

四、時間類

「年」：1.《說文》：「穀孰也，從禾，千聲。」

2.本義：稻穀成熟。

3.穀子年一孰，借為「一年」之「年」。

「月」：1.《說文》：「闕也，大陰之精，象形。」

2.本義：「月亮」。

3.月亮每月一圓闕，借為「一個月」之「月」。

「日」：1.《說文》：「實也，大陽之精不虧，從○一。」

2.本義：「太陽」。

3.太陽日升夜落，借為「一日」之「日」。

五、人事類

「朋」：1.《說文》：「古文鳳，象形。鳳飛群鳥從以數萬，故以為朋黨字。」

2.本義：「朋鳥」。

3.「朋」鳥為群鳥之首，朋飛則群鳥隨之。借為人類「朋友」之「朋」。

「尊」：1.《說文》：「酒器也。从酋，廾以奉之。《周禮》六尊：犧尊、象尊、著尊、壺尊、太尊、山尊，以待祭祀賓客之禮。」

2.本義：祭祀待客之「酒器」。

3.貴重「酒器」，借為「尊重」之「尊」。

「道」：1.《說文》：「所行道，從辵首，一達謂之道。」

2.本義：「道路」。

3.借為「道」德之「道」，借其有所「遵循」之意。

「理」：1.《說文》：「治玉也，從玉里聲。」

2.本義：「雕琢玉」。

3.治玉時雕琢其紋路，借為思維「理路」，「理由」之「理」。

六、動作類

「來」：1.《說文》：「周所受瑞麥。來，麥麷也。二麥一夆，象其芒束之形。天所來也，故以為行來之來。」

2.本義：「麥子」。

3.由上天所賞賜「下來」的好的穀物，於是借作「往來」、「走過來」的「來」。

「雧」：1.《說文》：「群鳥在木上也，從雥木。集，雧或省。」

2.本義：鳥類群集樹木上，後省形作「集」。

3.人「集合」、「集會」、「趕集」之意，借「鳥集」之「集」。

「施」：1.《說文》：「旗兒。从㫃，也聲。齊欒施字子旗，知施者旗也。」

2.本義：「旗子」、「旗子飄揚的狀態」。

3.借為「施行」、「施政」、「措施」的「伸張」義。

七、形容類

「彊」：1.《說文》：「弓有力也，從弓，畺聲。」

2.本義：「彊弓」、「彊力」，字亦作「強」。

3.借為「強大」、「逞強」、「強迫」之義。

「弱」：1.《說文》：「橈也，上象橈曲，彡象毛氂橈弱也。弱物

并，故從二弓。」

2.本義：破敗的弓，膠解毛散，狀如毛氂。

3.借為「懦弱」、「弱小」義。

「難」：1.《說文》：「鸛鳥也，從鳥，堇聲。難，鸛或從隹。」

2.本義：「難鳥」。

3.難鳥甚為少見，借為「困難」、「難易」之「難」。

「易」：1.《說文》：「蜥易，蝘蜓，守宮也。象形。」

2.本義：「蜥蜴」。

3.蜥蜴變色，所以借為「改易」之義；又常見所以借為「容

易」之義。

八、指稱類

「自」：1.《說文》：「鼻也，象鼻形。」

2.本義：「鼻子」。

3.人指自己的時候，通常指著自己的鼻子，所以借為「自

己」。

「它」：1.《說文》：「虫也，從虫而長，象冤曲垂尾形。上古艸居

患它，故相問無它乎。」

2.本義：「蛇」。

3.上古狩獵荒郊，蛇最危害，時人問候語：「沒有遇到蛇

吧！」再引申借作動物類第三人稱代名詞。

「女」：1.《說文》：「婦人也，象形。」

2.本義：「婦人」、「女性」、「女子」。

3.父系社會男為尊，女子相對於男性為次，故借為第二人稱之「女」，又作「汝」。

第四節　廣義假借舉例

廣義的假借，也就是「同音通假」。凡通假的兩字間，必有聲音關係，包括「同音」、「雙聲」、「疊韻」。這裡所說的音指的是古音，不是現代讀音。漢字同音通假的例子非常大量，在歷代經史子集各種文獻中皆有，這也因為漢字音近義通的特質，使得用字有很大選擇空間。以下我們根據高亨先生編撰之《古字通假會典》（齊魯書社）一書，摘錄該書體例中上古韻19部中，常用字彙或是今日猶在通假的例子各五例：

古韻部	本字	通假字	本字	通假字	本字	通假字
東部第一	工	功	功	攻	中	衷
	空	崆	洪	弘		
蒸部第二	亙	恆	登	升	偁	稱
	升	昇	冰	凝		
青部第三	嬴	贏	刑	型	廷	庭
	頃	傾	徑	逕		
真部第四	咽	噎	申	伸	憐	怜
	躪	躊	顛	巔		
文部第五	圓	圜	勳	勛	梱	綑
	洒	灑	煙	烟		
寒部第六	原	泉	歡	讙	薦	荐
	按	案	官	宦		
侵部第七	含	函	沈	沉	三	參
	鳳	鵬	寖	寢		
談部第八	炎	焰	掩	弇	攙	摻
	氾	汎	貶	窆		
陽部第九	蕩	盪	傷	慯	競	競
	狂	枉	賡	續		

侯部第十	侯	候	後	后	勾	句
	岳	嶽	歐	毆		
之部十一	佑	祐	克	剋	戴	載
	嬉	嘻	怠	殆		
支部十二	畫	劃	系	係	启	啓
	鬲	隔	冊	策		
齊部十三	禮	礼	爾	耳	示	指
	入	內	彌	弭		
泰部十四	會	合	介	界	罰	伐
	說	釋	制	製		
歌部十五	華	花	歌	謌	被	備
	披	被	沙	紗		
緝部十六	愶	勰	集	襍	攝	躡
	合	協	集	輯		
幽部十七	窈	杳	由	猶	舊	久
	告	叫	學	覺		
宵部十八	要	約	高	皋	漂	飄
	逃	勞	毛	苗		
魚部十九	乎	謼	途	塗	假	暇
	獲	穫	悟	晤		

第九章
漢字的意義鏈

第一節　本義

　　「本義」指漢字造字時，透過形體結構所表現出來的最初意義。每一個漢字都只有一個本義，其餘的意義都由本義延伸而出。掌握漢字造字本義，才可以進一步對於一字多義的孳汝分化，甚至語詞的應用有全盤概念。以下我們以「特別」、「特殊」的「特」字，做完整的意義說明：

1. 「特」字由「牛」、「寺」組成，「牛」為物類，沒有疑義；但「寺」有何義？

2. 《說文》：「𡱝寺，廷也，有法度者也。從寸，之聲。」

3. 「寺」之 [本義]：王者宮室中有法度之前廷。其中「法度」又是字義概念中心。

4. 當「寺」與「牛」組合成「特」字時，《說文》：「𤙭特，特牛也。」[本義] 為：「有法度的牛」。

5. 「特牛」是可以充當祭祀禮儀中祭品的牛。

6. 「特牛」必須是經過挑選毛色純一的「犧」牛，也就是所謂的「犧牲」，才可以擔任「特」。

7. 因此，「特牛」就有別於一般雜毛色的牛，而有了「特別」之意。

8. 從牛的「特別」，之後再引申應用到所有其他事物的「特別」、「特殊」。

　　從上述說明可知，掌握文字本義的重要性，不但使我們知道字形設計與賦予之本義間的密切關聯，更可以使我們知道一般語詞引申意義的由來，在使用文字的時候，也不至於誤用或寫錯。

　　漢字的造字法，是由基本部件偏旁組合成新字，也就是由初文組合成合體字。於是，我們會看到以某偏旁為中心所造出來的一串孳乳字，形成一組家族系統。例如，「毌→貫→慣」、「刀→召→昭→照」、「屮→艸→茻→芔」，像這樣的情形，每一個字仍然有其造字本義，雖然意義上可以相通，但是在字形本義上卻是各自獨立的。例如：

「毌」本義：抽象的「毌穿」概念，可以用在所有事物的毌
　　　　　穿上。
「貫」本義：將貝殼貫穿起來，成為一串貝殼。
「慣」本義：心理通達無礙而有常。

雖然各字可以有相通的「貫穿」的語義，但是在字義上，則是各自不同。又：

「屮」本義：草木初生之形。（屮）
「艸」本義：草本植物。（艸）
「茻」本義：百草總名（卉）。
「芔」本義：大草原。（莽）

雖然各字有相通的「草」意義，但是在字本義上，則是各有不同所指。使用文字本義時，這點必須特別留意。

第二節　引申義

一、推衍引申

　　由本義所推衍、延伸、擴大而出的意義，稱為「引申義」，例如，「道路」的「道」，引申出「道理」的「道」。引申義一定和本義有直接意義關聯，甚至可以連續性引申，也就是由引申義再繼續引申，成為一個意義鏈。我們看以下「心」字的引申範疇：

		空間	心曠、心寬、心胸
「心」本義：心臟	引申義	意識	心思、心眼、心扉、心路、心坎、心海
		善良	心地、心軟、好心
		情緒	（語重）心長、（扣人）心弦
		中央	中心、菜心、核心、空心、燈心、夾心、江心、手心、眉心、重心
		隱藏	內心、真心、誠心、衷心、黑心
		性惡	獸心、禍心、心非、心狠、野心、貪心
		勞苦	操心、勞心、費心、煩心、盡心、嘔心
		溝通	談心、交心、心心相印、將心比心、關心、回心
		疑慮	疑心、多心、勾心、離心、三心、分心、居心
		意念	一心、精心、留心、當心
		內斂	歸心、收心
		外放	放心、散心
		群體	民心、公心
		安適	隨心、稱心、心滿
		意志	決心、信心、恆心、耐心、責任心、事業心
		正義	捫心、問心
		喜悅	稱心、心花怒放、大快人心
		悲痛	傷心、痛心、寒心、心酸、心碎、萬箭穿心
		壓抑	心死、心涼、心灰
		恐懼	心有餘悸、心驚膽顫、觸目驚心
		煩憂	憂心、心神不寧、心煩
		穩定	平心
		喜歡	心愛、心儀、心醉、痴心、傾心、歡心
		消亡	變心、負心
		公正	偏心
		珍貴	心肝、心腹

二、引申類型

漢字有很多種意義引申型態，因為世上萬物理多可通，而人類心思細膩靈活，所以，引申義是漢字意義群中很精采的部分。

(一)具體引申出抽象

具體「首」（人頭），引申「首要」、「元首」、「首次」。

具體「綱」（網子），引申「綱領」、「綱要」、「大綱」。

(二)實義引申出虛義

實義「其」（簸米器），引申「其中」、「其實」、「其來有自」。

實義「被」（覆蓋），引申「遭受」、「遭遇」、「增加」。

(三)專有名詞引申

動物「馬」，引申「龍馬精神」、「大司馬」、「馬馬虎虎」。

江水「漢」，引申「漢朝」、「漢人」、「漢族」。

(四)擴大引申

植物「菜」（草本蔬菜），擴大「蔬菜」、「菜場」、「菜肴」。

族群「蠻」（南方蠻族），擴大「南方族群」、「少數民族」。

(五)縮小引申

氣味「臭」（所有氣味），縮小為「惡臭」。

金屬「金」（所有金屬），縮小為「黃金」。

(六)詞性引申

動詞「樹」（種植），引申為名詞「樹木」、「樹種」。

名詞「市」（市集），引申為動詞「交易」、「買賣」。

第三節　假借義

「假借義」是因「依聲託事」而寄託、固定在漢字上的詞義，此義與字本義及其原來所代表的詞有間接關係，是同音借詞用一個書寫符號以記音的現象。討論漢字假借義的類型時，與六書假借中的「本無其字」、「本有其字」兩種假借方式相同。

除了本篇第六章〈假借〉所舉例子外，以下再舉數例以明假借：

1.「而」《說文》：「須也。象形。」

2.本義：「鬍鬚」。

3.甲骨文「而」：𦥑 𦥑；金文「而」：而 而。

4.鬍鬚與臉相連，所以語言中的連接詞便假借鬍鬚之「而」，作為「而且」義。

1.「且」《說文》：「薦也。从几，足有二橫，一其下地也。」

2.本義：上古祭祀時，盛放祭品的墊子，或盤子。

3.甲骨文「且」：𠁁 𠁁；金文「且」：且 △ △。

4.引申義有「祖」指祖先。

5.「且」只暫時盛放祭品，撤祭便收。所以，語詞中「暫且」假借「且」為之。

1.「封」《說文》：「爵諸侯之土也。从之从土从寸，守其制度也。公侯，百里；伯，七十里；子男，五十里。」

2.本義：「聚土」，將土堆在一起以種樹。秦始皇泰山頂祭天曰「封禪」，因為祭祀前要先聚土堆高以近天。

3.甲骨文「封」：𡉚 𡉚；金文「封」：𡉚 𡉚。

4.古時郵寄機密，以泥封口並蓋印，叫作「泥封」，此引申義。

5.現在「信封」，以膠封口，也叫「封」，這是假借義。

第十章
漢字的形義關係

　　文字的基本功能是透過形體結構，記錄語音中的「詞」，並表現其意義所指。原則上，一個詞義應該只有一個字形，一個字也只有一個形體、一種寫法。不過，因為漢字是一種特殊的方塊形義符號結構，寫法可以不只一種，所承載的詞義也可以大量引申假借，所以歷來字形與詞義間的關係是複雜的。例如，「一字多義」、「一詞多字」、「同義異字」、「同詞異字」、「同字異詞」，這些漢語漢字現象非常普遍，對於應用與閱讀者而言，面對「古今字」、「異體字」、「或體字」、「俗體字」、「簡化字」、「正體字」，觀念經常是模糊的。

第一節　古今字

一、狹義古今字

　　「古今字」的狹義定義是：在某一個詞義上，先後產生的形體異中有同的若干個字，原來的字稱「古字」，後造的字稱「今字」，也就是二者必須有詞義引申假借的關係作界定標準。又稱「分別文」、「區別字」。

(一)類型

　　以古今字二者形義關係而言，意義部分，今字承擔的只是古字眾多意義中的一個。形體部分則有四類：

類型	古字	今字	古字	今字
古字為聲符，增加形符成今字	弟	悌	知	智
	賈	價	采	彩
	共	供	取	娶
改換古字形符偏旁成今字	赴	訃	振	賑
	說	悅	斂	殮
	閒	間		
對古字字形增損改變成今字	句	勾	陳	陣
	大	太		
同音通假字形成古今	亡	無	鄦	許
	伯	霸		

(二)原因

　　漢字的數量有限，所以許多字除了表本義以外，還兼表引申義和假借義。文字的表意功能擴大以後，為了區分不同的用法，其中表示某些義項的文字往往對其加以改造，以示區別。就該義項而言，先用的字就稱為古字，改造後使用的字稱為今字。成因如下：

原因	古字	今字
古字假借為其他用途而為其本義造今字	段	鍛
	韋	圍
	或	域
古字用於表示引申義而為其本義造今字	原	源
	景	影
	責	債
古字用於表示本義而為其引申義造今字	齊	臍
	家	嫁
	士	仕
	告	誥
古字用於表本義而為其假借義造今字	辟	避
	與	歟
	塗	途

二、廣義古今字

廣義的古今字，是以時間先後古今作界定標準，先出的為古字，後造的為今字，不必有引申假借之詞義關係。若以古籍為例，《說文》：「踵，跟也。」南朝顧野王《玉篇》「踵」字下說：「今做踵」，可知「踵」為古字，「踵」為今字。

古今字的術語出現在漢代，鄭玄在《禮記·曲禮》：「予一人」下注說：「余、予古今字。」清段玉裁《說文》「予」下注：「凡言古今字者，主謂同音，而古用彼，今用此異字。」「誼」字下注說：

> 古今無定時，周為古則漢為今；漢為古則晉宋為今；隨時異用者謂之古今字。非如今人所言，古文、籀文為古字，小篆、隸書為今字也。

這就是以時間先後為古今文字界定之標準，也是古今字最廣義的標準。

第二節　異體字、或體字

一、異體字釋義

「異體字」是兩個或兩個以上，形體不同而讀音意義完全相同，在任何情況下都可以互換使用的字。又稱作「或體字」、「俗體字」、「重文」。《說文解字》就是以「或」字為說，例如：「祀，祭無已也。從示，已聲。禩，祀或從異。」另外，《說文》中所收錄的「重文」也是異體字。「俗體字」則是應用過程的俗寫，例如，「劫」為正體，「刧」為通行俗體，也算是異體字的一種。

二、異體字類型

「異體字」之間的讀音、意義相同，但字形卻有不同。其字形分歧之類型如下：

類型	異體字	異體字	異體字	異體字
會意字、形聲字之異	岩（會意）	巖（形聲）	磊（會意）	礧（形聲）
	泪（會意）	淚（形聲）	岳（會意）	嶽（形聲）
改換意義相近的形符	嶂	障	杯	盃
	愧	媿	睹	覩
改換聲音相近的聲符	袴	褲	梅	楳
	綫	線	柄	棅
改換偏旁位置	慚	慙	略	畧
	夠	够	界	畍
筆劃寫法不同	册	冊	吳	吴
	皀	皂	刼	刧

三、異體字形成原因

　　雖然漢字數量並不算多，但是由於造字結構、發展演變、書寫方式、語音數量的特殊性，致使異體字的數量龐大。歸納異體字形成的原因有：

(一)造字方法多元

　　若以六書而言，漢字造字法有「象形」、「指事」、「會意」、「形聲」四種，形與聲的配合方式更是多元，只要同音就可以改換聲符，而且意義不變，例如「褲」、「袴」；意義可通，形符也不用固定，例如「世界杯」、「世界盃」，使用漢字的人不會去挑剔字形的差異。

(二)造字時空廣遠

　　漢字非一時、一地、一人所造，在這麼長久的時間與空間差異裡，造字方式和字體結構當然不可能統一。甚至在同一時間裡的不同區域空間，也可以有造字差異，例如，戰國時期的六國文字就各國異形，雖然紛亂但也各自表現區域特質。

(三)歷代字體不同

　　漢字因為歷史悠久，從原始陶文起，歷經了甲骨文、金文、籀文、大篆、小篆、隸書、草書、行書、楷書的變化過程，當然在字體轉換的過程中，異體字是容易出現的。有時候，前後期文字同時存在並使用，例如，

甲金文並存、篆隸並存、行楷並存的現象，這時候就可能出現互為異體的現象，《說文》中許多正體與「重文」、「或體」的關係就是例子。

(四)形義符號的特質

漢字當然表音，但是和其他拼音文字的設計邏輯完全不同。漢字延續了原始圖畫形象的邏輯思維以造字，至今仍然是一種以形表義為主的「方塊字」。在語言意義裡，一個抽象語義有時候可以用多個事物形體來表現，例如，要表現「親眼看見」的概念，「睹」是目驗、「覩」則是「見到」，二者皆可完整表義，而「者」就負責表音。「障礙」義，可以用「阜」的「大陸」義，寫成「障」；也可以用「山」的「高大」義，寫成「嶂」，二者皆通。漢字形義關係的活潑與多元特質，造成異體字的大量，但絕不是一個缺點。

(五)書寫習慣與方式

早期沒有印刷術的時候，正體字不容易有規範，加上前述幾項原因的互動，所以在一般書寫習慣與方式上，正體字的寫法容易被更改，產生訛變、繁化、簡化或偏旁移位種種現象，這就造出了許多的異體字。縱然印刷術發明，但是因為漢字形義符號的特質，使得一般俗寫的習慣與方式仍然與正體可以有差異，而且依然可以完整表義。從甲骨文開始，到今日楷書，異體字都普遍存在，充分反映了漢字書寫的特質。

(六)區域方言異體字

中國境內方言眾多，但是共用一種字體，於是隨著區域方言的發音差異，就容易形成以方音為主的符號差異，可以說是一種區域異體字。例如，以下教育部國語會推出的「閩南語字」：

國語會臺灣閩南語推薦用字（第1批）

編號	建議用字	音讀	又音	對應華語	用例	異用字
001	阿	a		阿	阿母、阿爸	
002	仔	á		仔、子	囡仔、心肝仔囝	
003	壓霸	ah-pà		霸道	真壓霸	惡霸
004	愛	ài		喜歡、想要、愛	愛耍、愛睏	

005	沃	ak		澆、淋	沃花、沃雨	渥
006	翁	ang		丈夫	翁某、翁婿	
007	尫仔	ang-á		玩偶、人像	布袋戲尫仔、尫仔標	翁仔
008	按呢	án-ne		這樣、如此	按呢做、按呢生	
009	拗	áu		折、扭曲	拗斷、硬拗	
010	後日	āu-jit	āu-lit、āu-git	日後、以後、他日	後日還你	
011	後日	āu-jit	āu-lit、āu-git	後天	後日過年、大後日	
012	後壁	āu-piah		背面、後面	園後壁、後壁鄉	
013	目	bák		眼	目鏡、目眉	
014	蠓	báng		蚊子	蠓仔、蠓罩	蚊

　　而最普遍使用方言字的區域，則是廣東香港地區所使用的粵語方言字：冇—沒有、睇—看、佢—他／她、搵—找、係—是、瞓、瞓—睡、蛤蟆—蛤蟆、嗰—個、焗—悶、冚—全部、瞌、瞓—守候、懵懂—糊塗、諗—想、乱噏廿四—胡說八道、屙—排泄、餐—下、喐—動、啲、嘢—東西、啱—剛剛、喝、唔—不、咁—這樣、咪—不要、叻—棒、嘅—的、嚟—來、啩—吧、哩—呢、呃、喺—是、嗱—喏、啫—而已、嘢—回、喇—啦、甲由—蟑螂。

第四篇

漢字應用篇

第一章　漢字書寫：文房四寶
第二章　漢字的特殊文學與遊戲
第三章　漢字與古印璽
第四章　漢字與生活器物

　　學習過漢字的起源、發展、理論之後，本篇從生活應用中來看漢字的多元實用功能。文字在物質型態上的基本功能當然是記錄語音，但是漢字特殊的形義文字符號系統，使得漢字透過本身的筆劃、結構、書法，就可以產生高度的視覺功能與藝術價值。於是在漢字應用過程中，它不只是文字，也可以是裝飾品、藝術品；可以是書法，也可以是繪畫；甚至原本只是書寫漢字的工具：筆墨紙硯，竟也都成為工藝藝術。而我們生活周遭的各種生活器物，從鍋碗瓢盆到印章刺繡、從筆筒扇子到剪紙匾額，無一不與漢字有關。漢字增添人們生活的色彩，漢字更多元豐富了我們的世界。

第一章
漢字書寫：文房四寶

　　「文房四寶」是漢字賴以大量傳播的重要工具，指的是「筆」、「墨」、「紙」、「硯」。「文房」之名起於南北朝時期，因為其時紙張普及，與筆、墨、硯成為文人書房的寶貝，所以又稱「文房四寶」。宋代梅堯臣〈再和潘歙州紙硯〉詩就說：「文房四寶出二郡，邇來賞玩君與予。」

　　文房四寶在南唐時指「諸葛筆」、「徽州李廷珪墨」、「澄心堂紙」、福建婺源「龍尾硯」。明清以來，則指「湖筆」（浙江省湖州）、「徽墨」（安徽省徽州）、「宣紙」（安徽省宣州）、「端硯」（廣東省肇慶，古稱端州），它們不僅具有書寫的實用價值，本身經過長期發展，也已經是融繪畫、書法、雕刻、裝飾等為一體的藝術品。

第一節　筆

一、緣起

　　中國人都說蒙恬造筆，其實這個說法並不正確，他是筆的改良者，不是創造者。遠在史前彩陶時期的紋飾，以及商代甲骨文中，已經可以見到用筆的跡象。在東周的竹木簡、縑帛上，則已經廣泛使用毛筆來書寫。現存最早的毛筆，是在湖北隨州曾侯乙墓所出土的春秋時代的毛筆，其後，在湖南長沙左家公山出土了戰國毛筆；湖北雲夢縣睡虎地、甘肅天水放馬灘，則出土了秦筆，這些毛筆都早於蒙恬。另外，在湖南長沙馬王堆、湖北鳳凰山、甘肅武威市、敦煌市、內蒙古居延地區，陸續出土一批漢代至西晉的毛筆，都是現存非常珍貴的寶物。

目前出土的春秋戰國毛筆，以木作桿，用竹管將毛套在木桿上，是比較原始的毛筆。秦始皇時期的蒙恬大將軍因為長年征戰，老式毛筆都不夠堅固，所以他將羊毛先捆成筆頭，再塞入筆桿孔內加以固定，這也是直到今天一般毛筆的做法，所以蒙恬不是造筆者，而是將毛筆改良的重要推手。毛筆經過改良後，對於筆劃線條比較婉轉曲折的小篆而言，在書寫上便利許多，所以蒙恬對於小篆的普及，同時具有推波助瀾之功。

二、毫毛種類

毛筆種類很多，用毛的差異來分，以「紫毫」、「狼毫」、「羊毫」、「兼毫」最主。紫毫筆乃取野兔脖子背部之毫毛製成，因色呈黑紫而得名。南北方之兔毫堅勁程度亦不同，也有取南北毫合製的。兔毫因為堅韌，謂之「健毫筆」，以北毫為上，其毫長而銳，宜於書寫勁直方正之字，向來為書法家看重。白居易〈紫毫筆樂府詞〉：「紫毫筆尖如錐兮，利如刀。」將紫毫筆的特性描寫得非常完整。但因只有野兔脖子之毛可用，所以價值昂貴，且因為不長，所以無法書寫牌匾大字。

圖4-1　紫毫

圖4-2　狼毫

狼毫筆就字面而言，是以狼毫製成。古代也確實以狼毫製筆，但今日所稱之狼毫，為黃鼠「狼」之「毫」，而不是真正的狼毫。狼毫所見的紀

錄甚晚，有人認為王羲之「鼠鬚筆」即狼毫筆，則狼毫之用可推至王羲之晉代之前。黃鼠狼只有尾尖之毫可供製筆，性質堅韌，僅次於兔毫而比羊毫珍貴，也屬於健毫筆。缺點則和紫毫一樣，不能做太大的筆。

　　羊毫是以青羊或黃羊之鬚或尾毫製成，秦蒙恬改良之新筆已經採用。羊毫因為柔軟而沒有鋒芒，所以寫的字也「柔弱無骨」，歷代書法家都很少使用。羊毫造筆，大約是南宋以後才盛行的；而被普遍採用，卻是清初之後的事。因為清代書法講究圓潤含蓄，不可露才揚己，所以只有柔腴的羊毫能達到當時的要求而被普遍使用。羊毫的柔軟程度亦有差等，若與紙墨配合得當，更能表現豐腴柔媚之風格，且廉價易得，毫毛較長，可寫半尺以上的大字。

圖4-3　羊毫

圖4-4　兼毫

　　兼毫筆是合兩種以上的毫製成，依其混合比例命名，如「三紫七羊」、「五紫五羊」等。蒙恬改良之筆，以「鹿毛為柱，羊毛為被」，即屬於兼毫筆。兼毫多取一健一柔相配，以健毫為主，居內，稱之為「柱」；柔毫則處外、為副，稱之為「被」。柱之毫毛長、被之毫毛短，即所謂「有柱有被」筆。而被亦有多層者，例如以兔毫為柱，外加較短之羊毛被，再披與柱等長之毫，共三層，所以根部特粗，尖端較細，儲墨較多，便於書寫。特性依混合比例而不同，或剛或柔，或剛柔適中，且價廉工省，這些都是兼毫的優點。

三、筆的發展

　　漢代以後的毛筆工藝基本未變，但是材料卻是愈發講究。在筆管方面，漢代有用象牙、琉璃作筆管的，南朝時候又有了金、銀、斑竹作為筆管。明清時期還出現了玉管、骨管、犀角管、玳瑁管、瓷管、紫檀管、琺瑯管等多種材料。除了筆管多樣變化外，筆管上的雕飾從最初的製筆人姓名，逐漸雕上各式字樣書法，或是紋飾圖形，也成為一種藝術。

圖4-5　瓷管毛筆

圖4-6　玉管毛筆

圖4-7　玉雕琺瑯筆管

圖4-8　琺瑯筆管

四、筆之德

　　毛筆是古人必備的文房用具，在表達中華書法、繪畫的特殊韻味上，具有與眾不同的魅力。因此，古人非常重視毛筆本身的書畫功能，一款好的毛筆必須具備「四德」，即「尖」、「齊」、「圓」、「健」四點。

尖
 齊
 圓
 健

1.「尖」：指筆毫聚攏時，末端要尖銳。筆尖則寫字鋒稜易出，較易傳神。作家常以「禿筆」稱自己的筆，其實筆不尖則成禿筆，書法神采頓失。選購新筆時，毫毛有膠聚合，很容易分辨。在檢查舊筆時，先將筆潤溼，毫毛聚攏，便可分辨尖禿。

2.「齊」：指筆尖潤開壓平後，毫尖平齊。毫若齊則壓平時長短相等，中無空隙，運筆時「萬毫齊力」。因為須把筆完全潤開，選購時就較無法檢查這一點。

3.「圓」：指筆毫圓滿如棗核之形，就是毫毛充足的意思。如毫毛充足則書寫時筆力完足，反之則身瘦，缺乏筆力。筆鋒圓滿，運筆自能圓轉如意。選購時，毫毛有膠聚攏，是不是圓滿，仔細看看就知道了。

4.「健」：即筆腰彈力。將筆毫重壓後提起，隨即恢復原狀。筆有彈力，則能運用自如。一般而言，兔毫、狼毫彈力較羊毫強，書亦堅挺峻拔。關於這點，潤開後將筆重按再提起，鋒直則健。

第二節　墨

一、緣起

墨的起源不會晚於殷商時代，在新石器時代出土彩陶中，有漆黑發光的黑色陶器，很可能就是天然墨的本色。商周的甲骨文、竹木簡牘、縑帛書畫等，也都留下了原始用墨的痕跡。上古的墨刑（黥面）、繩墨（建築木工所用）、墨龜（占卜）也應該都要用墨。不過，早期的墨都是採用天然材料，甚至用墨斗魚腹中的墨汁為墨，進行書寫或染色。後期的墨，則是採用一定的工藝方法，由人工製造的人造墨。

《莊子・田子方》：「宋元君將畫圖，眾史皆至，受輯而立，舐筆和墨。」《韓詩外傳》卷七：「臣願墨筆操牘」，可見春秋戰國時，墨已經

很普遍了。到了漢代，不但發明了人工製墨，宮中還設有掌管紙墨筆的官員，東漢應劭的《漢官儀》中說：「尚書令、僕、丞、郎，月賜鄃糜大墨一枚、鄃糜小墨一枚。」鄃糜在金陝西千陽縣，松樹最多，可製松煙墨，可見當時製墨規模應該很大了。

現存最早的人造墨的實物，是1975年湖北雲夢縣睡虎地四號古墓中出土的墨塊。此墨塊高1.2公分，直徑為2.1公分，呈圓柱形，墨色純黑。同墓還出土了一塊石硯和一塊用來研墨的石頭。石硯和石頭上均有研磨的痕跡，且遺有殘墨，可與《莊子》之「舐筆和墨」相印證。說明早在秦朝以前，中國已經有了人造墨和用於研磨的石硯。

圖4-9　東漢墨錠

1965年，河南省陝縣劉家渠東漢墓中出土了五錠東漢殘墨。其中有兩錠保留部分形體，這兩錠殘墨呈圓柱形，係用手捏製成形，墨的一端或兩端具有曾研磨使用的痕跡。這兩錠尚保留部分形體的東漢殘墨，和1975年湖北雲夢縣睡虎地四號墓出土的秦朝或許是戰國末期的墨塊，以實物證明，中國在秦漢時期，已經有了捏製成形的墨錠；換句話說，中國在西元三世紀之前，已經有通過一定的工藝方法製成的人造墨在應用了。

圖4-10　元代中書省墨

考古工作者在考古發掘中發現的中國古代製墨的原始產品，除上述秦、漢墨錠外，還有1958年在南京老虎山晉墓中出土的晉墨、安徽祁門北宋墓中出土的唐代「大府墨」、山西大同馮道真墓出土的元代「中書省」墨。其中，以元代中書省墨較為完整。這錠中書省墨，形如牛舌，一面鐫刻一龍、上有一珠圖案，一面篆書「中書省」三字。此墨埋於地下數百年，雖已斷裂，但仍能見其完整形體。當然，元代以後的古墨，出土更多，更加完美無瑕了。

二、種類與製作

　　傳統的墨有石墨、松煙兩種，石墨較早，秦漢時期開始使用松煙。明代朱常淓《述古書法纂》載：「西周邢夷始製墨，字從黑土，煤煙所成，土之類也。」所以石墨其實就是黑炭。

　　西晉陸雲〈與兄陸機書〉提到：「曹公（操）藏石墨數十萬斤」，北魏酈道元《水經注》說：「鄴都銅雀臺北曰冰井臺，高八尺，有屋一百四十間，上有冰室數井，井深十五丈，藏冰及石墨焉，石墨可書。」可見早期使用的就是石墨。

　　魏晉以後使用的都是油煙、松煙墨，北魏賈思勰《齊民要術》最早記錄當時製墨大師韋仲將製墨的方法：

> 　　今之墨法，以好醇松煙乾搗，以細絹篩於缸中，篩去草芥，此物至輕，不宜露篩，慮飛散也。煙一斤以上，好膠五兩，浸梣皮芝中。梣皮即江南石檀木皮，入水綠色，又解膠，並益墨色。可下去黃雞子百五枚，益以珍珠一兩，麝香一兩，皆分別治，細篩，都合調下石臼中，寧剛不宜澤。搗三萬杵，多亦善，不得過二月、九月，溫時臭敗，寒則難乾。每挺重不過三兩。

　　明代宋應星著的《天工開物》一書卷十六〈丹青〉篇的〈墨〉章，對用油煙、松煙製墨的方法有詳細的敘述。墨煙的原料包括桐油、菜油、豆油、豬油和松木；其中以松木占十分之九，其餘占十分之一。

　　油煙墨用桐油等燒煙加工製成；松煙墨用松枝燒煙加工製成。油煙墨的特點是色澤黑亮，有光澤；松墨的特點是色烏，無光澤。

圖4-11　松煙製墨法

繪畫一般多用油煙，只有著色的畫偶然用松煙。但在表現某些無光澤物如墨蝴蝶，黑絲絨等，也最好用松煙。中國墨，一般是加工製成的墨錠，選擇墨錠時，就要看它的墨色。墨泛出青紫光的最好，黑色的次之，泛出紅黃光或有白色的最劣。磨墨的方法是要用清水，用力平均，慢慢地磨研，磨到墨汁濃稠為止，並且新鮮現磨。

三、墨的品質

中國墨是世界上最好的墨，它的黑色使任何化學清潔劑都無法洗去，尤其在紙和絹上，要完全退去幾乎不可能。世界各國在最精密的地圖上註明地名，或是重要簽約與簽名，往往要用中國墨。

最好的墨有以下幾個特點：(1)「質細」。質地細緻要靠製煤時所得煤灰粗細適中，沒有白灰夾雜，與膠完全融合，質地才會精純。(2)「膠輕」。指含膠不宜過重，過重則黏性多而滯筆，過輕又使質地沒有光彩。書寫時如果墨雖濃而不黏稠，又容易施筆就是好墨。(3)「質堅」。指墨的質地堅硬，浸水不易化。如果膠與煤的比例恰當，搗的次數也足以使二者融合不分離，質地自然就會堅硬。(4)「黑亮」。墨的黑色是因為煤，過多會黑而無光。亮是因為膠，過多則光而不黑。製墨之難，就在這比例之中。(5)「味香」。墨是用惡臭的煤，和易腐爛的動物膠為主要原料，所以需要添加香料，例如麝香等，一來可以有清香，二來可以防腐，因此添加香料的比重均勻，也是製墨重要的過程。

第三節　紙

一、古紙殘片

紙張並不是東漢蔡倫發明，目前已經出土的西漢古紙殘片，包括：

出土年代	出土遺址	紙張名稱	內容
1933年	新疆羅布淖爾漢代烽燧遺址	羅布淖爾麻紙	
1942年	甘肅額濟納河東岸查科爾帖漢代烽燧遺址	查科爾帖紙	7行50個字
1957年	西安灞橋漢墓葬區灞橋磚瓦廠工地	灞橋紙	
1973年	甘肅額濟納河東岸漢金關烽燧遺址	金關紙	
1978年	陝西扶風中顏村漢代建築遺址	中顏紙	有簾紋
1979年	甘肅敦煌馬圈灣漢代遺址	馬圈灣紙	
1986年	甘肅天水放馬灘漢代墓葬群	放馬灘紙	繪有地圖
1990年	甘肅敦煌甜水井漢代懸泉郵驛遺址	懸泉紙	簾紋明顯、寫有文字

　　西安灞橋紙是西漢武帝（西元前140-87年）時期的遺物，為纖維素較多、交織不勻的淺黃色薄紙碎片，經化驗，確係麻類纖維所造。紙質粗糙，沒有字，用來包裹隨葬銅鏡。

　　甘肅天水放馬灘紙是在西漢墓中發現的，時間大約在西漢初期的文景時期（西元前179-141年）。上面繪有地圖，殘長5.6公分，寬2.6公分，紙質薄而軟，紙面光滑平整。圖上有用細黑線條繪製的山脈、河流、道路等圖形。這一發現的重要意義在於，不僅為中國西漢時期已發明造紙術提供實物證據，而且還無可辯駁地證明，西漢時期的紙已能用於書寫和製圖。

　　這些考古實物證明至少在西元前二世紀，中國已經有紙，並且已經開始用紙寫字。在此之前或是同時期，甲骨、金石、簡牘、縑帛都先後負擔紙的責任與功能，竹木甲骨笨重、縑帛太貴，紙張於是被發明製作，其時間遠在蔡倫之前。

二、蔡倫與紙

　　蔡倫不是紙張的發明者，但對於紙張卻有重大貢獻，他首創以樹皮和麻頭造紙。蔡倫是東漢宦官，在《後漢書·宦者傳》中記錄其造紙過程：

自古書契多編以竹簡，其用縑帛者謂之為紙。縑貴而簡重，并不便于人。倫乃造意，用樹膚、麻頭及敝布、魚網以為紙。元興元年奏上之，帝善其能，自是莫不從用焉，故天下咸稱蔡侯紙。

在紙出現以前，人類曾經使用過許多材料來寫字記事。最初是把文字刻在龜甲上或獸骨上，叫作「甲骨文」。商周時代，又把需要保存的文字鑄在青銅器上，或者刻在石頭上，叫作「鐘鼎文」、「石鼓文」。到了春秋末期，人們開始使用新的書寫記事材料，叫作「簡牘」，「簡」就是竹片，「牘」就是木片。把文字寫在竹片、木片上，比刻在甲骨上、石頭上，比鑄在青銅器上，要方便、容易得多，可是就變得十分笨重。當然也有用絹帛作書寫材料的，但絹帛價格昂貴，一般人用不起，就連孔子都說：「貧不及素。」這裡的「素」，指的就是絹帛。漢代一匹絹帛（長約10多公尺、寬不及1公尺）的價格相當於720斤大米。隨著文明的進步，世人對於廉價、輕便的書寫工具有著莫大的需求，在這樣的條件下，蔡倫創造出來的「紙」，自然立刻大受歡迎，而且不斷有後繼者加以改良，甚至製紙的技術還向外傳至阿拉伯世界、歐洲等地。

三、紙的發展

蔡倫之後，紙張的製作技術不斷研發改進，晉代又有了造紙專家左伯，將「藤」加入造紙原料中，改進了造紙技術，唐代張懷瑾《書斷》稱其紙「妍妙輝光」。晉代也是開始大量使用紙張的時期，並且經由絲綢之路，中國紙張開始向西域傳播。

唐代時，紙張品質又有了提升，製造出「硬黃紙」，將古代黃蘗染紙的技術再予提升而成，可以防蠹蟲，並且極有光澤。當時還有一種紙上了一層薄臘，表面光纖，出土的唐人寫經殘卷，都還可以看到其紙張之精美。而中國的印刷技術也在唐代開始，紙張與印刷術的相合，使得唐代的學術文化水準傲視群倫。甚至唐代政府在各地區設置了官辦紙坊，專門造紙，這當然也促進了紙張整體技術與流傳。

　　中國最好的紙張「宣紙」，就起於唐代。宣紙的記載最早見於《歷代名畫記》、《新唐書》等。起於唐代，歷代相沿。宣紙的原產地是安徽省的涇縣。此外，涇縣附近的宣城、太平等地也生產這種紙。到宋代時期，徽州、池州、宣州等地的造紙業逐漸轉移集中於涇縣。當時這些地區均屬宣州府管轄，所以這裡生產的紙被稱為「宣紙」，也有人稱涇縣紙。

　　因青檀樹是當地主要的樹種之一，故青檀樹皮便成為宣紙的主要原料。而當地又種植水稻，大量的稻草便也成為原料之一。涇縣附近有青戈江和新安江，這三點便為涇縣的宣紙產業打下基礎。至宋、元後，原料中又添加楮、桑、竹、麻，以後擴大到十餘種。經過浸泡、灰掩、蒸煮、漂白、打漿、水撈、加膠、貼洪等18道工序，歷經一年方可製成。由於宣紙有易於保存、經久不脆、不會褪色等特點，故有「紙壽千年」之美譽。

四、澄心堂宣紙

　　「澄心堂紙」是中國最著名的宣紙，代表中國紙張的極致。「澄心堂」是南唐後主李煜，為了宮中長期使用的皇家專用紙張，所成立的專責造紙單位，所造之紙就是「澄心堂紙」。

　　澄心堂紙品質極高，但傳世極少，少數用過的人都讚不絕口。北宋劉敞從宮中得此紙百幅，興奮地賦詩讚道：「當時百金售一幅，澄心堂中千萬軸……流落人間萬無一，我從故府得百枚。」劉敞後來送給歐陽修十張，歐陽修因而作〈和劉原父澄心堂紙〉：「君家雖有澄心紙，有敢下筆知誰哉！」意思是，「澄心堂」紙太珍貴了，誰敢用這種好紙來寫字呢？歐陽修是在起草作《宋史》的時候，才動用澄心堂紙，可以想見其慎重的程度。

　　後來，歐陽修又轉贈大詩人梅堯臣二張，梅堯臣驚喜若狂，作了〈永叔寄澄心堂二幅〉詩：「滑如春冰密如繭，把玩驚喜心徘徊。蜀箋脆蠹不禁久，剡楮薄慢還可咍。江南李氏有國日，百金不許市一枚，澄心堂中唯此物，靜几鋪寫無塵埃。」既形容紙張的質地、價格，也說明了擁有澄心堂紙以後的心情。

　　大詩人、書法家蘇東坡也有使用澄心堂紙的故事。他在〈書黃泥坂

詞後〉一文中說：「余在黃州大醉中作此詞，小兒輩藏去稿，醒後不復見也。前夜與黃魯直、張文潛、晁無咎夜坐，三客翻倒幾案，搜索篋笥，偶得之，字半不可讀，以意尋究，乃得其全。文潛喜甚，手錄一本遺余，持元本去。明日得王晉卿書云：『吾日夕購子書不厭，近又以三縑縛兩紙。子有近書，當稍以遺我，毋多費我絹也。』乃用澄心堂紙，李承晏墨，書此遺之。」蘇東坡的好朋友王晉卿平常就很喜歡蘇東坡的字，他要東坡給他寫些字，所以蘇東坡「乃用澄心堂紙、李承晏墨」寫了一件作品給王晉卿，可見文人們對於「澄心堂紙」的醉心了。

　　早在後主時代，澄心堂紙便已有「百金不許市一枚」之難，到了宋初存世更少。北宋大書法家蔡襄，為了要找澄心堂紙，寫了「澄心堂紙帖」求助友人，請他幫忙物色，如果行得通的話，蔡襄只要一百張便可以了。這件事的結果如何，不得而知，但蔡襄曾備嘗覓索之苦，卻是可以肯定的。這中間透露出蔡公求紙之心的熱切，以及當時澄心堂紙彌足珍貴之一斑。

圖4-12　宋蔡襄「澄心堂紙帖」

第四節　硯

一、沿革

　　硯的起源可追溯到新石器時代。1980年，陝西臨潼姜寨村發掘古代文化遺址時，在一座距今5,000多年的墓葬中，發現了一塊石硯，掀開石蓋，內有一支石質的磨杵，硯旁有數塊黑色染料和一只灰色陶質水杯。這是史前的硯臺。此後1955年廣州華僑新村漢墓出土了石硯八件，1973年湖南長沙沙湖橋和湖北江陵鳳凰山漢墓也出土了石硯若干，可見硯作為一種研磨工具，在秦漢時已經頗為普遍。

　　據漢代劉熙《釋名‧釋書契》記載：「硯，研也，研墨使和濡也。」

許慎《說文解字》：「硯，滑石也。」與研磨同義。漢代的硯多為圓形三足硯，蓋部多雕刻鳥獸等花紋。北朝則盛行方形四足硯式。隋唐以來盛行龜式、屐式、箕式，同時還有將秦漢時遺留下來的佳磚、名瓦加工刻製成磚、瓦硯，一直延續至今。六朝至隋最突出的是瓷硯的出現，由三足而多足。唐代常見箕形硯樣式，形同簸箕，硯底一端落地，一端以足支持。宋代以長方形抄手硯為特色，硯底挖空，兩邊為牆足，可用手抄底托起。

圖4-13　漢石板硯　　　　　　圖4-14　唐二十二足辟雍硯

　　明、清兩代製硯工藝逐漸由適用轉向觀賞，風格由古樸漸趨華麗，硯蓋製作也極考究，已成為集書、畫、雕刻、髹漆等多種技藝於一體的精美工藝品。到了清代，出現了不少著名的雕刻石硯的名師巧匠，例如，宮廷刻硯名匠金殿楊；以仿古見長的顧德鄰、顧聖之父子；以風格纖巧、雅致多製作二至五吋小品硯聞名的顧二娘等等。

　　宋蘇易簡《文房四譜》中曾說：「四寶硯為首，筆墨兼紙，皆可隨時取索，可終身與俱者，唯硯而已。」古代文人訪硯、藏硯、賞硯、刻硯，已成為文人相會時的一種風氣，更將硯臺推向了藝術領域。北宋末何薳《春渚紀聞》記載宋徽宗召米芾寫字，米芾看到皇帝桌上有名硯，一寫完字，就抱上硯臺跪請曰：「此硯經臣濡染，不可復以進御，取進止。」讓皇帝把硯臺賜給他，皇帝答應他，米芾舞蹈以謝，又恐皇上後悔，便急著把硯臺抱回，連衣服都染黑了。徽宗讚嘆說：「顛名不虛得也。」

二、製作工藝

　　歷代的硯臺有石硯、陶硯、玉硯、瓷硯、銅硯、鐵硯、木硯、漆硯、

磚硯、瓦硯等。自隋唐以後，石硯的使用最為普遍，而且飾以雕刻，將實用和藝術結合起來，成為名貴的工藝美術品。硯臺的製作工藝一般分為選料、設計、造坯、雕刻、磨光、配盒等工序。

㈠選料：刻製石硯的石材必須質地堅實緻密，細膩滋潤，剛柔相宜，發墨好，下墨快，貯水不易乾，盛墨不易臭，發墨而不損毫等特點。

㈡設計：要從傳統硯刻的因材施藝著眼，從整體的效果出發，在題材、形制、構圖等方面進行創作設計，既要根據石材質地、形狀、紋理、色彩等不同情況，因材施藝，又要注意美觀、古雅，適於研墨。

㈢造坯：從研墨實用和鑑賞角度出發，將石料的優質部分留作硯堂（墨堂，研墨處）和硯池（墨池，儲墨處），要適於研墨，許筆和儲墨。如墨池過深，儲墨就易滯留，積累難以洗滌；過淺，研墨時易外溢且儲墨少，不便於書寫使用。

㈣雕刻：硯石雕刻一般要求掩疵顯美，不留刀痕。傳統的硯刻技法一般採用深、淺浮雕（高、低浮雕）、細刻、線刻為主，必要時加以圓雕、鏤空配合，使外觀圓潤、細膩、乾淨。有的優質高檔硯材只要稍加雕琢，甚至不加雕刻，稍事磨光，便可成一塊非常珍貴的硯。

㈤磨光：先用細砂將硯面及雕刻部分細磨，磨去刀痕和鑿口，使硯面平滑，又不致影響所雕刻的圖紋。然後再用滑石、水磨細砂紙反覆勻磨至手觸無，平滑溜手為止。再以油蠟涂抹全硯，使其更加晶瑩光潔，纖維不染。

㈥配盒：佳硯均須配盒，以保護硯石的紋飾、銘文，防止塵埃入硯，而且還可保持硯石的滋潤。硯盒多以紅木、楠木，經刻製、磨光、打漆等過程製成。

三、歷代名硯

「端硯」、「歙硯」、「洮硯」、「澄泥硯」被譽為歷代四大名硯。

㈠「端硯」：硯石產於廣東省肇慶市（古稱端州）東郊羚羊峽斧柯山的端溪水一帶，故稱端硯，或稱端溪硯。硯石呈青紫色，故又稱紫石硯。就其石質而論，居四大名硯之首。據清代計楠《石隱硯談》記載：「東坡

云，端溪石始於唐武德之世。」初唐的端硯，一般以實用為主，硯石
多無紋飾。中唐後，從純文房用品逐漸演變為實用與欣賞相結合的工藝
美術品，硯形、硯式不斷增加，且飾以雕刻。從唐以後歷代對端硯的坑
別，名坑硯石的選擇、硯形、硯式、題材、雕刻技藝都不斷發展。端硯
石質細膩、稚嫩、滋潤、純淨、緻密堅實。硯石中有優美的石品花紋，
其中魚腦凍、蕉葉白、青花、火捺、天青、翡翠、金線、銀線、冰紋、
冰紋凍，以及各類稀有罕見的石眼（鴝鵒眼、鸚哥眼、珊瑚眼、雞翁
眼、貓眼、象牙眼、綠豆眼等），均具有較高的鑑賞價值和經濟價值。

㈡「歙硯」：產於安徽省歙州。又因其硯石出產於江西省婺源縣龍尾山，
故又稱龍尾硯。歙硯石質堅韌、晶瑩、細潤、紋理緻密；石色有黑色、
蒼黑色、蒼碧色、淡青碧色、綠色、淡青綠色、黃褐色等。石品主要有
金星、金暈、銀星、銀暈、羅紋、眉子、錦蹙、玉帶、棗心、豆斑等。
具有發墨好、下墨快、不拒筆、不損毫、易於洗滌的特點。

㈢「洮硯」：又稱洮石硯、洮河硯。產於甘肅省古洮、岷二州的交界之
地。洮硯始於中唐，也有始於北宋之說。質細堅密、碧綠如玉，磨而不
猥，素有蓄墨貯水、不耗不變之譽，這是洮石的主要特點。雕刻多為深
刀，硯蓋有的是石蓋，交口吻合靈巧、嚴密，蓋上又可任意雕飾。

㈣「澄泥硯」：始製於唐代。至宋以後，產地頗廣。但以山西絳州（今新
絳縣）燒製的最佳，其次為澤州（今晉城）、山東拓溝、江蘇南通等
地。澄泥硯因屬陶硯，以泥質為原料，可塑造出各種不同的硯形，同時
也可以雕刻，又可燒成各種顏色。品類有鱔魚黃、綠豆沙、蟹殼青、玫
瑰紫、蝦頭紅、魚肚白等。然而，至今澄泥硯還有以石代泥的澄泥石
硯，人們習慣稱之為生澄泥。

圖4-15　端硯　　　　　　　　　　圖4-16　歙硯

圖4-17　洮硯　　　　　　　　　　圖4-18　澄泥硯

第五節　文房配件

　　明屠隆《文具雅編》一書中，介紹了除文房四寶以外的43種其他文房用具，有的一直沿用至今，如「筆格」、「筆筒」、「筆洗」等；有的今天已經稀見，如「貝光」、「廖」、「韻牌」等。現就常見的一些其他文房用具，做些簡介如下：

一、硯用類

㈠硯匣：用來保護硯臺，它的形制隨硯形的不同而不同。硯匣多為漆匣、木匣，但也有用金屬製成的。《硯錄》：「青州紅絲石硯用銀匣為好，用錫匣也可以，因為錫匣能潤硯。」《文具雅編》則說硯匣：「不可用五金，蓋石乃金之所自出。若同處，則子盈母氣，反能燥石。以紫檀、烏木、豆瓣楠及雕紅褪光漆者為佳。」

㈡硯床：為硯特製的底座，它既是一種陪襯，又能產生使硯平穩、不致移動的作用。

㈢研山：山巒形奇石，因其中設有墨池，故名。最早的研山可以追溯到漢代，漢代「十二峰陶硯」即是一例。到五代十國時期，南唐後主也令人用龍尾佳石雕琢了一方三十六峰歙硯，「徑長逾尺咫」。南唐滅亡後，這方歙硯流轉數十人手中，後為米芾所得。山巒形硯臺既高又大，實用價值很小，主要供觀賞。所以，米芾就將這方歙硯，重新取名為「海岳庵研山」，後來他用這座研山換得一棟豪華的住宅，一時傳為佳話，研山也因此盛行起來。為了取得山巒逼真的效果，又有一泓碧水池的墨池形態，後來人們就改用靈壁石、太湖石雕製，於是，研山很快成為文人案桌上的一道風景，而廣泛受到青睞。宋代以降，研山實際上成為一種觀賞石。

圖4-19　硯匣　　　圖4-20　硯床　　　圖4-21　硯山

二、墨用類

㈠墨匣：用於存放墨錠的墨盒，有裝飾和保護作用。墨匣中，以套墨、集

錦墨、彩墨所用的匣最為考究。古代墨匣多以紫檀、烏木、豆瓣楠木為材料，並鑲有玉帶、花枝或螭虎、人物等圖紋，所以一般都很精美。古代墨匣中，也多有製成漆匣的。

(二)墨床：用於置放未乾之墨錠。

圖4-22　墨匣

圖4-23　墨床

三、紙用類

(一)鎮紙：又稱「書鎮」、「紙鎮」，主要用以重壓紙張或書冊而不使其失散。書鎮所用材料為銅、石、玉、瑪瑙、水晶或陶土等。《文具雅編》中有詳細介紹：「銅者，有青綠蝦蟆，偏身青綠；有蹲虎、蹲螭、眠龍；有坐臥哇哇；有餾金辟邪、臥馬，皆上古物也。」「玉製者，有玉兔、玉牛、玉馬、玉鹿、玉羊、玉蟾蜍，其背斑點如灑墨，色同玳瑁，無黃暈，儼若蝦蟆背狀，肚下純白，其制古雅肖生，用為鎮紙，摩弄可愛。」「陶製者有哥窯蟠螭，有青東瓷獅、鼓，有定哇哇、狻猊。」自古及今，鎮紙形制多樣，製作者爭奇鬥巧，變化萬端，是文人案頭的寶玩之一。

(二)裁刀：為裁紙專用。也有將它看作是古人「用以殺青為書」的削刀。後來，仿照古人的削刀所製成的裁刀，其制上尖下環，長僅尺許，其柄所用木料很講究，或飾有圖案花紋。

圖4-24　鎮紙

圖4-25　裁刀

四、筆用類

㈠筆格：也稱「筆擱」，顧名思義是擱置毛筆用的，又稱「筆枕」、「筆架」。筆格以山形為其主要形制。筆格的用料除石以外，還有玉、銅、鐵、竹、木、陶土等。南朝梁吳均著〈筆格賦〉，細致地描繪了用桂枝作筆格的情景。南朝梁簡文帝蕭綱還作有〈詠筆格〉詩。五代《開元天寶遺事》中，記載了這樣一件事：「學士蘇頲有一錦紋花石，鏤為筆架，嘗置於硯席間。每天欲雨，即此石津出如汗，逡巡而雨。頲以此常為雨候，固無差矣。」

㈡筆掛：用竹木製成的架子，兩邊有柱子，高一尺餘；上面有橫木，寬亦一尺有餘，可以倒懸筆管，做晾筆用。筆掛也有製成圓柱形的，圓頂，筆掛在圓頂周邊上，很方便。

㈢筆筒：屬常用文具之一。材質不一，形狀也無定制。屠隆介紹說：「湘竹為之，以紫檀烏木稜口鑲座為雅，餘不入品。」這是從所用材質說的，其實，今天所見到的筆筒多加雕飾，尤其是雕竹筆筒，很有藝術個性，品味也高，所以深受文人青睞，如清代朱彝尊還寫有〈筆筒銘〉：「筆之在案，或側或頗，猶人之無儀，筒以束之，如客得家，閒彼放心，歸於無邪。」

㈣筆洗：用於洗筆。以缽盂為基本形，其他還有長方洗、玉環洗等。陶瓷筆洗最常見，有官、哥元洗、葵花洗、馨口元肚洗、四卷荷葉洗、卷口簾段洗、縫環洗等，其中以粉青紋片朗者為貴，有龍泉雙魚洗、菊花瓣洗、百折洗、定窯三箍元洗、梅花洗、條環洗、方池洗、柳斗元洗、元

口儀稜洗等。今藏於上海博物館的哥窯海棠式洗、藏於臺北故宮博物院的樞府釉印花洗，都是國寶級的稀世珍品。此外，還有中間用作筆洗，邊盤用作筆捗的。形制各異，或素或花，工巧擬古，蔚為奇觀。

圖4-26　筆筒

圖4-27　筆洗

五、其他

㈠水注：為便於研墨時加水而特製的儲水小壺，有壺嘴，故名「水注」，或稱「水滴」、「硯滴」。古代水注多用玉石雕琢而成，也有銅鑄的，但容易生銹腐朽，還有陶瓷製的，也很普遍。

㈡水丞：或稱「水中丞」，指貯硯水的小盂。與「水注」的區別在於它無嘴。水丞有玉製的，如清代青玉雕葫蘆水丞，兩水盂相連構成葫蘆形狀，周邊隨形雕刻枝葉纏繞，顯得清朗自然。玉水丞中，以明代玉工陸子岡所製作品最為著名。也有銅製的，仿古器形制。還有陶瓷製的，如官哥窯肚元式、缽盂小口式等。清代乾隆時所製掐絲琺琅水丞，色澤斑斕，雍容華貴，最為有名。

圖4-28　水注

圖4-29　水丞

第二章
漢字的特殊文學與遊戲

第一節　回文詩與神智體

一、緣起：〈盤中詩〉

　　回文亦作迴文，因為句中詞語反覆使用，詞序又恰好相反，而造成一種周而復始、首尾迴環的妙趣。回文詩的創作，最早當溯至晉代蘇伯玉妻所作的〈盤中詩〉。相傳蘇伯玉出使在蜀，久不回家，其妻思念已極，寫此詩於圓盤中寄予他，取其「盤旋回環」之意，以表達纏綿婉轉的感情，據說蘇伯玉讀後即感悟回家。蘇妻的〈盤中詩〉現存於宋桑世昌《回文類聚》之中，詩如

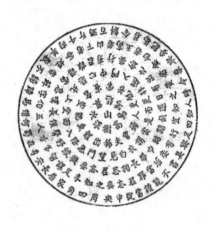

下圖，其讀法為「當從中央周四角」來唸，於是形成：「山樹高，鳥鳴悲。泉水深，鯉魚肥。空倉雀，常苦飢，吏人婦，會夫稀。出門望，見白衣……」

二、璇璣圖詩

　　〈盤中詩〉之後，北朝的〈璇璣圖詩〉使回文詩歌登上頂峰。北朝前秦苻堅時，竇滔妻子蘇蕙曾以五色絲線織成一幅〈璇璣圖詩〉，詩如下圖所示，共841字，排成縱橫各為29字之方圖。其中縱、橫、斜交互，正、

反讀或退一字讀、選一字讀，均可成詩。詩可組成三言、四言、五言、六言、七言不等，據說可組成3,752首詩，可謂空前絕倫，教人嘆為觀止。今舉右上方方格一例說明：「仁智懷德聖虞唐，貞志篤終誓穹蒼。欽所感想妄淫荒，心憂增慕懷慘傷。」若倒著讀則為：「傷慘懷慕增憂心，荒淫妄想感所欽。蒼穹誓終篤志貞，唐虞聖德懷智仁。」

琴清流楚激絃商秦曲發聲悲摧藏音和詠思惟空堂心憂增慕懷慘傷仁
芳廊東步階西遊王姿淑窕窈伯邵南周風興自后妃荒經離所懷嘆嗟智
蘭休桃林陰翳桑懷歸思廣河女衛鄭楚樊厲節中闈淫遐曠路傷中情懷
凋翔飛燕巢雙鳩士迤逶路遐志詠歌長歎不能奮飛妄清幃房君無家德
茂流泉情水激揚眷顧其人碩興齊商雙發歌我哀衣想華飾容朗鏡明聖
熙長君思悲好仇舊蕤葳粲翠榮曜流華觀冶容為誰感英曜珠光紛葩虞
陽愁歎身苦摧傷鄉悲情我感傷情徵宮羽同聲相追所多思感誰為榮唐
春方殊離仁君榮身苦惟艱生患多殷憂纏情將如何欽蒼穹誓終篤志貞
牆禽心濱均深身加懷憂是要藻文繁虎龍寧自感思岑形熒城榮明庭妙
面伯改漢物日我兼思俯漫漫榮曜華雕旍考考傷情幽未炎傾苟難闈顯
殊在者之品潤乎愁苦艱是丁麗壯觀飾容側君在時巖在猶在不受亂華
意誠惑步育浸集悴我何冤充顏曜繡衣夢想勞形峻慎盛戒義消作重
感故暱飄施惢殃少章時桑詩端無終始詩仁顏貞寒嗟深興石姬源人榮
故道親飄生思愆精徽盛翳風比平始璇情賢喪物歲峨慮漸孽班禍讒章
新舊聞離天罪辜神恨昭感興作蘇心璣明別改知識深微至嬖女因奸臣
霜廢遠微地積何遲微業孟鹿麗氏詩圖顯行華終洞淵察大趙婕所佞賢
冰故離隔德怨因幽元傾官鳴辭埋興義怨士容始松重遠伐氏好悖凶惟
齊君殊喬貴其備曠悼思傷懷日往感年衰念是舊愆涯禍用飛辭恣害聖
潔予我木平根嘗遠歎永感悲思憂遠勞情誰為獨居經在昭燕輦極我配
志惟同誰均難苦離感戚情哀慕歲殊嘆時賤女懷歎網防青實漢驕志英
清新衾陰匀尋辛鳳知我者誰世異浮奇傾？賤何如羅萌青生成盈貞皇
純貞志一專所當麟沙流頹逝異浮沈華英翳暉潛陽林西昭景薄榆桑倫
望微精感通明神龍馳若然倏逝惟時年殊白日西移光滋愚讒漫頑凶匹
誰雲浮寄身輕飛昭虧不盈無倏必盛有衰無日不被流蒙謙退休孝慈離

思　輝　光　飭　粲　殊　文　德　離　忠　體　一　違　心　意　志　殊　價　激　何　施　電　疑　危　遠　家　和　雍　飄
想　群　離　散　妾　孤　遺　懷　儀　容　仰　俯　榮　華　麗　飾　身　將　與　誰　為　逝　容　節　敦　貞　淑　思　浮
懷　悲　哀　聲　殊　乖　分　聖　貲　何　情　憂　感　惟　哀　志　節　上　老　神　祇　推　持　所　貞　記　自　恭　江
所　春　傷　應　翔　雁　歸　皇　辭　成　者　作　體　下　遺　葑　菲　深　者　無　差　生　從　是　敬　孝　為　基　湘
親　剛　柔　有　女　為　賤　人　房　幽　處　己　惆　微　身　長　路　悲　曠　感　生　民　梁　山　殊　塞　隔　河　津

三、回文基本類型

在〈盤中詩〉、〈璇璣圖詩〉之後，文人群起仿效，使「回文詩」成為中國詩體中的特殊形式。它是一種透過漢語音的聲韻之美，借用單音獨體方塊字的特性，巧妙結合成的遊戲式文體。回文的基本形式有三種：

(一)第一種是正著讀、倒著讀都是同一個句子。例如以下三句：

> 霧鎖山頭山鎖霧，天連水色水連天。
> 月為無痕無為月，年似多愁多似年。
> 別離還怕還離別，懸念歸期規念懸。

(二)第二種是順著讀是一首詩，倒回來讀也是一首詩。例如，王安石〈碧蕪〉詩：

> 碧蕪平野曠，黃菊晚村深。客倦留酣飲，深閒累苦吟。

若倒回頭唸則成為：

> 吟苦累閒深，飲酣留倦客。深村晚菊黃，曠野平蕪碧。

又如蘇軾的「題織錦圖」，正著讀、倒著讀都是詩：

> 春晚落花餘碧草，夜涼低月半梧桐。人隨雁遠邊城暮，
> 雨映疏簾秀閣空。

　　　　空閣秀簾書映雨，暮城邊遠雁隨人。桐梧半月低涼夜，
草碧餘花落晚春。

㈢第三種更絕妙了，一首詩的任一個字都可以起句；正著讀、倒著讀也都
　是詩。例如，宋代錢惟冶的〈春日登大悲閣〉：

　　　碧天臨閣迴晴雪點山亭夕煙侵箔冷明月歛閑亭

這二十個字可以任一個字為起點，往左唸成一首五言詩；任一字為起
點，往右唸也成一首詩。於是一共有五言詩歌四十首，而且每首都押
韻。例如，從其中「雪」字起往右讀、往左讀，便有兩首詩：

　　　雪點山亭夕，煙侵箔冷明。月歛閑亭碧，天臨閣迴晴。
　　　雪晴迴閣臨，天碧亭閑歛。月明冷箔侵，煙夕亭山點。

四、回文變體：疊字詩

　　疊字詩最有名的，是明代馮夢龍的《醒世恆言・蘇小妹三難新郎》，
其中佛印寫給蘇東坡的一封信，信是130組疊字：

野野	鳥鳥	啼啼	時時	有有	思思	春春	氣氣	桃桃	花花
發發	滿滿	枝枝	鶯鶯	雀雀	相相	呼呼	喚喚	巖巖	畔畔
花花	紅紅	似似	錦錦	屏屏	堪堪	看看	山山	秀秀	麗麗
山山	前前	煙煙	霧霧	起起	清清	浮浮	浪浪	促促	潺潺
湲湲	水水	景景	幽幽	深深	處處	好好	追追	游游	傍傍
水水	花花	似似	雪雪	梨梨	花花	光光	皎皎	潔潔	玲玲
瓏瓏	似似	墜墜	銀銀	花花	折折	最最	好好	柔柔	茸茸
溪溪	畔畔	草草	青青	雙雙	蝴蝴	蝶蝶	飛飛	來來	到到
落落	花花	林林	裡裡	鳥鳥	啼啼	叫叫	不不	休休	為為

憶憶	春春	光光	好好	楊楊	柳柳	枝枝	頭頭	春春	色色
秀秀	時時	常常	共共	飲飲	春春	濃濃	酒酒	似似	醉醉
閒閒	行行	春春	色色	裡裡	相相	逢逢	競競	憶憶	遊遊
山山	水水	心心	息息	悠悠	歸歸	去去	來來	休休	役役

東坡見此詩，思索甚久不知如何解，蘇小妹一看立刻分曉，唸出此詩：

野鳥啼，野鳥啼時時有思。
有思春氣桃花發，春氣桃花發滿枝。
滿枝鶯雀相呼喚，鶯雀相呼喚巖畔。
巖畔花紅似錦屏，花紅似錦屏堪看。
堪看山，山秀麗，秀麗山前煙霧起。
山前煙霧起清浮，清浮浪促潺湲水。
浪促潺湲水景幽，景幽深處好，深處好追游。
追游傍水花，傍水花似雪。
似雪梨花光皎潔，梨花光皎潔玲瓏。
玲瓏似墜銀花折，似墜銀花折最好。
最好柔茸溪畔草，柔茸溪畔草青青。
雙雙蝴蝶飛來到，蝴蝶飛來到落花。
落花林裡鳥啼叫，林裡鳥啼叫不休。
不休為憶春光好，為憶春光好楊柳。
楊柳枝頭春色秀，春色秀時常共飲。
時常共飲春濃酒，春濃酒似醉。
似醉閒行春色裡，閒行春色裡相逢。
相逢競憶遊山水，競憶遊山水心息。
心息悠悠歸去來，歸去來休休役役。

五、回文變體：寶塔詩

　　歷代許多文人閒來做幾首迴文詩，詩歌做出來了，遊戲的目的也達到了。不過，要能完成這樣的回文結構，沒有漢語音的單音節形式、漢字的獨體方塊字體，就不能完美做到。從漢語的起源開始，這種藝術與遊戲兼具的天分，就已經含藏在漢語系統裡了。

　　回文中還有一種「寶塔詩」，也是漢字的有趣創作，它是中國傳統詩歌裡的雜體詩類。在律詩體制裡，本有一種由唐代張南史所開展出的雜體詩「一至七字詩」，元稹、白居易都曾寫過這種詩，後來又將文字疊成塔式，遂叫「寶塔詩」，由上而下逐行讀出便成詩歌。如張南史這首〈月〉：

月。
暫盈，還缺。
上虛空，生溟渤。
散彩無際，移輪不歇。
桂殿入西秦，菱歌映南越。
正看雲霧秋卷，莫待關山曉沒。
天涯地角不可尋，清光永夜何超忽。

　　一般寶塔時格律寬鬆，押韻自由，句數也無限制，可長可短，只要排列成塔形狀就可稱為寶塔詩。又如元稹的〈茶〉：

茶。
香葉，嫩芽。
慕詩客，愛僧家。
碾雕白玉，羅織紅紗。
銚煎黃蕊色，碗轉麴塵花。
夜後邀陪明月，晨前命對朝霞。
洗盡古今人不倦，將知醉後豈堪誇。

又如唐末五代杜光庭的〈懷古今〉，是詩、是詞，也可以是文了：

> 古，今。
> 感事，傷心。
> 驚得喪，歎浮沉。
> 風驅寒暑，川注光陰。
> 始炫朱顏麗，俄悲白髮侵。
> 嗟四豪之不返，痛七貴以難尋。
> 夸父興懷於落照，田文起怨於鳴琴。
> 雁足淒涼兮傳恨緒，鳳臺寂寞兮有遺音。
> 朔漠幽囚兮天長地久，瀟湘隔別兮水闊煙深。
> 誰能絕聖韜賢餐芝餌術，誰能含光遁世煉石燒金。
> 君不見屈大夫紉蘭而發諫，君不見賈太傅忌鵬而愁吟。
> 君不見四皓避秦峨峨戀商嶺，君不見二疏辭漢飄飄歸故林。
> 胡為乎冒進貪名踐危途與傾轍，胡為乎怙權恃寵顧華飾與雕簪。
> 吾所以思抗跡忘機用虛無為師範，吾所以思去奢滅欲保道德為規箴。
> 不能勞神效蘇子張生兮於時而縱辯，不能勞神效楊朱墨翟兮揮涕以沾襟。

六、神智體

「神智體」是一種近似字謎、圖畫詩、字形詩、形義詩的特殊詩歌形式，起於宋代蘇東坡。宋代桑世昌《回文類聚》記載：「宋神宗熙寧年間，遼使以詩詰軾，軾曰：賦詩亦易事也，觀詩難事耳。遂作神智體晚眺詩以示之……遼使觀之，惶惑不知所云，自是不復言詩。」東坡所作詩如下：

此詩譯作:「長亭短景無人畫,老大橫托瘦竹筇。回首斷雲斜日暮,曲江倒蘸側山峰。」將漢字的字形依據詩意,作長短、寬窄的對比呈現;大小、橫斜的比例變更;字體、偏旁的位置掉換;缺筆、留空的形體解構。而標準詩歌中形式部分的:平仄、對仗、押韻的格律;時間、空間、人物的配置;遠近、大小、虛實的結構,在此詩中完整運用。更重要的中國詩歌著重的內容部分,本詩言之有物,意境悠遠,對照東坡流放一生的境遇與儒道合融的胸懷,難怪化外遼使無法心領,史稱「神智體」。

第二節　漢字與對聯

一、釋義

對聯又稱「楹聯」,俗稱「對子」。「楹」是房子的柱子,因為對聯多書寫懸掛於楹柱的關係,故又稱楹聯。對聯是由兩個工整的對偶語句構成的獨立篇章,基本特徵是字數相對、平仄相對、詞性相近、句法相似、語義相關、語勢相當。「對」字指成雙而相對的語言形式,「聯」指兩句的聯合成篇。對聯是中國語言文字特有的文學體例,更是一種獨有的社會與文化現象,只有中文可以做到,對聯很難翻譯也不能改寫,是最具有中國特色的特殊文學。

二、緣起與發展

早在秦漢以前,民間過年就有懸掛「桃符」的習俗。所謂「桃符」就是「桃板」,是將傳說中門神「神荼」、「鬱壘」的名字寫在兩塊桃木板上,懸掛於左右兩上,以驅邪避鬼的習俗。後來在桃符上,也可以刻上吉利文字或是圖案,就慢慢形成了對聯與年畫。

桃符的習俗持續了1,000多年,晚唐五代時,人們開始在桃木板上寫上聯語,據《宋史蜀世家》記載:「五代後蜀主孟昶,每歲除,命學士

圖4-30　門神

為詞，題桃符，置寢門左右。末年，學士幸寅遜撰詞，昶以其非工，自命筆題云：新年納餘慶，嘉節號長春。」這就是我國第一次出現的「春聯」。宋代以後，新年懸掛春聯的習俗已相當普遍，王安石〈元日〉詩說：「爆竹聲中一歲除，春風送暖入屠蘇。千門萬戶曈曈日，總把新桃換舊符。」說明了這個習俗流行的情況。不過到了明太祖時，桃符才改稱「春聯」。清陳尚古《簪雲樓雜說》中記載，明太祖曾下令在除夕之時，家家戶戶門口須懸貼春聯一副，他則微服出巡觀賞取樂。將對聯寫在紅紙上，稱為「春聯」的習俗，就從此時開始。

三、類型與技巧格式

(一)類型

以應用範疇來區分，對聯可以分成門聯、裝飾聯、交際聯三大類，其詳細類別及用途如下：

門聯	張貼在大門上的對聯，或是雕刻、嵌綴在門上的固定式對聯	春聯	春節期間張貼的對聯，最普遍的一種節日對聯。
		行業聯	各行各業、機關團體用的對聯，不是春節也可以貼，或是鏤刻在大門口作永久性展示，主要目的是宣傳。
裝飾聯	使用在名勝古蹟、宗教廟宇、亭臺樓閣、個人書齋等的對聯。	勝蹟聯	專門裝飾名勝古蹟建築的對聯，在中國地區隨處可見，成為與建築相輔相成的必要裝飾。
		書齋聯	文人雅士在自己居處或書房寫的對聯，通常有立志、勵志、明志的功能。
		廳堂聯	又叫「宅第聯」，在自家廳堂裝飾，或是宗教寺廟廳堂楹柱上的對聯。
交際聯	日常生活之中，往來交際應酬題贈用的對聯。	壽聯	祝壽使用的對聯。
		喜聯	新婚、新居或任何喜慶所寫對聯。
		輓聯	為懷念喪家死者所寫對聯。
		題贈聯	作為交際相贈之對聯。

㈡技巧與格式

對聯寫作有其專門技巧與固定格式，絲毫出錯就算失敗，不像寫詩歌、文章可以偶有出入，對聯相對而言是規定嚴謹的。

技巧	對偶	事對、言對、正對、反對、工對、寬對、流水對、回文對、頂針對等等。
	修辭	比喻、誇張、反詰、雙關、設問、諧音等。
	用字	嵌字、隱字、疊字、偏旁、析字、拆字、數字等。
	邏輯	並列、轉折、選擇、因果等。
格式	字數相等、斷句一致	上下聯字數要相等，絕少例外。
	平仄相合、音調和諧	慣例是「仄起平落」，上聯尾字仄聲、下聯尾字平聲。
	詞性相對、位置相同	兩聯相同位置的用字，其詞性要完全相對。
	內容相關、上下銜接	上下聯含意要相銜接，但是不能重複。

四、對聯與律詩

對聯可以遠溯上古桃符，但是其直接起因與唐宋以後的普遍化，則直接受到定型於盛唐律詩的影響。律詩是近體詩歌中平仄、押韻、對仗要求最嚴格的詩體，其每一種格律上的特質，都開啟了對聯在後世的興盛。

律詩的基本格律，首先要求詩句字數整齊劃一，每首分別為五言句、六言句或七言句，簡稱「五律」、「六律」、「七律」。其次對詩句數量有不同限制，一般的律詩規定每首八句。如果僅六句，則稱為「小律」或「三韻律詩」；超過八句，在十句以上的律詩，稱「排律」或「長律」，排律基本上是沒有句數限制的。第三，是特定的對偶要求，通常以八句完篇的律詩，每兩句成一聯，計四聯。按照舊時律詩寫作的起承轉合結構，習慣上稱第一聯為「首聯」，其功能在「破題」，第二聯為「頷聯」，第三聯為「頸聯」，第四聯為「尾聯」，功能是「結句」。每首的中間兩聯，即頷聯、頸聯的上下句都必須是對偶句。排律則除首末兩聯不對外，中間各聯都必須上下句對偶。第四，便是聲韻格律的嚴密要求。以下是兩首著名的律詩，李白〈贈孟浩然〉：

　　吾愛孟夫子，風流天下聞。
　　紅顏棄軒冕，白首臥松雲。
　　醉月頻中聖，迷花不事君。
　　高山安可仰，徒此揖清芬。

杜甫〈旅夜書懷〉：

　　細草微風岸，危檣獨夜舟。
　　星垂平野闊，月湧大江流。
　　名豈文章著，官應老病休。
　　飄飄何所似，天地一沙鷗。

　　對聯完全繼承了上述律詩的整套格律，但是字數部分完全自由，不像律詩一般限定五或七言；對仗部分則比律詩更加嚴密，這就是其「對」聯的特殊處。除了這一寬一嚴外，對聯可以說是完全以律詩為準繩的，甚至可以這麼說，對聯是律詩中頷聯、頸聯的擴大、縮小和靈活的運用。例如，以下由短至長的幾副對聯，就可以很容易看出對聯與律詩的差異：

　　一元復始
　　萬象更新

這是最普通的新年春聯。以下是臺灣臺南「開基天后宮」的門聯：

　　天則在先大媽祖寧為小媽祖僭越
　　后來居上新璇宮豈遜舊璇宮莊嚴

　　這聯很有趣，很顯然這廟宇認為自己是臺灣最早的媽祖廟，可是其他媽祖廟老是來爭第一，所以這廟竟然就在門聯上作文章，告訴眾家廟宇，再怎麼爭也僭越不了我。比較長一些的門聯，例如，以下湖南岳陽市的「岳陽樓」門聯：

一樓何奇杜少陵五言絕唱范希文兩字關情藤子京百廢俱興呂
純陽三過必醉詩耶儒也吏也仙耶前不見古人使我悵然涕下

諸君試看洞庭湖南極瀟湘揚子江北通巫峽八陵山西來爽氣岳
州城東道岩疆渚者流者峙者鎮者此中有真意問誰領會得來

五、對聯的社會特性

對聯是漢字文化中的特殊產物，是中國社會最普及的文學形式，是最沒有階級限制的交際工具。和所有以漢字形式表現的藝術相比，對聯多了以下的幾個社會屬性：

㈠實用性

對聯以整齊相對的漢字書寫，深入社會各個層面，名勝古蹟、廟宇、機關團體、商業宣傳等的門聯；婚喪喜慶各式交際應酬，甚至個人廳堂、書齋的立志與託意，均離不開這種中國特有的社會文化模式。如果將所有存在社會各角落的對聯通通取消，恐怕是一個這個民族無法接受的單調景象吧。

㈡裝飾性

漢字結構是單音節、獨體的表意方塊造型，它本質中本已具備了平面視覺藝術的面向。歷代的漢字書法藝術，又在筆劃點墨、行雲流水之間，賦予漢字多元的視覺角度。對聯以各式書體、書法呈現，寫、嵌、鑲、鏤在各式材料、各個社會角落裡，使它形成特種的裝置藝術，與所在建築、各種需求之間有著最貼切的融合。漢字對聯，可以說是中國社會、歷史與文化之中，最具有形象、意象、思維的裝飾品。

㈢普及性

在文學領域中的古典詩歌、韻文、詞曲、歌謠，通常它的典雅文學性比較強，一般社會人士參與的比例不高，除非鑽研其中，否則層次容易受限。對聯當然也具備文學本質，但是由於其靈活程度高於古典文學的格律與字數限制，加上社會應用範疇更廣、通俗的成分更高，所以一般人可以

投入其中的可能性也就提高。例如，家家戶戶都必備的春聯，稍有程度的家庭也可能自行創作書寫，無須文學大師的精心創作，反而還可能反應出一般社會的思維意識，而這也就反映出了對聯的普及性。

㈣多元性

　　對聯可以以甲金文、篆、隸、草、行、楷各式書體來寫；可以「寫」、「刻」、「鑄」、「嵌」、「鑲」在紙、絹、布、木、金屬等材質之上；可以捲軸收藏、可以表框懸掛、可以固定不移，但都一樣可以千古傳世。可以給喜慶之家錦上添花、可以給喪痛之人撫慰哀思；官府可以施行、百業可以宣傳；佛道可以聯語警世、庭樓可以聯語點睛；小說可以定章回、舞臺可以訴宗旨。上可至天子王侯、下可達草民萬戶。除了對聯，沒有一種文學形式如此多元、豐富、沒有階級性。

第三節　漢字與謎語

一、謎語定義與範疇

　　謎語在早期稱之為「瘦辭」或「隱語」，起源很早。若以謎底答案為區分，謎語有「字謎」和「非字謎」兩大類，字謎與漢字的字形、字音、字義直接相關；非字謎不是直接猜一個字，但是卻也可以利用漢字的形、音、義，或是直接以漢字作謎面。

　　「謎語」一詞，起於南朝劉勰《文心雕龍・諧隱》篇，以為謎語由「隱語」發展而來：

> 自魏代以來，頗非俳優，而君子嘲隱，化為謎語。謎也者，
> 迴互其辭，使昏迷也。或體目文字、或圖象物品；纖巧以
> 弄思，淺察以衒辭；義欲婉而正，辭欲隱而顯。荀卿〈蠶
> 賦〉，已兆其體。

　　隱語就是「遁詞以隱意，譎譬以指事。」〈諧隱〉文中「昔還社求拯於楚師，喻智井而稱麥麴」引用了《左傳・宣公十二年》楚國攻打蕭國

時，蕭國大夫還無社和楚國大夫申叔展的一段隱語對話為例：「還無社與司馬卯言，號申叔展，叔展曰：有麥麴乎？曰：無。有山鞠窮乎？曰：無。河魚腹疾奈何？曰：目於眢井而拯之，若為茅絰，哭井則已，明日，蕭潰，申叔視其井，則茅絰存焉，號而出之。」還無社求救兵於楚國申叔展，申叔展以「麥麴」、「山鞠窮」暗示他往泥中避難，因為二者可以抗寒。還無社不懂，申叔展又以「河魚腹疾」暗示逃往低下處。因為兩軍交戰不能明說，所以以隱語比喻。因此劉勰說：「昔還社求拯於楚師，喻眢井而稱麥麴」，以此作為謎語的由來。

二、謎語發展

以劉勰所論，則謎語源於春秋戰國，那時各國大臣常用暗示、比喻的手法影射事物，以勸諫君主採納自己的主張，逐漸形成了謎語。漢朝時一些文人常用詩詞、典故來製謎，出現了妙喻事物特徵的事物謎，和文字形、音、義的文字謎。在曹魏時代，正式形成今天通常所說的謎語。南朝的《世說新語》一書，記載了有關曹操和楊修的幾則謎語故事。其中一則說，楊修為曹操建築相府大門，剛架好椽樑，曹操看到，讓人在大門的門板上題了一個「活」字。楊修看到這個字後，便讓人們把大門拆了重修，說：「門中『活』，『闊』字。王正嫌門大也。」這就是典型的字謎。

南北朝時文人常以製謎、猜謎來鬥智，製謎技巧逐漸成熟。隋唐時謎語由民間進入宮廷，許多皇帝都喜歡猜謎。北宋時期，隨著城市文化和經濟的繁榮豐富，猜謎成為市民的一大樂趣。南宋時，每逢元宵節，人們將自己製作的謎語掛在花燈上，供人們邊觀燈邊猜謎取樂，形成了所謂「燈謎」。南宋都城臨安的燈謎居全國之首，被譽為「燈謎之鄉」。明清時期，元宵節猜燈謎更加盛行，並出現了研究謎語製作的專門著作。謎語就這樣成了社會上喜聞樂見的文學形式，並一直流傳至今。

三、謎語架構

謎語製作一般有「謎面」、「謎底」、「謎格」三個主要架構：
㈠謎面：指謎語的題目，字數不限，一字至數十字皆可，有用書文典故詩

句,有用成語而作新解者,有用影射,有用白描,運用之妙,存乎一心。

㈡謎底:指謎題的答案,或是一字一句或是一事一物,或是人名地名,世間萬物,皆可作為謎底。

㈢謎格:格者,限制也,即範圍的限度、技法的提示,亦即猜射方向方法的指引和界線,使猜者在一定之規則範圍內運用智慧解謎,否則大海撈針,無法猜測。

四、漢字與謎語

字謎是中國謎語中很重要的一部分,因為漢字有形、音、義三要素緊密結合,又有組合拆解的造字過程,所以非常適合作為謎語,既可娛樂,也可以鍛鍊漢字能力。在世界所有文字中,能在形、音、義上無限量作出有趣字謎的也只有漢字才達得到。字謎形式甚多,簡要舉其類型如下:

㈠字形字義關聯

1. 謎面:「看時圓,寫時方,寒時短,熱時長。」

謎底:「日」。

因為日字(太陽),看去是圓的;寫作「日」,是長方形;作為時間單位的「日」,冬季夜長晝短,夏季夜短晝長。

2. 謎面:「霍霍之聲」。

謎底:「韶」。

〈木蘭詞〉:「磨刀霍霍向豬羊」,磨刀是磨其「刀口」也就是「召」,磨刀發出「刀口音」就是「韶」字了。

㈡字形結構與筆畫關係

1. 謎面:「自小在一起,目前少聯繫。」

謎底:「省」。

因為「自」、「小」兩個字合在一起,是「省」字;「目」、「少」合在一起,也是「省」字。

2. 謎面:「一月復一月,兩月共半邊,上有可耕之田,下有長流之川,六口共一室,兩口不團員。」

謎底:「用」字。

「用」字像由兩個月組成，中間一筆劃共用，上半部像「田」，下半部像「川」，中間有六個「口」字，下方兩個「口」不連筆。

(三)利用結構錯覺

1. 謎面：「先寫了一撇，後寫了一畫。」

謎底：「孕」。

前半句以「了」和「一撇」構成「乃」字，後半句以「了」和「一畫」構成「子」字，「乃」、「子」合在一起就是「孕」字。

2. 謎面：「道士腰中兩隻眼，和尚腳下一條巾。雖然平常兩個字，新進秀才想不清。」

謎底：「平常」。

因為「道士」諧音是「倒『士』」，將「士」字倒寫即「干」字；再加「兩隻眼」，就是「平」字。和尚的「尚」字下面再加「巾」字，就是「常」字。合起來就是「平常」。

(四)以漢字爲謎面

1. 謎面：「乙」。

謎底：「說一是一，說二是二。」

因為「乙」與「一」的讀音相近，「乙」在序數中排在「甲」後面，表示第二。

2. 謎面：「伏」。

謎底：「狗仗人勢」。

「犬」在「人」旁才成字，所以「狗仗人勢」。

(五)拆解字形

1. 謎面：「你知我知」。

謎底：「天曉得」。

因為「天」字可以拆解為「二人」，「二人曉得」即「你知我知」。

2. 謎面：「第二名」。

謎底：「有例在先」。

因為「例」字拆為「人」、「列」二字，「有人列在先」就是「第二名」。

第三章
漢字與古印璽

　　在世界四大文明古國的歷史上，有一個共同的文化現象，那就是對印章的擁有和使用。這種有時間先後而無彼此影響的各類型印章，隨著歷史的發展，其他三個古國的印章逐漸衰落，慢慢消失在歷史的長河中，唯有中國的情況不同，它緊密地與政治、經濟、軍事、法律、宗教、文化、藝術等相組合，在各領域發揮其獨有的作用，歷久不衰。

第一節　印璽淵源

一、神話傳說

　　印璽在中國具有特殊文化地位，所以起源的說法中也包含著神話傳說。例如，漢代緯書《春秋運斗樞》說：「皇帝時，黃龍負圖，中有璽者，文曰：天王符璽。」又《春秋合誠圖》說：

> 堯坐舟中與太尉舜臨觀，鳳凰負圖授堯，圖以赤玉為匣，長三尺八寸，厚三寸，黃玉檢，白玉繩，封兩端，其章曰：天赤帝符璽。

　　說印璽由龍鳳從天而降，這說法當然是錯的，後世也都當作迷信。不過，從漢代起，這種帝王神話傳說藉著讖緯之書流布，民間倒是信者頗多。將印璽也說成神靈所降，這其實反映了秦漢起，視帝王為尊貴與天命。尤其周代以後，平民可以爭天下、得天下且成帝王，享富貴，那麼誰作帝王，誰之所以作帝王，這就有了天命之說。天子皆有璽，所以璽就

成了天命所賜了。

二、源於新石器時代陶紋

　　新石器彩陶文化，可以上溯8,000年前，目前出土的陶器上看到許多陶紋，有人將其視為印璽起源。陶紋的形成，在初期是製模時放入繩子或竹編籃子，陶土半乾時取下模子，陶坯表面就留下了清晰的印紋，很多遠古陶器上的紋路就是如此產生。之後工藝進步，裝飾性強，先民直接在拍打泥胚隙縫的「陶拍」上刻上紋飾，當陶器成形，紋飾也就在陶器上了。這些陶紋是最早的裝飾圖案，也有人認為這是印璽藝術的淵源。

三、甲骨契刻與青銅銘文

　　甲骨文以契刻成文、青銅以鑄刻成文、印章則「鐫刻」成字。從「刻」的角度立論，把甲骨、青銅視為印璽淵源，是可以成立的。根據《漢書‧祭祀志》的說法：「自五帝始有書契，至於三王，俗化雕文，詐偽漸興，始有印璽，以檢奸萌。」這裡說的「書契」，一般認為是在木板上契刻文字以為約信，不過若以契刻方式而言，《漢書》也是將之視為印璽前身。商周時期，還出現過一種類似印章的陶器「字範」，又稱「陶印」，它是工匠製作器物時，按壓在器壁或底部的印記，內容多為陶工之名，或是主人姓氏。這些陶印的工藝或是文字多半簡陋，具有印璽的某些特徵，但就功能而言，仍不是後世的印璽。

圖4-31　商代亞形印模

圖4-32　商代銅印模

第二節　先秦古璽

一、文獻紀錄

　　真正印璽之制當始於春秋戰國。清徐堅〈西京職官印譜自序〉：「始於周，沿於秦，而法備於漢。」《周禮·秋官·司寇》：「職金，掌凡金玉、錫石、丹青之戒令。受其入征者，辨其物之媺惡，與其數量，楬而璽之。」鄭玄注引鄭司農說：「楬，書其數量，以著其物也。」職金，是周代官名，掌管作為賦稅而徵收之金、玉、錫、石、丹青之檢驗與收藏等。檢驗後，標明其品名與數量，用蓋有印章之標籤封存。

　　《左傳·襄公二十九年》：「季武子取卞，使公冶問，璽書追而與之。」以印封書追與公冶，使之轉致魯襄。當時沒有印泥，封識用印，先用泥封口，然後按印，這叫「封泥」。《韓非子·外儲說左下》：「（西門）豹對曰：『往年臣為君（魏文侯）治鄴，而君奪臣璽……』」這些文獻紀錄都說明了，東周應該就是印璽成為固定制度的時代。

二、考古實物

　　存世的印璽，最早最多的是戰國遺物，而先秦印璽通稱為「古璽」。戰國時代官、私璽印遺物甚多，是研究戰國文字之重要資料。

　　璽大量出現於戰國，與手工業、商業之發達有

圖4-33　戰國古璽
「春安君」

關。大量應用於商業，代表個人信用；用於政治，則證明各級官員之身分與權力，流傳至今之印章大部分為官印。古璽文字，是戰國古文，朱文古璽大都配上寬邊。印文筆劃細如毫髮，都出於鑄造。白文古璽大多加邊欄，或在中間加一豎界格，文字有鑄有鑿。官璽的印文內容有「司馬」、「司徒」等名稱外，還有各種不規則的形狀，有的內容還刻有吉語和生動的物圖案。

圖4-34　戰國楚國玉印

圖4-35　戰國燕國銅印

　　戰國楚國玉印，印文為「計官」二字，「計官」是當時官名，主管財賦、會計、出納之官員，《周禮・天官・序官》即有「司會」之官，鄭玄注：「計官，司會主天下之大計，會，大計也。」燕國銅印，印文「外司爐」，掌管鑄造，或謂掌管鑄造錢幣之職官。

第三節　秦漢六朝印璽

一、秦代印璽

　　「璽」字原作「壐」，秦始皇稱帝後，以玉作璽，璽字從玉，並以「璽」為皇帝印章之專稱；餘者用銅，只能稱「印」。漢蔡邕《獨斷》：「璽者，印也；印者，信也……。衛宏曰：『秦以前，民皆以金、玉為印，龍虎紐，惟其所好。然則秦以來，天

圖4-36　秦始皇傳國寶璽「受命於天既壽永昌」

子獨以印稱璽，又獨以玉，群臣莫敢用也。』」據《漢書‧百官表》顏注引《漢舊儀》，則諸侯王之印亦稱「璽」。

　　戰國時，由於各國的文字不統一，因此要統一政令就極不方便。秦始皇命令丞相李斯等整理文字，力求簡潔、易認；制定了「小篆」，作為全國統一的文字。這種文字，外形基本上是方的，筆畫是圓轉的。它第一次把漢字在結構上定型，固定了部首、偏旁。由於印璽基本上是方的，為了製造璽印的方便，又定出一種專門用字叫「摹印篆」，以便以圓適方。這種璽印的改革是在文字改革的背景下進行的，具有劃時代的意義。但秦始皇在位時間不長，所以這時的印章藝術尚不成熟，它只是在戰國璽印與漢印之間架起了一座過渡的橋梁。

顫里典　　王兵戎器　　公子谷　　王它人　　公孫齮　　工師之印

二、漢代印璽

　　漢帶印章藝術進入了一個繁榮的時代。西漢印章承襲秦印制度，初期是白文印用邊框，後來漸漸去掉邊框，在文字上也更方整、工致，表現端正莊嚴的氣象，反映了漢代強大昌盛的威儀。到了東漢，由於手工業更為發達，印章製作趨於精緻。印章文字在摹印篆的基礎上，筆劃加以屈曲延伸，叫作「繆篆」。漢代官印種類極多，官印、私印、將軍印、吉語印為大宗。

(一)漢官印

　　漢官印印文與秦篆相比，更為整齊，結體平直方正，風格雄渾典重。西漢末手工業甚為發達，所以新莽時代的官印尤為精美生動。漢代的印章藝術登峰造極，因而成為後世篆刻家學習的典範。兩漢官印以白文為多，皆為鑄造。只有少數軍中急用和給少數民族的官印鑿而不鑄。

圖4-37　西漢官印「皇后之璽」　　　圖4-38　西漢官印「廣陵王璽」

㈡漢將軍印

　　將軍印，是漢代印章中風格獨特的印章，也是武將們的專利，故稱「將軍印」。製作方法是「鑿製」，在預製的金屬印胚上鑿刻印文，這是由於軍事活動頻繁，武將調遣經常因為軍情緊急而立即受封，印章便須倉卒鑿出；不過在篆刻史上，也就有了無拘無束、自然天成的簡練風格，給後世篆刻有很大的啟發。

圖4-39　廣漢大將軍章　　圖4-40　虎奮將軍印　　圖4-41　虎奮將軍印

圖4-42　巧工中郎將印　　圖4-43　新邢軍護軍章　　圖4-44　赤城將軍印

㈢漢私印

　　漢代私印數量最多，形式也最豐富，材料和製作方法與官印相差不

遠，只是尺寸較小。民間用途廣泛，形制多元，藝術特色也多樣發展。

圖4-45　徐駿之印　　圖4-46　楊武私印　　圖4-47　楊子方印　　圖4-48　趙多
　　　　　　　　　　　　　　　　　　　　　　　　　　　　　　　　　　　（四靈印）

(四)吉語與鳥蟲印

　　將吉祥語刻成印章以圖吉利，始於戰國大盛於漢代，漢代所刻吉祥語，如「長吉」、「日利」、「利行」之類為多。

圖4-49　長吉　　圖4-50　黃神越章天帝神之印　　圖4-51　長幸

圖4-52　利行　　　　圖4-53　日入千金　　　　圖4-54　日利

　　「鳥蟲文」，是戰國時期一種特殊文字，在正體字型周邊加上鳥蟲造型圖案，反應戰國時期的活潑與奔放的多元文化。這種特殊文字，隨著秦國統一天下，以小篆定型所有戰國文字後，在秦漢時期脫離實用而進入藝

術領域。尤其保存在秦漢的「鳥蟲篆印」，最可以看見文字與工藝藝術的
結合，在中國篆刻史上永遠都是最特殊的一種藝術。

圖4-55　鳥蟲篆印「新成甲」　　　　圖4-56　鳥蟲篆印「武意」

三、六朝印璽

　　魏晉、南北朝的印章，基本上承襲漢印。
不過，由於文字演變發展，隸書、楷書相繼出
現後，人們對篆書的書寫距離遠了，所以印章
中篆書的書法水準不及漢印。魏晉的官私印形
式和鈕制都沿襲漢代，但鑄造上也不及漢印精
美。六朝傳世印章不多，右圖兩個頗為著名。

　　東晉「顏琳六面印」，是顏琳私人用
印，特別的是，它六面都刻上印文分別是「白
記」、「臣琳」、「顏琳」、「顏琳白事」、
「顏琳白戔」、「顏文和」。這種六面印，在
六朝時期或直到今天的印章，都是很特殊的形
式之一。

　　北朝前趙官印，印文刻「歸趙侯印」四
字。十六國期間戰爭頻仍，朝代更迭快速，統
治者多欲攏絡投降歸順者，此印即趙國國君賞
賜給歸順者的印章，印文線條嚴謹，鑿刻結構
整齊，有漢魏官印遺風。

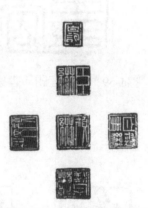

圖4-57　東晉顏琳六面印

圖4-58　北朝前趙官印
　　　　「歸趙侯印」

第四節　唐以後印章

一、唐宋印章

　　唐宋時期，印章的製作漸趨寂寞，這與官方的鑄造限制有關。唐代的官印形體放大，和私印形成大小貴賤之別。私印的鑄作在此期受到影響，宋代大中祥符五年，官方曾經禁鑄私印，並規定私印只能用木雕刻，面積不過方寸，所以唐宋時期私印流傳很少。

圖4-59　唐代官印「中書省之印」　圖4-60　唐代官印「契丹節度史印」

圖4-61　顏真卿印　圖4-62　張同之印　圖4-63　宋官印「神衛左第四軍第二指揮第五都記」

　　但另一方面，唐、宋的書畫藝術發達，不少名家把印章用於書畫，如唐代張彥遠在《歷代名畫記》中，就記述了晉到唐鈐於書畫上的印有54

枚，褚遂良在摹「蘭亭帖」上用了「褚氏」小
印。到懷素用漢代「軍司馬印」鈐在得意的書
法作品上。皇帝欣賞過的書畫，也要蓋上「御
覽」等印章，開啟了中國圖書、書畫史上的
「鑑賞圖書印」的風氣。

　　文人雅士們對印章的欣賞，興趣日益濃
厚。唐代赫赫有名的宰相李泌，特刻有「端居
室」一印，開了「齋館印」的風氣。宋代著名
詞人姜夔有「鷹揚周室，鳳儀虞廷」一印，八

個字隱含自己的姓名，饒富趣味地將印章與文
學結合。由於宋代金石考據學的興起，隨之而來的是摹集古印譜，這更引
起了文人們的注目，傳說著名書法家米芾也曾經自己試著刻印，一時傳為
美談。

　　唐、宋以前的印章功能是為了實用，到了唐、宋時期，從實用的功能
逐漸發展成為藝術與欣賞功能。以前印章是由工人鑄造，這時文人們開始
試刻，使印章藝術趨於質的漸變。從印史上來看，唐、宋時期是印章實用
藝術向篆刻藝術發展的一個過渡時期。

二、元代印章

　　元代印章有三類，官府使用的大型官印、文人使用的「仿漢印」或篆
字朱文的「圓朱印」，官印有的也使用蒙古人自創的八思巴文。不過，最
特殊的應該是元代獨有的「花押印」，這種以通俗楷書所刻的類似畫押、
簽名的印章，字少花樣多是它的特色，源起於宋代，大盛於元代，又叫
「元押」。當元代滅亡後，這種花押也跟著消失，堪稱空前絕後。花押形
式不一，有方形、圓形、長方形、葫蘆形等等。有的刻一字楷書，有的刻
姓氏，下面加上花押圖飾，這類印章別具一格，有一種民間樸拙的美。

圖4-65　八思巴文銅印　　圖4-66　八思巴「王」　　圖4-67　花押印

元押「鹿」　　「邵」　　「大吉」　　「鄭」　　「大吉」

　　元代印章藝術的發展表面停滯，但在文人、士大夫階層中，卻承襲宋代印學理論的部分，出現一些蒐集古印、珍藏印譜的專家，為後世印章藝術理論繼往開來。吾丘衍等人研究印學，情況才起了很大變化。宋徽宗時，蒐集古印編輯有《宣和印譜》、王厚之有《復齋印譜》、顏叔夏有《古印譜》等，首開印石鑑賞之風。元代則有趙孟頫的《印史》及吾丘衍的《古文印》等庚續輯錄。書畫家趙孟頫更以擅刻圓朱文著稱，將書法、繪畫與印章藝術完美結合，為後代文人所效法。

三、明清印章

　　明清時期，安徽出現許多篆刻名家，因他們之間藝術風格都互通聲息，而形成一個獨立的篆刻派別，稱「徽派」、「皖派」。另一批在江蘇的刻家則重視精細的刀法，技法以卓越華麗為特色，稱為「吳派」。到乾隆時代，隨著印石收藏、玩賞、鑑藏的發達，又受到金石學的刺激，於

是產生了很多篆刻名家。如丁敬、蔣仁、黃易、奚岡，稱為「武林四大家」，另有「西冷八家」更是著名的「西冷印社」的主角，這些都是「浙派」的代表人物。另外，還有能將碑學風格表現於篆刻上的，是「鄧派」的鄧石如，風格突出，與徽、浙並列。

圖4-68　鄧石如「江流有聲斷岸千尺」　圖4-69　徽派何震「青松白雲處」

　　明清篆刻，歷時約300年，名家如雲，是篆刻藝術最輝煌的時代，主要特點及明清特色有：⑴篆刻藝術形式更為多樣化。在明代，基本上以漢印形式為多；清代除繼承漢印傳統以外，很多篆刻用繼承了古璽式樣。⑵在章法上，明代篆刻一般都較勻整、對稱、疏朗；清代的篆刻，章法一般較錯綜、參差、緊湊。⑶在印文的用字上，由大、小篆的合一，又擴大了用字面，如鼎彝、權量、鏡銘、泉幣、磚瓦等文字，不論方體、圓體，均可入印，有創造性。現代由於甲骨文的大量出土，甲骨文入印更是一個特色。⑷由篆刻與書法的結合，「書從印入，印從書出」，發展到「詩、書、畫、印」的熔成一爐，大大發展了篆刻創作理論與實踐。⑸邊款藝術由行書發展到各種書體，由書發展到畫，由陰刻發展到陽刻，由簡約的內容發展到豐富的內容。⑹印社組織如「西冷印社」、「樂石社」、「龍淵印社」，專書《印人傳》等的出現，都標誌著篆刻藝術已經成為一門獨立藝術。

第四章
漢字與生活器物

　　漢字在數千年來，作為民族與社會的交際工具，使得我們每天的生活中、社會的各個角落都離不開漢字，甚至可以說，漢字充斥著每一個人的周遭。除了我們將漢字作為單純的記錄功能外，每天生活中的各種器物上，幾乎也都有著文字的身影，使用漢字的我們甚至沉浸其中，渾然不覺。從數千年的貴重古董寶器，到用過即丟的衛生筷子套；從最科技的3C產物，到最傳統的麻將遊戲，器物上的漢字都無所不在，伴隨著我們度過一生中的所有時光。本章要很輕鬆地介紹一些可能我們都日用而不覺的漢字器物，希望再次提醒使用漢字的我們，知福惜福。

第一節　銅鏡瓦當陶瓷枕

一、銅鏡

　　玻璃未問世前，古人以銅錫合金來鑄造鏡子，中國銅鏡除了容照以外，亦用來避邪、裝飾、贈禮、陪嫁、陪葬等。《莊子·應帝王》：「至人之用心若鏡，不將不迎，應而不藏，故能勝物而不傷。」《唐書·魏徵傳》：「太宗曰：以銅為鑑，可正衣冠；以古為鑑，可知興替；以人為鑑，可明得失。」這大概是最為人熟知的鏡子的人生哲理了。古代銅鏡常有銘文，或是祝福、或是勵志、或是吉祥詞句，每日照容，亦隨時受福，今天的玻璃鏡子也可以寫上漢字，何嘗不是如此呢。

圖4-70　漢四乳草葉銘文鏡

銘文：「見日之光，天下大明」

圖4-71　漢福壽重圈銘文鏡

內區銘文：「福壽家安」

外區銘文：「清索傳家，永用寶鑒」

圖4-72　宋千秋萬歲銘文鏡

銘文：「千秋萬歲」

二、瓦當

　　「當」是我國古代宮室房屋屋簷
端的蓋頭瓦，俗稱「筒瓦頭」、「瓦
頭」。屋瓦一片接一片，從屋脊到簷
端，最後一片就是瓦當。「當」有「底
部」、「抵擋」之意，它可以擋住上方
的瓦片，也保護瓦下方的屋簷體，避免
風吹、日曬、雨淋，延長建築壽命。

　　瓦當是兼具實用與裝飾的建築材料，起於周朝，有圓形、半圓形；有
圖案紋瓦當、圖像紋瓦當、文字瓦當。瓦當文字可以是裝飾品，也可以是
統治者弘揚政績與思想的工具，就民間而言，瓦當文字則以吉祥為主。

圖4-73　漢「長生無極」瓦當　　　　圖4-74　漢「萬歲」瓦當

三、陶瓷枕

　　陶瓷枕始於隋代，歷經唐、宋、元、明、清而不衰，以瓷枕為多。最
著名的有越窯、定窯、長沙窯、磁窯等，其中磁州窯的數量最多。瓷枕雖
硬但是清涼去熱，而且古人不像現代人都短髮，古人蓄髮而髮長，睡覺時
髮墊著枕，軟度就剛好了。瓷枕上可以燒製花草、人物、動物、山水等各
種圖飾，漢字當然也是其中之一。像以下這個金代磁州黑彩虎紋瓷枕，文

字是：「惜花春起（早），愛月夜眠遲。」

圖4-75　金代磁州黑彩虎紋瓷枕　　圖4-76　宋磁州窯白地黑花文字豆形枕

文字：「半窗千里月，一枕五更風。」

第二節　碗碟瓶罐老人茶

　　日常生活中碗碟瓶罐上的漢字，大概是中國人最熟悉、最親切的一種生活視界。除了傳統中國式的圖案花紋外，在碗碟瓶罐上寫上吉祥的單字、詞彙，抒情寫意的詩句等，不但呈現出文化風味，漢字與圖紋也共構成一種特殊的生活藝術。

一、碗碟

圖4-77　明「富貴長命」清花小碟

圖4-78　明「壽」字紋清花小碟

圖4-79　民國「福祿壽喜」紋碗

圖4-80　清琺琅彩藍瓷碗

二、瓶罐

圖4-81　清青花「喜」字蓋罐　　圖4-82　清「花沖漢製」青花印泥盒

第三節　玉器碑刻匾額

　　玉器石刻匾額，是我國特殊的社會與文化行為，這些材質經久不壞，可以用來表功績、示階級、祝喜慶、當裝飾等等，自古以來普遍在社會各角落出現。或與生活結合，或與建築輝映，可表意境，可表文采，是生活也是藝術。

一、玉器

圖4-83 清玉插屏
釋文：「御製詩：團團簇簇是為誰，百
　　　　琲攢成一顆奇。設使拋毬參舍利，
　　　　千紅萬紫莫如斯。」

圖4-84 民國青玉圭
釋文：「生香」

圖4-85 民國白玉牌
釋文：「大唐開元御府寶藏」

圖4-86 民國玉石板指
釋文：「子子孫孫永保享用」

圖4-87　民國白玉牌
釋文：「齋戒」

二、碑刻

圖4-88　民國臺北文山區「茶路碑」

圖4-89　清「重修諸羅縣笨港天
后宮碑記」

圖4-90　唐大秦景教流行中國碑　　　圖4-91　山東曲阜碑林碑刻

三、匾額

　　臺灣人逛青島天后宮，看到這匾額一定很親切，因為這匾是臺灣大甲鎮瀾宮董事長顏清標所贈：

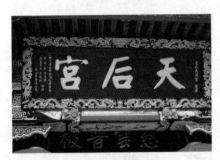

圖4-92　青島天后宮

圖4-93　臺南武廟匾額「大丈夫」

圖4-94　臺南天壇匾額「一」

圖4-95　西安城隍廟匾額「你來了麼」

圖4-96　臺南城隍廟匾額「爾來了」

圖4-97　臺北城隍廟匾額「你也
　　　　來了」

圖4-98　金門陳氏宗祠匾額「忠臣」

圖4-99　紹興魯迅祖居匾額「翰林」　　圖4-100　新竹內灣戲院匾額「我怕太太」

第四節　漢字刺繡扇子

　　刺繡源於商周服飾，有區分地位階級之功能。之後擴充到生活美化層面，表現在實用領域與裝飾領域的各種用品上，不僅止於服裝。從古代的「京繡」、「湘繡」、「蘇繡」，到今天歷久不衰，成為中國重要工藝藝術之一。扇子在中國一樣歷史悠久，明清折扇流行，扇面的繪畫書法不但具有高度藝術價值，更成為文人精神與形象表徵。時至今日，扇子甚至可以當作商業宣傳的工具、贈品，在應用層面更加廣泛了。

一、刺繡

圖4-101　清「新婚佳景」彩繡茶墊　　圖4-102　清「富貴壽考」彩繡茶墊

圖4-103　清「貴」字彩繡茶墊

圖4-104　清劍袋刺繡「麒麟趾之章，歌關雎四句」

圖4-105　清壽紋如意劍袋

圖4-106　清刺繡眼鏡袋

釋文（右）：「影搖千尺龍蛇動，聲撼半天風雨寒。」

　　（左）：「月到天心處，風來水面時。」

圖4-107　嘉義朴子刺繡文化館

二、扇子

第五節　籤詩剪紙百壽圖

一、籤詩

　　籤詩是中國特有的宗教產物，來源甚早，相傳於西元前後的漢朝，就

有類似籤文供信徒取用。之後道教信徒大量運用，到了宋代開始興盛，成
為廟宇中非常重要的神人溝通管道。籤詩的格式、數量、解說各家不同，
但基本格式則一定是一首詩歌，所有神意由此展開，成了集文學、宗教、
社會、心理等於一身的中國特殊文化。

圖4-108　臺北行天宮籤詩

圖4-109　臺北龍山寺籤詩

圖4-110　北港朝天宮籤詩　　　圖4-111　北港朝天宮宣統三年解籤本

二、剪紙

　　唐朝崔道融詩〈春閨二首〉：「欲剪宜春字，春寒入剪刀」；宋周密《志雅堂詩雜鈔》：「舊都天街，有剪諸色花樣者，極精妙。又中原有余承志者，每剪諸家書字，其後有少年能於衣袖中剪字及花朵之類，極精妙。」可見剪紙這項技藝在唐宋社會中，已經是十分普遍的一項民間技藝了。剪紙的內容包羅萬象，動物植物、山水風景、人物建築都有，而吉祥漢字更是其中不可或缺、畫龍點睛的重要元素。

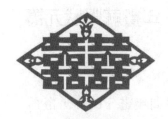

三、百壽圖

　　摹寫一百個古今各體壽字，組成「百壽圖」，起於宋代，清錢曾《讀書敏求記‧字學百壽字圖》中，記載南宋年間靜江令使命于夫子在岩石上刻百壽字，到明正德年間，趙璧編輯了「百壽字」分二十四種字體，於是百壽圖流行。漢字是形意文字，壽字又有長壽吉祥之意，「百壽圖」可說是中國最具代表性的傳統漢字藝術之一。

第六節　年畫麻將狀元籌

一、年畫

　　我國民間年畫、門神，俗稱「喜畫」，古時人們盛行在室內貼年畫，戶上貼門神，以祝願新年吉慶，驅凶迎祥。年畫是中國民間最普及的藝術品之一，每值歲末，多數地方都有張貼年畫、門神以及對聯的習俗，以增添節日的喜慶氣氛。年畫因一年更換，或張貼後可供一年欣賞之用，故稱「年畫」。製作的方式則有刻紙、紙繪、版畫這幾類型。

圖4-112　流傳至今最久的年畫「隋朝窈窕呈傾國之芳容」

　　年畫和春聯一樣，起源於「門神」，據東漢蔡邕《獨斷》記載，民間已有門上貼「神荼」、「鬱壘」神像。傳說唐太宗李世民生病時，夢裡常聽到鬼哭神嚎之聲，以致夜不成眠。這時，大將秦叔寶、尉遲恭二人自告奮勇，全身披掛站立宮門兩側，結果宮中果然平安無事。李世民認為兩位大將太辛苦了，心中過意不去，遂命畫工將他兩人的威武形象繪在宮門上，稱為「門神」，到宋代演變為木板年畫。後來民間爭相倣效，幾經演變，形成了自己的獨特風格，便是現在的年畫了。中國現存最早的年畫是宋版「隋朝窈窕呈傾國之芳容圖」。

二、麻將

　　「麻將」俗稱中國國粹，是一種四人參與的骰子與骨牌遊戲或是博奕。起源眾說紛紜，或說韓信、或說鄭和下西洋時發明，多不可信。歷來麻將遊戲在不同時代、不同區域，有張數與玩法的很多差異，是具有全民性又兼有區域性的遊戲；並且在日本美國也都有愛好者，可說又具有其國

際性。古代麻將多由竹子、獸骨雕製，今日則多以塑膠或壓克力製作。

三、狀元籌

　　現代人知道「狀元籌」的很少了，其起源大約在明代，民國初期仍有，現已沒落，是古代一種可以闔家玩樂的遊戲。「籌」就是籌碼，分為「狀元」、「榜眼」、「探花」、「進士」、「會魁」、「舉人」、「秀才」，每種籌碼不同「注」數，類似分數的意思。玩法是參與的人以擲骰子方式，取得「狀元」，叫作「掄元」。這是一種古人寓教於樂的遊戲，古人藉以激勵人們勤奮向上。

第七節　感情算盤

　　「感情算盤系列」是中國當代藝術家葉放作品，將中國回文詩歌以工藝技巧立體呈現，集中了文學、工藝、藝術、命理、情趣、漢字於「感情算盤—元」、「感情算盤—亨」、「感情算盤—利」、「感情算盤—貞」四件作品中，極具創意巧思，對當代漢語言藝術與創意領域而言，是一個很好的示範。

　　此作品為四分之三圓形，每柱由上而下七字，由右向左起為：「學得相思便懶粧，鈕金慵解繡羅裳。演來一折尋春夢，柳下梅邊黯自傷。濃著鉛華被淚殘，起來終日不成歡。許多人道相思苦，味裡原來只是酸。神情蕭索不宜春，酒盞拈來怕著唇。歲久漸消紅杏色，核桃存骨尚懷仁。」

第五篇

世界文字篇

第一章　世界文字基礎概念

第二章　起源文字概說

第三章　拼音文字概說

第四章　東亞文字

　　文字的出現，標誌著人類進入了文明社會階段，歷史發展脫離了口傳身授的模糊失真，而能夠被清楚地記錄下來。人類的思想、文化由於文字的出現而不會失傳中斷。同時，人類通過文字這種高效率的訊息傳播工具，提高了文化、思想、藝術、技術等人類文明的傳播速度和普及度。

　　人類在世界上不同區域角落，創造出了形式或同或異的文化與文明。而所有人類的遠古文明也都創造出文字系統，有些歷經轉變與改革，以不同形式書體流傳至今；有些則一脈相承，使用數千年之久直到當代。對於後代子孫的我們而言，老祖先發明開創的文字，不但是我們的文化遺產，更是引領我們邁向未來的階梯。本篇要介紹的便是這些偉大的人類寶藏，無論是哪個族群、哪個國家的文字，都令我們有著最崇敬與感佩的心情。

第一章
世界文字基礎概念

　　文字是人類記錄語音的書寫形式，也是賴以溝通交際的符號系統。就人類發展歷程而言，文字的發明是人類文明社會產生的具體表徵。世界上有約6,000種語言系統，而文字數量約1,700種。經考古出土或現存仍然使用的廣義文字，可以上溯到近萬年前。人類的文字從早期的圖畫與象形表意，發展到後期都成為記錄語音的表音文字。人類文字數量之多，系統之多元，要完全了解人類文字，不是一件容易的事。本章先從人類文字的一些基本分類入手，之後再進入比較主要的世界文字。

第一節　世界主要語言系統

一、世界語系及語族

漢藏語系	漢語、藏緬語族、侗臺語族、苗瑤語族
印歐語系	日爾曼語族、義大利語族、凱爾特語族、波羅的語族、斯拉夫語族、印度—伊朗語族、希臘語、阿爾巴尼亞語、亞美尼亞語、安納托利亞語族、吐火羅語族
高加索語系	南高加索語族、北高加索語族
烏拉爾語系	芬蘭—烏戈爾語族、薩莫耶德語族
阿爾泰語系	突厥語族、蒙古語族、滿—通古斯語族、日語、朝鮮語
達羅毗荼語系	印度南部、西部：北部語族、中部語族、南部語族
南亞語系	孟—高棉語族、馬六甲語族、蒙（捫）達語族、尼科巴語族

南島語系	印度尼西亞語族、密克羅尼西亞語族、美拉尼西亞語族、玻里尼西亞語族
閃含語系	閃語族、柏柏爾語族、查德語族、庫施特語族、埃及—科普特語族
尼日—科爾多凡語系	西非語族、曼迪語族、古爾語族、克瓦語族、班圖語族、東非語族、科爾多凡語族。

二、世界十大語言

排名	語言	所屬語系	文字	人口數	世界人口比例
1	漢語	漢藏語系	漢字	15億	21%
2	印地語	印歐語系	天成體	3.66億	6.00%
3	英語	印歐語系	拉丁字母	3.41億	5.61%
4	西班牙語	印歐語系	拉丁字母	3.22億	5.59%
5	孟加拉語	印歐語系	孟加拉字母	2.07億	3.40%
6	葡萄牙語	印歐語系	拉丁字母	1.67億	2.75%
7	俄語	印歐語系	基里爾字母	1.6億	2.63%
8	日語	（未定）	假名、漢字	1.25億	2.06%
9	德語	印歐語系	拉丁字母	1.00億	1.64%
10	韓語	阿爾泰語系	諺文、漢字	0.78億	1.28%

第二節　世界主要文字與起源文字

一、五大主要文字

文字系統	使用區域
拉丁字母	歐洲（除東歐外）、非洲（撒哈拉沙漠以南）、南北美洲、大洋洲、東南亞（越南、印尼、馬來西亞、菲律賓）。

基里爾字母	東歐、俄羅斯、白俄羅斯、烏克蘭、塞爾維亞、馬其頓、保加利亞。
阿拉伯字母	阿拉伯地區、北非、伊朗、巴基斯坦等伊斯蘭國家；中亞、新疆。
印度字母	印度半島（除巴基斯坦外）的大多數國家，東南亞緬甸、寮國、泰國、柬埔寨；西藏。
漢字	臺灣、中國大陸、香港、澳門、新加坡和其他使用漢語的華人地區；日本、韓國。

二、五大起源文字

　　人類文明史上，五個經由獨立區域或族群直接創造發展的起源文字是：兩河流域的「蘇美楔形文字」、尼羅河流域的「埃及聖書文字」、黃河流域的「甲骨文」、印度河上游的「哈拉般文」、中美洲的「瑪雅文字」。五個起源文字均為形音式文字。這五種文字的特色，表列如下：

文字	估計使用期間	字符數	音節	使用年數
楔形文字	西元前3200-1800	600	150	1500
埃及文字	西元前3200-500	700	100	2,700
漢字	西元前2500-現代	50,000	62	4,000以上
印度哈拉帕文字	西元前2300-1200	不明	不明	1,100
瑪雅文字	西元前600-西元1500	500	50	2,100

　　其中，印度哈拉帕文早已是死文字，至今不能解讀，也無法得知是什麼種族所創制。瑪雅文在十六世紀成為死文字，至二十世紀後期方被解密。埃及文與蘇美文消失於2,000多年前，直到十八世紀才分別被解密。這五種起源文字中，漢字是唯一無須解密，被連續使用至少4,000年以上而進入二十一世紀的形音文字。

三、文字性質三進程

　　人類的文字性質的發展分為三個階段：「形意文字」、「意音文字」、「拼音文字」。其型態與代表文字如下：

名稱	性質	類型	特色
形意文字	純粹圖形符號	四大類型： 刻符、岩畫 文字畫、圖畫字	只表意義，不表音節，是文字萌芽的原始階段。
意音文字	記錄音節的圖形符號系統	三大區域： 西亞楔形字 北非聖書字 中國漢字	可以記音，文字進入成熟階段。漢字是唯一仍然大量使用的意音文字。
拼音文字	以音素符號記錄語音	拼音文字三期： 音節字母 輔音字母 音素字母	除了漢字以外，自古以來最普遍使用的文字系統。

第三節　文字性質與類型一：意音文字（logogram）

　　或稱「語素―音節文字」（logogram）、「語詞―音節文字」（logograph），是一種圖形符號既可代表語素，又可以代表音節的文字系統。一般又稱為「表意文字」或「象形文字」。意音文字代表人類文字史走出原始時期，進入成熟時期。

漢字	漢字文化圈內使用最廣的一種文字，漢字在古代已發展至高度完備的水準，不只中國使用，更在很長時期內作為東亞地區唯一的國際文字，二十世紀前，還是日本、朝鮮、越南等東亞和東南亞國家官方的書面規範文字。
日文漢字	書寫日文時所使用的漢字，寫法基本上與中文使用的漢字大同小異。有一部分日文獨創的漢字，則稱為「日製漢字」或「和製漢字」。現代日文中常用的漢字約有2,000個。
韓文漢字	是韓語中使用的漢字。在現代韓文中，通常在用來書寫由中國語傳入的漢字詞，使用頻率不高，都可以由諺文來書寫。韓文漢字大約相同於中國的繁體字、日本的舊字體，常用字也約2,000個左右。

西夏文	西夏文是西夏仿漢字創製的。西夏文屬漢藏語系的羌語支，西夏人的語言已經失傳，而跟現代的羌語和木雅語關係最密切。西夏彙編字書12卷，定為「國書」，上自佛經詔令，下至民間書信，均用西夏文書寫。為方便人們學習西夏文，還印行了字典。西夏於1227年亡於蒙古帝國，西夏文也隨之逐漸湮滅無聞。
女真文	宋代時金國文字，完顏希伊仿漢字楷書，參考契丹文字，並配合女真口語所創的文字，金太祖天輔三年頒行，史稱「女真大字」。
契丹文	是中國古代少數民族契丹族使用的文字，屬阿爾泰語系，分契丹大字和契丹小字兩種，與蒙古語非常相似，但是由於至今沒有被解讀，所以很難比較。契丹大字創製於西元920年，由遼太祖耶律阿保機下令由耶律突呂不和耶律魯不古參照漢字創製的，應有3,000餘字。遼國滅亡後，契丹文仍然被女真人所使用，並幫助創造女真文。直到1191年後，契丹文才逐漸廢棄，一共使用了300多年，重新發現於1920年代。
埃及文	即「聖書體文字」（或稱碑銘體，正規體），俗稱「埃及象形文字」，是古埃及人使用的一種文字體系。是一種意音文字，主要由「音符」（表音）、「意符」（表意）和「限定符號」構成：音符，包含單音素文字，還有許多單音節文字和多音節文字；意符，表示一個單詞；限定符號，加在單詞的最後以限定語意的範圍。
楔形文	Cuneiform，來源於拉丁語，是cuneus（楔子）和（forma）（形狀）兩個單詞構成的複合詞，而阿拉伯人因其形似釘子所以稱之為「丁頭文字」。西元前3500年左右，青銅時代的蘇美爾人用泥板通過圖畫的形式記錄帳目，並演化為表意符號，在蘇美爾的最早紀錄中，使用的符號約有2,000個左右，但經過600多年的改進，在西元前2900年左右時，符號的數目已經削減到600個左右。符號進一步簡化，最後演變為楔形刻痕的組合。

第四節　文字性質與類型二：音節文字（syllabary）

　　「音節文字」是表音文字的一種，以音節為單位的文字。代表性的有日語的「假名」。假名並非純音素的組合，而是各音節有獨自形狀的音節文字，在世界上相當稀少。廣義上，漢字也可以稱作音節文字，因為漢字本身亦為一形一音，只不過數量龐大而已。

日文假名	「假名」為日本獨有的表音文字，主要有「平假名」、「片假名」、「萬葉假名」等不同的符號，取漢字偏旁及草書寫法而構成。「假名」名稱相對於「真名」，「假」是借的意思，「真名」則是造字前使用的純漢字。
彞文	中國雲貴川地區少數民族使用的一種文字。又稱「夷字」、「爨文」、「韙書」、「蝌蚪文」、「裸裸文」、「畢摩文」等。已規範的現代彞文分為：雲南規範彞文、貴州規範彞文、涼山規範彞文（四川新彞文）三種。傳說中的彞文創造者是一個叫伯耿的人，根據鳥獸足跡和事物的形象創造了彞文。彞文是由彞族的畢摩（又稱為貝耄，主持禮儀、祭司的人）代代相傳的，通過著作和家譜傳遞。最早記錄彞文的是漢代關於「彞經」的記載，目前發現最早的古彞文銘文在明代。雲南撒尼族敘事長詩〈阿詩瑪〉，其原著就是用彞文寫的。
女書	又名「江永女書」，是世界上發現唯一的女性專用文字，起源於中國湖南省的江永縣。在中國湖南省江永縣及其毗鄰的道縣、江華瑤族自治縣的大瑤山和廣西部分地區的婦女之間流行、傳承的神秘文字。
加拿大原住民文字	加拿大「克里人」（Cree）的「克里語」（Cree language）與「因紐特人」（Inuit）所用的原住民語言的文字（Canadian Aboriginal Syllabics writing）。目前從東邊魁北克（Quebec）到西邊落磯山脈（Rocky Mountains），約有十餘萬的原住民普遍使用。

第五節　文字性質與類型三：母音標注文字（abug-ida）

　　「母音標注文字」是在輔音字母上標注母音，構成一個音節的文字類型；標注的位置前後上下均有，用以改變音節的讀音。南亞和東南亞的梵文文化圈，普遍使用母音標注文字作為其書寫形式。如印度「天城體文字」देवनागरी、「泰文」ภาษาไทย。

天城文	「天城文」是目前印度最流行的文字，用來寫印地語、梵文、尼泊爾語等語言。天城文最早出現在十三世紀初，是「悉曇文」（Siddham）變體之一，悉曇文來自笈多文（Gupta），笈多文猶如印度的其他文字一樣，源自於西元前三世紀的「婆羅米文」。現在亞洲不少民族使用的字母，或是從天城文的字母派生來的，或是與它同出一源，關係密切。這些字母分布於緬甸、泰國、柬埔寨、寮國等地。
泰文	泰語的官方文字。泰語屬「壯侗語系」的「侗臺語族」，是一種分析型語言，不同的聲調有區分詞彙和語法的作用。
緬甸文	緬甸語的官方文字。緬甸語屬於「漢藏語系」的「藏緬語族」，是緬甸聯邦的官方語言。在緬甸有大約2,500萬的使用者。在孟加拉、馬來西亞、泰國也有少量分布。緬甸文屬於婆羅米系的文字，其書寫特徵是呈圓形。字元的構成是以輔音字母與母音拼合後形成音節符號。
藏文	藏族的文字系統，是一種母音附標文字，記錄了七世紀的藏語語音。藏語屬「漢藏語系」中「藏緬語族」的「藏語支」。分布在中國西藏自治區、四川阿壩藏族羌族自治州和甘孜藏族自治州、甘肅甘南藏族自治州、青海和雲南迪慶藏族自治州四個地區。巴基斯坦、印度、尼泊爾、不丹四個國家，也分布許多藏語。藏文由來有兩種說法，佛教學者認為是吐蕃時代西元七世紀由國王松贊干布的重臣吞彌桑布扎創製的，受梵文拼寫影響。「苯教」學者則認為藏文完全是從「象雄文」演變而來。藏文字母有上加字、下加字等垂直拼寫法。為了翻譯佛教梵文咒語，藏文字母與梵文字母有完全的對應關係。在漢藏語系語言當中，只有漢字創製時間比藏文早，其他語言，如西夏文、緬甸語的文字創製時間都晚於藏文。
印地文	印地語的標準文字，印地語屬於「印歐語系」「印度—伊朗語族的印度—雅利安語支」。在1965年1月26日，與英語成為印度中央政府的官方語言。印地語和烏爾都語是同一種語言（稱印度斯坦語），但前者用天城文，後者用阿拉伯字母，前者引進的梵語借詞多一點，後者的阿拉伯語和波斯語借詞多一些。印地語和烏爾都語加起來是世界上第二大語言，使用人口超過5億人，僅次於中文。
梵文	梵文是梵語的代表字，梵語是「印歐語系」，即「印度—伊朗語族印度語支」的一種語言，是印歐語系最古老的語言之一。和拉丁語一樣，梵語已成為一種屬於學術和宗教性質的專門語言，梵文也成為類似古文字的性質。印度教經典《吠陀經》即用梵文寫成。其語法和發音均被當作一種宗教儀節而絲毫不差地保存下來。梵文意思是「完美的」或是「放在一起」。梵文分成兩個大部分：「吠陀梵文」（Vedic Sanskrit）和「古典梵文」（Classical Sanskrit）。

第六節　文字性質與類型四：輔音音素文字（consonantal alphabet）

　　「輔音音素文字」是一種文字的書寫系統，用以描述閃族文字的所屬類別。由於閃族文字只標記輔音而不記母音，所以有語言學家認為它是一種特殊音節文字，亦有認為是字母。輔音音素文字的母音暗藏於音韻上，不過母音的標記並不是強制性的。輔音音素文字的定義和「母音標注文字」完全相反。

阿拉伯文 （Arabic alphabet）	阿拉伯文是阿拉伯語的書寫形式，源於古代的「阿拉米文字」，可能從古埃及文字的一種變體演變而來，類似希伯來文；阿語書寫分為草體和楷體，書寫方向從右至左。阿拉伯字母本身不包含短母音，所以在阿拉伯語和波斯語、達里語、普什圖語等語言的很多書籍和雜誌中，短母音並不被標出，人們必須從文中推測出這些母音。出現這種現象的原因是，閃族語更多使用輔音和長母音來區分詞義。世界上使用阿拉伯字母的語言有波斯語、普什圖語、烏爾都語、部分突厥語、柏柏爾語，以及中國境內的維吾爾語、哈薩克語、烏茲別克語等。
希伯來文 （Hebrew）	現代希伯來語字母是從亞拉姆語字母的基礎上發展起來的。希伯來語使用者稱他們的字母表為「aleph-bet」。希伯來語屬於亞非語系閃米特語族（或屬閃含語系閃語族），為具有古代猶太民族（以色列民族或希伯來民族）意識之現代人民的民族語言，也是猶太教的宗教語言。過去2,500年，「希伯來語」主要用於《聖經》與相關宗教方面的研究，自從二十世紀特別是以色列復國以來，「希伯來語」作為口語在猶太人中復活，漸漸取代阿拉伯語、猶太西班牙語和意第緒語（或稱為「依地語」，猶太人使用的國際交流語）。以色列復國後將「希伯來語」定為官方語言之一，採用希伯來語字母書寫；另一種官方語言則是阿拉伯語。

第七節　文字性質與類型五：全音素文字（alphabet）

　　「全音素文字」是表音文字的一種，它是以「音素」為單位的文字。和不標出母音的輔音音素文字不同，它的字母表中除了輔音字母，還有母

音字母，用來表示語言中的母音。比較常見的全音素文字，有拉丁字母、基里爾字母、希臘字母、朝鮮字母、蒙古字母等。

　　多數全音素文字採取線形拼寫，如拉丁字母從左往右拼寫、蒙古字母從上往下拼寫。但是也有例外，如朝鮮字母，朝鮮文採取音節塊形拼寫，每個音節裡的字母上下左右排列組合成一個方塊字，以便在文章中和漢字整齊排列，這是模仿漢字方塊結構而來的。

拉丁字母 （Latin alphabet）	拉丁字母，也作羅馬字母，主要源於伊特魯里亞字母，為英語及世上大多數語言所採用的系統，這26字母是世界上最通行的字母。拉丁字母的傳播和基督教的傳播密不可分。整個西歐和美洲、澳洲、非洲（除衣索比亞和埃及）的語言，以及東歐的波蘭語、捷克語、霍爾瓦特語、斯洛維尼亞語，還有亞洲的越南語、馬來語和印尼語都採用拉丁字母。
基里爾字母 （Cyrillic alphabet）	基里爾字母又叫斯拉夫字母，是通行於斯拉夫語族大多數民族中的字母書寫系統。基里爾字母源於脫胎自希臘字母的格拉哥里字母，普遍認為是由基督教傳教士聖基里爾（827—869）在斯拉夫民族傳播基督教方便所創立的，被斯拉夫民族廣泛採用，因此有時也稱為斯拉夫字母。早期的基里爾字母又稱作古斯拉夫語字母，目前使用基里爾字母的文字不少是斯拉夫語族的語言，包括俄語、烏克蘭語、盧森尼亞語、白俄羅斯語、保加利亞語、塞爾維亞語、馬其頓語等。
希臘字母 （Greek alphabet）	希臘字母源自腓尼基字母，是希臘語的書寫形式。羅馬人引進希臘字母，略微改變成為拉丁字母，在世界廣為流行。希臘字母被廣泛應用到學術領域，如數學、文學等。英語單字alphabet，源自通俗拉丁語Alphabetum，其來源就是前兩個希臘字母 α （alpha）及 β （beta）所合成。希臘字母一共有24個字母，包括7個母音和17個輔音。希臘語廣泛用於希臘、阿爾巴尼亞、賽普勒斯等國，與土耳其包括小亞細亞一帶的某些地區。古代希臘語原有26個字母，荷馬時期後逐漸演變並確定為24個，一直沿用到現代希臘語中。
蒙古文字 （Mongolian script）	蒙古文字是蒙古語的書寫形式，歷史上蒙古語曾採用以下四種文字：⑴利用漢字標音。⑵使用回鶻文字母，及改良自回鶻文字母的傳統的蒙古文字，俗稱舊蒙文，以及它的兩種後期變體：托忒文字、阿里嘎里字體。⑶元朝忽必烈時代，由當時的吐蕃國師八思巴所創立的八思巴字、索永布文字、拉丁化蒙古字母。⑷蒙古國獨立後採用的新西里爾字母文字，俗稱新蒙文。蒙古語是蒙古民族說的語言，屬於阿爾泰語系。蒙古語有很多方言，主要分為內蒙古、衛拉特和巴爾虎—布里亞特三種方言。

韓文字母 （諺文） （Eonmun Vernacular script）	韓文字母，又稱「諺文」，是十五世紀在李氏朝鮮王朝（1392—1910）第四代君主世宗國王（1418—1450年在位）的倡導下，由一批學者創造的。在創造這些簡單的音標以前，朝鮮人是借用漢字來記錄他們的語言。諺文共有10個母音和14個子音，再由母音子音組合成音節。

第二章
起源文字概說

第一節　楔形文字（cuneiform）

一、楔形文字釋義

　　楔形文字的英文cuneiform源於拉丁語，是cuneus（楔子）和forma（形狀）兩個單詞構成的複合詞。阿拉伯人稱之為「丁頭文字」，因為蘇美爾人用削成三角形尖頭的蘆葦桿或骨棒、木棒當筆，在潮溼的黏土製作的泥板上寫字，其字體自然呈三角形尖頭，外形就很像釘子。

　　約在西元前3500年的青銅時代，伊拉克美索不達米亞區域的蘇美爾人，以圖畫的形式在泥板上記錄帳目，這些符號逐漸演化為表意符號，而且還可以表示聲音，將幾個表意字組合在一起，就可以代表一個複雜的詞或短語。在蘇美爾的最早紀錄中，使用的符號約有2,000個左右，但經過600多年的改進，在西元前2900年左右時，符號的數目已經削減到600個左右。符號進一步簡化，最後演變為楔形刻痕的組合。這就是今日所謂楔形文字。

二、使用區域與歷史

　　楔形文是兩河流域文明的獨創，對西亞許多民族語言文字的形成和發展有重要影響。比蘇美爾人稍晚，居住在今天伊拉克北部閃族的阿卡德人，也採用楔形文字進行書寫記錄語音，阿卡德人還編有蘇美爾語和阿卡德語的雙語詞典。再晚些的亞述帝國時期常用筆劃精簡到300多個，國王亞述巴尼帕（Ashurbanipal，西元前668-627年在位）在首都尼尼微建造了人類歷史上第一個大型圖書館，收藏大量泥板圖書。

　　西元前539年，波斯征服巴比倫王國後，也跟著巴比倫使用楔形文字。直到希臘時代之前，凡是在美索不達米亞建立統治的每個民族包括埃蘭，以及遠在小亞細亞的西臺等民族，都是使用楔形文字。後來，由腓尼基商人在埃及象形文字基礎上，發明了腓尼基字母文字，從此字母文字走上歷史舞臺，逐漸成為西方文字主流。

　　總計楔形文字在西亞流行的時間長達3,000年，在西元100年左右走進歷史，直到1765年德國學者尼布爾（C.Niebuhr, 1733-1815）在波斯古都波斯波里斯（Persepolis）附近的村莊比西屯（Bihitun），發現一個摩崖石刻，並拓得銘文摹本，引起西方學術界重視。

此後經英、法、德、丹麥、愛爾蘭等國的學者們100多年的鑽研，這種文字才得以逐漸破解，揭開西亞上古文明的神秘。

三、楔形文字的分期與結構

　　楔形文字的發展依時間順序有三個階段：一是「表意楔形文字」，二是「音節楔形文字」，三是「字母楔形文字」。表意與音節階段與漢字的結構歷程相近，字母楔形文字則是後期的波斯人讓文字走向拼音的改變。

　　早期楔形文字寫法簡單，表達也很直觀，有單純的「眼」、「水」、「鳥」、「卵」、「天」、「日」等「初文」。有時候，要表達複雜些的事物或抽象概念，就直接組合初文，例如，「眼」加「水」是「哭」；

「鳥」加「卵」是「生」；「天」加「水」便是「下雨」。這種表意符號
也可以一字多義，例如，「足」可以是名詞「腳」，也可以是動詞「行
走」、「站立」；「犁」可以是名詞的耕具，也可以是動詞的「耕田」、
名詞「耕田的人」。這種文字和漢字「六書」中的象形、指事、會意是一
樣的結構設計。

四、楔形文字的學術與文化影響

　　楔形文字在西元100年後逐漸消失，當時的泥板文獻與其他形式的文字
材料，或毀壞或深埋地下，兩河流域的古文明對後人而言，逐漸成謎。直
到1765年，德國學者尼布爾在波斯古都波斯波里斯發現一個摩崖石刻，並
拓得該銘文拓本，楔形文字才重見天日。後又經過歐洲學者不斷研究，終
於建立了以楔形文字為主的學術系統與古文化認知。

　　楔形文字的研究首先在十九世紀中葉，建立起「亞述學」
（Assyriology）的研究學科，這是從歷史、語言與考古，研究古代美索不
達米亞與鄰近文化的一門學科，也包含蘇美與巴比倫等文化。「亞述」
（Assyria）是興起於美索不達米亞（即兩河流域，今伊拉克境內幼發拉底
河和底格里斯河之間）的奴隸制王國。西元前八世紀末，亞述逐步強大，
先後征服了小亞細亞東部、敘利亞、腓尼基、巴勒斯坦、巴比倫尼亞和埃
及等地。亞述人在兩河流域歷史上活動時間前後約有2,000年之久，對兩

河流域文明有著重大影響，近代「亞述學」的研究便解決了很多古文明之謎。

　　另外，歐洲二十世紀以來建立的「西臺學」（Hethitology），也是經由楔形文字研究所建立的新學科。在亞述王國同時，並且亡於亞述的「西臺王國」（Hittie），也是兩河流域中的重要古文明。「西臺」又稱為「赫梯」、「西泰特」或「希泰」，是一個位於安納托利亞的亞洲古國。講印歐語系「西臺語」的「西臺人」和西元前2000年代遷來的講「涅西特語」的「涅西特人」，共同創造了西臺王國。小亞細亞是近東文明與愛琴文明聯繫的橋樑和樞紐，亞述人曾經於西元前3000年代末至2000年代初在小亞細亞建立了若干商業殖民地，其中最著名的是卡尼什商業公社，亞述人還把楔形文字帶到了小亞細亞。「西臺學」的研究，對於西亞古文明中的歷史與文化有很重要的貢獻，而這也同樣受惠於楔形文字的發現與解讀。

第二節　埃及文字（Egyptian writing）

一、古埃及語文

　　埃及語是「閃含語系」的一個獨立分支，包括埃及、地中海、北非區域使用埃及語言，是近東語言及其古文明中很重要的一個系統。現存的古埃及語文可以追溯至西元前3200年，在古埃及帝國時期通行，到帝國滅亡後約西元200年左右消亡，是現存文字中通行最長久的語言文字。埃及語言可以分為六個發展演變階段：

　　　1.遠古埃及語（Archaic Egyptian，西元前2600以前）
　　　2.古埃及語（Old Egyptian，西元前2600-2000）
　　　3.中古埃及語（Middle Egyptian，西元前2000-1300）
　　　4.新埃及語（Late Egyptian，西元前1300-700）
　　　5.世俗體（Demotic，西元前700-西元500）
　　　6.科普特語（Coptic，西元500-1700）

　　古埃及語、中古埃及語及新埃及語都以「聖書體」文字書寫。世俗體則以一種類似現代阿拉伯文的文字書寫。科普特語的書面形式是用希臘

文，加上一些符號來補充希臘語中沒有的一些輔音。這些額外的符號，有不少都是從世俗體文字裡借來。在七世紀，阿拉伯人入侵之後，阿拉伯語成了埃及的政治及行政語言，並漸漸在社會中取代了科普特語的地位。今日，科普特語只在科普特東正教會及科普特天主教會中使用，成為一種宗教用語。

由於伊斯蘭教勢力擴大，加上十八世紀時，西方傳教士進入近東地區，誤將古埃及文化視為邪惡文化而火燒了許多古文明文獻，使古埃及文化傳承出現斷層，經過近世學者努力研究，才還原了許多古文明事實。

二、古埃及文字類型

距今5,000年前，世界上古文明區域的文字開始發展，兩河流域的楔形文字、中國的漢字之外，埃及象形文是另一個人類重大遺產。古埃及文首先也是以象形形式出現，也就是對事物形體加以描繪而成為符號，用以代表特定意涵，和語音結合之後，就成為一種詞的書寫系統，每一個符號就可以代表語音中的一個詞。象形文字（hieroglyphic）、僧侶體（hieratic）和古埃及世俗體（demotic）是古埃及常用的三種文字。

㈠聖書體象形文字

古埃及最早文字是一種稱為「聖書體」的象形文字。這種文字是人類最古老的書寫文字之一，多刻在古埃及人的墓穴中、紀念碑、廟宇的牆壁或石塊

上，所以被稱為「聖書體」。象形文字的使用是從西元前3200年到西元400年間，可說是古埃及早期的主要語言，這種文字被書寫成很容易辨識的人像、物體或是一種概念。同時，也可以把這些零碎的單元組合起來，表現出另一種意義或發出不同讀音。象形文字是由子音所組成，有單音節子音、雙音節子音和三音節子音等等種類，這種圖象化文字大多被使用在碑文、建築材料、陶器和象牙等手工藝品上。

㈡僧侶體文字

「僧侶體」約被延續使用到西元650年，是一種和象形文字同時期的語

言，不過書寫形式更為簡單，主要用來更快速地記錄非紀念碑文之類的事件。早期的僧侶體比象形文字書寫上更為流利，每個圖像符號在古王國時代便已經濃縮成某種代表圖像，很適合用在記錄商業活動、文學、科學和宗教文件上。這種文字常被蘆葦桿與毛刷做成的筆，類似中國人所使用的毛筆，然後沾上黑色的墨水書寫，最常被書寫在紙莎草紙上。

圖5-1　古埃及文字　　　　　　　　圖5-2　莎草紙

(三)世俗體文字

　　古埃及「世俗體」使用的範圍大概是從西元前650年到西元450年間，是一種形式更為簡單，卻適合作每日記錄等等用途的文字。與僧侶體不同的是，這種書寫近乎現代英文的草寫體，幾乎找不到任何圖像符號的遺跡，完全用類似字母的符號取代圖像化的字。古埃及世俗體一直遵循著由左到右的書寫習慣，不像象形文字可以左起，也可以右起，甚至從上往下書寫也可以。這三種書寫體可以說是漸漸演化的，愈接近現代，書寫形式也日趨簡化，不過基本結構卻是大同小異的。從象形文字到僧侶體，再從僧侶體到世俗體，當基督教傳入之後，這些書寫方式都漸漸式微，甚至於因為罕用而逐漸消失。

圖5-3　古埃及象形文字（左）、僧侶體（右上）、世俗體（右下）

第三節　瑪雅文字（Maya hieroglyphs）

一、瑪雅文明

　　瑪雅文明是古代位於墨西哥東南部、瓜地馬拉和猶加敦半島等中南美洲區域的文明，最遠到達今日南美洲的宏都拉斯，是美洲大陸最古老、最重要的文明體系。瑪雅文化歷史中，從無一個統一的強大王國，整個瑪雅地區被分成數以百計的城邦政體，然而瑪雅各邦在語言文字、宗教信仰、習俗傳統上，一直屬於同一個瑪雅文化圈。

　　瑪雅文明有三個時期，西元前1500年—西元300年稱為「前古典期」或「形成期」，西元300—900年為「古典期」，西元800年到十六世紀為「後古典期」。原始的瑪雅文明有幾個特點：⑴屬於石器文明，不使用青銅與鐵器，這是和歐亞古文明比較大的差異。⑵有高度的城市文明，反映了其建築工藝的進步。⑶以農耕作為主要經濟活動，甚至沒有畜牧業的遺跡，這個以玉米為主食的農業文明又被稱作「玉米文明」。⑷在數學及天文曆法知識上，有很明顯的文明創造，例如數學上的20進位法；以及「太陽曆」中，一年18個月、每月20天，外加5天

圖5-4　帕倫克浮雕
（西元前900-200）

「禁忌日」，全年365.242129日的精準計算。(5)其獨特的象形文字，與高度的藝術、宗教成就；以及和中國人一樣因愛玉而產生的玉石文化。

二、瑪雅文字

瑪雅人是美洲唯一留下文字紀錄的民族，目前保存著最早的文字文獻，是三張寫在樹皮上的文字紀錄，稱為「寫本」，以保存地命名，稱為「巴黎寫本」（法國）、「馬德里寫本」（西班牙）、「德累斯頓寫本」（德國）等；另外，則是石碑銘文所留下的文字紀錄。這些寫本與銘文是研究瑪雅文字的珍貴文獻。

圖5-5　瑪雅文字「德累斯頓寫本」

瑪雅人用毛髮製筆，用樹皮製紙。現存約有270個符號，常用的有170個左右。早期的瑪雅文字是獨特的象形文字，與漢字的象形文相似。這些象形文字也可以發音，這類似於日語中的漢字與假名的關係，如瑪雅文中的「盾」（bakalu）既可以寫成一個表意的象形單字，也可以分成三個表音文字「ba」、「ka」、「la」。瑪雅象形文字的發展水準與中國的象形文字相當，只是符號的組合遠較漢字複雜，以圓形或橢圓的塊狀形式呈現。文字的線條隨圖形起伏變化、圓潤流暢。

瑪雅文字的一個字元中大的部分叫作主字，小的部分叫作接字，字體有「幾何體」和「頭字體」兩種，另外，還有將人、動物、神的圖案相結合組成的「全身體」，主要用於曆法。瑪雅文字的讀法為，從上至下，兩行一組，以「左→右→（下一段）左→右」的順序讀，不過對於今人而言，文字艱深晦澀，至今能譯解的不到三分之一。

第四節　印巴哈拉帕文字（Harappa）

一、哈拉帕古文明

　　1920年代，考古學家在印度巴基斯坦北部，發現了新的古文明遺跡，稱之為「哈拉帕文化」。這個文化的發現，代表著青銅時代的印度河流域文明，將印度古文明的時間更往上提升。

　　在今日巴基斯坦的旁遮普省、信德省境內，座落著哈拉帕和摩亨佐達羅（Mohenjo Daro，意為「死亡之丘」或「摩亨土丘」）兩座青銅器時代的城市。1920年代，考古學家挖掘覆蓋這兩城之上、由泥土和廢棄物構成的古老土丘，使印度河文明受到世人的矚目。當時的人怎麼也沒想到，在貫穿喜馬拉雅山脈的大河所創造出的豐饒氾濫平原上，竟曾有這麼一個繁榮的大國。

　　後來，考古學界在西印度和巴基斯坦勘察挖掘，又發現1,500多個聚落，分布在像西歐這麼大，相當於美索不達米亞或古埃及文明區兩倍大的土地上。印度河流域的民族雖然沒有創造雄偉的石雕像，也沒有金銀財寶陪葬，但他們建造了規劃完善的大城市，並製造精美奢侈品，用來交易與外銷到波斯灣、中亞、美索不達米亞的遙遠市場。而整個印度河地區，遺址的布局和手工製品風格的相似，也反映出這是一個極為一致的社會經濟結構。

　　哈拉帕最早的村落，存在於西元前3300至2800年之間，也就是蘇美人正建築他們最早的通天塔（金字型多層塔廟）和精心裝飾的神廟、埃及人正以泥磚墓埋葬統治者和大批財寶的時期。古印度河民族畜養牛隻，種植小麥、大麥、豆類、芝麻，農業環境類似中東肥沃月彎的農地。而透過貿易網路，專業化的工藝技術得以普及於早期聚落，也使整個地區享有共同的宗教符號和手工藝風格。

　　考古學家沿著拉維河畔，在哈拉帕的南北兩側也發現了這一時期的小型農耕聚落，但這些小聚落均未發展成大城鎮。在哈拉帕，拉維時期有限的可見區域裡，考察人員已找到赤陶和石頭製成的小串珠和手鐲。赤陶材質的物件極可能是小孩或平民所佩戴；較具異國風的石頭、貝殼材質裝飾

品，則很有可能是當地的上層人士才戴。經過仔細分析，並與各地原料比對，考古學家發現早期拉維工匠所用的原料，有些來自300至800公里外。而赤陶小珠子上的織布印痕，證明當時已有織物生產，而且可能是棉質和羊毛織品。

二、哈拉帕文字

　　這個遺址顯示，當時的人已經在陶器上刻畫些抽象符號，也就是象形文字，刻有動物圖像與未一些至今尚未破解的書寫符號。這些作為，和中國新石器彩陶時代的「陶文」刻畫具有相同的功能。最新的研究顯示，這些符號中，有些在日後正式的印度字母表中保留了下來，和西元前約3,500年刻在陶器、泥版上的美索不達米亞語符號，以及約西元前3,200年刻在陶器、泥版上的埃及語符號，幾乎一樣古老。只可惜哈拉帕文化遺址所出土的文字材料極為有限，所以對於哈拉帕文字，至今仍然無法窺其體系。

第三章
拼音文字概說

　　拼音文字是世界上最多語言使用的文字系統，它是以符號或字母來表現語音的一種文字。這種表音文字，和以漢字為首的表意文字，成為世界兩大文字系統。本章將介紹歷來重要的拼音文字系統，以了解漢字以外的文字狀況。

第一節　腓尼基字母（Phoenician alphabet）

一、基本資料

腓尼基字母	
類型	輔音音素文字
語言	閃族語系腓尼基語
使用時期	約西元前1000-100
字母書寫系統	原始迦南字母腓尼基字母
使用區域	中東、巴勒斯坦、以色列、黎巴嫩、西班牙、北非、地中海周邊
影響	希伯來字母、阿拉伯字母、希臘字母、拉丁字母等
重要性	現代字母之祖

二、腓尼基人（Phoenicia）

　　腓尼基是古代中東的一個民族，起源地在現在的巴勒斯坦一帶。腓尼基人於西元前十五世紀時定居地中海濱，沒有建立過國家，而是建立許多

城邦，西頓與泰爾二城（在今黎巴嫩）為當時城邦盟主，並且作為埃及、亞述等帝國的附庸。

腓尼基人因為臨海，所以擅長航海與海上貿易，往來於埃及、西亞、希臘、地中海各島嶼，並且曾遠至不列顛。由於擅長航海，所以也在西班牙、非洲西北岸建立過殖民地，著名的與羅馬帝國相抗衡的「迦太基帝國」（今北非突尼西亞共和國），便是其中最重要的腓尼基人國家。

腓尼基人也是著名的軍事家，控制了地中海沿岸區域，在今天以色列、黎巴嫩等地擁有許多城市。由於海上往來，所以又深受埃及文化影響，甚至學會製作木乃伊。另外，因為航海的性格與海外貿易的關係，大量與外族通婚，所以漸漸被異族同化，並逐漸消失。

希臘文化受腓尼基文化影響最深，除了工藝美術之外，最重要的便是腓尼基字母。希臘人將原本只有輔音字母的腓尼基字母加上幾個母音之後，完成了希臘字母的製作，並孳生出後來拉丁字母、斯拉夫字母、阿拉伯字母，當今歐洲多數語言字母的起源便是腓尼基字母，可謂歐洲字母之祖。

圖5-6　　腓尼基金幣

圖5-7　　腓尼基船浮雕

三、腓尼基字母

腓尼基字母起源於古埃及的象形文字聖書體，用以書寫腓尼基語，在西元前1000年左右出現，由原始迦南字母演化出來，現在的希伯來字母、阿拉伯字母、希臘字母、拉丁字母等，都可追溯至腓尼基字母。腓尼基字

母是純輔音音素文字，沒有代表母音的字母或符號，字的讀音須由上下文推斷。

腓尼基銘文曾在考古遺址中發現，包括一些腓尼基城市及地中海周邊的殖民地，例如比布魯斯（在現今的黎巴嫩）和迦太基（在現今的突尼西亞）。腓尼基字母文字是真正最早的純音素文字，不僅有一個字母表，共有22個字母，每一個字母都有名稱，發音取字母名稱的第一個音素。雖然腓尼基字母沒有母音符號，但卻是歐洲、西亞、中東文字的一大革命，使文字從象形、楔形文字、音節符號過渡到字母文字，是所有拼音文字之源。

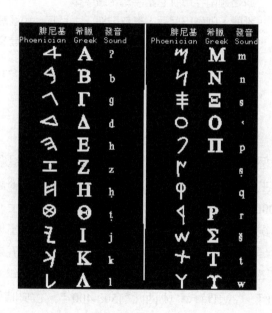

第二節　希臘字母（Greek alphabet）

一、基本資料

希臘字母	
類型	全音素文字
語言	印歐語系希臘語
使用時期	西元前800-現代
字母書寫系統	原始迦南字母腓尼基字母希臘字母
使用區域	希臘、阿爾巴尼亞、賽普勒斯、土耳其、小亞細亞一帶
影響	羅馬拉丁字母之源頭，影響當今大多數的拼音文字
重要性	拼音文字系統與國家地區的文化來源

二、希臘人

　　希臘人是一個世居於希臘及愛琴海一帶的種族，已有超過4,000年的歷史。目前希臘人主要居住於歐洲東南部的巴爾幹半島、希臘諸島及賽普勒斯島。西元前3,000年初期，希臘愛琴地區進入初期青銅時代，西元前2,000年則為中晚期青銅時代，此時先後在克里特島，希臘半島出現了古文明與國家，統稱「愛琴文明」。西元前的希臘古文明大致分為五期：(1)西元前2000-1200年，愛琴文明，邁錫尼文明；(2)西元前1100-900年，荷馬時代；(3)西元前800-600年，古風時代；(4)西元前500-400年，古典時代；(5)西元前400-34年，希臘化時代。希臘可以說建立了歐洲最早的文明，發展出了燦爛的希臘文化。

　　希臘在西元前400年開始，由馬其頓城邦王國亞歷山大三世領導，在滅亡了波斯帝國後，希臘文化隨即傳播到埃及、中東和中亞地區。雖然在軍事上，希臘在西元前168年被羅馬共和國完全征服，但希臘文化卻反過來征服了羅馬人的生活。作為羅馬帝國的一個省，希臘文化繼續主宰著東地中海，直到帝國被分裂成兩部分。以君士坦丁堡為中心的拜占庭帝國，本質

上就是希臘化的。拜占庭抵禦了幾個世紀來自東西方的攻擊，直到1453年君士坦丁堡最終淪陷，奧圖曼帝國也從此逐漸征服了整個希臘，其統治一直持續到1821年希臘宣布獨立。

三、希臘文化

　　古希臘是西方文化的源頭，舉凡西方文化中的文學、藝術、哲學與政治思想，以及建築等方面，都深受古希臘文化的深遠影響，而展現其豐碩、卓越的成就。例如，古希臘的教育內容與制度就是現代教育重要的淵源之一，大致有以下幾點特色：(1)以培養城邦公民的素質為教育目的；(2)以學生年齡劃分教育階段與內容；(3)課程已有學門的分別，強調智育、體育與美育的重要；(4)特別重視哲學思辯，培養邏輯與辯論能力。這些良好的教育觀念與作為，對於希臘文明的長期創造力做好最好的基礎工作。

　　希臘人具有自由思想、懷疑精神與喜好探求自然的民族性，生長在自由開放沃土上的希臘人，懷抱著追求新奇的態度，孕育了西洋哲學的愛智種子。希臘三大哲學家蘇格拉底、柏拉圖、亞里斯多德，啟發了後代人們，勇敢地站在巨人的肩膀上，大步朝向追求真理之路邁進。

圖5-8　蘇格拉底　　　圖5-9　柏拉圖　　　圖5-10　亞里斯多德

　　希臘的文學與史學具有豐富、創造性、審美意涵等特色，羅馬人加以繼承，並發揚光大，雖在中世紀時備受忽視，卻是激發燦爛的文藝復興成

就的重要根源。古希臘的文學與史學，對於希臘人在思想發展與文化進步上，貢獻很大，不僅使希臘人從中獲得廣博的知識與智慧，更成為人們思想與信仰的來源之一。

希臘文化中舉凡哲學、語言文字、史詩、詩歌、神話、戲劇、舞蹈、建築、天文學、醫學等等，都對於歐洲文化甚至世界文化，有著開啟的意義，而且形成了一種自豪的希臘精神。許多古文明的語言文字早已經消失，但是希臘文化卻有著大量的文獻傳世，使得希臘語言文字一直使用到當代，在所有西方語言文字中，希臘語文可以說是最重要的一支。

四、希臘文字

希臘字母是希臘語的書寫形式，源自腓尼基字母。腓尼基字母只有輔音，從右向左寫。希臘語言母音發達，希臘人增添了母音字母。因為希臘人的書寫工具是蠟板，有時前一行從右向左寫完後順勢就從左向右寫，變成所謂「耕地」式書寫，後來逐漸演變成全部從左向右寫，字母的方向也就顛倒了。

羅馬人引進希臘字母，略微改變為拉丁字母，在世界廣為流行。希臘字母廣泛應用到學術領域，如數學等。西里爾字母也是由希臘字母演變而成。英語單字alphabet（字母），源自通俗拉丁語Alphabetum，即為前兩個希臘字母α（alpha）及β（beta）所合成。

古代希臘語原有26個字母，荷馬時期後逐漸演變並確定為24個，一直沿用到現代希臘語中。以下就是希臘字母表：

大寫	小寫	讀音	大寫	小寫	讀音	大寫	小寫	讀音
A	α	alpha	I	ι	iota	P	ρ	rho
B	β	beta	K	κ	kappa	Σ	σ , ς	sigma
Γ	γ	gamma	Λ	λ	lambda	T	τ	tau
Δ	δ	delta	M	μ	mu	Y	υ	upsilon
E	ε	epsilon	N	ν	nu	Φ	φ	phi
Z	Z	zeta	Ξ	ξ	xi	X	χ	khi
H	H	eta	O	o	omicron	Ψ	ψ	psi
Θ	Θ	theta	Π	π	pi	Ω	ω	omega

第三節　拉丁字母（Latin alphabet）

一、基本資料

拉丁字母	
類型	全音素文字
語言	拉丁語與羅曼語族，大多數歐洲語言
使用時期	約西元前400年至當代
字母書寫系統	原始迦南字母腓尼基字母希臘字母古義大利字母拉丁字母
使用區域	西歐和美洲、澳洲、非洲（除衣索比亞和埃及）的語言，以及東歐的波蘭語、捷克語、霍爾瓦特語、斯洛維尼亞語，亞洲的越南語、馬來語和印尼語都採用拉丁字母
影響	目前許多地區的語言都在進行拉丁化、羅馬化的轉換工程。
重要性	目前最普遍與國際化的拼音字母

二、拉丁語

　　拉丁語是古羅馬帝國的官方語，也是羅馬地區的當地語言。拉丁語屬於印歐語系中的義大利語族，與希臘語同為影響歐洲、美洲學術、藝術與宗教最深的語言系統。拉丁語原本是義大利中部拉提姆（Latium，義大利語為Lazio）的方言，後來則因為發源於此地的羅馬帝國勢力擴張，而將拉丁語廣泛流傳於帝國境內，並定拉丁文為官方語言。

　　基督教普遍流傳於歐洲後，拉丁語更加深其影響力，從歐洲中世紀至二十世紀初葉的羅馬天主教為公用語，學術上論文也大多數由拉丁語寫成。現在雖然只有梵蒂岡仍然使用古典的拉丁語，但一些學術性的詞彙或文章，例如生物分類法的命名規則等，也依然使用拉丁語。

　　羅馬帝國的開國國君奧古斯都皇帝（Augustus，西元前63-14年）起，使用的文言文稱為「古典拉丁語」（latina classica），而二至六世紀民眾所使用的白話文則稱為「通俗拉丁語」（sermo vulgaris）。通俗拉丁文在中世紀又衍生出一些「羅曼語族」（包括中部羅曼語：法語、義大利語、薩

丁島方言、加泰羅尼亞；西部羅曼語：西班牙語、葡萄牙語；與東部羅曼語：羅馬尼亞語）。十六世紀後，西班牙與葡萄牙勢力擴張到整個中南美洲，因此中南美洲又稱「拉丁美洲」。

　　以拉丁語為主的義大利文化，上承古羅馬、希臘文化，形成所謂「拉丁文化圈」，又稱為「西方文化圈」、「天主教文化圈」、「羅馬文化圈」、「歐美文化圈」等，其地理範圍主要包括歐洲大部分地區、北美洲、大洋洲等地，南美洲由於自近代以來被西方殖民時間較長，其文化多被歐洲殖民者所同化，有時也被看作拉丁文化圈的一部分。拉丁文化圈的主要特徵為：民眾多信奉天主教，拉丁字母使用廣泛，當然各地區文化也一樣深受古羅馬、古希臘文化薰陶，形成歷史上非常重要的一個語言文化系統。

三、拉丁字母

　　拉丁字母也叫作「羅馬字母」，是目前英語與世界上大多數語言所採用的字母系統。漢字、阿拉伯字母、拉丁字母，是目前世界上最廣泛運用的文字與字母。

　　拉丁文是大部分英語世界與歐洲人語言的標準字母，源於西元前十一世紀敘利亞和巴勒斯坦通用的北閃米特字母。古典拉丁字母有23個字母，到中世紀時，字母i分化為i和j，v分化為u、v、w，於是形成26字母，也就是我們現在使用的英文26字母。

大寫字母												
A	B	C	D	E	F	G	H	I	J	K	L	M
N	O	P	Q	R	S	T	U	V	W	X	Y	Z
小寫字母												
a	b	c	d	e	f	g	h	i	j	k	l	m
n	o	p	q	r	s	t	u	v	w	x	y	z

　　拉丁字母繼承並發展了希臘字母形體上的優點，包括簡單、勻稱、美觀，也便於閱讀及連續書寫，後來法國、西班牙、葡萄牙等文字相繼使

用，形成了拉丁文民族。《聖經》就是以拉丁文所寫成，透過宗教的傳播，使得拉丁字母擴張到今日約有四億人使用的盛況。

四、拉丁化（羅馬化）

「拉丁化」又叫「羅馬化」，目前是一個語言學術語，指將不是使用拉丁字母的拼音文字，轉譯為拉丁字母；或是將不是拉丁字母的語言系統，甚至如漢語，作書面語音譯或口語轉錄成拉丁字母。

從上個世紀以來，由於多數語言使用拉丁字母，而英語又成為國際共同語，所以許多非拉丁字母拼音的語言系統，或是非拼音文字的文字系統，紛紛出現拉丁化的語文改造方案。例如阿拉伯語、波斯語、烏爾都語、印度及東南亞的婆羅米字母、俄語、烏克蘭語這些拼音文字系統的拉丁化。後者則例如日語、韓語的拉丁化；另外，就是近代中國的「漢語拼音方案」；臺灣的「注音符號第二式」、「通用拼音方案」、「教會羅馬字」、臺灣閩南語「羅馬字拼音方案」、臺灣「方言音符號」，以及近年教育部公布的「臺羅字母」等等。

拉丁化，象徵著使用拉丁字母的國家族群，在近兩世紀中的國際影響力的擴張。但是，原本就不是拼音文字的漢語漢字，在數十年的拉丁化過程中，兩岸或是臺灣的閩南語部分都沒有成功，這和東西方兩大語言文字系統在本質上的差異有絕對關係。

第四節　阿拉伯字母（Arabic alphabet）

一、基本資料

阿拉伯字母	
類型	輔音音素文字
語言	阿拉伯語、波斯語、烏爾都語、庫爾德語、維吾爾語、哈薩克語、柯爾克孜語
使用時期	約西元500年至當代

字母書寫系統	阿拉伯字母
使用區域	中東阿拉伯、伊朗、阿富汗、塔吉克、哈薩克、新疆維吾爾等伊斯蘭教（回教）區域
影響	透過伊斯蘭宗教勢力與傳播，影響世界所有伊斯蘭國家
重要性	隨著宗教勢力的傳播與擴張，成為當代世界不敢輕忽的語言文化系統

二、阿拉伯語

　　阿拉伯語即阿拉伯民族的語言，屬於閃含語系閃語族，主要通行於中東和北非地區，現為27個亞非國家及四個國際組織的官方語言。以阿拉伯語作為母語的人數超過二億人，阿拉伯語為全世界伊斯蘭教的宗教語言，因分布廣闊，因此各個地區都有其方言，而標準阿拉伯語則是以回教經典《可蘭經》為準。

　　阿拉伯語源自上古語言閃語族中的「閃米特語」，從西元六世紀開始便有古阿拉伯語的文獻，西元七世紀開始，隨著伊斯蘭帝國的擴張，及阿拉伯人和伊斯蘭教傳入其他國家，阿拉伯語完全取代了伊拉克、敘利亞、埃及和北非從前使用的語言。

　　阿拉伯語作為伊斯蘭教的通用語言，所以也透過宗教傳播，使其語言文化成為世界重要的語文系統。伊斯蘭教，中國舊稱「天方教」、「清真教」或「回教」，與佛教、基督教並列為世界三大宗教之一；與猶太教、基督教則同屬亞伯拉罕系。七世紀初興起於阿拉伯半島，其使者為先知穆罕默德。「伊斯蘭」一詞原意為「順從、和平」，即順從「真主」意志的宗教。信奉伊斯蘭教的人稱為「穆斯林」，意為「順從者」。伊斯蘭教主要傳播於西亞、北非、西非、中亞、南亞、東南亞等，第二次世界大戰後，在西歐、北美、非洲等地區迅速傳播，是上述地區發展最快的宗教。西歐有些國家，穆斯林的人口非常可觀，比如法國，穆斯林人口已經達到了總人口的10%。英國和德國也有比例可觀的穆斯林人口。美國大約有穆斯林800萬左右。現全球約有信徒13億，占世界總人口19.2%，是最有活力的世界性宗教之一。

三、阿拉伯字母

阿拉伯字母源於古代的阿拉米文字，可能是從古埃及文字的一種變體演變而來；書寫形式分為草體和楷體，書寫方向從右至左 اللغة العربية。阿語字母28個，全部為輔音字母；母音通過由加在字母上方或下方的符號來表示，但這些符號通常是省略，只在初級啟蒙書和《古蘭經》版本中出現，所以人們必須從上下文推測其讀音。另外，世界上使用阿拉伯字母的語言有波斯語、普什圖語、烏爾都語、一部分突厥語、柏柏爾語，以及中國境內的維吾爾語、哈薩克語、烏茲別克語等。

خ Xaa'	ح H`aa'	ج Jiim	ث Th!aa'	ت Taa'	ب Baa'	أ 'Alif
ص Saad	ش Shiin	س Siin	ز Zaay	ر Raa'	ذ Thaal	د Daal
ق Qaaf	ف Faa'	غ Ghayn	ع 'Ayn	ظ Th:aa'	ط Taa'	ض Daad
ي Yaa'	و Waaw	ه Haa'	ن Nuun	م Miim	ل Laam	ك Kaaf

四、阿拉伯數字

一般人對阿拉伯的概念除了伊斯蘭教外，恐怕就是天天使用的「阿拉伯數字」了。阿拉伯數字是一種數字系統，是由古代印度人發明，後經由阿拉伯傳入西方。現代所稱的阿拉伯數字以十進位為基礎，採用0、1、2、3、4、5、6、7、8、9共10個計數符號，採取位值法，高位在左，低位在右，從左往右書寫，並借助一些簡單的數學符號（小數點、負號等）。這個系統可以明確地表示所有的有理數，現在它已成為目前使用最廣泛的數字系統，通行於全世界。除了回教文化，這應該是阿拉伯人給世界的另一巨大貢獻了。

第五節　印度天城字母（Devanagari alphabet）

一、基本資料

印度天城字母	
性質	母音附標文字
語言	北印度各語言：梵文、印地文、馬拉地文、信德文、比哈爾文、比利文、康卡尼文、博傑普爾文、尼泊爾文、尼瓦爾文，以及部分克什米爾文和羅姆文
使用時期	西元1200年至當代
字母書寫系統	腓尼基字母、亞蘭字母、婆羅米文、笈多文、悉曇文、天城文
使用區域	印度、尼泊爾、緬甸、泰國、柬埔寨
影響	亞洲許多字母系統，包括藏文都與天城文字同出一源
重要性	世界第二大文字系統

二、印地語

　　天城文是印地語的書寫形式，印地語又稱北印度語，屬於印歐語系中「印度—伊朗語族」的「印度—雅利安語支」，目前與英語是印度中央政府的官方語言。印地語和巴基斯坦官方語烏爾都語是同一種語言（又稱印度斯坦語），但前者用天城文，後者用阿拉伯字母，前者引進的梵語借詞多一點，後者則阿拉伯語和波斯語借詞多一些。

　　印地語和烏爾都語加起來是世界上第二大語言，使用人口超過五億人，僅次於漢語。印度北方的省份包括：安達曼—尼科巴群島、比哈爾邦、昌迪加爾、恰蒂斯加爾邦、德里、哈里亞納邦、喜馬偕爾邦、恰爾康得邦、中央邦、拉賈斯坦邦、北方邦和烏塔蘭契爾邦等地區，都使用印地語作為官方語言。印度的方言眾多，但是產量世界第一的印度電影，大多數都是用印地語拍的。

三、天城文字母

　　天城文在十三世紀才出現，它起源於西元前三世紀的波羅米文這個印度最古老的字母系統。波羅米文衍生出笈多文，之後是悉曇文，天城文正是悉曇文的變體之一。亞洲不少民族使用的字母或是從天城文的字母派生來的，或是與它同出一源，關係密切，例如緬甸、泰國、柬埔寨、寮國等地的字母。

　　與其他印度式文字一樣，天城文的輔音字母都有固有的母音a，必須在輔音的上下左右添加母音字元來改變音節的讀音。當母音出現在詞首時，則必須用特殊的符號來寫。

圖5-11　印度天城字母輔音

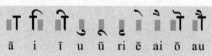

圖5-12　印度天城字母元音

第四章
東亞文字

　　以下東亞文字的介紹，以和漢字息息相關的三個文字系統：日文、韓文、越南文字為主。這些區域都在標準的「漢字文化圈」中，長久以來，語言文字受到漢語言影響深遠，文化與社會也受到中華文化薰陶。縱然都取法漢字造出了自己的文字，但是與中華文化的關係卻是從未斷絕。

第一節　日本假名

　　日本原先沒有文字，西元一世紀左右逐漸傳入漢字，成為日語的書寫形式。最先是「真假名」又稱「萬葉假名」，之後陸續有了「草假名」也就是「平假名」，以及「片假名」。

一、萬葉假名

　　西元五世紀時，隨著一批佛教僧侶將中國佛經帶到日本，使漢字在日本更為普及，西元604年聖德太子制定的「憲法十七條」，就是用完全當時稱為「漢文」的漢字所書寫。「漢文」是在中文文章置入日語獨有的助詞，讓日語使用者可以依照日語的語法去閱讀漢字寫成的文章。

　　「漢文」不能算是真正屬於日文的書寫形式，而是借用外族文字來書寫。直到奈良時期（710-784），日本最早的史書《古事記》中，捨棄了漢字的字義，而以漢字音來標示日語，成為一種標音文字系統，叫作「真假名」，這是日文進入標音文字的開端。「假」是「借」的意思、「名」是漢字裡「文字」的意思，「假名」也就是「借來的文字」，而「真」則是指其符號乃是原本使用的漢字，是真的文字。真假名在當時日本最早的

和歌集（詩集）《萬葉集》中使用最多，因此真假名又被稱作「萬葉假名」。

二、平假名

「平假名」，是由「萬葉假名」演變而來的。在奈良時期，男性高知識分子崇尚「漢文學」，文字標榜正統漢字。而不被允許接受高等教育的一般女子，則取法漢字的草書形式，發展出了「女手」，也就是女子使用的文字，專以用來寫詩歌或是書信，可說是正體的一種簡化。發展到奈良末期，草書體文字被女性通行書寫，字型也就逐漸定型化。一直到江戶時代（1603-1867）初期，「平假名」的正式名稱才取代了「女手」的俗稱。所謂「平」，指的正是其草書書法的「平順」、「流暢」與「連續」，日本早期的女性文學就都是以平假名書寫的。

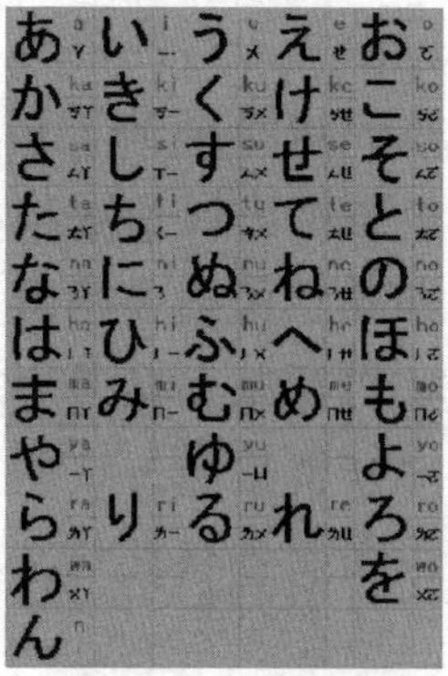

圖5-13　平假名

三、片假名

片假名的出現和女手相似，也是一種正體漢字的簡化所形成。奈良晚期是女手的成熟期，而之後進入「平安時期」（794-1192），一些寺廟裡的學生、小僧侶省略了正體漢字「真假名」的筆劃，取其部分偏旁，使用於標記佛經讀音、或是注釋經典時候的快速省便。「片假名」的「片」字，在漢字裡是「半木」的意思，也就是「一半」，而「片假名」指的就是這種字形是取用部分偏旁而形成的。

圖5-14　片假名

平假名和片假名在進入明治時代（1868-1912）之後，還是有一音多字（異體字）的現象。所以，在明治三十三年（1900）時，文部省制定了小學校令施行規則，統一了平假名和片假名的字體。從明治到二戰前（1945）為止，正式的文書都是用「漢字片假名併用文」，學校教育也都先學片假名。戰後「新憲法」（1946）則改採「漢字平假名併用文」，因為平假名已成為一般社會常用文字，片假名則多改用於外來語等特別的標記。至於漢字多使用在大部分的名詞、動詞、形容詞中，與「平假名」、「片假名」共構成現代日文的三項主體。

第二節　韓國諺文

一、緣起

韓國文字叫作「諺文」，是世界公認最實用的表音文字。諺文創制的時間很晚，西元1444年，李氏朝鮮（1392-1910）世宗皇帝，有感於民族文化傳播的重要性，又鑑於一般朝鮮人民學習漢字不易，遂召大臣鄭麟趾、成三問、申叔舟成立「諺文局」。在仔細研究朝鮮語音之後，設計了17個母音字母、11個子音字母，以方塊組合形式，首度創制了屬於朝鮮民族的表音文字「諺文」，而「諺」者，具知識者也。在此之前，朝鮮民族一直使用漢字。

二、訓民正音

「諺文」又叫「訓民正音」，是一組拼音字母系統，也是一本書的名字。世宗皇帝在創制文字後，將所有創制精神、目的、意義及字母形式寫成一本書，就叫《訓民正音》，並在書前有短敘一則說明其目的：

國之語音，異乎中國，與文字不相流通，故愚民有所欲言，
而終不得伸其情者多矣。予為此憫然，新制二十八字，欲使
人人易習，便於日用耳。

　　韓國在世宗之前一直使用漢字書寫，並且文言分離。而且古代社會唯有貴族士大夫才可學習漢文，平民百姓多數是文盲，就算學漢字也覺得艱難。三國（西元前57-西元668）末年薛聰借用漢字音義來標注朝鮮文字，創「吏讀文字」，有如日本的「萬葉假名」的功能，但因為不合韓語的語音和語法結構，使用不便，故未能取代漢字。直到「訓民正音」出現，其字母系統具有系統性又符合朝鮮語音，易於學習與印刷，於是大大提升了朝鮮人民的文化素

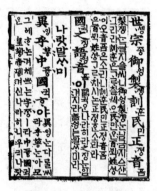

圖5-15　訓民正音

質。對於韓國而言，諺文的創制是500年來的民族文化盛事，而世宗皇帝更是李朝以來最受尊敬的民族偉人。

三、諺文字母

　　諺文製作初期有17個母音、11個子音，經過音變後，現代諺文有10個母音、14個子音：

母音									
ㅏ	ㅑ	ㅓ	ㅕ	ㅗ	ㅛ	ㅜ	ㅠ	ㅡ	ㅣ
[a]	[ya]	[eo]	[yeo]	[o]	[yo]	[u]	[yu]	[eu]	[i]

複合母音										
ㅐ	ㅒ	ㅔ	ㅖ	ㅘ	ㅙ	ㅚ	ㅝ	ㅞ	ㅟ	ㅢ
[ae]	[yae]	[e]	[ye]	[wa]	[wae]	[oe]	[wo]	[we]	[wi]	[eui]

子音													
ㄱ	ㄴ	ㄷ	ㄹ	ㅁ	ㅂ	ㅅ	ㅇ	ㅈ	ㅊ	ㅋ	ㅌ	ㅍ	ㅎ
[g/k]	[n]	[d]	[r/l]	[m]	[b/p]	[s]	[o/ng]	[j]	[ch]	[k]	[t]	[p]	[h]

複合子音				
ㄲ	ㄸ	ㅃ	ㅆ	ㅉ
[kk]	[tt]	[pp]	[ss]	[jj]

諺文字母是純音素字母，但朝鮮語是音節語言，所以在組字時候是以音節為單位，一個音節組成一個韓國字。組字的部件排列依照「從左到右」、「從上到下」的基本規則，例如「노국평」（盧國屏），又數字「1」到「12」：일、이、삼、사、오、유、칠、팔、구、시、「십일」、「십이」。

以音節形式而言則是：「初聲子音」（聲母）+「中聲母音」（介音、主要元音）+「終聲子音」（韻尾）三個部分。有些音節沒有聲母、韻尾，但主要元音是音節的必要成分，這種音節結構形式，除了沒有聲調外，與漢語的音節規則完全一樣。

第三節　越南文字

越南文字是越南語的書寫形式，在歷史上有三個發展階段，分別是漢字、喃字、拉丁字母。漢字與喃字直接承襲中國文化，拉丁字母的拼音文字，則從十七世紀傳教士進入越南以後才開始使用。

一、漢字階段

越南語與朝鮮語、日語一樣，自古受到漢字文化的深遠影響，在中國自西元一世紀至十世紀的統治過程中，越南語引入龐大的漢字詞彙，其發音（漢越音）類似古漢語中古音，但其語法承襲了大量高棉語的特色，雖然與漢語一樣沒有時態及動詞變化，亦同為聲調語言，但其詞序恰恰與漢語相反，語法近似泰語。

越南原先沒有書寫系統，大約從中國東漢開始，漢字開始隨著儒家文化，有系統和大規模地傳入越南，所以當時的漢字又稱作「儒字」。到了越南陳朝（1200-1300）以後，漢字已經成為越南政府以及民間的主要文

字。此時大量的漢字著作開始出現，最著名的就是十五世紀編撰的《大越史記全書》，完全使用漢字以及古漢語的文法。

二、喃字階段

漢字傳入越南後，由於尊漢思維，加上教育不普及，所以漢字一直被貴族官方和知識分子所倚重，社會地位也最高。以漢字寫成的文章，基本上並不按照越南語的文法規則書寫，也不採用越南語的詞彙，而是純粹的用古漢語的文法寫成。因此，這些漢字著作與當時的越南語口語有很大差異，一般人要閱讀甚至使用漢字與漢字文章是困難的。

圖5-16　字喃

由於民間口語仍然是越南民族語言，為了精準記錄民族語言與文化，所以在漢字逐漸傳播開後，一些人開始嘗試取法漢字創造新的文字，來記錄越南本民族語言，這些字就是「喃字」。八世紀左右，喃字開始出現，基本上以漢字表意，並且表越南音：

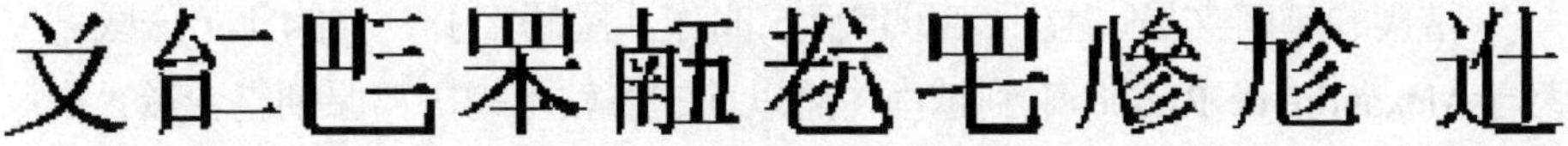

图5-17　喃字「一」到「十」

十三世紀時，越南文人開始用喃字進行文學創作，最著名的文學作品莫過於阮攸在十九世紀寫成的《金雲翹傳》、段氏點的《征婦吟曲》等古典文學名著。不過，越南上層社會濃厚的「尊漢」思想，官方一直很排斥這種文字，國家教育機關並沒有將它作為正式文字看待，也沒有對它進行整理規範的工作，所以喃字長久以來一直是一種俗體字的身分。儘管越南的胡朝（1400-1407）或者是西山阮朝富春朝廷（1788-1802）之統治者曾經重視喃字，並且將其提升到國家文書用字的地位，但是在西方傳教士傳入拉丁拼音字母後，喃字的位階仍然無法提升，目前已經很少人懂得喃文了。

三、拼音文字階段

　　當代的越南文是以拉丁字母書寫，叫作「國語字」。1624年，法國傳教士Alexandre de Rhodes來到越南，將以前的傳教士的拼寫原則整合後，形成系統化的越南拼音文字，並在1651年寫成第一本《越南語、拉丁語、葡萄牙語辭典》（Dictionarium Annamaticum, Lusetanum etLatinum），拉丁字母系統於是形成規範。一直到十九世紀法國占領越南時期，這種書寫體系流行起來，並於二十世紀越南獨立後全面開始使用，成為當代國語字。

越南國語字字母表
A Ă Â B C D Đ E Ê G H I K L M N O Ô Ơ P Q R S T U Ư V X Y
a ă â b c d đ e Ê g h i k l m n o ô ơ p q r s t u ư v x y

參考書目

一、文字學概論

《文字學概說》，林尹，正中書局，1971年。
《中國文字學》，唐蘭，上海古籍出版社，1979年。
《中國文字學》，孫海波，學海出版社，1979年。
《中國文字結構析論》，王初慶，台北文史哲出版社，1983年。
《文字學教程》，董寶昌，山東教育出版社，1987年。
《中國文字學概要》，楊樹達，上海古籍，1988年。
《文字學基礎》，劉禮吾，廣東高等教育，1988年。
《文字學》，顧正，甘肅教育出版社，1992年。
《漢語文字學》，許長安，廈門大學出版社，1993年。
《文字學概要》，裘錫圭，台北萬卷樓圖書，1994年。
《漢字說略》，詹鄞鑫，台北洪葉文化事業，1994年。
《文字學》，林慶勳、竺家寧、孔仲溫，台北空大出版社，1995年。
《文字學淺談》，陳濤，大象出版社，1997年。
《中國傳統語言文字學》，徐超，台北五南圖書公司，1999年。
《中國文字學》，陸和九，台北學海出版社，1999年。
《文字學簡編：基礎篇》，許錟輝，台北萬卷樓圖書，1999年。
《中國文字》，盧國屏、黃復山，台北空大出版社，2000年。
《簡明中國文字學》，許進雄，台北學海出版社，2000年。
《漢字研究》，高更生，山東教育出版社，2001年。
《漢字學概論》，夏中華、張玉金，廣西教育出版社，2001年。
《中國文字學大綱》，何仲英，台北學海出版社，2002年。

二、文字學史

《中國小學史》，胡奇光，上海人民出版社，1987年。
《漢語文字學史》，陳秉新、黃德寬，安徽教育出版社，1990年。
《中國漢字學史》，孫鈞錫，北京學苑出版社，1991年。

《中國文字學史》，張其昀，江蘇教育出版社，1994年。
《中國文字學史》，劉釗，吉林教育出版社，1995年。

三、說文解字類

《說文解字注》，漢許慎、清段玉裁，洪葉文化事業，1998年。
《怎樣學習說文解字》，章季濤，萬卷樓，1991年。
《說文學導論》，余國慶，安徽教育出版社，1995年。
《說文部首類釋》，蔡信發，萬卷樓，1997年。
《說文答問》，蔡信發，萬卷樓，2000年。

四、世界文字類

《江永女書之謎》，謝志民，河南人民出版社，1991年。
《比較文字學初探》周有光，北京：語文出版社，1998年。
《符號‧初文與字母-漢字樹》，饒宗頤，上海書店出版社，2001年。
《比較文字學》，王元鹿，廣西教育出版社，2001年。
《世界文字發展史》，周有光，上海教育出版社，2003年。
《東方語言文字與文化》，于維雅，北京大學出版社，2002年。
《馬雅文字之謎》，王霄冰，上海古籍出版社，2006年。

五、古文字類

《古文字學導論》，唐蘭，齊魯書社，1981年。
《馬王堆漢墓研究》，湖南省博物館，湖南人民出版社，1981年。
《古文字學新論》，康殷，北京榮寶齋，1983年。
《漢字的起源與演進》，李孝定，聯經出版社，1986年。
《中國古文字學通論》，高明，北京文物出版社，1987年。
《古文字學初階》，李學勤，台北國文天地，1989年。
《古文字學綱要》，陳煒湛、唐鈺明，中山大學出版社，1988年
《中國甲骨學史》，吳浩坤、潘悠，台北貫雅出版社，1990年。
《殷墟甲骨卜辭語序研究》，沈培，文津出版社，1992年。

《甲骨語言研討會論文集》，胡厚宣，華中師範大學出版社，1992年。

《睡虎地秦簡研究》，徐富昌，台北文史哲出版社，1993年。

《東周鳥篆文字編》，張光裕、曹錦炎，香港翰墨軒出版社，1994年。

《古文字學指要》，王世征、宋金蘭，北京中國旅遊出版社，1997年。

《中國古文字通論》，高明，北京大學出版社，1997年。

《中國語言文字學史料學》，高小方，南京大學出版社，1998年。

《鳥蟲書通考》，曹錦炎，上海書畫出版社，1999年。

《古文字學》，姜亮夫，雲南人民出版社，1999年

《漢字發展史話》，董琨，臺灣商務印書館，2002年。

《戰國文字通論訂補》，何琳儀，江蘇教育出版社，2003年。

《圖畫文字說與人類文字的起源》，何丹，中國社會科學出版社，2003年。

《古文字詁林》，編撰委員會，上海教育出版社，2004年。

《古陶文彙編》，高明，北京中華書局，2004年。

《青銅時代》郭抹若，中國人民大學出版社，2005年。

《石刻古文字》，趙超，文物出版社，2006年。

《商周金文》，王輝，文物出版社，2006年。

《鳥蟲文的書法藝術》，李聰明，台北大千出版社，2006年。

六、漢字文化類

《中國漢字文化大觀》，何九盈，北京大學出版社，1995年。

《語言文字學及其應用研究》，許嘉璐，廣東教育出版社，1999年。

《漢字文化綜論》，劉志基，廣西教育出版社，1999年。

《漢字文化學》，何九盈，遼寧人民出版社，2000年。

《漢字和文化問題》，周有光，遼寧人民出版社，2000年。

《從新視角看漢字-俗文字學》，陳五雲，河南人民出版社，2000年。

《漢字符號學》，陳宗明，江蘇教育出版社，2001年。

《漢字漢語漢文化論集》，龔嘉鎮，巴蜀書社，2002年。

《漢字與人生》，台北市政府文化局，2004年。

《漢字文化學概論》，王繼洪，學林出版社，2006年。

《訓詁演繹：漢語解釋與文化詮釋學》，盧國屏，五南圖書公司，2008年。

七、考古與藝術類

《西安半坡》，中國科學院考古研究所，文物出版社，1963年。

《睡虎地秦墓竹簡》，整理小組，文物出版社，1978年。

《古璽文編》，羅福頤，文物出版社，1981年。

《中國原始社會史》，宋兆麟、黎家芳，文物出版社，1983年。

《觀堂集林》，王國維，中華書局，1984年。

《秦漢魏晉南北朝官印研究》，王人聰，香港中文大學文物館，1990年。

《歷代古錢圖說》，丁福寶，上海人民出版社，1992年。

《當代語言文字的新構想》，徐德江，辭學出版社，1992年。

《古璽通論》，曹錦炎，上海書畫出版社，1995年。

《金石學》，朱劍心，台灣商務印書館，1995年。

《秦代印風》，許雄志，重慶出版社，1999年。

《先秦印風》，徐暢，重慶出版社，1999年。

《漢晉南北朝印風》，莊新興，重慶出版社，1999年。

《篆刻史話》，蕭高洪，百花文藝，2004年。

《中國書法之旅》，李蕭錕，台北雄獅美術，2001年。

《中國書法史》，叢文俊，江蘇教育出版社，2002年。

《古代石刻通論》，徐自強，紫禁城出版社，2003年。

《齊國貨幣研究》，齊魯書社編，齊魯書社，2003年。

《大汶口文化》，高廣仁，文物出版社，2004年。

《二里頭遺址與二里頭文化研究》，杜金鵬、許宏，科學出版社，2006年。

《秦安大地灣發掘報告》，甘肅省文物考古研究所，文物出版社，2007年。

Note

Note

國家圖書館出版品預行編目資料

當代文字學概論／盧國屏，黃立楷著.
--初版.--臺北市：五南圖書出版股份有
限公司, 2008.09
　面；　公分. --(語言文字學系列)
ISBN 978-957-11-5370-4（平裝）

1.文字學　　2.漢語文字學

800　　　　　　　　　97016539

1X3A 語言文字學系列

當代文字學概論

作　　者 ― 盧國屏(395.6)　黃立楷

發 行 人 ― 楊榮川

總 經 理 ― 楊士清

總 編 輯 ― 楊秀麗

主　　編 ― 黃惠娟

責任編輯 ― 范郡庭

封面設計 ― 陳翰陞

出 版 者 ― 五南圖書出版股份有限公司

地　　址：106台北市大安區和平東路二段339號4樓

電　　話：(02)2705-5066　傳　　真：(02)2706-6100

網　　址：https://www.wunan.com.tw

電子郵件：wunan@wunan.com.tw

劃撥帳號：01068953

戶　　名：五南圖書出版股份有限公司

法律顧問　林勝安律師事務所　林勝安律師

出版日期　2008年 9 月初版一刷
　　　　　2021年 3 月初版五刷

定　　價　新臺幣500元

經典永恆・名著常在

五十週年的獻禮——經典名著文庫

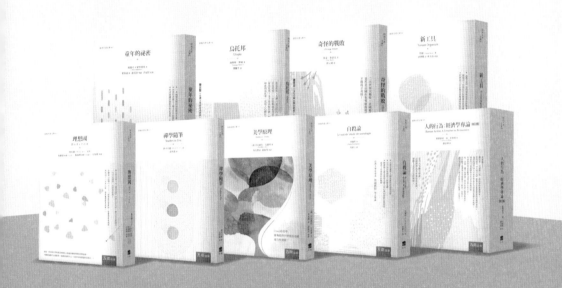

五南，五十年了，半個世紀，人生旅程的一大半，走過來了。

思索著，邁向百年的未來歷程，能為知識界、文化學術界作些什麼？

在速食文化的生態下，有什麼值得讓人雋永品味的？

歷代經典・當今名著，經過時間的洗禮，千錘百鍊，流傳至今，光芒耀人；

不僅使我們能領悟前人的智慧，同時也增深加廣我們思考的深度與視野。

我們決心投入巨資，有計畫的系統梳選，成立「經典名著文庫」，

希望收入古今中外思想性的、充滿睿智與獨見的經典、名著。

這是一項理想性的、永續性的巨大出版工程。

不在意讀者的眾寡，只考慮它的學術價值，力求完整展現先哲思想的軌跡；

為知識界開啟一片智慧之窗，營造一座百花綻放的世界文明公園，

任君遨遊、取菁吸蜜、嘉惠學子！